TRAVAILLE AVEC MOI

UNE ROMANCE DE BUREAU D'ENNEMIS À AMANTS

SYNERGY

TOME 1

MICHELLE MCCRAW

1

ALICIA

LE CIEL ÉTAIT couleur de soupe aux pois. Une soupe aux pois furieuse.

Ayant vécu toute ma vie au Texas, je savais que le ciel ne prenait cette couleur et que les nuages ne bouillonnaient que lorsqu'ils préparaient quelque chose de particulièrement violent.

J'ai évalué la distance entre l'auvent du parking et l'entrée de l'immeuble, de l'autre côté de la rue à quatre voies au bitume fissuré. Impossible de traverser en courant avec mes talons de dix centimètres.

— Tu en fais trop, ai-je marmonné. Des chaussures plates auraient fait l'affaire. Ou même des bottes. Mais je voulais faire bonne impression pour le premier contrat de ma toute nouvelle entreprise. Sérieuse. Compétente. Irréprochable. Prête à utiliser mes escarpins à bouts pointus pour casser la baraque et me faire un nom en redressant ce projet en difficulté.

C'était ma façon de leur clouer le bec. À mon ancien patron, Lowell, qui avait dit que j'étais trop « sensible » pour avoir l'étoffe d'une manageuse. Au Dr Fletcher, qui avait déclaré à toute notre classe — pendant que moi, seule femme dans la pièce, j'étais assise là, trop déconcertée pour protester — que les femmes n'avaient pas la hargne nécessaire pour réussir dans la technologie. À chaque collègue qui m'avait déjà coupé la parole, s'était attribué le mérite de mon travail ou avait essayé de m'expliquer la programmation avec condescendance. J'entrais chez Synergy Analytics, une société du Fortune 1000 fondée par deux diplômés de Stanford et valant désormais plus de six *milliards* de dollars, pour mettre mon intelligence à leur service et les aider à réussir.

Pas mal pour une fille du coin qui était allée à l'université publique. J'ai brossé une poussière invisible sur mon épaule.

Mon téléphone a sonné. Trente minutes avant la réunion. Largement le temps de passer la sécurité, de serrer quelques mains et de prendre ma place en bout de table. Je me suis redressée. Pour la première fois de ma vie, j'étais ma propre patronne. J'étais plus que qualifiée pour cette mission et je pouvais aussi gagner la course contre la pluie.

Au moment où ma chaussure a touché le trottoir, j'ai entendu le premier plic. *Ha ! Raté !* Une bonne chose, car je portais un chemisier blanc, ma veste de tailleur pliée sur ma sacoche pour ne pas avoir trop chaud dans la chaleur de début septembre à Austin. Une chemise transparente à ma première réunion n'aurait pas été du meilleur effet. Un autre pas rapide et j'ai vérifié si des voitures arrivaient. La voie était libre, si je me dépêchais.

J'ai quitté le trottoir et une goutte de pluie a rebondi devant moi. *Rebondi ?* Une autre, à ma droite. Une tache blanche a filé à toute allure devant mon nez. Ce n'était pas de la pluie, c'était de la grêle. De la taille d'un petit pois. Pas de quoi s'inquiéter. La grêle ne mouillerait même pas mon chemisier.

En traversant la deuxième voie, j'ai donné un coup de pied dans un grêlon. Celui-là était plus gros, de la taille d'une bille. Une anomalie. *Mieux vaut faire attention, quand même.* Si je marchais sur un grêlon de cette taille, je m'étalerais probablement au milieu de Sixth Street. Et ensuite, je me ferais écraser par une voiture. Je ne pouvais pas laisser Noah perdre un autre parent. D'ailleurs, je n'avais pas encore souscrit d'assurance-vie pour remplacer la police que mon ancien employeur fournissait. « Si j'entre dans cet immeuble saine et sauve, ai-je murmuré, je promets d'appeler la compagnie d'assurances dès que je rentrerai à la maison. »

Serrant les dents contre les projectiles qui me cinglaient, j'ai fait deux grands pas pour traverser la dernière voie avant de sauter sur le trottoir par-dessus le tas de grêlons blancs qui s'était accumulé contre le rebord. Deux pas de plus m'ont menée sous l'auvent protecteur de l'immeuble. J'ai levé les yeux vers les nuages verts. — Merci…

Un éclair blanc, et une douleur fulgurante m'a brûlé le front, juste à la racine des cheveux. — Aïe ! Me tenant le visage, je me suis précipitée plus loin sous l'auvent. Ça m'apprendrait à faire preuve de gratitude.

— Est-ce que ça va ? Une grande silhouette est apparue dans ma vision périphérique.

— Ça va, ça va. Mais quand j'ai retiré ma main, mes doigts étaient maculés de sang. J'ai fouillé dans mon sac à la recherche d'un mouchoir.

— Les plaies au cuir chevelu saignent beaucoup. Et ça fait un mal de chien, aussi. Attends, j'ai quelque chose. L'homme a posé son sac de sport et a farfouillé à l'intérieur. Son T-shirt noir délavé avec le logo distinctif d'AC/DC est remonté dans son dos, révélant un V de muscles secs qui disparaissait dans son jean. Entre mon travail de bureau et le temps passé sur les terrains de football, je n'avais pas vu beaucoup de physiques comme celui-là. Pas depuis Rick. J'ai chassé ce souvenir. Je ne pouvais pas laisser Rick gâcher mon attitude de battante.

L'homme s'est retourné, un T-shirt gris chiné à la main. — Il est propre, je te le promets. Ça te dérange si je… ?

Ne sachant pas si la perte de ma capacité à parler était due à son corps de dieu grec ou à la perte de sang, j'ai secoué la tête. Doucement, il a écarté ma main qui tenait le mouchoir imbibé de sang et a pressé le T-shirt contre mon visage. Le vêtement sentait le savon frais et autre chose. Le cuir. Comme une boutique de bottes. Ou l'intérieur d'une voiture de luxe. J'ai inspiré, souhaitant pouvoir m'envelopper dans ce parfum.

Lorsqu'il s'est approché, il a donné un coup de pied dans un grêlon. — Qu'est-ce que c'est que ça ? Ce n'est pas de la neige.

— C'est de la grêle. Le T-shirt me couvrait un œil, mais je l'ai examiné avec l'autre. Il était grand, bien dix centimètres de plus que moi, même avec mes talons. Ah. Ce n'était pas que l'odeur de sa lessive. Il portait des santiags de luxe ; d'où l'odeur de cuir. En autruche. Chères. Un jean délavé et usé qui mettait en valeur des hanches étroites, et le T-shirt que j'avais déjà remarqué, qui était moulant aux bons endroits. Des cheveux foncés, entre le brun et le noir. Des yeux sombres, également. Vifs. Evaluateurs. Mais aussi bienveillants. Mes joues se sont échauffées sous ce regard.

— De la grêle ? Vous voulez dire, comme une sorte de punition divine ? Il parlait d'un ton sec, comme les gens à la télé, pas comme quelqu'un que j'avais déjà rencontré dans la vraie vie.

— Non. De la grêle. G-R-Ê-L-E. Vous n'êtes pas du coin, vous ?

Il a souri, le côté droit plus haut que le gauche. — Non. J'essaie encore de m'habituer à certains de ces accents texans.

— Juste de passage, ou vous vivez ici maintenant ?

Cette bouche luxuriante s'est un peu tendue. — Un peu des deux. Je suis à Austin depuis trois mois, mais j'espère pouvoir rentrer bientôt chez moi.

— Vous espérez ? Je lui ai adressé un sourire facile. — De toute évidence, vous n'avez pas eu droit à l'expérience complète d'Austin. La plupart des gens ne veulent jamais partir. Sauf moi. Après avoir vécu toute ma vie ici, ma ville natale commençait à ressembler un peu à une chemise préférée que j'aurais dépassée. Douce et confortable, mais un peu trop serrée.

La tension a disparu et sa joue droite s'est de nouveau soulevée. Ce sourire devrait être illégal. — Peut-être que je n'ai pas eu le bon guide touristique. Son regard a commencé à descendre, et ses yeux se sont écarquillés quand ils ont atteint ma poitrine. Il a cligné des yeux pour les ramener sur mon visage. — Vous avez, euh, vous avez du sang sur votre chemisier.

— Oh, merde. J'ai posé ma main sur la sienne qui tenait le T-shirt. Sa main était chaude et sèche. Une peau lisse, comme s'il travaillait aussi dans un bureau. Il l'a glissée de sous la mienne pour que je puisse évaluer les dégâts. Mince, deux gouttes rouges juste au-dessus de mon sein gauche. Tenant une main sur ma coupure, j'ai essayé de déplier ma veste avec l'autre.

— Je peux t'aider ?

J'ai hoché la tête, et il a secoué ma veste. Pendant qu'il la tenait derrière moi, j'ai glissé un bras, changé de main sur ma coupure, puis glissé dans l'autre manche. Quand il a rapproché les deux pans, nous étions proches, comme si nous dansions. Son parfum divin m'a enveloppée, et la grêle, ma réunion, tout s'est estompé autour de moi.

Il me semblait familier. J'avais déjà vu ces lèvres pleines, tordues sur un côté. La courte barbe sombre, épaisse sur son menton et un peu clairsemée sur ses joues. Le sourire sincère semblait différent, mais j'avais vu ces yeux plissés aux coins. Comment est-ce que je le connaissais ?

— Est-ce qu'on…

Il a parlé en même temps. — Tu travailles dans le coin ? Je ne crois pas t'avoir déjà vue.

— C'est mon premier jour. J'ai une grosse réunion ce matin. De toute évidence, je n'étais pas si mémorable s'il ne pensait pas m'avoir déjà vue. Où est-ce que je l'avais rencontré ?

— Là-dedans ? Il a incliné le menton vers l'immeuble de Synergy derrière moi.

— Oui, je suis consultante. J'ai ma propre entreprise. Même en saignant sur le trottoir, j'ai senti ma poitrine se gonfler.

— Consultante. Il a reculé, emportant avec lui le parfum glorieux. Les grêlons tintaient à l'extérieur de l'auvent. — Laisse-moi te trouver un pansement. J'en ai un dans mon sac.

— Non. Merci, quand même. Je ne pouvais pas entrer dans une réunion avec Cooper Fallon avec un pansement sur le visage.

— Tu préfères avoir du sang qui coule sur ton front pendant ta grande réunion ? Ce morceau de glace t'a bien eue. Il a fouillé dans son sac et en a sorti une petite trousse de premiers soins en plastique.

— Tu es un scout ? Je gardais une trousse de premiers soins dans ma voiture pour Noah, mais je ne connaissais pas beaucoup d'hommes qui en faisaient autant.

Il a gloussé. — Ils m'ont renvoyé quand j'avais neuf ans. C'est Marlee. Mon assistante. Elle prend soin de moi.

Une assistante ? Mon secouriste en jean et T-shirt n'avait pas l'air d'avoir ce genre de pouvoir. Mais maintenant que j'y pensais, sa voix avait en effet une légère nuance impérieuse, comme s'il avait l'habitude de donner des ordres. Et de se faire obéir.

Il a ouvert la trousse et en a sorti un pansement. Quand il a déchiré l'emballage, j'ai aperçu un éclair de rouge.

— Qu'est-ce que c'est ?

— Oh. Flash McQueen. Tu sais, dans *Cars* ? Elle a un sens de l'humour tordu.

Bien sûr que je connaissais *Cars*. C'était le film préféré de Noah depuis ses trois ans. — Tu ne vas pas me mettre Flash McQueen sur le visage.

— Montre-moi ce sourire. Celui que tu m'as fait quand tu parlais de ton entreprise. Celui que tu leur montreras dans cette réunion.

Je n'ai pas pu m'en empêcher. Je souriais, largement, chaque fois que je pensais à Weber Technology Consulting.

— C'est ça. Personne ne regardera ce bon vieux Flash McQueen quand tu arboreras ce sourire magnifique. Il a retiré le T-shirt de mon visage, effleurant mes doigts. Ce n'était pas la perte de sang qui les faisait picoter.

— Merci… J'ai haussé les sourcils.

— Mes amis m'appellent Jay.

— Je m'appelle Alicia.

— Alicia. Il a roulé mon nom dans sa bouche. Puis, d'une légère pression de ses doigts chauds, il a collé le pansement sur ma tête. — On est assortis maintenant, tu vois ? Il a levé le bras et, en effet, il y avait un pansement Flash McQueen sur son coude.

— La grêle ne t'a pas eu, toi aussi ? J'avais été trop concentrée sur ma propre blessure, mes propres problèmes, et je n'avais pas fait attention. Le bras de Jay était gonflé de muscles secs, et une veine s'enroulait autour de son avant-bras. Ça aussi, je ne l'avais vu qu'à la télé.

— Nan. Il l'a frotté. — Je me suis approché trop près d'un arbre pendant ma course. Il s'est de nouveau rapproché. — Je peux ?

J'ai hoché la tête, la gorge trop sèche pour parler. Il a tiré sur ma veste pour que les pans se rejoignent devant. Puis il a glissé un doigt dans mes cheveux près de la coupure et les a lissés. Il m'a scrutée de la tête aux pieds, et chaque endroit où son regard se posait picotait.

— Comme neuve. Il a reculé. — Ça va ? Pas trop étourdie ?

Étourdie ? Oui. J'ai cligné des yeux. Avais-je dit ça à voix haute ? — Ça va.

— Bien. Il a ouvert la bouche, puis l'a refermée. Était-il sur le point de m'inviter à sortir ? Il devait ressentir la même chose que moi. Ce qu'il avait dit sur mon sourire était clairement une tentative de flirt. Un lien invisible nous empêchait de nous diriger vers la porte ou de sortir sur le trottoir.

Les mots de ma sœur, prononcés des années auparavant, me sont revenus en écho. *La vie est courte. N'attends pas ce que tu veux. Demande-le, et puis prends-le.* Elle n'avait pas vécu assez longtemps pour suivre ses propres conseils. Mais j'avais pris ses paroles à cœur, et je savais ce que je voulais : plus de temps avec les doigts doux et les yeux sans fond de ce type. — Hé, Jay, j'ai cette réunion maintenant, mais peut-être que tu aimerais prendre un café un de ces jours ?

Il a de nouveau jeté un coup d'œil à la porte derrière moi. — Je suis désolé, je… ne peux pas.

Mon ventre s'est noué et alourdi, et mes joues se sont enflammées. — Oh, d'accord. Avait-il une petite amie ? Marlee était-elle plus que son assistante ? Ou peut-être que j'étais en état de choc et que j'avais halluciné les signes de son attirance. Bien fait pour moi d'avoir pris les devants. D'avoir suivi les conseils de Melissa.

Il fallait que je parte de là. Que je me ressaisisse et que je me concentre sur ma réunion. J'ai remonté mon sac sur mon épaule. — Je dois y aller. Merci pour ton aide.

Quand je lui ai tendu le T-shirt, le tissu gris était maculé de sang. Dégueu. Je l'ai repris avant qu'il ne puisse le toucher. — Je le laverai ce soir et je te le rapporterai demain. Je le laisserai ici, dans le hall, demain matin ?

— Bien sûr. Il s'est de nouveau penché, montrant cette parcelle aguichante de son dos, et a ramassé un grêlon de la taille d'une balle de golf. Il a sorti une chaussette de son sac de sport et l'a enroulé autour du morceau de glace avant de le remettre dans son sac. Je n'ai pas pu m'empêcher de sourire malgré mon embarras. S'il était un tant soit peu comme Noah, Jay le rangerait dans le congélateur le plus proche et le sortirait pour l'examiner plus tard. La curiosité scientifique faisait toujours fondre mon cœur de nerd.

Mais le cœur de ce scientifique-secouriste ne ressentait pas la même chose pour moi, apparemment. Mes joues ont de nouveau flamboyé.

Il a ouvert la porte et me l'a tenue.

Je suis passée, en faisant attention de ne pas le frôler. La chaleur s'était propagée de mon cou à ma poitrine. J'ai repéré un panneau indiquant les toilettes sur la droite et je me suis dirigée vers lui sans le regarder. — Merci encore.

— De rien, Alicia.

Quelques minutes plus tard, j'ai accroché un badge de visiteur à mon revers, revêtant mentalement mon armure à nouveau. *Retour à la normale. Casser la baraque. Fini les distractions, aussi sexy soient-elles.*

Un autre homme de grande taille a franchi les portiques de sécurité, me tendant la main. — Vous devez être Mme Weber. Je suis Cooper Fallon.

J'ai aspiré une bouffée d'air. Mâchoire ciselée, cheveux blonds sablés, yeux de la couleur des bluebonnets. J'avais vu des photos de lui — le PDG de Synergy Analytics avait fait la couverture de *Forbes* au moins deux fois, et puis je l'avais googlé, bien sûr — mais les photos ne m'avaient pas préparée à un mètre quatre-vingt-dix et quelques de peau bronzée et de physique svelte, accentué par une chemise bleue impeccable, un pantalon de costume sur mesure et un veston sans un pli. J'ai passé la main sur ma jupe crayon noire, froissée par le trajet en voiture.

Me secouant mentalement, j'ai saisi sa main. — Ravi de vous rencontrer, Monsieur Fallon.

Il ne m'a pas demandé de l'appeler Cooper.

— Les escaliers ne vous dérangent pas ? a-t-il demandé. Nous nous réunissons au deuxième étage.

— Bien sûr. Un peu de cardio pourrait calmer mes nerfs. Prenant une grande inspiration, je l'ai suivi à travers les portiques de sécurité jusqu'à un large escalier ouvert. En montant, j'ai regardé autour de moi. De larges planchers de bois, des conduits apparents au plafond, des rouges, oranges et bleus vifs en touches colorées sur les murs qui me rappelaient le Hill Country au printemps. — Depuis combien de temps possédez-vous cet immeuble ?

— Pas longtemps. Nous l'avons racheté à une entreprise qui a décidé de passer au télétravail. Nous nous approprions l'espace pendant un certain temps avant de décider d'apporter des changements.

— Mais Synergy n'est pas passé au télétravail ? J'ai failli me frapper le front. *Évidemment, Alicia. Ils sont là.*

Il m'a attendue en haut des escaliers. — Non, nous adoptons une approche collaborative du développement logiciel. Jamila dit que c'est aussi ce que vous préférez ?

J'ai souri à la mention de ma mentor. Je pouvais presque la sentir à côté de moi, me disant : *Tu gères.* — Absolument, ai-je dit. Les équipes peuvent accomplir tellement plus lorsqu'elles sont réunies, lorsqu'elles n'ont pas à dépendre des e-mails ou même de la messagerie instantanée pour communiquer.

— Je suis ravi que vous le pensiez. Je suis sûr que vous vous intégrerez parfaitement à l'équipe.

Il a ouvert une porte en verre dépoli menant à une salle de conférence. À l'intérieur, la plupart des chaises étaient occupées. Un rapide coup d'œil m'a appris que les participants à la réunion étaient tous des hommes ; pas de surprise. Et en bout de table…

— Jay ? J'ai levé une main vers mon front. Était-il l'un des développeurs avec qui j'allais travailler ?

— Alicia ! Jay s'est levé, son sourire se transformant rapidement en froncement de sourcils tandis qu'il regardait de moi à Cooper. — Qu'est-ce qui se passe, Coop ?

Peut-être que ce grêlon avait fait plus de dégâts que je ne l'avais pensé. Ou peut-être que je m'étais trop entichée d'une paire d'yeux sombres et vifs. Mais en voyant les deux hommes ensemble, les pièces du puzzle se sont emboîtées. Cooper Fallon et mes-amis-m'appellent-Jay *Jackson* Jones, cofondateurs de Synergy Analytics. Le cerveau commercial et le génie de la programmation qui avaient lancé l'entreprise dans leur chambre d'étudiant à Stanford et l'avaient fait devenir une société du Fortune 1000 en moins d'une douzaine d'années.

Pourquoi diable Jackson Jones avait-il besoin de *moi* sur un projet de programmation ?

À côté de moi, Fallon s'est redressé. — Mme Weber est ici pour aider à définir l'orientation et à faire avancer le projet.

Au téléphone, il m'avait dit que j'étais là pour sauver un projet en difficulté. Ah.

Le regard de Jackson est devenu dur comme de la pierre. — En tant que chef de projet, c'est mon rôle de définir l'orientation.

À côté de Jackson, un jeune programmeur s'est affalé sur son siège comme s'il essayait de fondre dans la maille de polyester. Je voulais faire de même. Ces deux-là étaient censés être les meilleurs amis du monde, et maintenant ils se disputaient. À cause de moi. En fait, parce que Cooper Fallon n'avait pas dit à son partenaire commercial qu'il embauchait une consultante. Moi. Et qui diable était aux commandes ici ? J'ai lorgné le siège en bout de table, celui que j'avais prévu d'occuper. Celui où trônait maintenant Jackson Jones.

Quelque chose qui n'était pas de ma faute était soudainement devenu mon problème. Il n'y avait rien d'autre à faire que de prendre mon courage à deux mains et de le résoudre. J'ai redressé le dos. *C'est l'heure du spectacle.*

— Monsieur Fallon, souhaitez-vous briefer M. Jones pendant que je fais connaissance avec l'équipe ? ai-je dit, avec ce que j'espérais être le sourire que Jay — Jackson — avait admiré et non un grognement où je montrais les dents.

— Excellente idée, Mme Weber. Fallon a incliné la tête vers le couloir. Jackson a contourné la table et a suivi son cofondateur hors de la pièce.

Une seconde avant que la porte ne se referme, le ton bas de Jackson a flotté dans l'air. — C'est des conneries, Coop…

J'ai parlé assez fort pour le couvrir. — Pendant que M. Jones et M. Fallon discutent de stratégie, nous allons faire connaissance. Je suis Alicia Weber de Weber Technology Consulting, et je suis ici pour aider à remettre ce projet de développement sur les rails afin que nous puissions livrer dans les délais. Je suis impatiente de tous vous connaître.

— Voudriez-vous commencer les présentations ? Faisant un signe au jeune homme qui était assis à côté de Jackson, j'ai fait le tour de la table. J'ai déplacé une tasse de café Synergy et je me suis assise sur le siège du pouvoir, l'abaissant subrepticement pour que mes pieds touchent le sol.

Tandis que les gars se présentaient à tour de rôle, la dispute de l'autre côté de la porte s'est finalement calmée, et avant que nous n'ayons terminé, Jackson et Fallon sont revenus à l'intérieur. Fallon a pris la chaise vide en face de la table, son expression sereine alors qu'il écoutait l'équipe faire le point sur leurs tâches. Jackson s'est appuyé contre le mur, les bras croisés, la couleur toujours vive sur ses pommettes hautes. Il n'a pas dit un mot de plus, mais une chaleur semblait émaner de lui, et les programmeurs les plus proches de lui se tortillaient sur leurs sièges. Mais pour moi, du moins, il n'y avait aucun doute sur la blessure dans ses yeux. Qu'est-ce qui se passait entre ces deux-là, bon sang ? Ils avaient plus besoin d'un thérapeute de couple que d'une consultante.

— Maintenant que tout le monde s'est rencontré, a dit Cooper en se levant, j'aimerais revoir les contraintes du projet. Avec Alicia qui rejoint l'équipe, je suis convaincu que vous serez en mesure de terminer le développement d'ici le 15 novembre comme prévu initialement.

Deux mois. J'avais deux mois pour redresser le projet et livrer un code fonctionnel. Je pouvais le faire. Je savais que je le pouvais. Sauf si…

— Alicia ? a demandé Cooper.

Que m'avait-il demandé ? Quelque chose à propos de la date, je crois. — Absolument, Monsieur Fallon. Nous y arriverons.

Jackson a reniflé.

J'ai plissé les yeux en le regardant. Il n'allait pas me saboter, n'est-ce pas ? Ce ne serait pas la première fois que quelqu'un essayait. J'avais tout vu : des ralentissements délibérés, des bugs introduits « accidentellement », même des arrêts maladie à un moment critique d'un projet. Tout ça parce qu'une femme menaçait leur ego fragile. Ils avaient serré les rangs et s'étaient étalés autour de la table jusqu'à ce qu'il n'y ait plus de place pour moi.

Je ne pouvais pas laisser ça se produire ici. Si nous réussissions, la recommandation de Cooper Fallon m'ouvrirait des portes à Austin, dans la Silicon Valley, partout où je voudrais travailler. Je pourrais écrire mon propre destin. Mais si j'échouais, ce serait la fin de Weber Technology Consulting. Je retournerais dans le bureau de quelqu'un d'autre pour pondre du code, chose que j'essayais de fuir depuis cinq ans.

Alors quand Cooper Fallon m'a serré la main en disant : — À demain matin, huit heures ? J'ai dit : — Absolument. J'ai hâte de commencer.

C'est toujours bon de commencer un nouveau travail en mentant comme une arracheuse de dents, n'est-ce pas ?

Comme s'il pouvait voir la pensée coupable défiler sur mon front comme un bandeau lumineux, Cooper a plissé les yeux vers moi. — À demain, alors. Il s'est tourné pour parler à Jackson, qui me fixait avec une expression indéchiffrable. Fini la tendresse dont il avait fait preuve en pressant ce ridicule pansement sur mon front.

Je l'ai dévisagé en retour. Peu importait à quel point il avait été gentil. Ou à quel point il était un programmeur célèbre. Pas question que je laisse Jackson Jones gâcher cette opportunité décisive pour moi.

2

ALICIA

À LA SECONDE où je me suis garée près du terrain de foot des moins de 11 ans, j'ai su que quelque chose n'allait pas.

Ce n'était pas un quelconque sixième sens maternel comme celui de ma meilleure amie, Tiannah. Je supposais que c'était quelque chose qui s'infusait dans les veines dans la salle d'accouchement, comme l'ocytocine. J'étais la preuve qu'on ne pouvait pas l'acquérir simplement en tenant la main de sa sœur pendant qu'elle accouchait.

Non, je l'ai deviné parce que les enfants ne couraient pas partout. Ils étaient assis dans l'herbe pendant que Tiannah berçait Noah sur ses genoux, essuyant ses larmes et embrassant son front. Derrière elle, son mari, l'entraîneur, faisait les cent pas, le téléphone à l'oreille. J'ai ignoré mon propre téléphone qui vibrait pour sauter de la voiture et traverser en titubant le parking en gravier avec mes talons. Je me suis juré de les brûler. Ils m'avaient ralentie deux fois aujourd'hui.

— Noah ! Je suis tombée à genoux à côté de lui dans l'herbe. Qu'est-ce qui s'est passé ?

Tiannah a tendu la main et a pris la mienne, son assurance

maternelle se déversant en moi. — Il a trébuché. Il est tombé lourdement. Il dit qu'il a mal au bras.

Le long de son avant-bras, la peau avait déjà rougi. Je n'avais peut-être pas d'instinct maternel, mais Noah s'était cassé assez d'os pour que je sache ce que je devais faire.

— Hé, mon grand, ai-je dit d'une voix douce. Tu penses que tu peux te lever ?

Il a essuyé son visage sur sa manche. — Ouais.

— On va aller voir le Dr Ruiz. Elle va te remettre sur pied. Je l'ai soutenu sous le bras valide, et Tiannah l'a agrippé par-derrière tandis qu'il se relevait sur des jambes flageolantes.

Alors que les autres enfants applaudissaient, Tamika a accouru, ses tresses volant au vent. — Noah, ça va ?

— Ouais.

Elle l'a serré dans ses bras, ignorant son bras qui pendait bizarrement sur le côté. — Remets-toi vite, d'accord ? On se voit demain à l'école.

Il a hoché la tête et s'est dégagé de son étreinte. Le pauvre, il devait vraiment avoir mal. Normalement, il aurait parlé à sa meilleure amie jusqu'à ce qu'on soit obligés de les séparer.

— Alicia ! Cette voix familière a fait se nouer mon estomac. Des bruits de pas rapides se sont approchés, et Rick s'est retrouvé là, à peine essoufflé par sa course à travers deux terrains de foot. Qu'est-ce qui s'est passé ?

J'ai levé les yeux vers son visage aux traits virils. Autrefois, je le trouvais beau ; maintenant, les angles vifs de ses pommettes me semblaient durs. Rien à voir avec les douces ridules au coin des yeux chocolat de Jackson Jones. J'ai chassé ce souvenir d'un clignement d'yeux. — Noah est tombé, et je l'emmène chez le médecin.

Délicatement, il a soulevé le bras que Noah berçait et l'a examiné. — Ça fait très mal, hein ?

— Ouais, Coach… je veux dire, Rick. La bouche de Noah s'est pincée.

Rick lui a ébouriffé les cheveux. — Je ne suis peut-être pas ton entraîneur cette saison, mais tu peux toujours m'appeler comme ça.

J'ai grimacé. J'avais tiré quelques ficelles pour m'assurer que Noah ne serait pas dans l'équipe de Rick cette saison. J'avais espéré ne plus jamais le revoir après notre rupture plus tôt cet été, mais j'aurais dû m'en douter, vu le temps que nous passions tous au complexe sportif.

— On dirait que ça pourrait être cassé. Je l'emmènerais chez le médecin.

J'ai cligné fort des yeux pour éviter de les lever au ciel. Ne venais-je pas de lui dire que c'était là où nous allions ?

— Je peux venir avec vous. Parler au médecin. Palmer reste chez sa mère ce soir.

— Non. Je l'avais dit plus fort que je ne l'intentionnais. Je veux dire, ça va aller. Je gère. Comme Rick ne relâchait pas le bras de Noah, j'ai ajouté : J'aimerais l'y emmener avant qu'ils ne ferment.

— Bien sûr. Il a de nouveau ébouriffé les cheveux de Noah. Bonne chance, Noah. J'espère te revoir bientôt sur le terrain.

— Merci, Coach. Les yeux de Noah étaient plissés de douleur, mais ils brillaient encore en regardant Rick. Merde. J'avais su que c'était une mauvaise idée de sortir avec un homme qui était à la fois son entraîneur et le père d'un de ses amis. Noah espérait probablement qu'on se remette ensemble. Mais ça, je ne le ferais pas. Même pas pour lui.

— Tu es sûre que tu n'as pas besoin de moi ? La voix de Rick était basse, seulement pour moi. Ses yeux verts ont brillé.

— Merci, Rick. Ça va aller.

— Mais…

La voix de Tiannah l'a interrompu. — Elle a dit que ça allait. Et puis, je vais avec elle.

Je l'ai regardée, surprise. — Mais et les…

— Orlando s'occupe des enfants. D'une voix plus basse, elle a ajouté : Un coup de main ne te ferait pas de mal. Mais pas de lui. Elle a passé la sangle de son sac sur son épaule.

La bouche de Rick s'est crispée, mais après un instant, il a hoché la tête et s'est éloigné. Je ne l'ai même pas regardé partir. Bon, d'accord, il se peut que j'aie laissé brièvement mon regard errer sur son postérieur. Ce short de foot m'a rappelé pourquoi j'avais cédé quand il m'avait invitée à sortir. Si seulement il avait été capable de tenir les promesses de ses fessiers musclés.

Tiannah a marmonné ce que je pensais. — Quel gâchis pour un si beau cul.

J'ai ravalé ma réponse, consciente des nombreuses petites oreilles autour de nous.

— On y va, Noah. Je lui ai ouvert la portière, et il s'est glissé avec précaution sur la banquette arrière.

Tiannah a posé sa main sur la portière passager avant de ma voiture.

La culpabilité m'a envahie. — Vraiment, Tee, je gère. Ce n'est pas notre premier tour aux urgences. Tu as assez à faire avec un bambin, un enfant de maternelle et un autre de CM2 à baigner, nourrir et mettre au lit.

Elle a ouvert la portière. — Mais tu n'as pas à le faire seule. Et puis, je veux tout savoir sur ta première journée en tant que consultante.

J'ai souri malgré mon estomac noué. Nous avions travaillé ensemble jusqu'à ce qu'elle démissionne deux ans plus tôt pour devenir mère au foyer. Je projetais déjà de me lancer à l'époque, et elle était presque aussi investie émotionnellement que moi dans Weber Technology Consulting. — D'accord, alors. Monte.

Noah se débattait encore avec sa ceinture de sécurité, alors je l'ai bouclée pour lui. Il m'a gratifiée d'un sourire mal assuré, et j'ai refermé la portière. Je me suis installée au volant de ma Honda, ai fait un signe de la main à l'entraîneur, et j'ai lentement quitté ma place de parking, à l'affût des ballons de foot et des parents distraits.

J'ai croisé le regard de Noah dans le rétroviseur. — Raconte-moi ce qui s'est passé, mon grand.

Il a cogné ses chaussures à crampons contre la

banquette. — L'entraînement était fini, et le coach nous a fait faire un tour de terrain. J'étais en train de gagner, et quand j'ai levé la tête, j'ai trébuché. Je suis tombé sur mon bras, et ça a fait très mal. Madame Tiannah, vous croyez que j'ai quand même gagné, même si je suis tombé ?

— Bien sûr que oui. Tout le monde a vu que tu aurais fini premier.

Dans le rétroviseur, je l'ai vu se pencher en arrière et sourire. L'esprit de compétition était profondément ancré dans la famille Weber.

Le cabinet médical n'était pas loin, et la route m'était familière. Mais cette fois, avec la présence apaisante de Tiannah dans la voiture, je n'étais pas paniquée par la blessure de Noah ni en train de me flageller pour les échecs parentaux qui auraient pu en être la cause. Je suis donc entrée dans le hall avec un sourire, tenant la main valide de Noah. Je me suis figée en voyant le visage inconnu derrière le bureau.

— Où est Ruby ? Je me suis approchée du comptoir.

— Elle n'est pas là ce soir. Quelle est la raison de votre visite ? Elle fixait son écran, les doigts en suspens au-dessus de son clavier.

— Mon neveu… Merde, il allait falloir que je repasse par tout ça avec elle… s'est blessé au bras en jouant au foot. Il a dix ans. Le Dr Ruiz est là ce soir ?

— Oui. Elle a tapé l'information, puis m'a tendu un porte-bloc. Il faut que vous remplissiez ça, et il nous faut une lettre de consentement de ses parents.

— Je suis sa tutrice légale. Ses parents sont… J'ai jeté un coup d'œil à Noah, assis sur la chaise en plastique à côté de Tiannah. … ne sont plus de ce monde. Je suis sûre que nous sommes dans votre système avec les documents appropriés.

Son sourire était mielleux. — Remplissez les papiers. N'oubliez pas les informations de l'assurance.

Mon cœur est tombé dans mon estomac. *L'assurance.* Combien

cette visite allait-elle coûter ? Au moins, nous n'étions pas allés aux urgences de l'hôpital. Pas encore.

J'ai pris le porte-bloc qu'elle me tendait et je me suis traînée jusqu'à Tiannah и Noah. Je me suis affalée sur la chaise à côté de Noah et j'ai rempli le formulaire, sortant ma nouvelle carte d'assurance et transcrivant soigneusement les numéros.

Tiannah m'a donné un coup de coude. — Qu'est-ce qui ne va pas ?

— Rien, juste… là, tout de suite, mon ancienne assurance me manque. Tu sais à quel point elle était bien. J'ai pris la formule la moins chère le temps de lancer ma boîte. J'aurais dû savoir qu'il ne fallait pas créer mon entreprise pendant la saison de foot. Ce ticket modérateur va faire mal.

— Avoir ta propre entreprise en vaut la peine. Tu vas t'en sortir.

Après la réunion avec Cooper et Jackson, je n'en étais plus si sûre.

J'ai dû me disputer avec la nouvelle réceptionniste à propos de l'autorisation parentale jusqu'à ce qu'elle trouve notre dossier dans le système. Victorieux enfin, on nous a emmenés voir le Dr Ruiz, qui a palpé le bras de Noah et nous a dit qu'elle devait l'emmener faire une radio.

Quand la porte s'est refermée derrière eux, Tiannah m'a prise dans ses bras. — Ça va aller, ma belle.

— Je sais. Je l'ai serrée en retour. C'est un dur à cuire.

Elle s'est adossée au mur de la salle d'examen. — Toi aussi, tu es une dure à cuire, tu sais. Comment s'est passée ta première journée ?

J'ai reniflé. — Horrible. J'ai soulevé mes cheveux pour lui montrer le pansement Flash McQueen et lui ai raconté brièvement l'histoire des fondateurs dysfonctionnels de Synergy Analytics et la tâche difficile qu'ils m'avaient confiée.

Elle a secoué la tête. — Qu'est-ce que Jamila a dit ?

— Quand ? Tu veux dire il y a deux semaines, quand elle m'a parlé de ce contrat ?

— Tu ne l'as pas appelée après ?

— Aujourd'hui ? Non. J'ai mis ma culotte de grande fille aujourd'hui. Je peux gérer ça.

Tiannah a levé les yeux au ciel. — Tu penses toujours que tu dois faire cavalier seul. Jamila connaît ces types. Ils sont tous allés à l'université ensemble. Elle peut te donner des tuyaux. Des astuces. Des leviers. Je parie qu'elle a de sacrés dossiers sur ce Jackson Jones. Quelque chose que tu peux utiliser pour prendre l'avantage sur lui.

Penser à Jackson Jones et à des jambes — la façon dont ce jean usé moulait ses cuisses — a fait rougir mes joues. Comme d'habitude, Tiannah n'a rien manqué.

— Ils sont aussi canons que sur leurs photos ?

— Traumatisme crânien. J'ai montré ma coupure. On ne peut pas me faire confiance pour porter ce genre de jugement.

En pinçant les lèvres, elle a haussé les sourcils.

— OK, oui, carrément canons. Tous les deux. Mais Cooper est un glacier. J'ai frissonné en me souvenant de la froideur de son regard. Jackson était tout le contraire : la chaleur dans ses yeux marron alors qu'il épongait le sang sur mon visage m'avait fait l'effet d'un feu de camp crépitant par une fraîche journée d'automne, mais ils s'étaient transformés en incendie quand il avait appris que j'étais là pour reprendre son projet. Dangereux. La flamme s'était éteinte après sa discussion avec Cooper dans le couloir. Je n'arrivais toujours pas à cerner leur dynamique.

— Oh, et j'ai oublié de mentionner que j'ai essayé d'inviter Jackson Jones à sortir, avant de savoir qui il était, donc il y a ça aussi. J'ai grimacé.

— Ma pauvre. Elle a fait claquer sa langue. Je n'ai pas besoin de te dire de rester loin de tout ça.

— Non. Il n'y a que des inconvénients pour moi dans cette situation. Heureusement qu'il m'a recalée. Mon estomac s'est tordu d'embarras. Et maintenant que j'ai rejoint son projet, Jackson est aussi accueillant qu'un buisson de ronces. De toute façon, ça n'a absolument aucune importance. Je suis là pour faire un travail. Entrer, sortir.

— Mais ?

— Je suppose que je pensais que ce serait différent en tant que consultante. Ils m'engagent pour être intelligente. J'arrive, je sauve le projet, je pars. Pas d'egos masculins fragiles. Pas de pique-niques d'entreprise. Pas d'apéros. Pas d'entretiens d'évaluation. Facile. Transactionnel.

— Ma chérie. Elle m'a serré la main. Rien n'est facile pour les femmes dans un monde d'hommes. Tu mèneras le bon combat contre le patriarcat chaque foutu jour. Je sais que tu feras de ton mieux. Et tu rendras Jamila fière.

J'ai aussi entendu ce qu'elle n'a pas dit. Que si je faisais une pagaille chez Synergy, ça rejaillirait négativement sur Jamila. J'ai pris une profonde inspiration. — Faire le job, et me barrer. Ne pas faire de vagues. Message reçu. J'avais marché sur des œufs à travers le champ de mines des egos masculins toute ma carrière. Et cette fois, j'étais payée le double de ce que j'avais gagné en tant que simple employée.

En combattant Jackson Jones, je gagnerais chaque centime. Et quand le Dr Ruiz est revenue et m'a annoncé que Noah s'était fracturé le cubitus, et que son assistante nous a dit combien son traitement coûterait avec mon assurance bas de gamme, j'ai su que j'en aurais besoin, aussi.

3

JACKSON

— TU NE TROUVERAS PAS de bouffe comme ça à San Francisco. Je me suis penché en arrière pour jauger l'expression de Cooper.

Sa lèvre s'est retroussée si légèrement que quelqu'un qui ne le connaissait pas depuis douze ans aurait pu ne pas le remarquer. Son regard a erré du T-shirt « Keep Austin Weird » de la personne devant nous à la serveuse qui prenait les commandes, en sueur et le tablier taché de sauce, puis à la cuisine bondée où un homme encore plus en sueur retournait un carré de travers de porc. — Non, je ne pense pas, en effet.

Depuis qu'Alicia avait fait une entrée remarquée à la réunion ce matin-là – la réunion que j'avais crue être *mienne*, la preuve que Cooper me faisait enfin de nouveau confiance – toute en assurance et en grâce malgré le pansement ridicule que j'avais collé sur son front, je me sentais comme si j'étais couvert de fourmis. Des fourmis de feu, dont j'avais découvert l'existence – une existence douloureuse à vous dévorer le cul – quand j'avais essayé de me reposer sur l'herbe du parc après un de mes joggings. Et ça m'avait rendu, comme on dit ici au Texas, hargneux.

Alors, j'avais emmené Cooper dans ce boui-boui de viande

fumée, avec son service revêche, ses tables collantes et ses condi-ments en libre-service, ce que je savais qu'il détesterait. Mais je n'étais pas stupide. La nourriture, la meilleure chose que j'avais mangée depuis trois mois que j'étais à Austin, en valait la peine.

Mon téléphone a vibré dans ma poche, et je l'ai sorti. Un rappel pour appeler Sam. Marlee était une sainte de programmer ces rappels hebdomadaires. J'ignorais ceux qu'elle avait programmés pour que j'appelle ma mère et mes autres frères et sœurs, mais je ne zappais jamais celui pour Sam.

— Désolé, un truc dont je dois m'occuper. Tu me commandes les travers de porc, la salade de pommes de terre et les okras ? J'ai ricané devant son expression horrifiée et je me suis éclipsé dehors. J'ai trouvé un peu d'ombre sous un arbre, j'ai mis mes écouteurs et j'ai lancé un appel vidéo à Sam.

Elle a décroché après quelques sonneries. Les murs gris insti-tutionnels qui l'entouraient donnaient à sa peau pâle un aspect verdâtre.

— Pourquoi tu ne peux pas envoyer de SMS comme une personne normale ?

— Les grands frères préférés n'ont pas besoin d'envoyer de SMS en premier. Et puis, j'aime bien surprendre les gens. T'es où, d'ailleurs ?

— Dans la cage d'escalier de la fac. Je *travaillais* quand tu as appelé.

— Sur tes devoirs ? Besoin d'aide ?

— Non, Jackson. Elle a levé les yeux au ciel. Je travaille sur mon projet de recherche.

— C'est de la programmation, c'est ça ? Je peux t'aider. Comme je le faisais quand j'habitais à la maison.

— Quand j'habitais à la maison, je ne faisais pas d'optimisa-tion convexe. Et toi non plus.

— De l'optimisation quoi ?

Elle a eu un sourire en coin. — Ouais, ils n'enseignaient pas ça *il y a dix ans* aux étudiants de premier cycle, même à *Stanford*.

Admets-le, maintenant que je suis en master, c'est moi le gourou de la programmation.

— Bien sûr. Tu as toujours eu un don pour ça. Mais tu es sûre que ça va ? Tu n'avais pas ces cernes sous les yeux la dernière fois qu'on s'est parlé.

— Ça va. Même si mon projet de thèse ne se passe pas aussi bien que je l'espérais. C'est vraiment dur, tu sais ?

— J'ai à peine eu ma licence. Ce que tu fais est difficile, mais tu peux y arriver. Tu es la plus intelligente de nous tous.

Elle a reniflé, mais je voyais bien qu'elle cachait un sourire. — Dis ça à Maman.

— Je le ferai, la prochaine fois que je lui parlerai. Ce qui n'arriverait pas avant Thanksgiving si ça ne tenait qu'à moi.

Son demi-sourire s'est effacé. — J'aimerais pouvoir venir au Texas.

Je me suis levé d'un bond et j'ai fait les cent pas autour de l'arbre. — Pourquoi ? Qu'est-ce qui ne va pas ? Ce connard de Stephen ne t'embête pas encore, n'est-ce pas ? Parce que je prends un avion et je…

— Non, non. Je veux juste dire que Maman peut être pesante. Un peu de distance me ferait du bien. Un jour…

Ma petite sœur me ressemblait beaucoup, mais elle n'avait pas développé mon attitude « je m'en fous » envers notre mère. — Ne la laisse pas t'intimider. Et peut-être que la distance est tout ce dont tu as besoin pour ton projet. Tu sais que nos cerveaux ne fonctionnent pas comme ceux des autres. Fais un tour en voiture. Ou un jogging. Passe un peu de temps dehors.

Un coin de sa bouche s'est relevé. — Tu as toujours excellé dans l'art de fuir les situations difficiles.

— Hé, je ne dis pas que c'est la stratégie d'adaptation la plus saine, mais peut-être que tu as besoin d'une pause. Merde, je te paie le billet d'avion pour venir ici, Samwise. On pourra aller dans un bar de honky-tonk. Boire de la tequila jusqu'à en vomir. Avoir un visage amical à Austin serait un soulagement après des mois passés à voir les gens marcher sur des œufs autour du fondateur de l'entreprise. Au moins, au siège, ils me considéraient comme un boulet, pas quelqu'un à craindre. Weston — et même Cooper — s'en étaient assurés.

— C'est gentil de proposer, mais je vais passer mon tour. Trop de choses à faire ici. Mais peut-être que je vais emmener Bilbon Sacquet faire une longue promenade.

— D'accord. Je n'ai pas laissé transparaître ma déception sur mon visage. Mais si tu as besoin de quoi que ce soit, tu m'appelles.

— Entendu. Quand est-ce que tu rentres à la maison ?

— Peut-être à Thanksgiving. Certainement à Noël. Cooper a dit que nous devions terminer le développement d'ici la mi-novembre. J'espérais que ça mettrait fin à mon exil. Alors, je pourrais veiller sur ma sœur en personne.

— Bien. Tu me manques. Je t'aime, Jackson.

— Je t'aime aussi, Samwise.

J'ai soupiré profondément. J'allais la rappeler pour prendre de ses nouvelles la semaine prochaine. M'assurer qu'elle dormait. J'aurais aimé pouvoir l'aider avec sa programmation. Avant, on programmait ensemble des jeux stupides, remplis de magie et de combats à l'épée. Je m'étais éclaté à apprendre à ma petite sœur à coder. Mais elle avait raison ; elle m'avait largement dépassé en matière d'expertise. La programmation était l'une des choses que je faisais le mieux, mais maintenant, même Cooper avait perdu confiance en mes compétences.

Je me suis traîné jusqu'à la table de pique-nique en bois où Cooper s'était installé. L'essentiel de la chaleur de la journée s'était dissipée avec le soleil, mais il faisait encore une chaleur torride pour deux mecs qui avaient grandi dans la fraîcheur des étés du nord de la Californie. Mon T-shirt AC/DC me collait au dos. Cooper avait retroussé ses manches.

— Il y a quelque chose que je voulais te demander toute la journée. Cooper a baissé les yeux vers mes pieds. C'est quoi ces putains de trucs ?

— Mes bottes ? Je me suis laissé tomber sur le banc et j'ai posé un pied dessus pour admirer l'empeigne en autruche. C'est comme ça que la fille mignonne du magasin de bottes m'avait dit d'appeler la partie qui va de la pointe au-dessus de la cheville, là où la tige commence. On avait beaucoup plaisanté à propos de la tige. Mais j'avais acheté mes bottes et j'étais parti, en refusant de prendre son numéro. Pour ce que j'en savais, elle aurait pu débarquer le lendemain en tant que notre nouvelle réceptionniste. Ce qui m'a rappelé à quel point j'avais failli déconner avec Alicia.

— Je ne veux pas parler de ces putains de bottes. Je veux parler du fait que tu as engagé une consultante sans me le dire. Une que j'avais failli inviter à sortir avant d'apprendre qu'elle travaillait dans notre immeuble. J'ai repassé dans ma tête nos premières minutes ensemble. La douceur de ses cheveux blonds et lisses quand je les avais écartés de son front. Sa peau douce, abîmée par ce morceau de glace anormalement coupant. Son tailleur noir sage, cintré aux bons endroits, associé à ces talons aiguilles de dominatrice. Un fantasme de maîtresse d'école coquine en détresse qui avait fait vibrer toutes les bonnes cordes en moi. Mais je n'allais pas répéter l'erreur que j'avais faite avec Callie.

— Tu veux qu'on en parle maintenant ? Ses yeux bleus brillaient de mille feux. Très bien. La façon dont tu t'es comporté cet après-midi était inexcusable. Oui, nous sommes associés. Et amis. Mais je ne te permettrai pas de me saper ou de saper mes décisions. Ce qui inclut Alicia.

— Seul un putain de connard balance *ça* à son meilleur ami devant son équipe. Était-ce même encore mon équipe ?

Il a eu la décence de paraître embarrassé. — Désolé, Jay, je sais que c'était loin d'être idéal. J'aurais dû mieux gérer la situation. Je ne savais pas comment te le dire sans…

— Que dirais-tu de : « Maintenant que tu as réussi à merder la seule chose pour laquelle tu étais bon, on va faire venir une inconnue pour réparer tes conneries. N'importe qui pourrait le faire mieux que toi, Jay. »

— Ce n'est pas une inconnue, a grondé Cooper. Elle est pleinement qualifiée et certifiée, et elle a une recommandation élogieuse de Jamila. Tu fais confiance à Mila, non ?

Je ne lui faisais pas confiance si elle recommandait une personne qui était clairement ma kryptonite pour travailler avec moi. Est-ce que Cooper avait raconté à Jamila ce qui s'était passé en mai, et maintenant elle essayait de me punir pour ça ? Mais pourquoi ferait-elle ça ? Nous étions amis. Pas comme elle et Cooper, avec leur relation intermittente. La semaine dernière, elle était venue me voir ici, en exil. Elle m'avait emmené manger des tacos et n'avait pas dit un mot sur Callie. Ou sur Alicia Weber.

Était-ce une coïncidence qu'elle ait recommandé Alicia, intelligente, compétente, et peut-être une bonne codeuse aussi, qui allait faire de mes journées au bureau une torture quotidienne ? Quelqu'un – l'univers, peut-être ? – m'avait tendu un piège pour que j'échoue.

Non. C'était moi. Je m'étais fait ça tout seul en déconnant. Si je ne m'étais pas saoulé ce soir-là, je ne serais pas à Austin. Je n'aurais jamais rencontré Alicia Weber ni été remplacé par elle.

Le haut-parleur a craché notre numéro, interrompant la chanson de Randy Travis.

Je me suis levé. — Je reviens tout de suite.

Une minute plus tard, j'ai posé un plateau en aluminium avec du blanc de poulet carbonisé, des haricots pinto et du chou cavalier devant Cooper. L'expression sur son visage n'avait pas de prix, et l'horreur s'est intensifiée quand j'ai posé mon propre plateau de travers de porc badigeonnés de sauce, d'okras frits et de salade de pommes de terre crémeuse.

Mais il n'a pas dit un mot. Il a pris une fourchette et un couteau de la boîte sur la table, les a essuyés une centaine de fois avec une serviette en papier du rouleau à côté, puis a commencé à couper son poulet avec un mouvement de scie délicat, digne de ma mère dans un restaurant trois étoiles Michelin.

J'ai arraché un travers du carré et j'ai mordu dans la viande tendre. Délicieux. Est-ce que j'ai apprécié la révulsion de Cooper alors que je léchais la sauce sur mes lèvres et le bout de mes doigts ? Euh, ouais.

Nous avons mangé quelques minutes en silence. Mis à part les cinq minutes où j'avais ignoré qu'Alicia travaillait dans mon immeuble, c'était le meilleur moment de ma journée.

Jusqu'à ce qu'il pose son couteau et sa fourchette. — Depuis que tu es venu ici…

— Ne prends pas de gants, Coop. Depuis que tu m'as exilé ici. J'ai jeté un os rongé dans le tas au coin de mon plateau.

Il m'a lancé un regard noir qui voulait dire « tu sais très bien ce que tu as fait ». — Je pensais qu'en t'éloignant de la… situation, ça t'aiderait à te concentrer sur le travail. Et pourtant, je n'ai vu aucun progrès.

Une chaleur a monté dans ma poitrine, et ce n'était pas à cause de la sauce barbecue épicée. — Je montre l'exemple. Je fais profil bas et je code comme tu me l'as demandé. Les autres aussi. On avance.

Il a soulevé une bouchée de chou cavalier mou sur sa fourchette et l'a examinée en plissant les yeux. J'avais omis de lui préciser qu'ici, les « légumes verts » ne signifiaient pas du chou kale cru. — Je n'en avais aucune preuve. Ni la certitude que vous finiriez à temps.

— Tu ne me fais pas confiance, Coop ? Notre amitié de plus de douze ans aurait dû valoir quelque chose.

— Je… Il a reposé le chou dans son assiette et l'a déplacé. Je veux. Mais…

Il n'a pas eu besoin de finir. Ma dernière connerie avait été assez épique.

Il a posé sa fourchette. — Gurusoft a déjà annoncé son produit. Notre plus gros client m'a dit la semaine dernière que si le nôtre n'est pas prêt d'ici la fin de l'année, ils changent de fournisseur. On ne peut pas laisser ça arriver. Pas dans le climat économique actuel.

— Quand comptais-tu me le dire ? J'ai attrapé une serviette en papier et je me suis frotté les doigts.

— La semaine dernière. J'aimerais que tu lises tes e-mails.

Cooper m'envoyait beaucoup d'e-mails. En général, ils étaient pleins de chiffres et de merdes dont je me fichais. — Putain.

— C'est ça notre problème, Jackson. Sa main s'est refermée en un poing sur le bois collant de la table. Tu ne prends rien au sérieux. Et notre entreprise est putain de sérieuse.

J'ai levé les yeux vers le parasol rouge et blanc. Il avait utilisé mon nom, pas *Jay* comme il m'appelait depuis que nous étions devenus meilleurs amis en première année à Stanford, comme si j'étais un simple collègue. Notre entreprise n'avait pas toujours été sérieuse. C'était amusant, avant. À l'époque où nous n'étions qu'une paire de nerds dans notre chambre d'étudiant, rêvant de changer le monde.

— Écoute, a-t-il dit plus doucement. Je sais que ce qui est arrivé à ton père t'a donné une certaine vision de la vie…

— Une putain de crise cardiaque à quarante et un ans. C'est seulement neuf ans de plus que nous !

Cooper a jeté un coup d'œil aux gens de la table voisine qui s'étaient retournés pour nous dévisager. Il a tendu les paumes vers moi dans un geste d'apaisement. — Personne ne dit que tu dois être un bourreau de travail comme il l'était. J'ai besoin de plus de communication. C'est pour ça que j'ai fait venir Alicia.

J'ai agité les mains au-dessus de ma tête. — Je t'envoie des SMS presque tous les jours !

— Pas à propos de notre entreprise. Ses yeux se sont rétrécis sur mon coude. Pourquoi tu portes un pansement Flash McQueen ?

J'avais oublié qu'il était là. — C'est une drôle d'histoire. Marlee…

— Alicia en avait un aussi. Ses yeux n'étaient plus que des fentes. Est-ce que vous deux…

— Non ! Est-ce qu'il pensait que je baisais tout ce qui bougeait ? Et quand en aurais-je eu le temps ? Elle s'est fait surprendre par la tempête de grêle, elle s'est coupée à la tête. Je lui en ai donné un. J'étais gentil. C'était avant de savoir que vous deux étiez en train de me la mettre à l'envers. J'aurais dû la laisser pisser le sang partout. C'est elle qui aurait été jugée non professionnelle, pas moi. Bien que même un connard comme moi n'aurait pas pu la laisser là, en sang. Même si j'avais su pourquoi elle était là.

Avec une dernière lueur glaciale dans les yeux, Cooper s'est penché en arrière. — Si j'entends le moindre soupçon…

J'ai reniflé. — Ça n'arrivera pas. J'ai appris ma leçon. Je te le promets. Maintenant, puisque tu me remplaces ici, est-ce que je peux rentrer à la maison ? Je pourrais voir Sam, m'assurer qu'elle ne s'épuise pas au travail.

— Je ne te remplace pas. Tu es le meilleur putain de programmeur que j'aie jamais connu. Maintenant qu'Alicia est là, tu peux te concentrer sur le code, et la laisser s'occuper de tout le reste.

— Tout le reste ?

Son regard s'est déporté sur le côté. — La gestion du backlog, le reporting, le mentorat de l'équipe, tu sais, tout ça.

— Mais c'est moi qui fais ça. Je suis le chef d'équipe. Enfin, d'accord, j'en étais responsable. Peut-être que je ne l'avais pas fait aussi bien que j'aurais dû. J'avais été tellement sous le choc de l'histoire avec Callie que j'avais eu peur de nouer le moindre lien personnel au bureau d'Austin. Je m'étais dit que si nous faisions tous simplement le travail, tout finirait par s'arranger.

Il s'est essuyé les mains. — Maintenant, c'est elle la cheffe d'équipe.

Je me suis affalé sur le banc. Ça recommençait. J'avais merdé, et on me retirait un autre morceau de l'entreprise. Mais je n'avais jamais laissé Cooper voir à quel point ça me faisait mal, et je n'allais pas commencer maintenant.

— Tiens, essaie ça. J'ai tendu un morceau d'okra.

— Tu sais que je ne mange pas de friture.

— C'est un légume. Essaie. Je lui ai tendu le rond croustillant. Fais-moi confiance. Je n'en avais jamais mangé avant de venir au Texas, et la différence de texture entre l'extérieur croquant et l'intérieur gluant me fascinait.

Il a plissé les yeux vers moi mais a pris le morceau d'okra de ma main. Il l'a fixé une seconde puis l'a mis dans sa bouche. Après le premier croquement, sa bouche est devenue molle, mais il l'a mâché et l'a avalé comme un champion. Il a bu une gorgée d'eau avant de bredouiller : — C'est répugnant.

J'ai pris un autre morceau et je l'ai croqué. — C'est peut-être un goût qui s'acquiert ?

— Concentre-toi, Jay. Nous devons en parler. Il s'est essuyé la bouche avec une nouvelle serviette en papier. J'ai pleinement confiance en tes capacités de codage, mais les ventes de ce produit seront décisives pour notre premier trimestre. Souviens-toi du nombre de personnes qui comptent sur nous. L'équipe des ventes. Le marketing. Le service client. Si nous avons des produits à leur vendre, à commercialiser, à supporter, ils ont un travail. Si nous n'en avons pas… Il aécarté les mains, paumes vers le haut.

— Tu ne parles pas sérieusement de licenciements. Mon ami pouvait être un salaud insensible, mais je ne pensais pas qu'il était passé du côté obscur. Avec ce putain de Weston, notre PDG.

Cooper a serré la mâchoire. — Peut-être que tu ne l'as pas remarqué, mais tu n'as pas eu de salaire cette année. Moi non plus. La récession a été dure pour nos clients. Moins de gens qui achètent des voitures signifie moins d'argent pour les systèmes télématiques, pour les logiciels d'optimisation de la fabrication. Moins de gens qui travaillent signifie que les entreprises ne peuvent pas se permettre des systèmes d'analyse commerciale coûteux. Ils sont en difficulté, et maintenant, nous aussi. Je ne veux pas licencier des gens, mais si ce produit est retardé, nous devrons peut-être en mettre certains en chômage technique jusqu'à ce qu'il soit prêt.

Les visages des membres de mon équipe m'ont traversé l'esprit. Le développeur senior, Amit. Le nouveau, Tyler. Même Ivan, le gardien de sécurité. Marlee, mon assistante à San Francisco. Elle n'avait pas vraiment grand-chose à faire maintenant que j'étais ici, mais j'avais refusé de la mettre en chômage technique. Elle vivait avec son père, qui ne pouvait pas travailler, et ils dépendaient tous les deux de son revenu.

— Pas de chômage technique. J'ai desserré ma prise sur mon couteau et ma fourchette et je les ai posés sur le plateau en aluminium. Ils avaient laissé des lignes rouges sur mes paumes. Je m'en occupe, Coop. Je ne les laisserai pas tomber.

— Je sais, Jay. Mais c'est Alicia qui est aux commandes maintenant.

— Coop, donne-moi une autre chance. Je… Je n'étais pas prêt à supplier, mais j'aurais fait n'importe quoi pour qu'il croie de nouveau en moi. Pour ne pas le décevoir. Dis-moi ce que je dois faire pour te le prouver.

Il m'a fixé, ses yeux bleu glacial bizarres sondant mon âme. Il m'avait toujours vu tel que j'étais, peu importe l'écran de fumée derrière lequel je me cachais. — Très bien. Trois choses. Il a levé trois doigts et les a énumérés. Produire du bon code à temps. Gagner le respect de l'équipe. Travailler ensemble pour atteindre vos objectifs.

Du bon code, je pouvais le faire. À temps, ce n'était pas toujours garanti, mais j'allais essayer. Le respect de l'équipe ? Facile. Ma réputation était légendaire. Le nouveau, Tyler, me vénérait presque.

Mais travailler ensemble ? Pas mon point fort. J'avais appris il y a longtemps à ne faire confiance à personne sauf à Cooper. Il était le seul qui ne s'était jamais moqué de mon manque de concentration, de mon impulsivité, de mon mépris de l'autorité qui me mettait dans le pétrin. Il valait mieux faire profil bas, écrire mon code et compter sur les autres pour faire de même. Mais peut-être que si je passais un peu plus de temps à interagir avec l'équipe, ça lui suffirait. D'ailleurs, leurs emplois – les emplois de tout le monde – étaient en jeu. Ça valait bien de m'exposer au ridicule.

— D'accord, je le ferai. Tu verras. Je gère.

— J'ai pleinement confiance en toi et en l'équipe. Avec l'aide d'Alicia. Poussant son plateau de poulet à moitié mangé, il a dit : — Bon, j'ai cru voir une machine à glace à l'italienne ?

Cooper surveillait sa consommation de sucre avec la même intensité qu'il suivait son portefeuille d'investissements. Il ne toucherait pas à un dessert laitier glacé en libre-service, arôme artificiel de vanille, avec une perche de trois mètres. C'était donc son signal que cette conversation était terminée, et que sa parole était finale. C'était comme ça depuis Stanford. Il prenait les décisions pour que je ne les merde pas.

J'ai tendu la main par-dessus la table et j'ai saisi son poignet. — J'essaie de changer, Coop. Je ne te décevrai pas. Je ne décevrai personne.

Quand il a hoché la tête, je l'ai relâché. Nous savions tous les deux qu'après le codage, décevoir les gens était ce que je faisais de mieux.

Pas cette fois. J'allais prouver à Cooper que je pouvais faire cette chose sans tout faire foirer.

4

ALICIA

JE VENAIS de porter ma tasse fumante d'Earl Grey à mes lèvres — après une nuit blanche à ressasser les tickets modérateurs, j'avais besoin de ma dose de caféine — quand Jackson Jones est entré nonchalamment dans la cuisine commune, tout en jambes interminables et en grâce athlétique. J'étais contente de ne pas avoir encore bu ; je n'étais pas encore habituée au choc de voir ces lèvres douces et roses nichées dans sa barbe sombre, et le thé aurait fini sur mon chemisier.

Ses lèvres n'esquissaient pas un sourire, pas comme lorsque je l'avais rencontré la veille, avant qu'il ne sache que je le remplaçais en tant que chef d'équipe. Elles formaient une ligne droite. Serrant un smoothie vert dans un gobelet en plastique transparent dont la paille était encore coiffée de son emballage, il s'est approché si près de moi que j'ai dû pencher la tête en arrière pour le regarder dans les yeux. Avait-il fait ça pour m'intimider ? Si c'était le cas, ça ne fonctionnerait pas.

— Bonjour, Jackson. J'ai posé ma tasse et j'ai croisé les bras.

— Bonjour, a-t-il marmonné.

Mon estomac s'est noué. Je ne m'étais pas sentie comme ça

depuis le collège, quand j'avais rassemblé tout le courage que j'avais pu trouver pour inviter mon coup de cœur, Ian Cameron, au bal de l'école, et qu'il m'avait sèchement rejetée devant toute la classe de maths, en disant qu'il ne sortait pas avec les intellos.

Apparemment, Jackson Jones adhérait à la même philosophie.

Vérifiant que nous étions toujours seuls dans la cuisine, j'ai relevé le menton. — Ne vous inquiétez pas. Je ne vais pas vous réinviter à sortir. Si j'avais su qui vous étiez quand on s'est rencontrés, je ne l'aurais jamais fait.

Je suis restée là, les bras croisés, à attendre qu'il s'excuse de ne pas m'avoir dit à ce moment-là qu'il était le cofondateur de Synergy. Ou qu'il dise quoi que ce soit.

Il a pointé le menton vers le comptoir derrière moi. — Ça vous dérange si je… ?

J'ai fermé les yeux, souhaitant pouvoir devenir invisible. Je me suis écartée de la machine à café. — Allez-y.

Mes joues se sont mises à chauffer. Très bien. J'étais contente qu'il m'ait rejetée. Et j'étais contente qu'il se comporte comme un crétin maintenant. Je me souviendrais de ce moment au lieu de fixer ces lèvres à croquer. Non ! Elles n'étaient pas à croquer. C'étaient juste des lèvres, légèrement boudeuses aux commissures. Faites pour parler. Et pour froncer les sourcils. Je ne m'en approcherais pas.

J'ai lissé les plis de ma jupe. — On se voit au stand-up. Huit heures et demie précises.

— On les a toujours faits à neuf heures. Un peu plus humain, vous ne trouvez pas ?

Je lui ai adressé un sourire mielleux. — Mais bien moins productif. Je me suis tournée vers la porte.

— Alicia.

Je me suis figée. Des gens m'appelaient comme ça toute la journée. Pourquoi est-ce que je me transformais en guimauve seulement quand c'était lui qui le disait ?

— Vous avez oublié votre… votre thé ? Il me l'a tendu en plissant le nez.

— Merci. J'ai arraché la tasse et je suis sortie d'un pas décidé.

L'étage entier était un open space, et une rangée d'arbres en pot séparait notre espace de collaboration du reste du bureau. De larges fenêtres fournissaient une lumière naturelle. Trois longs bureaux pour deux personnes, équipés de grands écrans, étaient disposés en carré avec un côté ouvert.

Quatre des sièges étaient occupés. Je me suis testée sur leurs noms : Amit et Gary, les deux développeurs seniors ; Kevin, le rigolo ; et Tyler, le développeur junior. Ils faisaient face au centre du rectangle ouvert, qui abritait un groupe de poufs colorés et moelleux. Mais nous n'aurions pas le temps de nous prélasser dedans. Le mur-tableau blanc, strié de couloirs de nage, était bien plus utile. Mes doigts me démangeaient à l'idée d'attraper un bloc de notes adhésives.

— Bonjour à tous. J'ai posé mes sacs sur la table centrale vide. Après avoir mis mon téléphone en mode vibreur, je l'ai jeté dans mon sac à main et je l'ai mis dans le tiroir. J'ai sorti mon ordinateur portable fourni par Synergy et je l'ai connecté à la station d'accueil. Tyler, à ma gauche, a jeté un œil par-dessus le côté de mon grand écran.

— C'est tout ? a-t-il dit. Pas de babioles ? Pas de photos ? Il a montré son propre espace de travail, où une collection de figurines *Star Wars* entourait la base de son écran.

— Non. J'avais appris il y a longtemps à ne pas mettre de photos de Noah sur mon bureau. Les femmes avec des familles se faisaient mettre sur la touche. Seules les femmes qui cachaient leur vie en dehors du travail réussissaient dans la tech.

— Donc pas d'enfants ? Tyler a bu une gorgée de sa canette de Mountain Dew.

J'ai fait une grimace. — Je fais assez de gardiennage au bureau.

Tyler a ri. Tout comme Kevin, qui était assis de l'autre côté de lui.

Jackson, qui venait d'arriver, n'a pas ri. Il s'est immobilisé, son visage un masque impénétrable. Puis il nous a contournés d'un pas sec pour aller au siège de l'autre côté de moi. Il n'a pas pris place, et ses jointures ont blanchi autour de sa tasse.

Merde, pensait-il que je voulais dire qu'il avait besoin d'une baby-sitter ? Ce n'était qu'une blague, mais maintenant je regrettais de l'avoir dite.

Jackson s'est éclairci la gorge. — On ne devrait pas commencer le stand-up, patronne ? Huit heures et demie. Précises.

Ma nuque me brûlait comme si j'étais sur de l'asphalte à midi. Mais je n'allais jamais le laisser voir qu'il m'avait piquée au vif. — Absolument.

Je me suis levée et j'ai contourné les bureaux jusqu'au tableau blanc, où les gars m'ont rejointe. Bien ; j'étais contente que ce soit une pratique que je n'aie pas à introduire.

Cooper a émergé de la cage d'escalier voisine, un smoothie vert à la main. Je n'ai pas manqué la façon dont il a balayé du regard notre groupe rassemblé autour du tableau. Heureuse que nous ayons commencé à l'heure, je lui ai fait un signe de tête. Il m'a rendu mon signe et a levé son smoothie vers Jackson à l'autre bout de la rangée. Il semblait qu'ils s'étaient réconciliés. Tant mieux pour eux.

J'ai reporté mon attention du type qui m'avait embauchée vers mon équipe. — Avant de commencer, j'aimerais dire quelques mots. D'abord, je suis ravie de travailler avec vous tous. Je sais que nous allons faire de grandes choses ensemble.

M'approchant du tableau des tâches et de sa collection de post-it colorés, je les ai guidés à travers un examen du backlog. Avant de nous lancer dans une discussion sur qui ferait quoi, j'ai dit : — Je crois comprendre que vous êtes familiers avec la programmation en binôme. J'aimerais essayer ça, au moins pour ce premier sprint. Je sais que ce n'est pas la façon la plus efficace de coder, mais ça nous fera gagner du temps au final car le code sera de meilleure qualité. D'accord ? Maintenant…

— Non.

Tous les yeux se sont tournés vers Jackson, qui avait parlé.

— Non ? J'ai haussé les sourcils.

— Je code mieux tout seul. Ça m'est égal si tous les autres se mettent en binôme… il a haussé les épaules, les mains dans les poches… mais ce n'est pas pour moi.

J'ai pris une profonde inspiration par le nez. Est-ce qu'il me résistait à cause du commentaire sur le gardiennage ? — Jackson, j'aimerais que tout le monde essaie. Si ça ne marche pas, nous pourrons essayer autre chose pour le prochain sprint. De plus, nous sommes un nombre pair dans l'équipe. Ça tombera bien.

Il a hésité, même pas une seconde entière, mais c'était assez long pour que je reprenne les rênes. — Maintenant, qui va s'occuper de cette première tâche ?

Finalement, les autres programmeurs se sont mis en binôme docilement. Seul Jackson a obstinément refusé de faire équipe avec qui que ce soit. Les mots ne voulaient pas sortir, mais je les ai forcés à paraître joyeux. — J'imagine que ça veut dire que vous êtes avec moi, Jackson. Très bien, tout le monde, commençons.

Les autres gars se sont réorganisés en paires, mais Jackson et moi, déjà au même bureau, sommes retournés à nos sièges.

J'ai ouvert la fermeture éclair de la sacoche de mon ordinateur et j'en ai sorti sa chemise grise, pliée.

— J'ai enlevé le sang, ai-je marmonné en la faisant glisser vers lui sur la table.

— Merci. Ses doigts ont effleuré les miens pendant moins d'une seconde, mais j'ai quand même eu la chair de poule sur le bras. Je me suis frotté le bras pour la faire disparaître. *Pas de ça.*

— Hé, Alicia ? Le visage de Tyler planait au-dessus de nos écrans.

M'avait-il vue lui donner sa chemise ? J'ai essayé de lui sourire, mais les coins de ma bouche refusaient de se lever. — Qu'est-ce qu'il y a ?

Jackson s'est tourné vers son écran et a martelé son clavier. Le cliquetis des touches a retenti comme un tonnerre crépitant.

Tyler a posé une question sur une de ses tâches. Je lui ai répondu, scrutant ses yeux marron-vert à la recherche du moindre soupçon. Son regard a glissé vers Jackson. Était-ce de l'admiration de fan, ou pensait-il qu'il se passait quelque chose d'inapproprié entre nous ? En tant que femme dans une équipe d'hommes, j'avais déjà été soupçonnée de relations secrètes, de favoritisme. Je l'ai renvoyé avec un peu plus de vinaigre que la question ne le méritait.

Après qu'il soit retourné à son bureau, je me suis connectée au réseau Synergy. À côté de moi, Jackson cliquetait sur son clavier, mais sa posture raide irradiait la tension. J'aurais souhaité ne jamais avoir dit ce que j'avais dit à Tyler. On devait travailler ensemble, bon sang. Et je devais me comporter en chef, pas en simple membre de l'équipe.

Doucement, j'ai dit : — Je suis désolée. Pour ce commentaire que j'ai fait. C'était une tentative de blague.

— Une blague. Le froid dans la voix de Jackson m'a fait frissonner. — Peut-être que vous feriez mieux de me les laisser. J'ai toujours été le clown de la classe.

Son ton était léger, mais la douleur dans ces yeux sans fond m'a tordu l'estomac. — Je parlais de moi et de mon travail, pas de vous.

Le silence s'est étiré entre nous. Finalement, il a dit : — Essayons de nous concentrer sur le travail. Il s'est tourné vers son clavier.

Le travail. Il avait raison. Nous étions là pour travailler. Pas pour nous faire des amis. Je m'étais excusée, et c'était tout ce que je pouvais faire.

— Vous voulez piloter, ou je m'en charge ?

— Hmm ? Les coups provenant de son clavier étaient si bruyants qu'il ne m'avait peut-être pas entendue. Écouter ça toute la journée me donnerait envie de me crever un œil avec l'une des figurines de Tyler.

— Nous sommes en binôme. Que diriez-vous que je me charge de la saisie du code — que je pilote — et que vous naviguiez, c'est-à-dire que vous regardiez et commentiez ?

Ses doigts se sont immobilisés, et il a tourné ces yeux marron foncé vers moi. Ils n'étaient plus doux comme du chocolat fondu comme la veille, mais durs comme de l'acajou poli. Calmement, il a dit : — Je sais ce qu'est la programmation en binôme. Mais je travaille mieux seul. Je ne suis pas très esprit d'équipe, alors je pense que nous irons plus vite si vous faites votre travail et que je fais le mien.

Ma gorge s'est serrée. — Tout le monde peut bénéficier du travail en binôme. On peut apprendre les uns des autres. S'entraider.

Il m'a adressé un sourire pincé qui n'a fait que rendre ses yeux plus durs encore. — Je doute que vous ayez besoin de l'aide de quelqu'un comme moi.

Encourageant. — J'imagine donc que je vais piloter. Je me suis connectée à l'interface de codage et j'ai commencé à taper. Au bout d'une minute, il a roulé sa chaise d'un centimètre ou deux plus près, se profilant dans ma vision périphérique. Les poils de mes bras se sont de nouveau hérissés. Il sentait. Divinement. Bon.

Du cuir cher. Quelque chose de boisé, comme du pin. Rick avait senti comme le rayon parfumerie d'une grande surface. Mais ça, ça ne semblait pas venir d'une bouteille. Il sentait comme s'il aurait pu traverser une forêt à cheval plus tôt dans la journée. Il ne l'avait pas fait, n'est-ce pas ? J'ai jeté un coup d'œil à ses mains. Pâles sur le dos sauf un demi-cercle juste en dessous du poignet, et les doigts bronzés. Pas du tout adapté aux gants d'équitation, et sans callosités, donc probablement pas.

J'ai secoué la tête. Peu importait à quel point il sentait bon. Nous étions collègues. Et même pas des collègues amicaux. Même pas après mes excuses.

Quelques minutes plus tard, il m'a interrompue. — Je crois qu'on a du code pour cette méthode. Vous devriez l'appeler.

— Oh. J'ai cherché dans le répertoire des utilitaires et je l'ai trouvé. — Merci.

— Et peut-être que si vous…

— Si je ?

Il a suggéré une manière différente d'organiser le code. Peu orthodoxe, mais efficace. À contrecœur, je l'ai tapé.

— Ça compilera une tonne plus vite comme ça.

J'ai haussé les épaules. — Peut-être que vous avez raison. Il avait vraiment raison. Maudit soit-il, avec son intelligence en codage. Atteindrais-je un jour son niveau ?

Il a croisé les bras. Il portait un T-shirt Black Sabbath qui mettait en valeur ses biceps et ses avant-bras dessinés et me faisait oublier tout ce qui concernait son cerveau. Quelle sensation si je faisais glisser un doigt sur sa peau ? Le long de ces poignets forts et — j'ai dégluti — de ces doigts puissants ? J'ai serré les poings. Je n'allais pas le découvrir.

Coder. J'étais là pour coder. J'ai tourné mon visage vers l'écran et j'ai commencé à taper.

Pendant la majeure partie de la matinée, nous avons travaillé en silence, seulement interrompu par ses suggestions d'amélioration. Et bien qu'il ait dit qu'il travaillait mieux seul, il agissait plus comme un coach qu'un critique, faisant de brillantes suggestions sur la façon de rendre le code plus efficace, plus élégant. Je me sentais comme une première année désemparée à côté de lui, et je me suis demandé à nouveau pourquoi j'étais là. Jackson aurait pu coder le module sur lequel nous travaillions avec une main attachée dans le dos et en dormant.

Le déjeuner seule dans une épicerie voisine a été un répit bienvenu de l'énergie physique et de l'odeur enivrante de Jackson. J'avais espéré quelques minutes de paix supplémentaires à mon retour, mais sans succès. Il était déjà là, ses doigts cliquetant sur le clavier. *Mon* clavier. Programmation en binôme ? La pire idée de tous les temps.

Mais c'était moi qui m'y étais engagée pour au moins les deux prochaines semaines, alors j'ai rangé mon sac à main dans le tiroir du bureau et j'ai roulé ma chaise assez loin de lui pour pouvoir m'asseoir.

— Je pense qu'on peut finir ce module aujourd'hui, a-t-il dit. Ça ne vous dérange pas de travailler après dix-sept heures, n'est-ce pas ?

— En fait, je dois partir à seize heures. Tous les mardis et jeudis.

Ses doigts se sont immobilisés, et il m'a regardée pour la première fois depuis le stand-up de ce matin. — Vous avez un autre contrat ? On ne vous paie pas assez ?

Ils me payaient très bien, plus du double de mon taux horaire à mon précédent emploi, et j'ai à peine réussi à ne pas ricaner. — C'est mon seul travail. J'ai quitté mon ancien employeur le mois dernier, quand j'avais assez économisé, quand j'avais assez planifié pour me mettre à mon compte.

— Donc c'est votre premier contrat en solo ?

Merde. J'ai réprimé une grimace. J'avais révélé une faiblesse. — C'est exact. Mais je planifie ce changement depuis trois ans. Ça a toujours été mon rêve d'être mon propre patron. Vous devez savoir ce que c'est.

Une lueur de quelque chose — de la douleur ? — a plissé ses yeux. — J'imagine que la recommandation de Synergy sera très importante pour votre entreprise.

Était-ce une menace de sabotage qui se cachait derrière ces yeux de silex ? Quoi qu'il en soit, je ne pouvais pas mentir. Même pas à quelqu'un qui me méprisait autant que Jackson Jones. — Elle le sera.

— Et malgré tout, vous quittez le travail tôt deux jours par semaine ?

— Quand et pourquoi je quitte le travail ne vous regarde pas tant que je fais le boulot. Vous en aurez pour votre argent pendant que je suis là.

Il a grogné. Au moins, il n'a pas fait un autre commentaire désobligeant.

— Ça vous dérange si je pilote ? J'ai indiqué le clavier.

Il a levé les deux mains. — Allez-y.

Nous avons travaillé pendant une demi-heure environ comme avant le déjeuner, moi tapant et lui me conseillant d'une manière qui me faisait grimacer devant ma propre maladresse. Au bout d'un moment, il a demandé : — Où est-ce que vous avez appris à coder, au fait ?

— Au lycée, et après ça, à l'Université du Texas.

— Vous êtes originaire du Texas ?

— D'Austin. J'ai grandi à quelques kilomètres d'ici. Je n'allais pas partager le fait que je vivais dans la même maison où j'avais grandi. Avec ma mère.

— Vous n'avez jamais quitté l'État ?

— Je n'ai pas dit ça. Mes doigts se sont immobilisés sur le clavier. — Mais non.

— Pas de Disney World ? Pas de voyage scolaire à Washington ? Un week-end de remise de diplôme à Paris ?

— Non. On était plutôt une famille de campeurs.

— Le camping, c'est bien. Il a haussé les épaules. — Un été, Cooper et moi avons traversé l'Europe à vélo.

L'Europe. Ç'avait été mon rêve pendant tout le lycée et l'université. Mais avec le peu d'argent que nous avions, j'avais dû reporter. Et au moment où j'avais remboursé mes prêts étudiants, je devais constituer l'épargne pour l'université de Noah. Pas d'Europe pour moi. Mais si Weber Technology Consulting décollait, peut-être pourrions-nous enfin faire ce voyage dont j'avais toujours rêvé.

— Et vous travaillez à Austin depuis votre diplôme ? Il a étiré ses longues jambes sous le bureau, et ses bottes ont grincé.

— Beaucoup d'entreprises de logiciels sont basées ici. J'ai travaillé pour plusieurs avant de partir et de lancer ma propre entreprise. Ça me donnait encore la chair de poule de pouvoir dire ça. *Ma propre entreprise.*

— Que diriez-vous que je pilote un peu ?

— Quoi ? Tout ce bavardage était-il une distraction pour m'endormir dans un faux sentiment de sécurité ?

— Ce sera plus rapide si je tape.

— Non, je m'en occupe. Si je le laissais piloter, il me laisserait sur le carreau. Et pendant les deux prochains mois, je serais à sa traîne, essayant de reprendre le contrôle. Je n'allais pas laisser Jackson Jones et ses doigts agiles et bruyants m'arracher ce projet.

5

JACKSON

J'ÉTAIS CONTENT de voir le dos d'Alicia Weber. Et pas seulement parce que ces escarpins rouges à bride arrière et cette jupe crayon noire mettaient ses fesses incroyablement en valeur. Ça voulait dire que je pouvais avoir une minute de paix, sans les pointes roses et vernies de ses longs doigts volant sur le clavier, sans les fines mèches de cheveux qui s'échappaient de son chignon sur sa nuque et qui me narguaient, me donnant envie de les toucher. Sans le froufroutement de son chemisier de soie rubis qui me crispait les nerfs.

Sans cette moue pleine de jugement sur ses lèvres roses, qui montrait qu'elle me trouvait insuffisant, comme tout le monde.

Une baby-sitter.

Est-ce que Cooper lui avait dit que j'en avais besoin d'une ? Qu'elle devait me surveiller pour s'assurer que je ne fasse pas capoter le projet ? Que, si j'étais livré à moi-même, je détruirais l'entreprise que j'avais bâtie, comme un gamin de deux ans avec une tour de cubes ?

Est-ce que mon meilleur ami lui avait dit qu'il ne me faisait pas confiance ?

Il n'avait pas besoin de le lui dire. Sa présence chez Synergy le communiquait haut et clair.

Les mains en suspens au-dessus du clavier, j'ai contemplé le code que nous avions écrit ce jour-là. Elle était plutôt douée. Pas aussi expérimentée que moi, mais qui l'était ? Je codais depuis que je savais lire. Depuis que papa m'avait donné ce vieil ordinateur de bureau et un livre sur le langage de programmation Linux. Pourtant, ensemble, nous avions produit plus de code en une seule journée — et une courte — que je ne l'avais fait durant toute la semaine passée. Le fait de travailler coude à coude avec quelqu'un d'autre, ce subtil sentiment de compétition, empêchait mon esprit de divaguer. Pourquoi n'y avais-je pas pensé plus tôt ?

Ah, oui, c'est vrai. *Ne s'entend pas bien avec les autres.* Je recevais ce message depuis avant même de savoir lire.

— Ah, Jackson ? C'était le nouveau, penché au-dessus de mon bureau. Celui avec les lunettes. Tyler. Il devait encore désapprendre certaines des conneries qu'on lui avait enseignées à la fac, mais il avait du potentiel. Je n'avais pas détesté une partie de son code.

— Ouais ?

— Est-ce qu'Alicia est encore là ? J'avais une question.

— Non, elle est partie. Elle doit partir plus tôt le mardi et le jeudi. Et c'était quoi, ce délire ? En tant que consultante, elle pouvait fixer ses propres horaires, mais j'étais sûr que Cooper lui avait transmis le même message qu'à moi — *ce projet ne peut pas échouer* — alors pourquoi ne pas réorganiser son programme de manucures, de soirées entre filles, de bénévolat pour les chiots défavorisés ou de réunions du club des futurs dictateurs ? Putain, où est-ce qu'elle allait ?

— Oh, d'accord, a dit Tyler. Pourriez-vous…

Je me suis levé. — Elle sera de retour demain. Vous pourrez lui demander à ce moment-là. Je vais prendre un café. J'ai glissé mon ordinateur portable sous mon bras et je me suis dirigé vers les escaliers. J'allais trouver la solution. Et si je n'y arrivais pas, je connaissais quelqu'un qui pourrait faire la lumière sur l'énigme Alicia.

Dans le petit café local à quelques pâtés de maisons — pas au Starbucks de l'autre côté de la rue où n'importe qui aurait pensé à me chercher — je me suis installé à une table d'angle peinte de fleurs aux couleurs vives.

J'ai ouvert mon ordinateur portable et je me suis laissé tomber sur la chaise. *Alicia Weber Université du Texas à Austin*, ai-je tapé dans la barre de recherche.

J'ai trouvé son deuxième prénom, Diane. Le tableau d'honneur pour chaque semestre qu'elle avait passé à l'université. Les bourses qu'elle avait remportées. Les prix de programmation. Sa page sur un réseau social professionnel qui listait ses employeurs et projets précédents. Pas étonnant que Cooper ait pensé qu'elle était meilleure que moi. C'était une étoile montante.

J'ai pris mon téléphone.

— Jackson ! Qu'est-ce qui se passe ?

Mon Dieu, qu'est-ce que Marlee me manquait. C'était le seul visage amical sur lequel je pouvais compter au travail. La seule qui m'acceptait tel que j'étais, avec toutes mes conneries. — Rappelle-moi pourquoi tu n'es pas ici avec moi.

— Tu sais que je ne peux pas laisser papa.

Je savais. N'empêche, j'étais un putain d'égoïste. — Comment va-t-il ?

— Il va bien. Il a donné une conférence au Club des Jeunes Astronomes l'autre jour. Il s'en est plutôt bien sorti.

Même au téléphone, j'ai perçu une légère hésitation dans sa voix. — Que s'est-il passé ?

— Rien. Il a juste confondu Bételgeuse et Antarès. Et l'un des enfants a dû le corriger.

— Oh. Mais c'est une erreur facile, non ? Elles sont toutes les deux… rouges ?

— Par Galilée ! Tu m'as écoutée.

— Je t'écoute toujours, Marlee.

— C'est un sacré mensonge, mais je te l'accorde pour aujourd'-hui, puisque tu as vraiment pris la peine de m'appeler. Pourquoi *est-ce que* tu m'as appelée, Jackson ?

— Juste pour entendre ta voix ?

Elle a fait un bruit qui ressemblait au buzzer d'un match de basket. — Essaie encore, patron.

— Bon, d'accord. Qu'est-ce que tu sais sur cette nouvelle consultante que nous avons engagée ? Alicia Weber.

— Celle que Cooper a engagée pour te sauver les fesses, tu veux dire ?

J'ai grimacé. — Il a dit ça ?

— Il n'a pas eu besoin de le dire. Cooper s'arrachait les cheveux à cause de ce projet. J'ai essayé de lui donner des nouvelles de l'avancement, mais quand tu ne m'appelles pas pendant des semaines, c'est un peu difficile.

— Putain, je suis désolé. J'aurais dû…

— Ce n'est pas grave. C'est du passé. Alicia est là maintenant. Elle est comment ?

— Enervante. Autoritaire. Brillante.

— C'était quoi ce dernier mot ? Tu as marmonné, mais on aurait dit que tu as dit « brillante ».

— Je l'ai dit, d'accord ? Elle est intelligente. Je me sens un peu… inutile.

— Non, Jackson. Tu es important. Cooper a besoin de toi là-bas. L'entreprise a besoin de toi. Ne disparais pas, d'accord ?

— Disparaître ? Jamais de la vie.

— Tu sais ce que je veux dire. N'abandonne pas pour aller te cacher, d'accord ? Ne t'enfuis pas à Amsterdam, à Monaco, à Rio ou en putain d'Antarctique. Tu es important. Tu as de la valeur. Les gens comptent sur toi. Répète-le.

Dommage que je n'aie pas eu une Marlee à l'école, quand j'étais le gamin le plus lent de la classe, incapable de me concentrer sur ce que disait le professeur ou sur ce que je devais lire. Les autres enfants m'avaient traité d'idiot. La meilleure façon que j'avais trouvée de gérer ça avait été d'en rire. De prétendre que je m'en fichais. Puis de m'enfuir pour cacher mes larmes. Une fois sorti de l'école, le monde était plein de façons de montrer que j'en avais rien à foutre — l'alcool, les raves, les fêtes sur les yachts, les sauts à l'élastique — pour cacher à quel point tout ça me touchait.

J'ai marmonné : — Je suis important. J'ai de la valeur. Les gens comptent sur moi.

— Bon travail. Tu me manques, tu sais. Le travail n'est pas aussi amusant quand tu n'es pas là.

— Mon travail n'est pas aussi amusant sans toi non plus.

— Oh. Mais souviens-toi de ce que j'ai dit : pas de cachette. Fais-toi des amis. Sors et amuse-toi. Je parie qu'Austin a une cuisine incroyable.

— Ouais, c'est pas mal.

— Tu n'oublies pas de manger, n'est-ce pas ?

Merde, on aurait dit ma mère. Pas la *mienne*, mais la mère de quelqu'un qui s'inquiétait pour autre chose que l'apparence parfaite de sa famille. Sans mère, Marlee avait endossé le rôle de soignante à la maison pour son père. Et depuis qu'elle avait rejoint Synergy il y a quelques années, elle avait fait de même pour moi, même si elle était plus jeune que moi.

Elle a dû interpréter mon silence comme un manque récent de nourriture. — Je vais mettre un rappel dans ton calendrier pour les heures de repas. Autre chose, patron ?

— Ouais. Si tu as une minute, tu pourrais prendre des nouvelles de Sam ? Je ne pense pas qu'elle dorme.

— Marché conclu. Je passerai à l'université demain.

— Merci. Je te rappelle bientôt, d'accord ?

— Oui, c'est ça. Prends soin de toi, Jackson.

— Toi aussi. Passe le bonjour à ton père de ma part.

Je me suis levé, me suis étiré et je suis allé au comptoir, où j'ai commandé un sandwich. Pendant que j'attendais, j'ai passé un autre appel.

— Salut, Jay. La voix rauque et familière de Jamila est parvenue à mes écouteurs sans fil.

— Pourquoi putain as-tu l'air si suffisante ?

— J'ai peut-être fait un pari avec un certain de nos amis sur le temps qu'il te faudrait pour m'appeler.

— Cooper avait plus confiance en moi que toi ?

— Mon argent était sur notre amie Alicia.

— Donc tu l'as bien envoyée pour être ma kryptonite. Quel genre de jeu jouait Jamila ? Cooper avait dit que des emplois étaient en jeu.

— Non, chéri. Ne t'emmêle pas les pinceaux. Je l'ai envoyée parce que je pense que vous vous entendrez bien. Elle est intelligente, non ? Une codeuse hors pair ?

— Elle n'est pas aussi bonne que moi. Ou que toi. Meilleure que Cooper, cependant.

La voix de Jamila s'est adoucie. — Elle n'a pas besoin d'être aussi bonne que toi. Tout ce qu'elle a à faire, c'est de faire ressortir le meilleur de toi. Et le meilleur du reste de l'équipe.

Avant Alicia, c'était mon travail. Et comme Marlee l'avait souligné, et Cooper avant elle, j'avais tout foiré.

— Écoute, j'essaie, d'accord ? J'avais juste besoin de plus de temps. Pas d'une programmeuse parfaite pour prendre la tête de mon équipe et me faire mal paraître.

— D'après ce que je comprends, Jay, tu n'as plus de temps. Alicia est là pour sauver ton projet et te faire bien paraître. Quand vas-tu réaliser que tu as tellement plus à offrir que tes compétences en programmation ? Qu'il est temps pour toi de prendre les choses en main et de diriger ?

La chaleur qui bouillonnait en moi depuis qu'Alicia nous avait forcés à faire cette putain de programmation en binôme a débordé. — Quand Cooper me donnera putain de merde une chance de diriger et arrêtera de me mettre des baby-sitters dans les pattes !

Ma propre respiration laborieuse sifflait dans mes écouteurs. Jamila n'a rien dit, mais a laissé mes paroles de colère — injustes, en réalité, puisqu'il m'avait donné trois mois pour faire mes preuves et que j'avais tout gâché — résonner dans nos oreilles.

— Jay, a-t-elle finalement dit d'une voix si douce que j'ai mis mes mains sur mes écouteurs pour bloquer les autres bruits du café. Alicia est une professionnelle, une sacrée bonne professionnelle, et son travail est de faire en sorte que l'équipe travaille ensemble pour produire des résultats. Y compris toi. Elle ne sera pas ta baby-sitter, à moins que tu n'agisses comme un enfant.

Le Jay sérieux n'avait pas fonctionné, il était donc temps de sortir le Jay connard. J'ai essayé de rendre ma voix légère, insouciante. — Moi, agir comme un enfant ?

— Je vais te le dire une fois. Ne foire pas ça pour elle. Elle a besoin de ce travail, de cette recommandation, pour bâtir son entreprise. Je reviens là-bas dans deux semaines, et je ferai le point avec Alicia. Si je découvre que tu la sabotes…

— Personne n'a parlé de sabotage.

— Si je découvre que tu la fais chier, je te botterai le cul. Tu sais que je le ferai.

— Mon Dieu, Jamila. Elle ne me botterait pas vraiment le cul. Mais cette langue qu'elle avait me ferait saigner les oreilles pendant une semaine.

Elle m'a donné un avant-goût de son ton de « je vais te botter le cul ». — Suis-je bien comprise ?

— Cinq sur cinq.

— Je pense vraiment que vous formerez une excellente équipe.

Encore quelques jours productifs comme aujourd'hui, et ils réaliseraient tous qu'ils n'avaient plus du tout besoin de moi. Cooper comprendrait que je valais plus de problèmes que je n'en rapportais, et on aurait une répétition de ce qui s'était passé pendant l'introduction en bourse. Mais cette fois, je serais viré. Complètement, pas seulement rétrogradé.

Ça. N'allait. Pas. Arriver.

— Toujours là, Jay ?

— Ouais, je suis là.

— Je te vois dans deux semaines.

— 'Kay. Salut.

J'ai laissé ma tête tomber dans mes mains pour ne pas avoir à regarder mon écran qui affichait une photo d'Alicia dans sa toge et son mortier, avec sa médaille et son cordon d'honneur.

Cooper m'avait dit de faire trois choses : produire du bon code dans les temps, gagner le respect de l'équipe, et une connerie sur le travail d'équipe. J'allais lui montrer. Tout ce dont il avait vraiment besoin, c'était que je produise du bon code dans les temps. C'est ce que je ferais. Et je n'avais pas besoin de l'aide de cette putain d'Alicia Diane Weber.

6

ALICIA

CE MATIN-LÀ, j'avais courageusement essayé le Cranberry Passion Blitz. L'emballage du thé dans la salle de pause prétendait qu'il était plein d'antioxydants. Peut-être que les antioxydants m'aideraient à tenir une journée de travail côte à côte avec Jackson Jones.

J'ai porté la tasse fumante à mes lèvres pendant que l'équipe se rassemblait autour de moi pour notre réunion debout du matin.

— Qui veut commencer ?

— Moi.

Jackson est passé devant moi d'un pas décidé pour aller au tableau, son odeur de cuir chassant le parfum écœurant et fruité de mon thé. Mais il ne portait pas ses bottes aujourd'hui. À la place, il avait une paire de Converse gris anthracite, ou peut-être anciennement noires, bien usées. Il a déplacé le post-it avec le nom du module sur lequel nous avions travaillé la veille de la colonne « En cours » à « Prêt pour Test ».

— Ce module a été terminé hier.

J'ai avalé de travers mon thé brûlant.

— Non, nous n'avons pas fini. Il nous reste encore à…

— Correction : c'est *moi* qui l'ai terminé hier après votre départ. Le travail ne devrait pas s'arrêter quand vous n'êtes pas là.

Il a croisé les bras sur sa poitrine.

Ma langue n'était pas la seule chose qui me brûlait. Une vague de chaleur est descendue de mon crâne jusqu'à ma poitrine. Consciente de l'attention captivée du reste de l'équipe, j'ai gardé une voix égale.

— Ce n'est pas comme ça que le pair programming est censé fonctionner. Vous auriez pu vérifier le code…

— C'est ce que j'ai fait.

— … ou aider l'un des autres binômes. N'oubliez pas, ai-je ajouté en me tournant vers les autres gars, nous sommes tous dans la même équipe.

— Finir du code en avance signifie que nous pouvons ajouter du travail supplémentaire dans ce sprint et terminer plus vite.

Il a pris un autre post-it de la colonne « Backlog » et l'a déplacé dans « En cours ». Sans me consulter, moi, sa partenaire et cheffe d'équipe.

Une nouvelle brûlure a commencé dans mon ventre et est montée dans ma poitrine. La racine de mes cheveux picotait de sueur et ma coupure à moitié guérie me lançait. Des mots de colère me sont montés à la gorge, mais je les ai ravalés. *Fais le boulot, et tire-toi. Ne fais pas de vagues.* C'était ce que j'avais promis à Tiannah. Je ne pouvais pas laisser tomber Jamila. Je ne pouvais pas me laisser tomber moi-même, non plus. Et une dispute à grands cris avec le cofondateur de l'entreprise devant notre équipe était une situation perdante d'avance pour moi.

J'ai posé ma tasse sur le bureau le plus proche et je me suis dirigée vers le tableau d'un pas décidé, détournant l'attention des gars du visage narquois de Jackson.

— Bon, très bien, écoutons les autres binômes.

Les autres gars ont fait leur rapport sur leurs progrès de la veille et leur objectif du jour. Tyler et son partenaire avaient rencontré un problème, et après la réunion, j'ai tiré une chaise jusqu'à leur bureau pour les aider à le résoudre.

Ce n'était pas un problème difficile ; plus que tout, ils avaient besoin d'un regard neuf. Mais après que j'ai souligné où ils se trompaient et pendant qu'ils corrigeaient le tir, mon esprit a divagué vers Jackson Jones.

Il avait fini le code — *notre* code — sans moi. Avais-je vraiment été un tel obstacle pour lui pendant que nous travaillions ensemble ? C'est vrai, son cerveau allait à une vitesse fulgurante, et mes doigts pouvaient à peine suivre. Mais j'avais aussi apporté quelques idées. Et il ne les avait pas toutes dédaignées.

Il avait été si différent sous l'auvent, le premier jour. Quand il avait glissé ce grêlon dans son sac pour le conserver, comme un petit garçon tout excité. Quand il avait délicatement tamponné la coupure sur mon front et pressé ce pansement ridicule contre ma peau. Quand il m'avait regardée dans les yeux comme s'il se souciait de savoir si j'allais bien.

Plus maintenant. Si j'avais abandonné et que j'étais partie, il aurait organisé une fête pour célébrer.

— Dis, Alicia, tu veux aller déjeuner ? Tyler était déjà debout, se tapotant les poches.

— Oh, je ne sais pas. Je n'ai pas fait le point avec les autres équipes.

J'ai jeté un coup d'œil à Jackson, qui avait son casque sur les oreilles et qui tapotait frénétiquement sur son clavier.

— On t'invite, a dit Amit. C'est la moindre des choses puisque tu nous as aidés. On va manger des tacos.

— On est dans la même équipe, tu te souviens. Vous ne me devez rien.

Pourtant, je me suis levée. Mon estomac a gargouillé. *Des tacos.*

Amit a dû prendre ses tacos à emporter pour pouvoir être de retour au bureau pour une réunion des développeurs senior. Tyler et moi nous sommes assis sur un banc à l'ombre pour manger notre déjeuner.

Après avoir englouti ses tacos, Tyler s'est essuyé la bouche et a mis en boule sa serviette et son emballage.

— Alicia, je peux te poser une question ?

J'ai posé mon taco.

— Bien sûr.

— C'est quoi le problème avec… comment dire…

Il a compressé davantage sa boule de papier.

— Je vais le dire directement, d'accord ?

J'ai hoché la tête.

— C'est un espace sûr. Je garderai ça pour moi.

— Merci.

Il a remonté ses lunettes sur son nez.

— Je travaille pour Synergy depuis environ six mois. Ils m'ont recruté d'une autre entreprise.

Il a bombé le torse.

— Je travaille dans une entreprise fondée par *Jackson Jones*. C'est trop cool, non ?

Moins cool qu'il ne l'avait pensé, si son expérience ressemblait à la mienne.

— Et puis, il y a trois mois, *Jackson lui-même* débarque ici, et on m'assigne à son projet. J'ai failli me chier dessus quand je l'ai appris.

J'aurais probablement ressenti la même chose quand j'étais une développeuse débutante.

— Mais ça ne s'est pas passé comme tu l'espérais ?

Il s'est affaissé.

— Non. Il est arrivé, il avait l'air complètement furieux, il nous a dit quoi faire et puis il s'est assis à son bureau avec son casque. Alors on a tous fait pareil, mais le code ne tenait pas la route. Mais maintenant que tu es là, c'est déjà mieux. On a une direction. Et de l'aide quand on en a besoin.

— Merci de me dire ça.

Un frisson a parcouru mon échine. Je faisais une différence. J'avais envie de danser là, sur le banc, mais je me suis retenue. Tyler avait l'air d'avoir encore des choses à dire.

— J'aimerais vraiment apprendre de Jackson, mais je ne sais pas comment l'approcher.

Mon élan de joie intérieur s'est brusquement arrêté. Il voulait apprendre de Jackson, pas de moi. C'était logique : Jackson était un programmeur de renommée internationale, et j'étais une inconnue en dehors d'Austin. Ses mots ont piqué ma fierté. Mais aux dernières nouvelles, j'assumais toujours mon rôle d'adulte.

— Continue d'essayer de lui parler. Tu finiras peut-être par faire tomber ses barrières. Je ne le connais pas depuis assez longtemps pour vraiment le cerner, mais je vais y travailler. Si je trouve quelque chose, je te le ferai savoir.

— Merci, Alicia.

J'ai fini mon déjeuner, et nous sommes retournés tranquillement au bureau. J'avais enlevé ma veste dans la chaleur de septembre, et après avoir mangé des tacos au poulet chipotle, j'avais encore trop chaud pour la remettre, même dans le bâtiment climatisé. Je l'ai drapée sur le dossier de ma chaise et me suis assise à côté de Jackson qui, fidèle à lui-même, avait son casque sur les oreilles.

Au moins, il a remarqué quand je me suis assise, fixant mes bras nus une seconde avant de croiser mon regard. Ses yeux bruns étaient doux, sans défense pendant une seconde, comme ils l'avaient été avant qu'il sache que les chats que j'étais venue rassembler étaient les siens. Comme si nous pouvions vraiment être une équipe au lieu de nous lancer des piques constamment. Le grincement métallique d'une guitare s'est échappé quand il a soulevé son casque.

Je voulais dire quelque chose de gentil. Quelque chose qui maintiendrait cette douceur dans ses yeux, qui empêcherait sa mâchoire de se durcir. Mais quand j'ai ouvert la bouche, les mots qui en sont sortis furent :

— Prêt à commencer ce nouveau module ?

Le module qu'il avait choisi sans en discuter avec personne, y compris moi, la cheffe d'équipe. Le sourire cordial que j'avais l'intention d'afficher s'est transformé en une grimace.

— Je l'ai déjà commencé. Pendant que vous étiez partie faire je ne sais quoi.

Ses yeux sont devenus durs comme la pierre, et il a fait un vague geste de la main en direction de Tyler, des escaliers.

— D'accord, alors, ai-je forcé à travers ma mâchoire serrée. Nous pouvons reprendre là où vous vous êtes arrêté. Vous voulez que je pilote à nouveau ?

— Non, je m'en occupe. Pourquoi ne pas vérifier le code d'hier ? Ou faire le nettoyage.

Le nettoyage ? Il aurait tout aussi bien pu me demander de m'asseoir tranquillement dans une réunion et de prendre des notes pendant que les hommes parlaient. J'avais envie d'arracher mes boucles d'oreilles et de me battre avec lui, là, dans l'open space. Mais je ne pouvais pas. Mes propres mots agaçants résonnaient dans mon cerveau. *Ne fais pas de vagues. On est dans la même équipe.*

—Bien sûr.

Je n'ai même pas pris la peine de sourire cette fois. Si c'était comme ça que Jackson Jones voulait jouer, alors allons-y. Tant que nous produisions du bon code dans les temps, peu importait la manière dont nous y parvenions.

Pourtant, alors que je commençais à vérifier le code de la veille, cette brûlure restait dans mon ventre. Venais-je de donner à Jackson Jones la permission de m'écraser ?

7

JACKSON

— SUPER BOULOT, Tyler. Le large sourire fier qui illuminait le visage d'Alicia aurait été plus approprié à la découverte d'un remède contre le cancer qu'au simple déplacement d'un post-it de la colonne « En cours » à « À tester », l'avant-dernier jour du sprint. Ses yeux étaient doux, de la couleur du ciel bleu du Texas ce matin-là, et non de cet acier intransigeant qu'ils prenaient quand j'avais sélectionné un autre module dans le backlog.

Se passait-il quelque chose entre eux ? Je me suis caressé la barbe. Tyler était jeune — vingt-quatre ans — et Alicia en avait trente. Mais pour certains, la différence d'âge n'avait pas d'importance. Mon Dieu, j'avais couché avec... Non, je n'allais pas y penser maintenant. Personne ici ne connaissait mon honteux secret, et je ne voulais pas que le remords se lise sur mon visage.

— Jackson. Alicia a planté ses poings sur ses hanches.

J'ai brusquement relevé les yeux vers son visage. — Hein ?

— Tout va bien ? Vous faisiez une drôle de tête.

— Oh. Je pensais juste à tout le travail qu'il nous reste à faire avant la revue de sprint de lundi. Un mensonge, mais je ne pouvais pas lui avouer que j'étais en train d'imaginer des moyens de faire en sorte que son regard fier, couleur de ciel bleu, se pose sur moi plutôt que sur Tyler.

Fidèle à elle-même, elle a hoché la tête, ses sourcils blonds se fronçant. — C'est vrai qu'il y en a beaucoup. Mais je sais que nous pouvons y arriver. Elle est passée devant Tyler et s'est penchée pour remonter un post-it du bas du backlog. Je n'ai pas manqué le regard de Tyler qui s'est aussitôt posé sur sa jupe étroite moulant la courbe de ses fesses.

— Tyler, ai-je dit, un peu trop fort, que diriez-vous de choisir quelque chose dans le backlog sur lequel travailler aujourd'hui et demain ? Je parie que si vous et moi faisons équipe, on peut le boucler d'ici lundi.

Les yeux de Tyler se sont écarquillés derrière ses lunettes. — Vraiment ? Enfin, oui, bien sûr. Il a pris la place d'Alicia devant le tableau, parcourant du regard les post-it de la colonne « À faire ».

Alicia est venue se tenir à côté de moi, sa proximité envoyant un frisson le long de mon bras. D'une voix basse, elle a dit : — C'est formidable que vous vous engagiez dans le travail d'équipe, mais pensez-vous que ce soit une bonne idée ? Il ne pourra pas finir d'ici lundi, même si vous l'aidez.

— Peut-être que j'ai plus confiance en lui que vous. Peu importait qu'il finisse d'ici lundi. Nous avancerions autant que possible, puis nous reprendrions le travail au prochain sprint. Mais Cooper avait dit que je devais gagner le respect de l'équipe, et coacher Tyler était une façon d'y parvenir. Non, ce n'était pas parce que je n'aimais pas la façon dont il regardait Alicia, avec cette admiration béate.

L'inspiration m'a frappé comme un éclair. Cooper avait aussi raconté des conneries sur le travail d'équipe. À San Francisco, il n'arrêtait pas de parler de cohésion d'équipe, et nous organisions des fêtes trimestrielles dans la cour devant le bâtiment. Je pouvais faire quelque chose de similaire ici pour lui montrer que j'essayais. Je lui raconterais en détail comment j'avais resserré les liens avec l'équipe quand il viendrait lundi pour la revue de sprint. Bientôt, il me supplierait de revenir à San Francisco.

J'ai attendu qu'Alicia mette fin à la réunion. Puis, avant que tout le monde ne retourne à son bureau, j'ai dit : — Hé, les gars. Que diriez-vous d'un petit happy hour pour renforcer la cohésion d'équipe après le travail ce soir ? C'est ma tournée.

— Vraiment ? Le visage de Tyler s'est illuminé. Genre, il était littéralement rose. — Ça serait chanmé.

— Personne ne va se mettre minable, a dit Alicia en prenant une photo du tableau des tâches avec son téléphone. Demain, c'est le dernier jour de travail du sprint. J'ai besoin que tout le monde soit au meilleur de sa forme aujourd'hui et demain.

— Je vous promets que tout le monde sera à la maison avant vingt-deux heures, ai-je dit. Vous vous joignez à nous, Alicia ?

J'espérais et je craignais à moitié qu'elle accepte. Comment serait Alicia en dehors du travail ? Lâcherait-elle enfin ses cheveux de ce chignon serré ? Pourrais-je faire en sorte que ses yeux bleus s'adoucissent à nouveau comme ils l'avaient fait avant que nous sachions que nous étions collègues ?

— Non, on est jeudi. La prochaine fois. Elle m'a lancé un sourire totalement faux, du genre « je-ne-sortirais-pas-avec-vous-même-si-c'était-la-fin-du-monde ».

Merde. J'avais oublié pour ses jeudis. — On pourrait faire ça demain. Une célébration de fin de sprint ?

— Non, j'ai aussi des projets vendredi soir. Amusez-vous bien. Elle s'est détournée. Même sa vie en dehors du bureau était meilleure que la mienne. Je n'avais pas eu de projets le vendredi soir avec qui que ce soit d'autre que ma main droite depuis que j'avais quitté San Francisco.

Mais maintenant, j'avais des projets pour jeudi soir avec mon équipe, et ça allait être génial. J'allais m'en assurer.

Une demi-heure après le départ d'Alicia cet après-midi-là, j'ai rassemblé les gars et les ai conduits dans un bar voisin. Je l'avais trouvé plus tôt dans l'été et j'étais tombé amoureux de sa collection de bornes d'arcade vintage. J'en ai caressé une en passant. *La prochaine fois, Ms. Pac-Man.* Ce soir, c'était pour créer des liens avec mon équipe, pas pour battre mon meilleur score.

Nous nous sommes installés dans une banquette au fond. Après avoir commandé un exemplaire de chaque hors-d'œuvre, je me suis penché en avant. — Un seau de jetons à celui qui raconte l'histoire la plus extravagante.

Quatre paires de grands yeux me dévisageaient. Merde. Je venais de demander à un groupe de programmeurs de me raconter une histoire amusante. Autant le demander à Ms. Pac-Man là-bas. Elle voyait probablement plus d'action qu'eux.

— OK, je commence, ai-je lancé, et je leur ai raconté la fois où j'ai déroulé le drapeau de Stanford sur la façade de la bibliothèque de Berkeley.

Quatre-vingt-dix minutes plus tard, je me suis adossé contre le dossier en vinyle et j'ai posé mes Converse sur le siège vide en face de moi. — C'était un désastre monumental.

— Nan. Tyler a voulu attraper sa bière, l'a manquée, et a réessayé. — C'était totalement chanmé.

— N'importe quoi. J'ai repoussé ma propre bière, à peine entamée. Il fallait bien que quelqu'un s'assure que Tyler rentre chez lui en toute sécurité. J'ai énuméré mes échecs sur mes doigts. — Amit ne boit pas. Qui l'eût cru ?

— Moi, je le savais. Tyler a levé la main comme si nous étions en classe.

— Et mon idée de donner des jetons au gars avec la meilleure histoire a complètement foiré. Kevin, qui nous avait raconté la fois où il avait amené une chèvre de compagnie à la partie de mahjong de sa mère, avait pris ses jetons et s'était dirigé vers la borne de Galaga. J'avais donné une porte de sortie à la personne la plus intéressante de la tablée, nous laissant le reste avec notre conversation boiteuse et gênante. Amit et Gary étaient partis après un verre, et maintenant on avait une table pleine d'amuse-gueules froids et détrempés.

— À votre avis, qu'est-ce qu'Alicia fait les mardis et jeudis ?

— Hein ? Tyler a fait signe pour une autre bière.

— Quand elle part plus tôt. Où est-ce qu'elle va ?

— J'sais pas. Je lui ai demandé, et elle a dit qu'elle préférait ne pas en parler. Peut-être qu'elle est une espionne.

— Vous croyez qu'elle travaille pour Gurusoft ? Merde, ça serait la pire des choses, qu'on paie une consultante pour vendre nos secrets à la concurrence.

— Nan. Genre, pour le gouvernement. Des trucs d'agent secret. Tyler a pris la bière des mains de la serveuse et lui a fait un clin d'œil.

— Alicia ? Je ne pense pas.

— Alors, qu'est-ce que vous pensez qu'elle fait ? Il a pris une longue lampée de sa bière.

— Je ne sais pas. J'y avais pensé. Beaucoup. Trop. — Peut-être qu'elle prépare son master. Ou qu'elle fait du bénévolat.

— Ou du mannequinat. Mon Dieu, qu'elle est belle.

J'ai pris un jalapeno popper triste et ramolli et je l'ai examiné. — Qui ça, Alicia ? J'avais voulu que ma voix soit légère et détachée, mais elle est sortie comme un grognement.

Tyler a cligné des yeux en me regardant. — Bien sûr. Mais je voulais dire elle. Il a pointé le bar en direction d'une des serveuses. Ses cheveux étaient d'un blond plus foncé que ceux d'Alicia, et ses yeux étaient couleur de miel. Elle ressemblait un peu à Marlee, bien que je n'aie jamais vu Marlee en mini-short.

— Elle a une amie. Il a pointé sa bière vers une autre serveuse debout près du comptoir, celle-ci brune et plantureuse. — Et elle vous regarde.

J'ai vérifié ; c'était vrai. — Je ne drague plus les femmes dans les bars.

— Mauvaise expérience ?

— On peut dire ça.

— Eh bien, moi, j'y vais. Il s'est levé et a titubé un instant.

— Vous en êtes sûr ? Peut-être boire un peu d'eau d'abord.

— Nan, je gère. Il est parti en titubant vers le bar. Après avoir demandé l'addition à notre serveuse, j'ai inspecté notre collection de fritures figées et de verres vides. Quel échec cuisant. J'aurais dû savoir qu'il ne fallait pas essayer de créer des liens avec l'équipe. J'avais toujours mieux travaillé en solo.

— C'est la mienne, connard ! La voix forte au bar a attiré mon attention.

J'ai levé les yeux juste à temps pour voir un type avec une carrure de linebacker — il devait faire au moins deux mètres — frapper Tyler en plein visage.

8

ALICIA

VENDREDI SOIR, et j'avais un rencard pour notre soirée ciné.

J'ai attrapé au vol le premier grain de pop-corn qui a jailli de la machine. Quand je l'ai mis dans ma bouche, il m'a brûlé la langue, sec et sans saveur. Il fallait que je trouve quelque chose pour le relever.

— Alicia, qu'est-ce que tu fabriques ?

J'ai jeté un regard coupable par-dessus mon épaule, comme quand j'avais huit ans et que Maman m'avait surprise en train de chercher des Oreos. Cette fois, je n'étais pas debout sur le plan de travail, mais j'étais penchée contre, le carrelage s'enfonçant dans mon ventre, à fouiller dans le présentoir à épices.

— On n'a pas de sel aromatisé ? Ou n'importe quoi avec du sel dedans ?

Maman a pincé les lèvres. — La tension d'Esmy était haute à son dernier contrôle, alors je me suis débarrassée de toutes ces choses. Les gens consomment beaucoup trop de sel. En fait…

Je l'ai interrompue avant qu'elle ne se lance dans une de ses tirades sur la nutrition. — Et du beurre ?

— Nous avons de l'huile d'olive. C'est bon pour le cœur.

— Sur du pop-corn ? Beurk.

— Le pop-corn est parfaitement délicieux nature.

J'ai plissé le nez. Elle ne s'était jamais autant souciée de toutes ces histoires de nutrition quand elle était mariée à Papa. Ou peut-être qu'elle n'avait jamais assez aimé Papa pour se soucier de ce qui se passait dans ses artères. Une chose était sûre, elle ne l'avait pas aimé autant qu'elle aimait Esmy.

— Soirée en amoureux ? ai-je demandé alors qu'Esmy entrait dans la cuisine, portant bien plus de mascara que d'habitude, un jean Wrangler moulant et ses bottes de danse.

— Dîner, puis soirée country. Son regard s'est attardé sur Maman, dont la chemise à carreaux était ouverte un bouton-pression plus bas que d'habitude, révélant la dentelle de son décolleté. — Ne nous attendez pas.

J'ai débranché la machine et attrapé le bol de pop-corn au goût de carton. Demain, j'irais faire des courses de cochonneries au magasin. Dommage que ce serait trop tard pour la soirée ciné. — Amusez-vous bien, les enfants.

Esmy s'est penchée et m'a envoyé un baiser dans le creux de l'oreille. — *Cariño*, il y a une salière dans le placard derrière les plaques à pâtisserie, a-t-elle murmuré.

— Merci. Je lui ai embrassé la joue lisse et dorée.

— À quand remonte ton dernier rencard, Alicia ? Maman m'a foudroyée du regard, comme si elle avait entendu parler du sel secret.

J'ai mis un grain sec dans ma bouche. Ça m'a rappelé les baisers sans passion de Rick. — L'été dernier, je suppose. Après la fin de la saison de foot.

— Rick est un homme si gentil. Et Noah et Palmer s'entendent si bien. Je pensais qu'il pourrait être le bon.

— Maman, je ne vais pas épouser quelqu'un juste parce que nos enfants sont amis.

— Il y a de pires raisons de se marier.

Comme tomber enceinte. Mais de ça, on n'en parlait pas. Avant qu'Esmy n'entre dans la vie de Maman, elle ne parlait jamais de ses sentiments. C'est pour ça qu'elle était restée mariée à Papa si longtemps.

Elle a dû voir cette pensée traverser mon visage. — Ne commence pas.

— Qui a commencé quoi que ce soit ? Je suis juste là, en train de manger du délicieux pop-corn soufflé à l'air. Mon Dieu, qu'est-ce que je ne donnerais pas pour une bière. Mais j'avais vidé notre stock après le match de foot de la veille, en m'apitoyant sur mon sort pendant que Jackson et l'équipe créaient des liens sans moi. J'avais juré d'en finir avec les pique-niques d'entreprise et les happy hours gênants. Je n'aurais pas dû m'en soucier. Et ce n'était pas le cas. Pas vraiment. — Allez, filez, les tourtereaux. Amusez-vous bien.

Maman m'a regardée avec des yeux plissés. Esmy m'a lancé un autre baiser et l'a poussée vers la sortie.

Attrapant deux eaux aromatisées dans le frigo, je suis allée dans le salon, où Noah était déjà installé sur le vieux canapé d'angle moelleux. Tigger était blotti contre lui, ronronnant tandis que Noah le grattait entre les oreilles.

— Tu as pensé au sel ? a demandé Noah. Esmy le cache derrière les plaques à pâtisserie.

— Je vais le chercher. Et des serviettes. Il avait une trace du rouge à lèvres rose d'Esmy sur le front. — Tu lances le film ?

— Espace ou super-héros ? Il a fait défiler les options.

— Super-héros. Après deux semaines à travailler avec Jackson Jones, j'avais bien besoin d'un héros. Il était plutôt du genre méchant sexy, comme Loki dans *The Avengers*, œuvrant secrètement contre moi. Comme quand il avait invité les gars à boire un verre la veille, un soir où il savait que je ne pouvais pas les rejoindre. Je savais ce qu'il faisait ; j'avais déjà vu ça. Il était en train de se construire une loyauté entre mecs, qu'il utiliserait le jour où il aurait besoin de me torpiller.

Par contre, a dit une voix trop rationnelle dans mon cerveau, *ne devrait-il pas développer une loyauté avec l'équipe ? C'est son équipe, pas la tienne. Tu pars quand le projet sera terminé.*

Arriver, toucher un chèque, repartir. Ne pas traîner après le travail avec le fondateur de l'entreprise dangereusement séduisant. J'aurais dû mettre ça dans mon business plan.

Quand je suis revenue avec le sel et les serviettes, Noah avait préparé le film, mais même après que j'ai salé le pop-corn et essuyé le rouge à lèvres de son visage, il ne l'a pas lancé. Il avait sa tête des grands discours.

— Qu'est-ce qui ne va pas ? ai-je demandé. *Pourvu que ça ne soit pas à propos des filles. Pourvu que ça ne soit pas à propos des filles.*

— Est-ce que je suis obligé d'aller à l'école ?

— Demain ? Non, c'est samedi. Mais il ne plaisantait pas. Il m'a lancé un regard qui m'a rappelé celui de Maman, furieuse à cause du sel.

— Je suis sérieux. Tu ne peux pas me faire l'école à la maison ou un truc du genre ?

— Oh. Une douzaine de scénarios ont défilé dans mon cerveau, tous terribles. — Non, mon grand. Je dois travailler à plein temps pour subvenir à nos besoins et pour économiser pour tes études. Grand-mère Diane et Grand-mère Esmy travaillent aussi. L'école est le meilleur endroit pour toi. Pourquoi tu ne veux pas y aller ?

Il a haussé les épaules. — Les enfants ne sont pas gentils avec moi.

Pas gentils ? C'est quoi ce bordel ? — Et tes amis ? Tamika et Palmer ne sont pas gentils avec toi ?

— Si, mais les autres enfants se moquent de moi.

La colère est montée en moi, brûlante et soudaine. — Pourquoi se moqueraient-ils de toi ?

Il a de nouveau haussé les épaules et a commencé à décortiquer un grain de pop-corn.

À qui allais-je devoir casser la figure ? — Je vais prendre rendez-vous avec ton directeur. On va les faire arrêter.

— Non ! Oublie ce que j'ai dit. Je vais m'en occuper.

Pour la millième fois, j'ai souhaité que Melissa soit là. Ou qu'elle ait désigné quelqu'un de meilleur, de plus sage, comme tuteur pour Noah. Ou qu'elle nous ait dit un jour qui était son père pour que je puisse le traîner ici et le forcer à parler à son fils. Parce que je n'avais aucune idée de quoi dire à mon neveu.

Tiannah me disait toujours de le laisser mener ses propres combats pour qu'il apprenne à se protéger plus tard. C'était peut-être la bonne approche ici. J'avais certainement eu besoin de ces compétences.

— On fait le point la semaine prochaine, pour voir comment ça se passe. Si ça ne va pas mieux, je prendrai ce rendez-vous. D'accord ?

Il a encore haussé les épaules. Cet enfant allait se provoquer une tendinite à force de hausser les épaules.

Peut-être qu'une histoire aiderait. Esmy en racontait beaucoup.

— Tu sais que je t'ai dit qu'il n'y a pas beaucoup de femmes dans mon domaine ?

— Ouais. Il a commencé à déchiqueter un autre grain.

— Parfois, les gens — les mecs — essaient de m'intimider parce que je suis différente. Ou de m'exclure. Comme Jackson l'avait fait hier en emmenant les gars boire un verre. Et, exactement comme il l'avait prévu, ils étaient revenus ce matin pleins de private jokes et de camaraderie. Jackson avait une lèvre fendue, et Tyler, quand il s'était finalement ramené à dix heures, avait un œil au beurre noir. Ils m'avaient assuré qu'ils ne s'étaient pas battus entre eux, mais personne n'a voulu me dire ce qui s'était passé.

Et maintenant, Tyler regardait Jackson comme s'il avait décroché la lune. J'aurais dû être fière de Jackson pour avoir trouvé un moyen de créer des liens avec son équipe. Je suppose que je l'étais, sous ma désapprobation de ses méthodes. Et ma jalousie. Jackson faisait ce qu'il aurait dû faire trois mois plus tôt en arrivant à Austin. J'aurais dû l'encourager. Mais tout ce que j'avais réussi à faire, c'était de le foudroyer du regard.

— Alors, qu'est-ce que tu fais ? Noah a jeté les confettis de pop-corn dans sa bouche et a finalement croisé mon regard.

— Je leur montre que je mérite d'être là, tout comme eux. Je travaille plus dur qu'eux. Je ne rate jamais une échéance, et mon travail est toujours impeccable. Je me suis un peu redressée.

Il a plissé le nez. — Ça a l'air nul de ne jamais pouvoir faire d'erreur.

Toute ma prestance s'est évaporée. — Ça l'est un peu.

— Et s'ils sont toujours méchants avec toi ?

— Alors tu dois le dire à quelqu'un.

— Comme à tes amis ? Ou à ta famille ?

Si seulement c'était aussi simple. — Au travail, comme à l'école, tu le dis à un responsable. Je n'allais pas lui dire que ça n'avait pas marché pour moi non plus. À mon premier poste après mon diplôme, un programmeur plus âgé m'avait harcelée presque dès mon premier jour. J'en avais finalement parlé à Melissa, et elle m'avait harcelée jusqu'à ce que j'aille voir mon manager. Il avait mis fin aux blagues déplacées et aux contacts qui me hérissaient la peau, mais il n'avait pas mis fin aux regards noirs que mes collègues masculins me lançaient, aux basses besognes qu'on m'assignait sans aucune chance de reconnaissance ou d'avancement. J'avais supporté ça jusqu'à la mort de Melissa, où j'avais réalisé que la vie était trop précaire pour rester dans un travail que je détestais. J'avais démissionné, pris trois mois pour me remettre les idées en place, et étais allée travailler dans une autre entreprise.

— Comme un professeur ?

— Ou le directeur. Une semaine, et si ce n'est pas mieux, je prends rendez-vous. Je ne les lâcherai pas tant que Noah ne se sentirait pas de nouveau en sécurité. Personne n'allait faire à Noah ce qu'on m'avait fait.

— Qu'est-ce qui rend ce type si génial ? ai-je demandé en désignant le super-héros sur l'écran de présentation.

— Il est, genre, super fort.

— Et quoi d'autre ?

— Quand il se fait mettre K.O., il se relève aussitôt.

— C'est exact. Et c'est ce que nous, les Weber, on fait aussi.

— Ouais. Un coin de sa bouche s'est relevé.

— Allons le voir botter le cul de quelques méchants.

Je ne pissais peut-être pas debout, mais j'étais quand même une bonne programmeuse et une leadeuse encore meilleure. Lors de notre évaluation lundi, j'allais montrer à Cooper Fallon exactement ça. Et jusqu'à ce que ce projet soit terminé, peu importe combien de fois Jackson Jones et sa culture de mecs essaieraient de me mettre à terre, j'allais me relever.

9

JACKSON

— JE SUIS DÉSOLÉ. Je suis désolé.

Tyler s'est enfoui le visage dans les mains.

Alicia et moi étions assis côte à côte à notre bureau, et nous cherchions frénétiquement le bug dans le code foireux de Tyler. Ses lèvres étaient pincées et pâles, et une goutte de sueur perlait de sa tempe pour couler le long de la peau parfaite de sa joue. Je ne l'avais jamais vue aussi déstabilisée, même pas quand un grêlon l'avait frappée quelques minutes avant sa première réunion avec Cooper et moi.

Quand nous sommes arrivés à la fin du programme, Alicia a aboyé :

— On recommence. Depuis le début.

Je me suis frotté les yeux. Ils me faisaient presque autant souffrir que mes orteils dans mes bottes « va-te-faire-foutre-Cooper ».

— Non.

— Comment ça, « non » ? Il faut qu'on trouve ce bug et qu'on le corrige.

— On n'a plus le temps. Cooper m'a envoyé un texto pour dire qu'il monte.

Les yeux d'Alicia se sont écarquillés.

— Il est là ? Déjà ?

— La ponctualité, c'est son truc.

— Merde, a-t-elle marmonné. Merde. Merde. *Merde.*

Elle n'était plus si parfaite maintenant, avec la sueur qui coulait dans son cou et son rouge à lèvres à moitié rongé. J'aurais aimé pouvoir faire quoi que ce soit pour l'aider — Cooper allait nous passer un de ces savons, y compris à Alicia, qui n'y était pour rien dans ce merdier —, mais la seule chose qui l'aurait mis plus en rogne que ce fiasco de code, c'était qu'on le fasse attendre.

— Je suis désolé, a répété Tyler. J'essayais d'aider. Je me sentais mal d'être arrivé en retard vendredi, alors j'ai décidé de travailler ce week-end, d'ajouter de nouvelles fonctionnalités. Je ne pensais pas que je foirerais à ce point.

Il était déjà au bureau quand je suis arrivé ce matin. Ses yeux injectés de sang, son menton mal rasé et son teint grisâtre indiquaient qu'il était là depuis au moins la nuit dernière.

— T'aurais dû appeler quelqu'un, mec. Moi ou Alicia. Ou Amit. On serait venus t'aider.

— Je pensais que je pouvais le réparer.

Il a posé son visage sur le bureau. Il a relevé la tête et l'a laissée retomber avec un bruit sourd.

— J'aurais dû être capable de le réparer.

— On est une équipe, Tyler.

Les mots d'Alicia sont sortis, étranglés, à travers sa mâchoire serrée.

— On travaille ensemble, pas seuls.

La poitrine oppressée, je me suis levé.

— Allons-y.

Lentement, l'équipe a rassemblé ses ordinateurs portables et ses bloc-notes. Tyler a pris sa sacoche comme s'il s'attendait à être viré sur-le-champ et à devoir quitter l'immeuble.

Quand je suis entré dans la salle de conférence, Cooper a levé les yeux de son téléphone.

— Jay !

Il a souri, ce vrai sourire qu'il réservait à ses amis. Puis il a vu mon expression, et son sourire s'est estompé. Il a haussé les sourcils, et j'ai secoué la tête imperceptiblement.

Il a contracté la mâchoire et s'est levé, serrant la main de tout le monde. Tyler, qui est passé en dernier, s'est essuyé la main sur son jean avant de la tendre à Cooper. Il a regardé partout sauf dans les yeux de Cooper.

— D'accord.

Cooper s'est assis au bout de la table, avec une vue directe sur l'écran.

— Montrez-moi ce que vous avez.

Personne n'a bougé pour connecter un ordinateur portable au câble de l'écran. En fait, personne n'a bougé du tout. Le silence a pesé dans la pièce pendant trois… quatre… cinq secondes.

Je me suis levé. Autant porter le chapeau. Ce n'était pas la faute d'Alicia. Elle avait essayé d'empêcher Tyler de prendre ce post-it du backlog. C'était moi qui l'avais encouragé. De plus, Tyler n'avait fait que suivre l'exemple que j'avais donné en essayant de clouer le bec à Alicia en terminant notre module en solo. Au fond, c'était moi qui avais merdé. Comme d'habitude.

— Cooper, je…

— Nous n'avons rien à vous montrer, monsieur Fallon.

Tous les regards se sont tournés vers Alicia, qui s'était également levée de sa chaise.

— J'essaie encore d'établir des normes avec l'équipe, et il y a eu un malentendu. *J'ai* mal communiqué. Le code n'est pas prêt aujourd'hui. Nous devrions avoir quelque chose de préparé d'ici quelques jours, et je pourrai alors programmer une démonstration à distance.

Cette veine palpitait à la tempe de Cooper. Celle qui m'indiquait qu'il était sur le point de péter un plomb.

— Je suis ici maintenant. Aujourd'hui. Vous n'auriez pas pu me le dire vendredi ?

J'ai fait les cent pas le long du mur. *Merde.* Il était sur le point de piquer une de ses colères.

Sa lèvre a tremblé.

— Je suis désolée. Nous pensions que nous serions prêts, mais à la dernière minute, de manière inattendue, nous… nous ne l'étions pas.

Il a plaqué ses mains sur la table, comme il le faisait pour s'empêcher de les serrer en poings.

— Je suis sûr que vous comprenez à quel point je suis déçu. Et vous vous assurerez tous que rien de tel ne se reproduise.

Il a promené son regard bleu glacial sur l'équipe qui l'entourait. Tyler a tressailli.

— Mais pour aujourd'hui, ce temps sera mieux employé à travailler sur le code. Tout le monde au travail. Alicia, un mot.

J'ai enfoncé mes mains dans mes poches et j'ai refait quelques pas vers la table. Elle ne devrait pas avoir à subir seule les foudres de Cooper. Elle avait pris notre défense alors que ce n'était pas de sa faute. Elle se montrait putain de *noble.* Je n'avais jamais rien fait de noble de ma vie.

— Cooper, je… ai-je recommencé.

Mais, sans même prendre la peine de me regarder, il a dit :

— Jackson, toi aussi. On parlera plus tard.

J'ai jeté un coup d'œil au visage pâle d'Alicia. Serait-elle capable de gérer ça ? Bien sûr que oui. Elle pouvait rivaliser avec Cooper, mot pour mot, froid et calculateur. Pourtant, la culpabilité me rongeait de l'intérieur.

— Alicia…

Elle a levé une main.

— Vas-y, Jackson.

Je suis sorti de la pièce en rasant les murs, à la suite de l'équipe.

Quand Alicia nous a rejoints une demi-heure plus tard, elle avait retrouvé son apparence habituelle, impeccable. Peut-être qu'il l'avait ménagée, vu qu'elle n'était en poste que depuis deux semaines. Elle a posé son ordinateur portable et nous a rejoints là où nous nous étions tous regroupés autour du poste de travail de

Tyler. Se penchant comme pour mieux voir l'écran, elle m'a murmuré à l'oreille :

— Il veut te voir dans son bureau.

La terreur que ses mots ont provoquée en moi luttait contre le frisson de son souffle sur ma peau. La chair de poule est apparue à l'arrière de mon cou et a parcouru mes bras. J'ai lissé les poils qui se hérissaient. C'était quoi ce bordel ? Mon corps avait réagi comme si elle m'avait dit qu'elle voulait me sucer la bite, pas que j'allais me prendre un savon d'un tout autre genre.

Sans doute que Cooper avait vu clair dans l'aveu de culpabilité d'Alicia et savait que c'était moi qui avais agi comme Batman, une sorte de justicier solitaire. J'en étais content. Alicia ne devait pas porter le chapeau pour ce qui était de ma faute.

J'ai hoché la tête en direction d'Alicia, soutenant son regard une seconde de plus que nécessaire, essayant de lui transmettre ma gratitude pour ce qu'elle avait fait. Elle avait eu raison, et j'avais eu tort. Il était temps d'abandonner notre petite rivalité. Il était temps que *moi*, je l'abandonne et que je la laisse faire ce pour quoi elle était venue ici : diriger. Sinon, on n'allait pas y arriver.

Elle s'est redressée, et j'ai roulé ma chaise à quelques mètres d'elle avant de me lever, d'ajuster discrètement mon jean et de me diriger vers les bureaux de la direction.

Tenant son téléphone d'une main, Cooper m'a fait signe d'entrer de l'autre. Il a levé un doigt pour me montrer qu'il avait presque fini. Il a aboyé quelques ordres de plus, a remercié son assistant et a raccroché.

— Jackson.

Oups. Il avait utilisé mon nom complet deux fois de suite. Pas bon signe.

— Mlle Weber semblait croire que je n'avais rien de mieux à faire que de traîner ma vieille carcasse de la Californie jusqu'au Texas pour entendre son mea culpa. Je me serais attendu à ce que tu la détrompes.

— Tu n'es pas vieux.

J'ai croisé les bras.

— Tu as le même âge que moi. Trente-deux ans.

— C'est ça que tu veux répondre ? Pas : « Je suis désolé qu'on t'ait fait perdre ton temps, Cooper » ? Pas : « On a merdé, et je veillerai personnellement à redresser la barre sur ce projet » ?

La colère bouillonnait en moi, mais à l'extérieur, j'ai haussé les épaules.

— Si c'est pour me dire quoi répondre, pourquoi ai-je même besoin de participer à cette conversation ? Tu aurais pu afficher une photo de moi sur ton téléphone, lui crier dessus, et me laisser tranquille pour réparer ce putain de code.

— Mais c'est ça le problème, n'est-ce pas ? Tu agis toujours comme un programmeur solitaire, et tu ne t'es pas intégré à l'équipe.

— C'est ce qu'Alicia a dit ?

Elle n'avait pas l'air du genre à me dénoncer, surtout après avoir publiquement porté le chapeau pour nous tous.

— Non, mais je te connais depuis presque quinze ans. Je peux deviner ce qui s'est passé.

— On vient à peine de commencer, putain. Tu ne peux pas t'attendre à ce qu'on y arrive en deux semaines.

— Tu es ici, à travailler sur ce code, depuis trois mois. De combien de temps de plus as-tu besoin pour organiser l'équipe et comprendre ce que *putain* vous foutez ?

Sa voix avait atteint un volume qui devait se répercuter à l'extérieur du bureau.

La vague de colère brûlante a rompu la digue que j'avais construite. J'ai frappé la main sur son bureau.

— De plus de putain de temps. Tu nous as mis des bâtons dans les roues avec cette nouvelle cheffe de projet, et on s'adapte. J'essaie. On essaie tous. Je vais essayer plus fort, d'accord ?

— D'accord.

Il a levé les mains, paumes vers l'extérieur.

— C'est tout ce que je voulais entendre. Mais la prochaine fois, j'ai besoin de voir des résultats. Des bons. On ne peut plus se permettre de déconner. Tu me comprends ?

— Ouais, j'ai compris.

Ma respiration s'est ralentie, et la chaleur dans ma poitrine s'est lentement dissipée.

— T'as des plans pour le déjeuner ?

Ça, c'était bien Cooper. Sa colère passait de zéro à cent plus vite que ma Lamborghini Aventador, mais elle s'évaporait tout aussi rapidement.

— Ouais. Un connard me fait bosser pendant la pause déjeuner pour réparer ce foutu code.

— Pas aujourd'hui. Aujourd'hui, ton meilleur ami veut t'inviter. Ensuite, tu pourras réparer ce foutu code.

— D'accord.

Pour la première fois de la journée, j'ai souri.

— Je te retrouve dans le hall dans dix minutes.

En retournant à notre espace de travail pour dire à l'équipe que je partais déjeuner, j'ai entendu des voix familières provenant de la salle de conférence où on s'était fait remonter les bretelles plus tôt.

— Je suis désolé. Tellement désolé, putain. Désolé, vraiment *trop* désolé. Et maintenant, Jay se fait engueuler, et c'est de ma faute. J'imagine qu'il était en colère contre toi aussi.

La voix de Tyler s'est brisée.

— Ce n'est pas de ta faute, a dit Alicia si doucement que même moi, je me suis senti mieux. Comme je l'ai dit dans la réunion, c'est de la mienne. Je vous ai laissé penser que vous pouviez enfreindre notre processus. J'ai choisi la facilité. Je ne le ferai plus. Et tu ne me la joueras plus cavalier seul, n'est-ce pas ?

— Non. Promis.

Merde. C'était des choses que j'aurais dû lui dire. Mais voilà Alicia, en train d'être une leadeuse. Pas comme Cooper avec sa colère fulgurante ou comme moi avec mes blagues, mais avec des mots doux qui ont vraiment réussi à réconforter Tyler. C'était une pro. J'ai tapoté mes poches à la recherche d'un carnet.

— Tu es un bon programmeur.

Derrière la vitre dépolie, la silhouette d'Alicia s'est rapprochée de celle de Tyler. Était-elle en train de lui toucher le dos ? J'aurais voulu voir ce qu'elle faisait. Pour pouvoir prendre des notes sur ses méthodes de coaching. Pas parce que j'aurais souhaité qu'elle me frotte le dos pour que tout aille mieux.

— Tu as beaucoup de potentiel. Tu as juste besoin de travailler ta discipline. J'aimerais que tu travailles de nouveau en binôme avec Amit pour le prochain sprint. Il est stable et prudent, et il peut t'apprendre beaucoup.

Contrairement à moi. J'étais un raté qui ne pouvait rien apprendre à personne. J'avais essayé de tout redresser — le projet, moi-même — et j'avais quand même échoué. Enfonçant mes mains dans mes poches, je me suis traîné jusqu'à notre espace de travail, j'ai dit à Kevin que j'allais déjeuner, et je suis reparti vers les escaliers, en gardant les yeux fixés sur les lattes de bois pour éviter de regarder vers la salle de conférence où Alicia était en train de faire de Tyler un meilleur programmeur, sans certification coûteuse ni manuel de code épais.

— Jay !

Avant que j'aie eu le temps de lever les yeux, j'ai été enveloppé par le parfum de jasmin de Jamila et écrasé par son étreinte. Je l'ai serrée dans mes bras en retour.

— Qu'est-ce que tu fais ici ?

J'ai reculé, admirant son tailleur-pantalon couleur prune parfaitement repassé et son chemisier en soie rouge cerise. Les couleurs flambaient sur sa peau foncée.

Elle a souri.

— Je t'avais dit que je venais prendre de tes nouvelles.

— Tu n'es pas venue de Californie juste pour prendre de mes nouvelles.

Mon Dieu, j'espérais que non. Si c'était le cas, j'étais dans une merde encore plus profonde que je ne le pensais.

— On dirait bien qu'il le fallait. Ces bottes ? C'est juste pas possible, mon chéri.

Elle a secoué la tête.

J'ai baissé les yeux vers elles. Si seulement je pouvais les abandonner. Mais Cooper n'avait pas encore compris le message.

— À Austin, fais comme les Austoniens, non ?

— Les Austinites, Jay.

— Peu importe. Pourquoi *es-tu* là ?

— Je donne une conférence demain à l'Association des femmes ingénieures du Texas. J'ai pris l'avion avec Cooper un jour plus tôt pour pouvoir prendre des nouvelles d'Alicia. Et de toi. Tu la traites bien ?

— Euh…

— Jamila !

Alicia a trottiné jusqu'à nous, les bras grands ouverts. Pour Jamila. Qu'est-ce que ça ferait de la voir me regarder comme ça, m'ouvrir les bras ? Le paradis. J'ai froncé les sourcils et j'ai enfoncé mes mains dans mes poches.

Les deux femmes se sont enlacées, puis Jamila a reculé.

— Celui-ci se comporte bien, alors ?

Les sourcils d'Alicia ont grimpé sur son front.

— Oh, je suis désolée. Je ne crois pas que vous vous soyez rencontrés. Voici Jackson Jones.

Jamila a éclaté de rire.

— Elle t'a bien cerné, Jay.

Passant son coude sous celui d'Alicia, elle a pivoté sur ses talons à semelles rouges et s'est dirigée d'un pas décidé vers les escaliers.

— Maintenant, raconte-moi tout.

J'ai regardé le sommet de leurs têtes, l'une blonde, l'autre noire, disparaître dans les escaliers. Deux femmes intelligentes et brillantes. L'une m'aimait bien — ou du moins m'accordait une indulgence affectueuse — et l'autre me méprisait. Surtout après mon rôle dans le désastre d'aujourd'hui. Et après m'être fait engueuler par Cooper.

Je me suis gratté la barbe. Alicia ne me connaissait que depuis deux semaines, et elle savait déjà quel raté j'étais. Elle m'avait catalogué comme un obstacle à gérer et à corriger. Pas un égal ou un partenaire. Et elle avait raison : c'était elle qui s'était imposée comme la leadeuse aujourd'hui, pas moi. Je pouvais apprendre beaucoup d'elle.

Je devais faire profil bas, faire ce qu'on me disait, faire ce putain de travail. Agir comme son coéquipier, pas comme un rival. Peut-être qu'elle me détesterait toujours, but au moins, je ne foirerais rien d'autre.

10

ALICIA

— AUTANT ME LE RACONTER. Je finirai par le savoir par Cooper. Ou par Jay. Jamila a piqué avec art une fine tranche de poulet et un morceau de laitue plié, a porté la bouchée à sa bouche et m'a dévisagée en mâchant.

J'ai remué ma salade avec ma fourchette et poussé un cube de betterave marinée dans un coin. Beurk. J'avais l'estomac trop noué pour manger, alors j'avais commandé la même chose que Jamila.

Elle avait raison. Pas à propos de cette écœurante salade de betteraves, mais sur le fait que je gâchais une opportunité avec mon mentor si je n'abordais pas le sujet avec elle.

— On a tout fait foirer. *C'est moi* qui ai tout fait foirer. On n'avait rien à montrer à Cooper ce matin. L'un des programmeurs a introduit un bug ce week-end qui a bloqué la compilation. Pas seulement son module. Le projet en entier. Et c'est de ma faute.

— En quoi est-ce de ta faute ?

J'ai planté ma fourchette dans une tomate comme si c'était le visage de Jackson Jones. — J'ai essayé de créer une culture collaborative. Je les ai tous mis en binôme. Mais quand Jackson a commencé à faire son cowboy du code et à travailler en solo, je n'ai rien dit. Je ne l'ai pas recadré. Je l'ai ignoré. Pour éviter les vagues, tu vois ? Alors Ty, l'autre programmeur, a cru qu'il pouvait faire la même chose. Nous surprendre tous avec une nouvelle fonctionnalité. Impressionner Jackson et Cooper.

— Ma chérie, tu ne peux pas t'en attribuer la responsabilité. Elle a tapoté la nappe devant mon assiette avec ses doigts aux ongles couleur prune pour attirer mon regard. — Ce n'est pas de ta faute.

— Mon travail, c'est de diriger. D'établir des normes. De m'assurer que tout le monde suit les règles.

Jamila a secoué la tête. — Ma belle, tu devrais le savoir. Dans leur tête, les programmeurs sont moitié Bruce Willis dans *Piège de cristal* et moitié Gandalf. Ce sont des artistes qui savent tout. Essayer de les faire aller dans la même direction, c'est comme vouloir rassembler un troupeau de chats ou de serpents à sonnettes. Ou des chats à tête de serpent à sonnettes.

— Je sais. Et pourtant, j'ai dit à Cooper Fallon que je pouvais le faire.

— Tu peux le faire. Ça prendra juste du temps.

Me souvenir de son expression lors de la démo ratée de ce matin m'a donné un frisson. Puis ses paroles sèches et pleines de colère dans son bureau m'ont envoyé un second frisson le long de la colonne vertébrale. — Je ne sais pas combien de temps il me reste. Cooper était vraiment déçu. C'était un euphémisme. Il m'avait passé un de ces savons, remettant même en question mes qualifications.

Et le pire dans tout ça, c'est que pendant une seconde, j'avais envisagé de laisser Jackson porter le chapeau. Mon cœur avait bondi quand il s'était levé et avait commencé à parler. J'étais presque sûre qu'il s'apprêtait à dire à Cooper qu'il avait encouragé Tyler à jouer les cowboys du code. Mais même si c'était le cas, je ne voulais pas que Jackson vole à mon secours. Je ne pouvais pas vouloir ça. Je ne pouvais compter que sur moi-même. Alors j'avais parlé plus fort que lui, pour le couper.

Jamila a balayé mes paroles d'un geste de la main. — Cooper, c'est beaucoup de bruit pour rien.

J'ai haussé les sourcils. — Tu veux dire qu'il est un grand tendre sous sa carapace de glace ?

Elle a reniflé. — Je n'ai *pas* dit ça. Il ferait n'importe quoi pour ses amis, mais tous les autres ne sont pour lui que des outils ou des obstacles. Il sait que tu vas faire ton travail et redresser la barre.

— Tu m'as dit au moins une douzaine de fois qu'en tant que femmes dans un domaine dominé par les hommes, nous devons travailler plus dur, être plus rapides, montrer de meilleurs résultats. Je suis… non pas effrayée, je ne l'admettrais pas… je crains de ne pas avoir de seconde chance. Pas comme Jackson.

— Dans l'esprit de Cooper, Jay ne peut rien faire de mal. Tu as raison sur le fait qu'il aura un nombre de chances illimité et pas toi. Mais tu vas gérer. J'ai confiance en toi. Sinon, je ne t'aurais pas recommandée pour commencer.

Jamila croyait toujours en moi. Et ça comptait énormément. C'était la personne la plus intelligente que j'aie jamais rencontrée. Elle était passée d'une école publique sous-financée d'East Austin à l'université de Stanford. Elle n'avait prêté aucune attention aux offres d'emploi qu'on lui avait présentées des mois avant la remise des diplômes ; à la place, elle avait pris son idée d'application et un petit héritage pour monter sa propre entreprise. Le visage de Jamila avait fait la couverture d'un des magazines économiques dans la salle d'attente lors du contrôle de Noah la semaine dernière.

Si elle pensait que je pouvais y arriver, ça valait la peine de réessayer.

— Merci, Jamila. Pour la recommandation et pour ton soutien. Je ne te décevrai pas.

— Tu ne me décevrais jamais, même si tu démissionnais aujourd'hui. Elle a croqué dans une carotte. — Et je sais que tu ne te décevras pas toi-même. Ni Noah. Comment va ce A dorable petit monstre ?

Noah. Lui raconter pour son bras cassé m'a rappelé la facture du médecin qui était arrivée la veille. C'était exactement le montant que l'assistante du Dr Ruiz m'avait donné, mais voir tous ces chiffres alignés sur le papier le rendait bien réel. Même si je voulais me défiler du projet, je ne le pouvais pas. J'avais des factures à payer.

D'ailleurs, quel genre d'exemple serais-je si j'abandonnais après deux semaines de ma première mission de consultante ? Si j'abandonnais, je n'aurais plus jamais une opportunité pareille. J'avais besoin de la recommandation de Cooper. Je devais redoubler d'efforts. Comme le super-héros du film, je devais me relever, même après que cette journée m'ait mise K.O.

Après le déjeuner, en raccompagnant Jamila au bureau de Cooper, je lui ai offert mon plus grand sourire. — Je vais organiser cette démo à distance, Monsieur Fallon. Vous verrez nos progrès d'ici la fin de la semaine.

Il ne m'a pas rendu mon sourire et ne m'a pas demandé de l'appeler Cooper. — J'y compte bien, a été sa seule réponse.

Je suis retournée péniblement à notre espace de travail. Nous allions trouver ce bug, nous allions épater Cooper Fallon avec notre démo, et j'allais gagner ce fichu témoignage.

Et peu m'importait d'avoir cru un instant que Jackson Jones pouvait prendre ma défense. Ou que je n'arrivais pas à chasser son odeur de mes narines, même après avoir quitté le bureau. Il était une distraction, un défi de plus, rien de plus. Je ne pouvais pas le laisser entraver ma réussite dans ce projet. Et je devais réussir pour Noah. Pour Jamila. Et pour moi-même.

11

JACKSON

ALICIA WEBER n'était pas parfaite.

Enfin, personne n'est parfait. Même Cooper avait son sale caractère. Mais Alicia débarquait au bureau chaque jour, tirée à quatre épingles, pas un cheveu qui dépassait de cet infernal chignon, jamais en retard. Elle savait toujours quoi dire, quoi faire pour motiver l'équipe. Tyler trouvait un prétexte pour lui demander conseil presque tous les jours.

Sauf que.

Elle nous avait de nouveau imposé la programmation en binôme pour le prochain sprint et avait fait tout un discours sur la collaboration, le travail d'équipe, le fait de demander de l'aide et de ne pas s'isoler.

Ça avait duré un jour et demi.

Elle et moi, on s'était de nouveau mis ensemble — tout comme au sport à l'école, quand personne ne voulait de moi dans son équipe — et elle avait supporté ma navigation pendant une journée entière et jusqu'à la pause déjeuner du lendemain. Puis, quand tout le monde était parti vers le food truck qui s'était garé dehors, elle m'avait dit d'y aller, qu'elle allait travailler encore un peu toute seule. Puis, quand j'étais revenu, elle m'avait suggéré de prendre autre chose sur le tableau sur quoi travailler.

Devant le reste de l'équipe, elle faisait semblant qu'on travaillait ensemble. Mais ce n'était pas le cas. À moins de considérer que travailler côte à côte, casque sur les oreilles, sur différentes parties du programme, c'était travailler ensemble.

Ce n'était pas grave. Si ce qu'elle attendait de moi, c'était que je la laisse tranquille, je pouvais le faire.

Sauf que.

J'avais trouvé un bug dans son code.

Ce soir, j'avais continué à travailler après que tout le monde soit rentré. Je ne me voyais pas rentrer dans cet appartement solitaire, rempli d'autres marginaux temporaires et de divorcés du centre-ville. Je m'entendais bien avec mes voisins du dessus, et j'avais rencontré un partenaire de sport, Rick, à la salle, mais je n'avais personne que je pouvais considérer comme un ami.

Pire encore, c'était de sortir sur la Sixth Street voisine. Là-bas, je trouvais plein de femmes. Mais Austin était une ville universitaire, et après la frayeur avec la stagiaire du printemps dernier, elles me paraissaient toutes être des étudiantes. Et je ne toucherais plus jamais, au grand jamais, à l'une d'entre elles. Même celles dont j'étais sûr qu'elles étaient plus âgées, qui avaient une mèche grise ou deux ou l'esquisse de ridules au coin des yeux, ne m'attiraient pas.

Peut-être qu'une fois qu'on avait commencé, le célibat était addictif, comme la cigarette. Ou alors — je l'admettais tard le soir, la main dans mon short — peut-être que je n'arrivais pas à me sortir Alicia de la tête. Personne d'autre ne lui arrivait à la cheville. Pas depuis que mon cœur ratatiné avait repris vie quand j'avais posé un doigt sur sa peau douce, quand j'avais repoussé ses cheveux par-dessus ce ridicule pansement Flash McQueen.

Alors, sans aucune vie sociale après le travail, j'avais de nouveau travaillé tard. Et après avoir fini mon code, j'avais vérifié celui d'Alicia, qu'elle avait, bien sûr, chargé dans le référentiel comme une bonne petite codeuse. Puisque nous étions censés travailler ensemble, il était logique que je le vérifie.

Et j'avais trouvé un bug. Ce n'était pas un bug qui bloquerait la compilation comme cette horreur dans le code de Tyler lundi, mais il sèmerait assez la pagaille pour qu'on doive s'en débarrasser.

Mais même moi, je n'étais pas assez courageux pour aller trifouiller dans le code d'Alicia.

Alors je lui ai envoyé un texto.

> J'ai trouvé un bug dans ton code.

ALICIA WEBER
> Pardon, qui est-ce ?

> C'est Jackson Jones.

> Comment tu as eu mon numéro ?

> Ta carte de visite ?

> Bon, d'accord. Je suis le fondateur de l'entreprise. J'ai un accès de niveau divin à notre système RH.

Les bulles de saisie sont apparues et ont disparu jusqu'à ce que j'en aie marre d'attendre.

> Bref, il y a un bug dans ton code. Je me disais que tu devrais le savoir.

> Tu vas me dire ce que c'est ?

> Peut-être. Mais il y a un prix.

> Un prix ?

Je n'avais pas l'intention de flirter avec elle. Je voulais la mettre face à son erreur et la laisser mariner jusqu'à ce qu'elle puisse la corriger le lendemain matin, sans que personne d'autre que moi ne le sache. Mais quelque chose a pris le contrôle de mes pouces.

Je pense qu'un échange d'informations s'impose. Je te dis quel est le bug, tu me dis où tu vas les mardis et jeudis.

Je ne crois pas, non. Je le trouverai demain.

Non, attends ! Que dirais-tu si j'avais trois essais ?

Quoi ?

Tu me laisses deviner trois fois, tu me dis si j'ai raison ou tort. Ensuite, je te parle du bug.

Deux essais.

Tu me dis si je brûle ou si je gèle ?

Non.

D'accord. Tu es une espionne internationale, et les mardis et jeudis, tu vas au consulat du Mexique pour rencontrer ton amant/ta cible.

Je pense que tu sais que c'est non.

Ça valait le coup d'essayer

Pas vraiment.

Tu es une nonne à temps partiel, et les mardis et jeudis, tu utilises ta cornette pour voler à travers la ville et sauver des chatons et des orphelins.

Une cornette ?

Ça fait partie de l'habit d'une nonne.

Ça n'a même pas l'air d'être un vrai truc.

Aïe ! Cette femme avait de la répartie au bout des doigts. Mais j'en avais aussi, alors j'ai pris sur moi et je lui ai parlé du bug. Elle a eu la courtoisie de me remercier — je l'avais accusée d'être imparfaite, pas malpolie —, m'a texté qu'elle devait y aller, et n'a répondu à aucun de mes textos après ça.

Je n'en ai envoyé que deux. Ou peut-être cinq.

J'espérais qu'elle les supprimerait.

12

ALICIA

J'AI MIS la clé dans le contact, mais je ne l'ai pas tournée. À la place, j'ai jeté un coup d'œil dans le rétroviseur au visage orageux de Noah.

— Pourquoi tu ne m'as pas dit que tu étais en échec en français ?

Il a haussé les épaules. Son plâtre vert fluo a glissé sur ses genoux.

Noah n'allait pas vivre jusqu'à l'adolescence s'il n'arrêtait pas de me répondre par des haussements d'épaules.

— Tu le savais et tu ne me l'as pas dit, ou tu n'étais pas au courant ?

— Je me doutais que ça n'allait pas fort.

— Et pourquoi tu ne me l'as pas dit ?

Il a de nouveau haussé les épaules.

— C'est parce que tu avais peur que je sois en colère ? Parce que, après m'être retrouvée devant un jury de tes professeurs comme à une sorte d'inquisition, je suis plutôt en colère.

— Désolé, a-t-il marmonné.

— « Désolé », c'est un bon début. Que dirais-tu de : « Alicia, je te promets que je ne te cacherai plus jamais mes notes ».

Il a fixé ses genoux et a marmonné quelque chose.

— Pardon ? ai-je lâché d'un ton sec.

— Je promets.

— D'accord. Bien. Et moi, je te promets que si tu me dis que tu as des problèmes, je ne te crierai pas dessus. Je t'aiderai à trouver une solution. Ça te va ?

Il n'a pas levé les yeux. — Ouais.

— D'accord. J'ai tourné la clé dans le contact et j'ai laissé Beyoncé envahir l'habitacle.

Cinq minutes plus tard, alors que nous nous garions dans l'allée, il a repris la parole. — Tu vas le dire à mamie Diane et mamie Esmy ?

J'ai coupé le contact et j'ai pivoté sur mon siège pour lui faire face. — J'en avais l'intention. Je pense que c'est une situation d'urgence, tout le monde sur le pont. Je crois qu'on a besoin de toute l'aide possible, tu ne crois pas ?

Il a haussé les épaules pour la soixante-quinzième fois. — J'imagine.

— N'aie pas honte. Il n'y a aucun mal à demander de l'aide. Compris ?

Il a fait la grimace. C'était un Weber, ça ne faisait aucun doute.

J'ai poussé la portière et j'ai attendu qu'il s'extirpe de la banquette arrière avec son sac à dos qui pesait plus lourd que lui. Nous sommes entrés par la porte de derrière, où j'ai retiré mes talons et posé ma sacoche et mon sac à main dans le casier que j'utilisais pour mon propre sac à dos quand j'avais son âge. Pendant que Noah s'occupait de ses chaussures et de son sac, je suis allée dans la cuisine, où j'ai humé à pleins poumons ce que maman préparait.

— Spaghettis et boulettes de viande ? je me suis penchée au-dessus de la marmite de sauce qui bouillonnait.

— Elles sont véganes, a-t-elle chuchoté. Ne le dis à personne.

J'ai observé un grain de maïs qui flottait à la surface de la sauce tomate. — Je pense qu'ils vont s'en rendre compte. La prochaine fois, essaie peut-être le simili-viande.

Les spaghettis aux boulettes véganes ne trompaient personne, mais avec assez de fromage et de pain à l'ail, ce fut un succès. La blague préférée de maman était que sa sauce pour pâtes maison pouvait tout sauver — sauf son mariage. Ce soir-là, je me suis dit qu'elle avait peut-être raison.

Maman a attendu que Noah prenne une deuxième tranche de pain à l'ail pour demander : — Alors, quel était le sujet de cette réunion ?

J'ai fait un signe de tête à Noah, qui a dégluti et a pris une grande inspiration. — Ch'suisenéchecenfrançais, a-t-il dit d'une seule traite.

Comme pour les boulettes sans viande, ça n'est pas passé. — Tu es en échec en français ? a demandé Esmy, posant sa serviette. L'aversion de Noah pour la lecture offensait sa sensibilité de bibliothécaire scolaire.

Il a hoché la tête. Au moins, il ne lui a pas répondu par un haussement d'épaules.

— Que s'est-il passé ? Esmy m'a regardée.

Cette fois, c'est moi qui ai haussé les épaules. — Les feuilles étaient toutes froissées au fond de son sac. J'étais censée les avoir signées, mais je ne les ai jamais vues. Son professeur a dit que je devais lui trouver une pochette spéciale pour les devoirs à vérifier et à signer à la maison.

— Ça semble être un bon système.

— On a des pochettes en plus dans le tiroir du bureau. Maman a indiqué le coin de la cuisine où Esmy, elle et moi nous relayions pour faire les comptes du foyer.

— Je pense qu'on doit envisager… J'ai pris une grande inspiration. — De réduire les activités extrascolaires.

— Les activités extrascolaires ? a dit Esmy. Tu les as déjà réduites. Tout ce qu'il fait maintenant, c'est… Ses yeux se sont écarquillés.

— Le foot ? Noah a posé son morceau de pain à l'ail. — Non. J'adore le foot.

— C'est sa seule chance de sortir, de courir partout, a dit Esmy. Les enfants de nos jours ont à peine le temps de jouer.

Maman est restée silencieuse.

— Je ne peux même pas sortir en récré la plupart du temps, a grommelé Noah. Mon prof me fait rester à l'intérieur pour que je finisse mon travail.

— Tu rates tes récrés ? Ma voix était trop aiguë, trop forte. J'ai attrapé mon verre d'eau et l'ai bu d'une traite.

— Ouais.

J'ai secoué la tête. — Alors je pense que…

— Je lui donnerai des cours particuliers, m'a interrompue Esmy. Après l'école, je travaillerai avec lui sur ses devoirs.

— Esmy… a commencé maman.

— Non, Diane. Je veux le faire. Pour qu'il puisse continuer à jouer au foot.

Maman s'est levée et a ramassé l'assiette d'Esmy, puis la sienne.

— Noah, lui ai-je dit, si mamie Esmy fait ça pour toi, tu dois prendre ça au sérieux. On va essayer pendant quelques semaines, et si on ne voit pas d'amélioration, on reparlera du foot. Compris ?

— Ouais. Merci, mamie Esmy.

Elle lui a tapoté la main. — Mets ton assiette dans le lave-vaisselle, et ensuite on pourra commencer.

J'ai sorti un récipient pour les restes de boulettes végétariennes et j'ai commencé à les y mettre. Maman a fait couler l'eau dans l'évier. Même le bruit de l'eau avait l'air en colère. — Je m'en occupe, maman. Tu as cuisiné, je nettoie.

Elle a jeté un regard par-dessus son épaule vers la table de la cuisine, où Noah avait ouvert un cahier d'exercices. Elle a dit à voix basse : — D'habitude, je n'aime pas me mêler de la façon dont tu l'élèves. Tu es sa tutrice, après tout.

— Tu n'arrives toujours pas à digérer ça. Après six ans.

— Non.

Maman et Esmy nous aidaient beaucoup, elles nous avaient même accueillis toutes deux chez elles. Mais Melissa avait fait de Noah ma responsabilité, pas celle de maman. *Merci, sœurette.* J'ai posé le récipient sur le comptoir, plus brusquement que je ne l'avais voulu. — Mais quoi, maman ?

— Je suis d'accord avec Esmy. Noah a besoin de courir et de jouer. Il n'a que dix ans.

— Maman, je… Je me suis interrompue. Qu'allais-je lui dire ? Que si elle avait été assise sur la chaise trop petite de cette inquisition, elle aurait aussi menacé de le retirer du foot ? Que j'étais d'accord pour qu'il coure et joue comme les autres enfants, mais que les autres enfants n'étaient pas en échec en français et ne risquaient pas de redoubler ? Que la dernière chose dont le pauvre Noah avait besoin était une raison de plus pour être la risée de l'école ?

Finalement, j'ai dit quelque chose de plus sincère que je ne l'avais prévu. — Je ne sais pas ce que je fais.

Elle m'a offert un sourire triste. — Ma chérie, quoi qu'on en dise, personne ne sait vraiment ce qu'il fait. Il faut prendre les choses un jour à la fois et faire de son mieux. Je savais rien de ce que je foutais, enceinte à dix-sept ans et mariée à quelqu'un que je n'aimais pas. Mais Melissa s'en est bien sortie. Toi aussi.

Nous n'avions jamais été du genre à nous faire des câlins, alors je lui ai tapoté le bras en me dirigeant vers le réfrigérateur.

— Alicia, je crois que ton téléphone fait « ding », a lancé Esmy.

— « Ding » ou il vibre ? j'ai demandé.

— Définitivement « ding ». Oh. Tu sais quoi ? On dirait cette chanson, « You're So Vain ». Qui chantait ça, querida ?

— Carly Simon, a crié maman en retour.

— Oh, la vache, a été l'interjection tout public que j'ai utilisée en passant à côté de Noah.

— Merde, voilà ce que j'ai marmonné quand j'ai sorti mon téléphone de ma sacoche et que j'ai confirmé que c'était un texto de Jackson. Avait-il trouvé un autre bug ? Je savais que nous aurions dû continuer la programmation en binôme, mais je ne supportais plus ses corrections condescendantes. Il était généralement gentil en le faisant, mais était-il obligé d'avoir toujours raison ?

Je me suis appuyée contre le sèche-linge et j'ai lu son texto.

JACKSON JONES

Salut

Quoi

J'étais trop irritée pour me soucier de la ponctuation.

Je voulais juste prendre de tes nouvelles. D'habitude, tu ne pars pas en avance le vendredi.

J'ai failli faire tomber mon téléphone. Jackson Jones s'inquiétait pour moi ?

Je veux dire, tu ne te serais pas précipitée chez ton contact chez Gurusoft pour lui dire à quel point notre code est génial ?

Arrête de pêcher aux infos. Tu n'as rien à échanger contre tes terribles suppositions.

Du moins, j'espérais qu'il n'avait rien.

Tu n'as pas trouvé un autre bug, j'espère ?

J'ai retenu mon souffle tandis que les points apparaissaient pour indiquer qu'il écrivait une réponse.

Pas dans le code d'aujourd'hui. J'espère en trouver un demain.

Sadique.

Seulement si c'est ton truc.

Ma respiration s'est accélérée. Était-il en train de me draguer ? J'avais pensé que oui la dernière fois que nous nous étions envoyé des textos, mais quand il s'était montré parfaitement professionnel au travail, j'avais écarté ce soupçon, pensant que j'avais surinterprété ses messages. Mais ce dernier texto avait largement franchi la ligne.

Et le pire, c'est que ça ne me déplaisait pas.

Mon téléphone a de nouveau chanté.

Désolé. Je sais pas ce qui a pris à mes pouces.

J'ai cligné des yeux. OK, d'accord.

T'inquiète. À demain.

En tant que femme dans la tech — une femme, tout court — j'avais reçu une multitude d'invitations à boire un verre, d'insinuations sexuelles et de photos de pénis non sollicitées, bien que, heureusement, jamais celle d'un collègue. Mais la blague de Jackson ne m'avait pas donné l'impression d'avoir été souillée, ni honteuse comme si je lui avais laissé croire que j'étais intéressée alors que ce n'était pas le cas.

Non, j'avais plutôt l'impression que c'était une blague entre collègues, une petite taquinerie. Comme mes textos avec Tiannah.

Ou… que mon collègue prenait de mes nouvelles. Comme s'il se souciait de moi.

Et ça, c'était pire.

Parce qu'à la fin du projet, je passerais au contrat suivant, et Jackson retournerait à San Francisco. Nous n'étions pas collègues. Il était un client, et j'étais une consultante temporaire.

Les blagues — l'amitié — l'affection — n'avaient pas leur place dans notre relation.

Entrer. Sortir. Me reconcentrer sur mes responsabilités à la maison jusqu'à ce que la situation de Noah soit réglée. Passer au contrat suivant.

Ce n'était pas le moment de perdre ma concentration. J'ai supprimé les textos.

———

L'IMAGE sur l'écran vidéo était si nette que je pouvais voir la rougeur monter le long de la gorge de Cooper Fallon et atteindre ses pommettes saillantes. Sa mâchoire ciselée s'est crispée.

La semaine dernière, Tiannah m'avait envoyé un lien vers un article d'un blog de fans : « Trente nerds sexy qui vous donneront une érection cérébrale ». Elle avait gentiment souligné que Cooper et Jackson étaient respectivement numéro douze et treize de la liste.

De toute évidence, la blogueuse ne s'était jamais fait engueuler par Cooper Fallon. Deux fois. Parce que je pouvais lui dire par expérience qu'il n'y avait rien d'excitant là-dedans. Mes ovaires avaient dû rétrécir à la taille de petits pois, car il me faisait me sentir trop stupide pour vivre, et encore moins pour me reproduire. Et le pli de sa lèvre disait que j'étais si loin en dessous de lui que je n'étais pas digne d'avoir une érection féminine en sa présence vidéo.

— C'est la deuxième revue de code. Comment pouvez-vous n'avoir rien à montrer ? Encore ? Cooper a posé les coudes sur le bureau en bois sombre de son bureau au siège. Derrière lui se trouvaient des étagères de livres, entrecoupées de grands coquillages de conque et de quelques récompenses en verre. C'était beaucoup plus opulent que le bureau dans lequel il m'avait passé un savon la dernière fois qu'il était ici. Il s'est frotté les tempes.

Tyler a émis un son désespéré, a attrapé la corbeille à papier et est sorti en courant, nous laissant, Jackson et moi, seuls dans la salle de conférence.

— Malheureusement... ai-je commencé.

Jackson m'a interrompue. — C'était de ma faute. J'essayais de faire ce que vous m'aviez dit…

— Et qu'est-ce que c'était, exactement ? Parce que je suis certain de ne pas vous avoir dit de merder encore. Je suis presque sûr que je m'en souviendrais.

J'ai grimacé, tout comme Jackson. Mais il a dit : — Vous m'avez dit de gagner le respect de l'équipe. Alors j'ai pensé faire quelque chose de gentil pour eux. On travaillait tard, et j'ai apporté le dîner.

— J'ai dit *gagner* leur respect, pas l'*acheter*. Mais comment un dîner a-t-il pu aboutir à un échec cuisant ?

— J'ai commandé des sushis. Nous avons un végétarien dans le groupe, mais il mange du poisson.

— Des sushis ? À Austin, au Texas ? Les sourcils de Cooper se sont levés vers la racine de ses cheveux. — Alicia, Austin est à combien de kilomètres de l'océan ?

— Un peu plus de 320 kilomètres du Golfe. C'est un peu plus de trois heures de route jusqu'à Galveston. Nous avions emmené Noah à la plage cet été et nous avions mangé notre poids en crevettes. — On peut généralement trouver du poisson de bonne qualité…

— À trois heures de la masse d'eau la plus proche. Est-ce que commander des sushis dans un tel endroit vous semble être une idée judicieuse ?

Ce n'était guère une façon respectueuse de parler à un collègue, et encore moins à son partenaire commercial et ami. J'ai fixé la caméra à côté de l'écran vidéo. — Juste un…

— C'est bon, Alicia. Jackson a posé une main sur la mienne, que j'avais crispée sur l'accoudoir du fauteuil. Son contact, chaud et stable, m'a calmée comme une couverture lestée. Étais-je sur le point de me lever et de m'en prendre virtuellement à Cooper ? Non. Du moins, j'espérais que non.

— Calmons le jeu, Coop. La voix de Jackson a pris un grondement sourd qui a apaisé mes nerfs.

— Calmer le jeu ? La voix de Cooper s'est élevée. — Ce n'est pas à moi de me calmer. C'est à toi de monter d'un cran. Arrête de déconner là-bas à Austin et produis du putain de code. As-tu oublié l'importance vitale de ce projet, Jackson ? Parce que moi, non.

Je me suis agrippée à l'accoudoir du fauteuil. Comment Jackson pouvait-il supporter ce genre de traitement avec tant de calme ?

Jackson a pressé brièvement ma main, puis l'a levée en haussant les épaules. — Écoute, je n'y ai pas pensé, d'accord ? J'ai fait ce que j'aurais fait chez moi. Je ne savais pas que les sushis allaient rendre tout le monde malade.

Il avait fait ça jeudi dernier, après que je sois partie pour la journée. Tous ceux qui avaient mangé des sushis, y compris Jackson, avaient passé le vendredi et le week-end à vomir. Après avoir lu le texto pathétique de Jackson, j'avais terminé notre module, mais même en y ayant consacré des heures samedi et dimanche, je n'avais pas pu finir le travail de tout le monde. Au moins, cette fois, j'avais envoyé un e-mail à Cooper pour lui dire de ne pas venir à Austin. La moitié de l'équipe était encore absente aujourd'hui.

— Quatre semaines de notre calendrier se sont écoulées. Il ne nous reste que six semaines. Comment allez-vous terminer à temps si vous continuez à prendre du retard ?

Jackson et moi avons parlé en même temps. J'ai dit : — Nous allons examiner les fonctionnalités, voir ce que nous pouvons supprimer, et travailler dur pour livrer le produit minimum viable à temps. Ce qui était la bonne réponse. Celle que Cooper voulait entendre. Jackson, de son côté, a dit : — Le logiciel, c'est de l'art. On ne peut pas lui imposer un calendrier. Il sera prêt quand il sera prêt.

Nous nous sommes regardés, choqués. Comment diable allions-nous travailler ensemble alors que nous avions des philosophies diamétralement opposées sur la gestion de projet logiciel ?

Cooper a dû avoir la même pensée. — Comment est-ce

possible que vous n'en ayez même pas parlé ? Qu'est-ce que vous avez foutu pendant tout ce temps ?

À part éviter soigneusement de coder avec Jackson, encadrer Tyler et gérer le reste de l'équipe ? M'inquiéter pour Noah, vérifier obsessionnellement son sac à dos tous les soirs et entretenir une correspondance quotidienne avec son professeur de français. Mais je n'allais pas dire ça. Cooper voulait me voir comme un automate qui s'éteignait à la fin de la journée de travail, prêt à se rallumer à huit heures du matin le lendemain.

Les yeux de Cooper se sont enflammés. — Jackson, tu n'as pas fait ça. Pas après ce qui s'est passé en mai.

Pas fait quoi ? J'ai regardé le visage pâle de Jackson à côté de moi et le visage rouge de Cooper sur l'écran vidéo.

— Une minute, Cooper.

Enfin, il allait se défendre.

La couleur a envahi les joues de Jackson, et ses yeux ont lancé des éclairs. — Tu dépasses les bornes. Ce qui s'est passé en mai ne concerne pas notre consultante.

Il avait prononcé *consultante* comme si c'était un gros mot. D'où venait tout ça, bon sang ? Pourquoi étais-je soudainement la cible du mépris des deux hommes ?

— Je n'arrive pas à croire que tu aies séduit notre consultante. Putain, maintenant je dois te trouver un autre endroit où t'envoyer. Il s'est frotté la tempe. — Notre bureau à Delhi, peut-être.

J'ai arrêté de respirer. Cooper Fallon m'avait-il accusée de coucher avec mon client ?

Jackson s'est levé, le feu dans les yeux. — Attends une sacrée minute. Je ne couche pas avec Alicia. Nous sommes collègues. C'est tout. Tu sais que je ne te mentirais jamais, Coop.

Les hommes se sont dévisagés, la colère de Jackson faisant lentement fondre la glace de Cooper comme un chalumeau. Des mots silencieux sont passés entre eux, de la même manière que Melissa et moi communiquions sans parler, pour savoir ce que l'autre pensait. Bien que nous ne l'ayons jamais fait à trois mille deux cents kilomètres de distance par visioconférence.

Je me suis levée, moi aussi. — Absolument pas. On ne s'apprécie même pas.

Quand Jackson m'a regardée, ses yeux avaient perdu leur éclat.

— Je veux dire, nous sommes strictement professionnels. Je… Je n'ai pas besoin de vous apprécier. J'ai fermé les yeux. Merde, je ne faisais que m'enfoncer. L'un d'eux allait me virer, c'est certain, et alors je ne pourrais pas payer la prime d'assurance-vie qui était due à la fin du mois.

Et le pire, c'est que c'était un mensonge. J'appréciais Jackson. Ou du moins je le respectais. Même si ça me rendait dingue de coder avec lui, il était brillant. Et drôle. Il donnait l'impression de se soucier de l'équipe. Il avait pensé à leur offrir le dîner, même s'il avait eu la malchance de tomber sur une fournée de mauvais sushis. Il avait pris de mes nouvelles le jour où j'avais dû partir plus tôt pour la réunion de Noah.

Se comportait-il comme une diva ? Oui. Pensait-il en savoir plus sur le codage que moi ? Absolument, et, même si je détestais l'admettre, il avait raison. Me méprisait-il parce que j'étais une femme ? Agissait-il comme si je menaçais son ego parce que j'avais des compétences en codage *et* que je portais des jupes ? Non, et cela le distinguait de la plupart des hommes avec qui j'avais travaillé.

Mais qu'est-ce qu'il avait bien pu faire en mai ? Ça devait être juste avant qu'il ne vienne à Austin. Ça devait être assez terrible pour mériter l'exil. Je lui ai jeté un regard furtif, mais il fixait Cooper à l'écran, le haut de ses pommettes teinté de rouge.

J'ai secoué la tête. Indépendamment de nos opinions l'un sur l'autre, nous devions travailler ensemble pour terminer ce projet.

— Écoutez, monsieur Fallon…

— Cooper, ont-ils grondé en même temps.

— … nous avons eu quelques contretemps. Mais je sais qu'avec le talent de l'équipe, nous pouvons redresser la barre et finir à temps. Donnez-nous deux semaines de plus. Je vous promets que nous ne vous décevrons pas.

Le regard de Cooper s'est tourné vers Jackson, qui a incliné le menton d'une fraction de pouce.

— Très bien. Mais je veux un rapport d'avancement quotidien, Alicia. N'essayez pas de cacher quoi que ce soit.

— L'idée ne me viendrait même pas à l'esprit. Et je... nous ne vous décevrons pas.

Il a posé sur moi un long regard, et bien que mes yeux me brûlaient, je n'ai pas cillé jusqu'à ce qu'il regarde de nouveau Jackson. — Toi, tu restes, a-t-il dit. Alicia, je vous vois dans deux semaines.

En chemin vers notre espace de travail, je me suis arrêtée au réfrigérateur et j'ai pris autant de canettes de soda au gingembre que je pouvais en porter. Nous n'allions pas nous arrêter avant d'avoir quelque chose de génial à montrer à Cooper.

Et quant à Jackson Jones, il n'y aurait plus de textos après les heures de travail. Je n'allais pas laisser ne serait-ce que l'ombre d'une fraternisation m'approcher. Rien n'empêcherait Weber Technology Consulting de gagner la recommandation de Cooper Fallon.

13

JACKSON

PLUSIEURS HEURES après mon appel avec Cooper, j'étais dans ma bulle, Led Zeppelin à fond dans mon casque, quand une tape a atterri sur mon épaule.

J'ai retiré mon casque et je me suis retourné pour voir Tyler, sa sacoche en bandoulière. — Je m'en vais. À moins que tu n'aies besoin de quelque chose ?

Nous étions les seuls qui restaient dans le coin, et les lumières étaient éteintes dans l'espace à côté de nous. — Quelle heure est-il ?

— Vingt heures quinze. Tu n'as pas vu le temps passer ?

— On dirait bien. J'avais presque fini le module que j'étais censé avoir terminé vendredi, avant l'Incident des Mauvais Sushis.

— Je peux t'aider ? a-t-il demandé en tapotant ses doigts sur le côté de son jean.

— Non, ça va aller.

— Oh. Il a hoché la tête et a remonté ses lunettes. — D'accord. Il a de nouveau hoché la tête, mais sans bouger. — Tu vas bien ?

— Tu veux dire le… J'ai frotté mon ventre. Mes abdos étaient encore endoloris après avoir tant vomi ce week-end.

— Eh bien, oui, et, euh… tout le reste. Cooper.

Personne dans l'équipe n'avait pu manquer le fait que j'étais resté dans la salle de conférence comme un élève de sixième puni. Alicia avait probablement dû leur dire que la réunion ne s'était pas très bien passée. Mon estomac s'est noué, et pas à cause des mauvais sushis cette fois. Mais en me rappelant ce que Cooper avait failli dire à Alicia à mon sujet, à propos de la stagiaire. Merde, que penserait-elle de moi si elle savait ?

J'aurais aimé pouvoir tout effacer. Les shots de tequila supplémentaires qui m'avaient semblé une bonne idée après le savon que m'avait passé Weston, le PDG, au sujet de mon comportement en dehors du bureau. C'est vrai, j'avais manqué une journée après le Grand Prix, et il y avait peut-être eu une ou deux photos de moi dans les tabloïds, torse nu, avec une jolie femme — ou quatre. J'avais été pris dans une gerbe de champagne. Bon d'accord, c'était ma bouteille de champagne.

Après que Weston m'a remonté les bretelles, j'avais trouvé le bar le plus proche du bureau et j'avais essayé de décompresser avec de la tequila. Tout ce que ça avait fait, c'était de brouiller ma vision au point que je n'avais pas vu — ou que je m'en étais fichu — que la rousse qui me faisait des clins d'œil de l'autre côté du bar avait dix ans de moins que moi. Un sentiment d'insouciance m'avait envahi quand elle m'avait attrapé à la sortie des toilettes pour hommes et m'avait murmuré toutes ces choses flatteuses à l'oreille en caressant l'avant de mon jean. Je m'étais dit que quitte à être considéré comme un raté par Weston, autant me comporter comme tel. Si je devais en payer le prix, pourquoi ne pas commettre le crime ? Il trouvait que ces photos d'une célébration innocente étaient graves ? Peut-être qu'un paparazzi me surprendrait en train de baiser cette femme bien trop consentante contre le mur du fond du bar. Essaie de couvrir ça, Weston.

Si seulement j'avais pu me tenir à côté du Jackson d'il y a trois mois, lui enlever ce dernier shot de tequila, le forcer à descendre un verre d'eau à la place, et lui dire de sortir et de rentrer chez lui. Si j'étais rentré chez moi, j'aurais pu rire en me traînant, la gueule de bois, à une réunion le lendemain matin pour la retrouver, elle, la rousse, en train de prendre des notes sur une tablette. J'aurais pu me féliciter de l'avoir échappé belle pendant que nous aurions plaisanté sur nos gueules de bois.

Mais il n'y avait eu aucune échappatoire pour moi. J'avais eu l'impression que ma peau était couverte d'abeilles quand j'avais déboulé dans le bureau de Cooper et que j'avais avoué mon coup d'un soir avec Callie dans l'arrière-cour du bar. Même si je ne l'avais jamais remarquée au bureau auparavant et que j'ignorais totalement qu'elle était notre stagiaire, j'aurais quand même dû l'éviter. Je méritais l'engueulade qu'il m'avait passée.

Comme toujours, Cooper avait réparé mes conneries. Il m'avait exilé à Austin. Il avait laissé Callie terminer son stage d'été chez Synergy et l'avait renvoyée avec une belle prime et une lettre de recommandation.

Mais il ne le ferait plus. Sa menace à propos de Delhi était en l'air. C'était ma dernière chance. Je le savais. Cooper le savait. Et cet enfoiré de Weston le savait. Si je merdois ici, on me demanderait de prendre un congé. Peut-être un congé permanent. Cooper ne pourrait pas me protéger.

J'ai reporté mon attention sur Tyler. — Ouais, ça va aller. Je ferais profil bas et je me défoncerais au travail. Rien ne me distrairait. Si ça ne faisait pas partie des trois commandements de Cooper — produire du bon code dans les temps, gagner le respect de l'équipe ou travailler ensemble — je ne le ferais pas. Impossible d'avoir des ennuis si je suivais le chemin que Cooper avait tracé.

— Et toi et Alicia ? Vous irez bien, aussi ?

— Moi et Alicia ? C'est peut-être là que le *travailler ensemble* entrait en jeu. Nous allions nous asseoir à ce bureau, les yeux rivés sur nos écrans, l'arôme amer et citronné de son thé me chatouillant les narines. Maintenir la façade de la programmation en binôme pour que des types comme Tyler ne se sentent pas mal d'avoir besoin d'aide avec leur code.

Mais nous n'allions absolument franchir aucune limite, contrairement à ce que Cooper semblait penser. Je mettrais une bande de ruban adhésif — ou une guirlande de fil de fer barbelé — au milieu du bureau s'il le fallait.

— Alicia et moi allons bien. Séparément, nous allons bien. Comme tu peux le voir, je vais bien ici, et elle va bien… ailleurs. Chez elle ? Je n'avais jamais pensé à la maison d'Alicia. Peut-être qu'elle dormait dans une crypte comme un vampire.

— Ooooh-kay. Il m'a fait un clin d'œil. Je n'avais pas encore déchiffré le code du clin d'œil texan. Au début, j'avais pensé que c'était pour flirter, mais ensuite, la femme aux cheveux blancs qui avait scanné ma bombe de déodorant à la caisse du CVS m'avait fait un clin d'œil en disant : « Passez une bonne journée ». Et le type chauve et en sueur qui tenait le stand de tamales faisait toujours un clin d'œil en disant « Buen provecho » quand il me tendait le sac. Alors je n'ai rien répondu au clin d'œil de Tyler. C'était peut-être comme un signe de ponctuation.

Il a remonté sa sacoche. — Ne reste pas trop tard. Ce sera encore là demain.

Je lui ai adressé un sourire crispé. — Merci. À demain.

Combien de « demains » nous restait-il si nous ne finissions pas ce projet à temps ? Cooper avait dit pas beaucoup. Il avait dit que Weston recommençait à parler de réduire le personnel superflu pour rendre l'entreprise plus légère, plus agile. Je pensais que nous étions déjà sacrément agiles, mais Cooper et Weston étaient les experts en chiffres.

Tyler ferait-il partie de ce personnel superflu sur la liste à réduire ? Il retomberait sur ses pattes, c'est sûr. Mais qu'en était-il d'Alicia ? Sans une bonne recommandation de Cooper, elle n'obtiendrait plus beaucoup de contrats prestigieux comme celui-ci. Et je ne supporterais pas d'être la raison pour laquelle son entreprise vacillait.

J'ai remis mon casque et j'ai fixé mon écran. J'allais le finir pour elle. Et pour Tyler. Et pour Cooper. Je ne les laisserais pas tomber.

14

ALICIA

LE CRISSEMENT du crayon de Noah sur le papier me faisait tiquer.

Jackson avait le cliquetis de son clavier et le son qui s'échappait de son casque. Tyler et les autres programmeurs codaient aussi en musique. Moi, en revanche, j'avais besoin de silence. Surtout quand je déboguais.

Mais Noah était de l'autre côté de la table de la cuisine, en train de rédiger consciencieusement une fiche de lecture pour son cours de français, et je n'allais pas lui dire de prendre un crayon plus silencieux. Maman et Esmy étaient allées se coucher, et nous étions unis dans le travail tardif.

Quand j'avais essayé de compiler et d'exécuter mon code, il m'avait renvoyé une erreur d'exécution. J'avais vérifié mon code mais je n'avais rien trouvé. Puis j'avais vérifié les autres modules un par un. Et quel code foutait le bazar dans le mien ? Celui de Jackson. J'avais dû partir plus tôt pour le foot, mais je m'étais juré de trouver et de corriger le bug avant notre retour au travail le lendemain. Si j'avais de la chance, il ne le saurait jamais, et nous pourrions continuer à travailler en « binôme » avec le luxe de ne pas nous adresser la parole. Exactement comme il le voulait.

La tête de Noah a vacillé, et il a cligné des yeux avec force. Son crayon avait dérapé sur la page, et il a frotté la marque parasite avec sa gomme.

— Hé, champion, je crois qu'il est l'heure d'aller au lit.

— Mais je n'ai pas fini.

— Tu pourras continuer demain. Je vais t'écrire un mot. Tu pourras montrer à ta maîtresse que tu as commencé.

Il a grimacé et a baissé les yeux sur son devoir.

— Ça ira. Je te le promets. Va te coucher. Tu te sentiras mieux demain si tu dors.

— D'accord. — Il s'est levé et s'est étiré. — Bonne nuit, Alicia.

— Bonne nuit, Noah. — Il est parti se coucher en traînant des pieds, Tigger sur ses talons.

J'ai reconcentré mes propres yeux embués sur l'écran de mon ordinateur portable. Il y avait un bout de code qui n'avait pas l'air tout à fait correct…

Mon téléphone a vibré sur la table. Ma main a jailli comme un serpent pour l'attraper. Ce n'était pas Carly Simon, et Jackson ne m'avait pas envoyé de textos depuis l'engueulade de Cooper lundi ; pourtant, j'espérais à moitié que ce soit lui, d'une manière ou d'une autre. Je lui parlerais du bug, et nous pourrions plaisanter comme nous l'avions fait quand il avait trouvé ce bug dans mon code. J'ai esquissé un sourire en me souvenant de ses hypothèses nulles sur ce que je faisais les mardis et jeudis. Une cornette.

TIANNAH

On n'a pas pu discuter au match ce soir. Tu vas bien ?

J'étais restée dans ma voiture, un œil sur le match et l'autre sur l'écran de mon ordinateur. Ce n'était pas une manière efficace de regarder un match de foot ou de déboguer du code, mais c'était le lot des mères qui travaillent.

> Désolée, je devais bosser dans la voiture. Tu me manques.

> T'as une minute pour parler ?

Je n'avais même pas fini de taper *Oui* que mon téléphone a sonné. J'ai glissé mon doigt pour répondre. — Salut.

— Salut à toi. Ça te dérange si je me vide un peu le sac ?

Je me suis adossée à la chaise de cuisine rigide et j'ai souri. — Je t'écoute.

Elle s'est lancée dans une histoire sur les mères diaboliques de l'association de parents d'élèves. Une femme moins forte — moi — aurait jeté l'éponge depuis des années. Mais Tiannah ne les laissait pas gagner. Elle les combattait sur tout, de la création d'un espace sans noix dans la cantine à la diversification du programme du concert de Noël. Elle en avait gagné, elle en avait perdu, mais elle venait toujours se plaindre — ou se vanter — à moi.

Quand elle a fini son histoire et que je lui ai dit qu'elle avait raison, bien sûr, elle a marqué une pause. — Ça va, toi ? Diane a dit que tu passais une semaine difficile au travail.

J'ai bougé sur ma chaise. — Ça va. C'est juste que... — Je n'avais pas l'intention de lui dire, mais les mots sont sortis tout seuls. La connerie de Tyler il y a deux semaines. Ma programmation en binôme ratée avec Jackson. Les sushis. Les deux remontrances de Cooper. Toute la gêne, la frustration, la peur de ces quatre dernières semaines que j'avais cachées à tout le monde, y compris à ma meilleure amie, ont jailli comme une indigestion de mauvais sushis.

— Ce Jackson Jones a l'air d'amener des ennuis, a-t-elle dit.

— Il n'est pas si terrible que ça. — Je me suis mordu la lèvre.

Mais Tiannah, ma meilleure amie, a entendu les mots que je ne disais pas. — Pas si terrible ?

— C'est un excellent programmeur, et il m'a appris tellement de choses. Il essaie de sympathiser avec l'équipe. De la rendre plus soudée. J'imagine que je l'ai mal jugé au début. Je ne le déteste plus. — J'ai grimacé, contente qu'elle ne puisse pas me voir.

— Waouh. Tu ne le détestes plus ? Tu veux dire que tu l'aimes bien ?

— Pas comme ça. — Mais les mots étaient sortis trop vite. — Je le respecte.

— Fais attention à toi, ma belle.

— Je sais. Mais il est différent des autres types avec qui j'ai travaillé.

Le silence de Tiannah s'est étiré, me faisant savoir exactement ce qu'elle pensait.

— Tu sais bien que je ne ferais jamais…

— Je sais. Mais les sentiments sont des choses difficiles à maîtriser.

— Laisse-moi juste être sa fan pendant quelques jours encore. Après, je suis sûre qu'il fera un truc énervant et me rappellera pourquoi je le détestais au départ.

— Ils le font toujours, ma chérie. Mais je sais que tu sauras te maîtriser. Tu ne risquerais jamais ton entreprise pour une histoire de cul.

— Je n'ai pas parlé de cul. J'ai juste dit que j'aimais bien ce type.

— Alicia. — Sa voix contenait un avertissement. — Souviens-toi de ce qui est important.

Noah. Et Weber Technology Consulting. *Concentre-toi là-dessus, pas sur ton collègue intelligent et ses doigts agiles.*

— Tu vas gérer. Tu vas montrer à tout le monde à quel point tu es intelligente et compétente, et après ça, tu devras commencer à refuser des offres.

Refuser des offres. J'aurais bien aimé. Pour l'instant, je devais finir le travail que j'avais dit pouvoir faire. Et, comme d'habitude, je devais en faire deux fois plus pour obtenir la même reconnaissance.

— Est-ce que je peux t'aider pour quelque chose ?

Oh, tu sais, m'aider à déboguer ce code, comprendre ce qui se passe avec Noah et le français, et me raisonner pour que je ne sursaute pas à chaque fois que je reçois un texto. — Non, ça va. Merci d'avoir pris des nouvelles. Je t'aime.

— Je t'aime aussi. On se voit jeudi ?

— Oui.

Avec un soupir, je suis retournée au code de Jackson, qui, malheureusement, ne s'était pas débogué tout seul.

15

JACKSON

J'AI MIS la musique sur pause et j'ai retiré mon casque. J'avais cherché toute la matinée ce putain de bug dans mon code, mais il était mieux caché que cette fissure à peine visible dans la culasse de ma Lamborghini. Alicia codait toujours en silence ; peut-être que si j'essayais, je pourrais trouver ce satané truc. J'ai de nouveau parcouru le programme.

Une goutte de sueur a perlé de ma tempe jusque dans ma barbe. Il faisait une chaleur d'enfer dans le bureau aujourd'hui. Est-ce qu'ils avaient coupé la clim ? On était en putain d'octobre et il ne devrait plus faire plus de trente degrés. Le corps humain n'était pas fait pour survivre à six mois d'une telle chaleur. Mon corps, en tout cas, ne l'était pas.

J'ai jeté un coup d'œil à Alicia, qui tapait avec application dans sa jupe noire et son chemisier en soie. Elle sirotait son thé. Du thé chaud par des températures pareilles ? L'odeur maintenant familière de sa boisson a flotté jusqu'à moi. De l'Earl Grey. Un soir, j'avais reniflé tous les sachets dans la cuisine pour l'identifier. Ça sentait l'amertume, comme la fois où un gamin à l'école m'avait mis au défi de manger une orange comme une pomme, avec la peau et tout. Je n'avais rien pu goûter d'autre pendant des jours.

Elle tenait la tasse sous son nez, laissant la vapeur s'enrouler autour de son visage. Elle caressait ses tempes comme je l'avais fait le premier jour. Comme j'avais rêvé de le refaire. Elle et son thé chaud me faisaient transpirer. J'ai reculé ma chaise d'une quinzaine de centimètres, j'ai repositionné mon clavier et j'ai de nouveau fixé mon écran.

Quelques minutes plus tard, mon estomac a gargouillé. Ah. J'avais besoin d'un peu de nourriture dans mon système pour faire fonctionner mon cerveau correctement. Quelques minutes loin de l'écran me feraient du bien.

Je me suis levé en m'étirant et j'ai glissé mon téléphone dans ma poche.

Alicia a levé les yeux de son code parfait.

— Tu vas déjeuner ?

— Ouais.

Puis j'ai eu une idée de génie. Je pourrais parler à Alicia de mon code. Ça serait peut-être le petit coup de pouce qui m'aiderait à comprendre ce que j'avais fait de travers.

— Tu veux venir avec moi ?

— Euh.

Son regard a quitté mon visage.

— Je ne pense pas que…

— Allez, viens. Tu as besoin d'une pause et de manger, et moi aussi. Pourquoi ne pas y aller ensemble ? Comme ça, tu pourras t'assurer que je reviens à l'heure.

Et un peu de temps hors du bureau avec Alicia ne me dérangerait pas. Peut-être qu'elle était moins coincée là-bas. M'accorderait-elle quelques suppositions de plus sur ses engagements du mardi et du jeudi ?

Elle a jeté un regard vers la fenêtre derrière moi, comme si elle pouvait se servir de la météo comme excuse. Mais il faisait chaud et ensoleillé, exactement comme la veille, l'avant-veille et tout ce putain d'été.

— Je t'invite. Et tu choisis le restaurant, ai-je dit.

Elle a soupiré comme si se faire inviter à déjeuner était une énorme contrainte.

— D'accord.

Elle a attrapé son sac à main dans le tiroir de son bureau, a rapidement consulté son téléphone, puis l'a laissé tomber dedans.

— Allons-y.

Quand nous sommes sortis en plein soleil, j'ai mis mes lunettes de soleil.

— Où veux-tu aller ?

Elle a jeté un regard vers la gauche.

— Mon resto de tacos préféré est à quelques rues par là. Ça te dit de marcher un peu ?

— C'est toi qui portes des talons.

J'ai fait l'erreur de baisser les yeux vers eux. Aujourd'hui, ils étaient beiges avec une ouverture à l'avant où un ongle de pied verni d'un noir brillant dépassait. Alicia mettait du vernis à ongles noir ? Avait-elle une sorte de double vie de gothique ? Peut-être qu'elle dormait vraiment dans une crypte. Peut-être que les mardis et jeudis étaient les soirs où elle allait…

J'ai failli me frapper le front en plein sur le trottoir. Bien sûr ! Elle avait un petit ami. Ça ne me surprenait pas que la vie amoureuse d'Alicia soit si bien réglée. Les mardis et jeudis — et probablement les samedis, mais je n'avais aucun moyen de le savoir — étaient les soirs de rendez-vous. Comment n'avais-je pas compris ça après plus d'un mois à travailler avec elle ? Mercredi ou vendredi matin prochain, je pourrais le confirmer en cherchant sur son visage cette lueur d'après l'amour.

L'après l'amour ? J'ai serré les dents.

— Jackson ?

Elle était déjà à quelques pas sur le trottoir.

— Tu viens ?

— Ouais.

J'ai trottiné sur quelques mètres pour la rattraper, puis j'ai marché à ses côtés, mes Converse silencieuses à côté du cliquetis de ses talons. Nous avons croisé des groupes d'étudiants de l'université voisine, quelques types avec des skateboards, d'autres gens de la tech des dizaines de sociétés de matériel et de logiciels qui nous entouraient, et même quelques politiciens en costume qui s'étaient éloignés du complexe du Capitole.

Je me suis frotté le milieu de la poitrine, essayant de calmer la brûlure soudaine. Je n'avais aucun droit d'être jaloux. Alicia, notre consultante, était hors limites. Nous ne pouvions pas sortir ensemble. C'était probablement une bonne chose qu'elle ait un petit ami. J'avais fait beaucoup de choses égoïstes dans ma vie, mais je n'avais jamais essayé de pousser une femme à tromper son partenaire.

D'ailleurs, elle avait dit à Cooper qu'elle ne m'aimait même pas. Et ça m'avait fait plus mal que ça n'aurait dû. Le fait qu'elle voie quelqu'un d'autre ne devrait absolument pas me déranger. J'ai essayé de desserrer la mâchoire.

Putain, pourquoi étais-je même là, sur le point de déjeuner avec elle, en tête-à-tête ? Je ne devrais la voir nulle part ailleurs qu'au bureau. J'ai arrêté de marcher. J'allais prétendre que mes problèmes gastriques étaient revenus.

Elle a monté d'un pas léger les marches de la Taquería de Linda, une maison délabrée d'un seul étage avec une immense terrasse en bois à l'arrière. Elle s'est retournée à la porte, le visage rougi par notre marche et la peau visible à travers l'échancrure en V de son chemisier qui luisait.

— Tu viens ?

À qui voulais-je faire croire ça ? J'aurais suivi Alicia n'importe où.

Nous avons monté les marches et sommes entrés. L'intérieur était divinement sombre et frais, et sentait le cumin et le piment. Mon estomac a gargouillé.

— Une table pour deux ? a demandé l'hôtesse.

— Oui, et est-ce qu'on peut s'asseoir sur la terrasse ? a demandé Alicia.

La terrasse ? Ma peau moite de sueur réclamait la salle à manger climatisée.

— Bien sûr.

Elle nous a conduits dehors sur la terrasse, qui était ombragée par une pergola. Des vignes fleuries s'entrelaçaient entre les lattes de bois ajourées au-dessus, rendant l'endroit à peine plus frais que le parking, où je pouvais voir des vagues de chaleur s'élever du gravier.

— Dehors ?

Je me suis affalé sur la chaise en plastique chaude.

Elle a plongé le nez dans le menu plastifié.

— Il fait si beau aujourd'hui. Et je me suis dit qu'un peu d'air frais nous ferait du bien.

L'air frais, tu parles. L'humidité m'obstruait les poumons et rendait mon T-shirt aussi mou qu'une lavette.

Alicia a commandé un thé glacé non sucré, et j'ai demandé une limonade. J'aurais aimé pouvoir commander une margarita, mais je ne voulais pas subir le regard désapprobateur d'Alicia ni le mal de tête que j'aurais sûrement eu cet après-midi.

Après avoir commandé, Alicia a croisé les mains sur son set de table en papier et m'a adressé un sourire pincé.

— Alors, Jackson, Austin te plaît ?

— C'est un peu chaud à mon goût.

J'ai tiré sur le col de mon T-shirt pour l'éloigner de ma peau et je l'ai agité pour tenter de diriger une brise à l'intérieur.

— Oh, désolée, je n'y ai même pas pensé… Tu préférerais manger à l'intérieur ?

Oui.

— Non.

J'ai fait un geste de la main pour la rassurer.

— C'est très bien comme ça.

Si elle était contente, elle serait plus disposée à m'aider avec mon code plus tard.

— Je suppose que j'y suis habituée, surtout que ça s'est rafraîchi maintenant. Il ne devrait même pas atteindre trente-deux degrés aujourd'hui. Il fera bon ce soir une fois que le soleil sera plus bas.

— Ce soir. Jeudi soir.

J'ai traîné sur les mots.

— Je n'arrive pas à croire qu'il m'ait fallu si longtemps pour comprendre.

Elle a haussé les sourcils.

— Comprendre quoi, exactement ?

— Ce que tu fais les mardis et jeudis.

— Ah oui ?

Elle a fait glisser un doigt dans la condensation de son verre de thé.

— Tu as un rendez-vous galant.

Elle a cligné des yeux.

— Un rendez-vous galant.

— Tu sais, aller dîner et au cinéma, ou peut-être rester à la maison pour un petit « Netflix and chill » ?

— Netflix and chill ?

— Tu sais ce que je veux dire. Tu as un petit ami.

Pas un fiancé. Elle ne portait pas de bague. Comme elle ne disait rien, j'ai écarquillé les yeux.

— Ou une petite amie.

Elle a ri, et c'était la première fois que je l'entendais. Elle a montré ses dents — une autre occurrence rare d'après mon expérience — et le son a commencé haut pour se terminer par un petit rire grave.

— Tu penses que ma vie est si bien rangée que j'ai des rendez-vous galants tous les mardis et jeudis après-midi ?

J'ai souri à mon tour et j'ai haussé les épaules.

— Tu es juste si… si organisée.

Je l'ai imaginée, comme dans un montage de film de casse où l'on rassemble le matériel, alignant une bande de préservatifs, une bouteille de lubrifiant, une bougie peut-être, sur sa table de nuit, puis, d'un air professionnel, commençant à déboutonner son chemisier de soie… *merde !* Pas question de l'imaginer en train de faire un strip-tease. Je me suis frotté les yeux pour effacer l'image.

— Waouh. D'accord, bien sûr. Le mardi, on joue au Bunco à son église, et le jeudi, on va voir la nouveauté au cinéma.

— Tu vois ? ai-je dit en pointant son sourire à peine contenu. Je le savais.

— Désolée, une autre mauvaise supposition. Quoique…

Elle s'est mordu la lèvre.

— Quoi ?

Un indice s'était pratiquement échappé du coffre-fort d'Alicia. Une anticipation joyeuse m'a fait retenir mon souffle. Elle avait dit que son engagement bihebdomadaire n'était pas un rendez-vous galant. J'étais plus soulagé que je n'aurais dû l'être.

— Rien.

— Un indice. Un tout petit.

Elle a réfléchi un instant, scrutant mon visage.

— Non.

— Oh, allez.

Je me suis laissé retomber sur ma chaise.

— Où en est ton code ?

Je détestais qu'elle ait changé de sujet, mais c'était pour ça que je l'avais invitée à déjeuner.

— Je suis tombé sur un os.

— Ah oui ?

Elle a pressé un autre quartier de citron dans son thé et a utilisé une longue cuillère pour remuer, les glaçons s'entrechoquant.

— Ouais.

Je lui ai brièvement décrit le problème, puis tout ce que j'avais vérifié et toutes les méthodes que j'avais essayées pour le résoudre.

— Une idée de ce qui pourrait se passer ?

Elle a ouvert la bouche pour parler, mais a ensuite regardé par-dessus mon épaule et a souri. Notre serveuse a posé un immense plat d'enchiladas, de haricots et de riz devant moi, et un panier doublé de papier rempli de tacos devant Alicia.

J'ai pris ma fourchette et j'ai coupé un coin de l'enchilada la plus à gauche. Poulet, épinards et sauce crémeuse au fromage blanc. Délicieux.

En face de moi, Alicia a arrosé ses tacos de sauce piquante avant d'en prendre un et de le mordre avec ses dents blanches et droites. Elle l'a reposé dans le panier et a mâché lentement. Je l'ai regardée avaler et tamponner ses lèvres avec sa serviette. Déjeuner avec elle avait été une mauvaise idée. Trop de concentration sur la bouche tentatrice d'Alicia. C'était ridicule d'être jaloux d'un taco.

— Ton plat te plaît ?

Elle a fait un signe de tête vers mon assiette où il ne manquait qu'une seule bouchée.

Secouant la tête, j'ai coupé une bouchée de la deuxième enchilada, au fromage.

— Ouais, c'est super bon.

— Je savais que tu aimerais.

La sauce rouge était épicée. J'ai bu ma limonade d'un trait.

— Des idées pour mon code ?

— Ah.

Elle s'est soigneusement essuyé les doigts sur sa serviette.

— J'ai peut-être vu quelque chose plus tôt dans la semaine.

— Quelque chose ?

— Un bug.

Elle me l'a expliqué — mon Dieu, j'avais dû passer en revue le mauvais code une douzaine de fois — puis elle a dit :

— Je… ah… je l'ai corrigé dans la sandbox de développement.

J'ai laissé ma fourchette tomber bruyamment dans mon assiette.

— Tu as fait quoi ?

— Ça causait un problème dans mon code, alors je l'ai corrigé pour que mon module puisse fonctionner. Je… j'allais te le dire.

— Quand ?

Elle aurait pu me sauver une matinée de frustration.

— Quand tu me le demanderais, d'accord ?

Ce n'était pas du travail d'équipe. C'était de la trahison. Elle n'aurait jamais fait ça à Tyler ou Kevin ou à n'importe qui d'autre.

— Pourquoi ? Putain, mais pourquoi t'as attendu ?

Ma voix était montée trop haut, et quelques têtes se sont tournées dans ma direction.

— Pourquoi tu ne me l'as pas dit ? ai-je demandé plus doucement, bien que la colère me serre toujours la gorge.

— Ça. Exactement ça.

Elle a repoussé son panier de tacos.

— Les hommes ne veulent pas entendre de critiques de la part de leurs collègues féminines. En travaillant avec une programmeuse, je pourrais lui parler du problème, elle me remercierait et passerait à autre chose. Elle me respecterait davantage de l'avoir aidée. Mais les hommes sont infaillibles, et il n'y a aucune chance que moi, avec mon faible cerveau de femme, je puisse trouver quelque chose que tu ne peux pas. Et si j'y arrive, ce doit être parce qu'un homme m'a aidée.

Son visage était rouge, et une goutte de sueur a perlé sur son menton.

— Je pensais — j'espérais — que tu étais différent, mais je vois maintenant que je me suis trompée. Tout tourne autour de ton ego, comme tous les autres hommes avec qui j'ai travaillé.

Elle a mis sa serviette en boule et l'a jetée sur la table avant de repousser sa chaise.

— Attends une minute, ai-je dit en lui tendant la main. Je ne voulais pas…

— Oh, je pense que si.

Debout, elle me dominait, les cheveux courts à ses tempes bouclant avec l'humidité, lui donnant l'air d'un soleil flamboyant.

— Tu m'as invitée à déjeuner non pas comme une égale, mais comme quelqu'un qui pouvait t'aider. Et puis, quand je t'ai aidé, tu m'as critiquée. Je… je…

Sans terminer sa phrase, elle a fait demi-tour et a traversé le restaurant, me laissant seul avec mon immense plat d'enchiladas.

Je ne l'avais putain de pas critiquée. Je lui avais seulement demandé pourquoi elle ne me l'avait pas dit. Ouais, peut-être que j'avais un peu haussé le ton. C'était ce que les gens faisaient quand ils…

Épongeant la sueur à l'arrière de mon cou avec une serviette de rechange, je me suis affalé sur la chaise. Merde, j'avais fait exactement ce qu'elle avait dit. Au moins de son point de vue, j'avais été un connard. Peut-être que j'avais été un connard de n'importe quel point de vue.

La serveuse s'est approchée et a balayé du regard notre table de nourriture à peine touchée.

— Tout va bien ?

— Ouais, juste… ça vous dérangerait de nous emballer ça ? S'il vous plaît ?

— Bien sûr.

Elle a soulevé mon assiette et les tacos d'Alicia.

— Autre chose ?

— Un thé glacé et une limonade à emporter, s'il vous plaît.

Quand je suis retourné au bureau, j'ai posé le gobelet en polystyrène couvert de condensation à la droite d'Alicia. En me penchant, j'ai dit doucement :

— J'ai mis le reste de ton déjeuner au frigo. Il y a ton nom dessus.

Sans lever les yeux de son écran, elle a dit :

— Merci.

Son ton était plus glacial que mon verre de limonade.

Ce soir-là, après le départ d'Alicia pour son engagement du jeudi soir, quand je suis allé chercher mes restes d'enchiladas, j'ai trouvé la boîte en polystyrène marquée *Alicia* dans la poubelle.

16

ALICIA

PENDANT LE DÎNER, vendredi soir, on a sonné à la porte.

Esmy s'est essuyé la bouche et a repoussé sa chaise.

— Je vais voir.

— C'est peut-être un type avec un chèque géant, a dit Noah, les yeux écarquillés.

— Ou un de ces hommes torse nu en kilt qu'on voit sur les couvertures de romans d'amour, a dit Maman.

— Mignon. J'ai souri en coin. Ils essayaient tous de me remonter le moral après ma semaine de merde au travail. Lundi : l'engueulade de Cooper Fallon ; mardi et mercredi : travailler tard pour corriger le code ; jeudi : ma réaction excessive et ma fuite devant les meilleurs tacos du monde parce que Jackson Jones était tombé du piédestal sur lequel je l'avais placé dans mon admiration de fan.

Et pour finir, vendredi, la cerise sur le gâteau, Jackson m'avait collée toute la journée, essayant de me parler de Dieu sait quoi, probablement d'un autre problème avec son code qu'il voulait que je règle pour ensuite me crier dessus.

Je savais que j'aurais dû m'excuser de m'être emportée contre lui. Ou du moins l'écouter. Mais avec tout le stress — non seulement le travail et Noah, mais aussi la comptabilité, les impôts et l'assurance pour ma nouvelle entreprise —, j'avais peur de lui exploser à nouveau à la figure. J'avais eu mal à la tête et j'avais quitté le bureau plus tôt, ce qui signifiait que j'avais plus de travail à faire ce week-end. J'ai serré les poings sous la table.

Esmy est revenue dans la cuisine, un sac de pharmacie en papier blanc à la main.

— Alicia, si j'avais su que tu avais besoin de quelque chose de la pharmacie, je te l'aurais pris en y allant après l'école aujourd'hui.

— Mais je n'ai rien commandé à la pharmacie.

— Le gamin a dit que c'était une livraison pour toi. Il y avait ton nom et tout et tout.

Bizarre. Est-ce que j'avais commandé quelque chose il y a quelque temps et que je l'avais oublié ? Dernièrement, j'étais tellement concentrée sur le travail et Noah que je supposais que c'était possible.

— Je regarderai ça après la vaisselle. Je lave, et Noah, tu essuies.

— Oh non, a-t-il grogné. Le week-end, c'est le seul moment où je peux jouer aux jeux vidéo.

— Tu pourras jouer après qu'on aura rangé la vaisselle. Maintenant, montre-moi ton cahier de devoirs.

J'ai attendu que nous ayons fini la vaisselle, que Maman et Esmy aient regardé une émission à la télé pendant que je terminais mon rapport quotidien pour l'envoyer par e-mail à Cooper, et que j'aie confisqué la manette de Noah pour l'envoyer se coucher. C'est seulement à ce moment-là que j'ai emporté le paquet dans ma chambre.

C'était la même chambre où j'avais dormi depuis notre emménagement dans la maison quand j'avais six ans jusqu'à mon départ pour l'université. Et après la mort de Melissa, qui avait fait de moi, locataire d'un deux-pièces dans une tour du centre-ville, la tutrice de Noah, nous avions tous les deux réemménagé ici.

J'avais remplacé le lit simple à baldaquin par un lit double, mais la commode et la table de chevet peintes en blanc étaient les mêmes. Les posters de boys bands avaient disparu, remplacés par des gravures botaniques que j'avais dénichées dans une galerie d'art locale. Noah dormait à côté, dans l'ancienne chambre de Melissa, désormais décorée de posters de films de super-héros et d'un couvre-lit *Star Wars*, avec une salle de bain communicante séparant son espace du mien.

Je me suis affalée sur le lit et j'ai posé le sac de la pharmacie. Après avoir arraché les agrafes qui le fermaient, j'ai jeté un œil à l'intérieur. Le sac contenait deux articles, ainsi qu'un bout de papier.

J'ai d'abord sorti la bouteille d'ibuprofène. D'habitude, j'achetais la marque du magasin, et celle-ci était une grande marque. Ça ne ressemblait pas à quelque chose que l'Alicia du passé aurait acheté. Le deuxième article était une boîte en carton de crème anti-hémorroïdes. *Ça*, c'était encore moins mon genre. La commande de quelqu'un d'autre avait dû être mélangée avec ce que j'avais commandé. Quelqu'un avec le derrière en feu et un mal de tête devait sûrement se demander ce qu'il pouvait bien faire avec une boîte de tampons et un tube de mascara.

Peut-être que le reçu contenait les coordonnées du véritable destinataire, et que je pourrais faire parvenir les articles à leur propriétaire en souffrance. J'ai sorti la feuille de papier du sac. Ce n'était pas un reçu, mais un mot.

Désolé d'avoir été un tel casse-pieds. Tu es une programmeuse qui déchire.
- Jackson

Quoi ? J'ai laissé le mot voleter jusqu'à ma couette bleu pâle. D'accord, c'était un peu adorable qu'il m'ait envoyé un médicament pour mon mal de tête, mais pourquoi diable pensait-il que j'avais des hémorroïdes ? Il avait forcément franchi une sorte de limite déontologique. En serrant les dents, j'ai attrapé mon télé-phone et j'ai tapé un texto rageur.

Bordel, c'est quoi ça, Jackson ?

Quelques secondes plus tard, mon téléphone a sonné. Il ne m'avait jamais appelée, donc c'était la sonnerie standard, mais son nom s'est affiché sur l'écran.

J'ai hésité une seconde. Les textos étaient sans danger, presque anonymes. Un appel téléphonique franchissait une limite. Entendre sa voix, l'imaginer dans son espace, et lui m'imaginant dans le mien, me semblait intime. Surtout un vendredi soir. Étais-je prête pour ça ? Non.

Mais il savait que j'étais là. Ignorer l'appel ferait de moi une lâche. J'ai appuyé sur le bouton pour répondre.

— Allô ?

— Tu n'as pas reçu mon mot d'excuses ?

Oh, wow, il allait droit au but.

— J'ai reçu un mot avec deux allusions au postérieur dignes d'un gamin de primaire. Et les, euh, articles. Je n'en ai pas besoin. *De la crème pour les hémorroïdes. Quel con qui se mêle de ce qui ne le regarde pas.*

La bretelle de mon soutien-gorge me cisaillait l'épaule depuis des heures, et la ceinture de ma jupe était serrée après m'être goinfrée des pupusas d'Esmy au dîner. J'ai tiré sur mon chemisier pour l'enlever par la tête et je l'ai lancé vers le panier à linge, mais il était trop léger et est tombé à côté.

La voix de Jackson était douce, apaisante.

— C'était une blague. Sur le fait que je suis un emmerdeur. J'ai aussi pensé à de la crème pour les érythèmes fessiers et du lubri-fiant, mais je me suis dit que ça pourrait envoyer le mauvais message. Pour des raisons différentes.

Il a fait une pause, voyant que je ne disais rien.

— J'ai fait le mauvais choix ?

Je n'ai pas pu m'empêcher de sourire un peu. J'appréciais

particulièrement l'humour pipi-caca de primaire. J'ai détaché la bande serrée de mon soutien-gorge, l'ai mis en boule, et l'ai jeté vers le panier, reconnaissante que nous ne soyons pas en appel vidéo.

— Comme d'habitude, tu as très mal choisi. Une carte de vœux aurait été beaucoup plus sûre.

J'ai ouvert le tiroir de ma commode, j'ai trouvé un t-shirt gris et doux de l'Université du Texas et je l'ai enfilé, me sentant vingt pour cent mieux.

— Je ne suis pas vraiment du genre prudent, a dit Jackson d'une voix un peu haletante. Sauf pour le sexe. Pour ça, je suis très prudent.

Il a marqué une pause.

— Mais pas trop prudent non plus.

Ma peau a frémi comme s'il m'avait effleurée. J'ai frissonné.

Jackson s'est éclairci la gorge.

— Je ne devrais probablement pas te parler de sexe.

J'avais déboutonné ma jupe, mais maintenant, l'idée de l'enlever me mettait mal à l'aise. Non, il ne *devrait pas* me parler de sexe. Nous travaillions ensemble. Nous nous connaissions à peine, nous nous parlions le moins possible au bureau. À l'exception de ses questions sur mes engagements du mardi et jeudi, et de ses tentatives maladroites de connaître ma vie amoureuse au déjeuner d'hier, il ne m'avait jamais interrogée sur ma vie personnelle. C'était exactement ce que je voulais quand j'avais lancé mon entreprise de conseil. Se concentrer sur le travail. Pas besoin de faire connaissance. Pas de discussion sur la famille. Les hommes avec qui je travaillais me verraient comme quelqu'un d'exactement comme eux : sans distractions ni responsabilités affectant mon travail. Et pourtant, sa voix grave réveillait en moi des terminaisons nerveuses dont j'avais presque oublié l'existence.

Il a dit :

— Est-ce que je dois encore m'excuser ?

J'ai gloussé.

— J'attendais de voir jusqu'où tu allais t'enfoncer.

— Je crois que j'ai touché le fond.

— D'accord. Tu peux arrêter maintenant. J'apprécie les excuses.

On devait être presque à la fin de l'appel, mais je ne pouvais plus attendre. J'ai ouvert la fermeture Éclair de ma jupe, l'ai laissée tomber au sol et en suis sortie. J'ai frotté les marques rouges là où les coutures s'étaient enfoncées dans ma peau.

Mais il n'avait pas terminé.

— Je suis vraiment désolé pour le déjeuner d'hier. Je l'avoue, je t'ai invitée à déjeuner pour avoir ton avis sur mon code. Parce que je te respecte. Parce que tu es talentueuse. Mais j'aurais dû être clair quand je t'ai proposé d'y aller avec moi.

Une lueur chaleureuse s'est allumée dans mon ventre, et j'ai souri, même s'il ne pouvait pas me voir. J'ai enfilé un short de pyjama.

— Merci. Et je suis désolée, moi aussi. De m'être emportée contre toi. C'est juste que… tu as touché un point sensible. Je… — j'ai pris une profonde inspiration — j'ai eu droit à des commentaires assez méprisants. Au travail. Parce que je suis une femme.

J'ai retenu mon souffle.

— Tu sais que je ne ferais jamais…

— Je sais. Enfin, je crois.

— J'ai une sœur. Elle est codeuse aussi. Elle m'a raconté certaines choses. Je suis désolé d'avoir ravivé ça pour toi.

La tension que j'avais accumulée dans mes épaules s'est relâchée.

— Plus d'excuses, d'accord ? On a tous les deux fait pénitence quand on a raté les tacos de Linda.

Il a ri, d'un rire grave et sexy. *Pas sexy !*

— La prochaine fois, je promets que le déjeuner sera purement social.

J'ai ramassé ma jupe et mon chemisier et les ai jetés dans le panier. Les déjeuners sociaux — surtout avec un homme aussi séduisant et brillant que Jackson Jones — compliqueraient ma vie bien rangée. En fait, ils étaient l'exact opposé de mon objectif : garder ma vie professionnelle et ma vie personnelle séparées. Pas de pique-niques d'entreprise. Pas d'apéros après le travail. Seulement le travail et un salaire.

— Je ne pense pas que ce soit une bonne idée.

Avant qu'il ne puisse insister, j'ai demandé :

— Tu as trouvé ton bug ?

— Ouais. Merci.

L'irritation a rendu sa voix plus rauque. Bien.

— Super. On se voit lundi.

— Attends !

— Quoi ?

De quoi d'autre pouvait-il bien vouloir parler ? Tenant toujours mon téléphone, j'ai tiré les couvertures et je me suis glissée dans mon lit.

— « On se voit lundi », ça paraît un peu sec après que je t'ai envoyé un cadeau.

Sa voix était étranglée.

J'ai reniflé.

— Tu m'as envoyé de l'ibuprofène hors de prix et de la crème pour les hémorroïdes.

— C'est l'intention derrière le cadeau qui compte.

— L'intention étant que tu m'as donné mal à la tête et que tu m'as envoyé quelque chose que je n'utiliserai pas ?

Sa voix est devenue enjouée.

— Merde, j'aurais dû envoyer le lubrifiant, finalement.

Je n'ai trouvé aucune réponse appropriée à ça.

— Tu pourrais penser à moi en l'utilisant, a-t-il poursuivi. Attends, je ne voulais pas le dire comme ça.

J'ai reniflé.

— Mayday, mayday, redresse.

— Plutôt se retirer. Merde ! Je voulais dire retirer mon pied de ma bouche. Pas…

Quelques secondes de silence se sont écoulées.

— Je crois que je vais retourner dans mon trou, a-t-il dit. Puis il a gémi.

Si je le laissais continuer, il risquait de dire quelque chose qui me vexerait vraiment.

— Tu devrais te créer une application qui censure tes appels téléphoniques avec tes collègues.

— Je m'y mets tout de suite.

J'ai ricané.

— Tu as recommencé.

— Oups.

— Tu ne regrettes rien, en fait.

— C'est vrai. Je ne regrette rien. Mais je regrette pour le déjeuner. Merci de m'avoir sauvé la mise.

Ma poitrine s'est gonflée.

— C'est pour ça que je suis là. Pour sauver ton code, pas tes fesses.

J'ai grincé des dents.

— Ne réponds pas à ça.

Il est resté silencieux pendant quelques secondes.

— Je suis content que tu aies accepté ce travail, Alicia Weber.

Étais-je contente ? Jackson Jones avait été un sacré emmerdeur. On le savait tous les deux. Il l'avait admis et avait envoyé la crème pour les hémorroïdes pour le prouver.

Et heureusement, sinon il aurait été trop facile de craquer pour mon collègue intello qui se trouvait aussi être plus chaud que le bitume du Texas en juillet. Mais ces deux points contre lui — emmerdeur et collègue — signifiaient que je n'avais pas besoin d'un troisième.

— Moi aussi, je suis contente, ai-je dit. Maintenant, sérieusement, on se voit lundi.

J'ai appuyé sur le bouton pour mettre fin à l'appel et j'ai ouvert mon livre sur la fiscalité des petites entreprises.

17

ALICIA

J'AI BALANCÉ mon sac à main dans le tiroir et j'ai entendu mon téléphone tomber sur le fond métallique. Tant pis. Je le rangerais à sa place la prochaine fois que je devrais me précipiter aux toilettes pour changer mon tampon. J'ai déchiré l'emballage en papier des antidouleurs que j'avais trouvés dans la trousse de premiers secours de la cuisine. Ce bureau rempli d'hommes ne stockait peut-être pas de produits d'hygiène féminine dans les toilettes des femmes, mais au moins, ils avaient des médicaments qui calme-raient mes crampes. Je les ai avalés d'un trait avec mon thé tiède.

— Tu es sûre que ça va ? a demandé Jackson à voix basse.

— Bien sûr. Pourquoi ça n'irait pas ? J'ai refermé le tiroir d'un coup sec. Il a tressailli.

— Pour rien. Il a fixé le tiroir du regard.

Qu'il aille au diable avec ses suppositions. J'avais envie de lui grogner dessus, ainsi qu'à toute mon équipe. Et pas seulement parce que c'étaient tous des hommes. Nous avions une semaine pour finir le code pour la prochaine évaluation de Cooper, et il fallait l'épater. Sinon... — Tu ne devrais pas être en train de coder ?

— En fait…

Génial, c'est reparti. Il a une nouvelle idée brillante qui va foutre en l'air tout le projet.

— Je me disais qu'on pourrait peut-être réessayer de travailler en binôme. Il a désigné d'un signe de tête les autres programmeurs qui travaillaient côte à côte à leur bureau. — Ça semble bien fonctionner pour le reste de l'équipe. Peut-être qu'on serait plus efficaces en travaillant ensemble ? Sa voix, chose inhabituelle, s'est élevée pour finir sur une question.

Exactement. Il voulait changer le processus en cours de route. Même si c'était ce que j'avais voulu faire depuis le début, il était trop tard maintenant. — Je ne crois pas, Jackson. Notre méthode semble fonctionner. Je vérifierai ton code quand tu auras terminé. Peut-être qu'il pouvait coder tout ce fichu truc pendant que j'irais m'allonger quelque part. J'ai passé une main sur mon ventre comme si je pouvais effacer cette douleur lancinante.

Son regard a suivi ma main. — Tu es sûre que ça va ?

— Arrête de me demander ça, ai-je sifflé. — J'ai besoin de me concentrer sur mon travail, et toi aussi. Je pensais qu'on avait réglé le malaise post-appel téléphonique de ce matin. Et par *réglé*, je voulais dire *complètement ignoré*. Ça allait. Il avait probablement bu ou joué à un jeu vidéo, la moitié de son attention sur l'écran pendant qu'on parlait. Il n'avait pas vraiment pensé ce qu'il avait dit sur le fait de me respecter. Ou plutôt, de respecter *mon talent*. Il avait seulement dit ce qu'il pensait que je voulais entendre. J'avais probablement imaginé la douceur dans sa voix, la gentillesse dans ses yeux ce matin, la façon dont il semblait se soucier de moi. Non, pas *se soucier*. Je voulais dire *s'inquiéter*. Il s'inquiétait seulement que je sois sur le point de leur tomber dessus, lui et le reste de l'équipe, avec une fureur hormonale.

J'ai reporté mon attention sur mon écran et je me suis reconnectée à mon ordinateur. J'ai parcouru les lignes de code pour voir où j'en étais avant mon passage aux toilettes. Ah. J'ai courbé mes doigts au-dessus du clavier, réfléchissant à la suite. Ma nuque me picotait, me déconcentrant.

En la frottant, j'ai jeté un coup d'œil à Jackson. Il a vivement reporté son regard sur son propre écran. Malheureusement pour lui, celui-ci s'était mis en veille et était devenu noir.

— Quoi ? ai-je grogné. S'il disait un seul mot sur le syndrome prémenstruel, je le frapperais avec mon clavier.

— Rien. Je… Est-ce que je peux t'apporter quelque chose ? Plus de thé ? Ses joues ont rougi.

Je ne pouvais que le fixer, lui et ses yeux exaspérément jolis, ses sourcils bruns arqués en une expression qui ressemblait étrangement à de la sympathie. Jackson Jones était gentil avec moi ? Au travail ? Il devait avoir une idée derrière la tête.

Et j'en avais tellement marre de tout ça : la vérification constante que je faisais ce qu'il fallait, disais ce qu'il fallait, agissais comme un homme dans un monde d'hommes. J'avais été naïve de penser qu'être la patronne de ma propre entreprise m'épargnerait tout ça.

— On peut juste… ne pas faire ça ? J'ai serré les poings puis les ai aplatis sur mon clavier. — Est-ce qu'on peut juste se comporter comme des collègues et faire notre travail ? Sans toutes ces prises de bec épuisantes ? Au moins pour aujourd'hui ?

Ses épaules se sont affaissées. — Je voulais seulement… désolé.

La culpabilité m'a transpercée, mais avant que je puisse dire quoi que ce soit, un grondement a éclaté du tiroir de mon bureau. J'avais laissé mon téléphone en mode vibreur, comme d'habitude, et le bruit qu'il faisait contre le fond métallique du tiroir ressemblait à un train en approche. Je l'ai ouvert brusquement et j'en ai sorti mon téléphone.

École de Noah, affichait l'écran.

Je l'ai attrapé et j'ai répondu à voix basse, tout en marchant à toute vitesse vers la salle de conférence vide la plus proche.

— Bonjour, Mme Weber, c'est Janet, la secrétaire de l'école. Je vous appelle au sujet de Noah. Il s'est battu cet après-midi. Il faut que vous veniez à l'école.

— Une bagarre ? Mon adorable Noah, dans une bagarre ? Je

l'ai imaginé étendu sur le goudron, roué de coups par des enfants plus grands et plus méchants, et mon cœur s'est déchiqueté. Puis il s'est reformé en éclats d'acier acérés. Il avait un plâtre, bon sang ! J'allais m'assurer que ces gamins se fassent expulser. Ou pire. Pouvait-on porter plainte contre un enfant de dix ans ? — Est-ce qu'il va bien ?

— Juste quelques éraflures et contusions. Mais nous avons besoin que vous veniez. Maintenant.

— Oui. Bien sûr. Éraflures et contusions, ça n'avait pas l'air si grave, mais je devrais peut-être l'emmener de nouveau aux urgences si elle minimisait ses blessures. — Dites-lui que je serai là dans vingt minutes.

De retour dans notre espace de travail, j'ai annoncé que j'avais un problème personnel et que je devais rentrer chez moi. Puis je suis allée à mon bureau et j'ai commencé à ranger mes affaires.

Jackson se tenait debout, une énergie nerveuse émanant de lui et entrant en collision avec ma propre anxiété. J'avais les nerfs à vif.

— Je peux faire quelque chose pour t'aider ? a-t-il demandé à voix basse.

J'ai posé mon téléphone à côté de mon clavier. — Juste… tu peux surveiller les gars ? T'assurer qu'ils sont dans les temps ? On ne peut pas prendre de retard.

— Bien sûr, mais je voulais dire… pour toi.

Pour moi ? Mon cœur, ce traître, a cogné assez fort pour faire tressaillir mon chemisier. — Non. Ça va. J'ai passé mon sac d'ordinateur sur mon épaule et j'ai attrapé mon téléphone.

Il a hoché la tête vers mon côté du bureau. — N'oublie pas ton ordinateur portable.

— Oh. Merde. C'est vrai. J'ai secoué la tête. *Concentre-toi.* Posant mon téléphone, j'ai déconnecté mon ordinateur de sa station d'accueil et je l'ai glissé dans mon sac. Le sac à main ! Je n'irais pas loin sans mes clés. Je me suis penchée pour le sortir du tiroir et j'ai vérifié que mes clés étaient bien accrochées à l'anneau à l'intérieur. — À demain.

Je me suis dirigée vers les escaliers aussi vite que possible sans courir et j'ai descendu les marches avec précaution. Des éraflures et des contusions. Mon estomac s'est noué. Lui avaient-ils de nouveau blessé le bras ? Il ne restait plus qu'une semaine avant qu'on lui retire son plâtre.

Une fois dehors, j'ai traversé la rue en courant jusqu'au parking. Qu'ils me voient perdre mon sang-froid. Je devais rejoindre Noah. M'occuper de lui était la chose la plus importante.

JACKSON

NON, je n'ai pas regardé Alicia trotter vers les escaliers, ses hanches ondulantes hypnotisantes dans cette jupe noire moulante.

Bon, putain, oui, je l'ai fait. Parce qu'il a fallu que Tyler me donne un coup de poing dans le bras pour me sortir de ma transe.

— Hé, Jay, ça va ?

— Ouais, ça va. Pourquoi ?

— J'essayais d'attirer ton attention. Je ne voulais pas demander à Alicia parce qu'elle, euh, n'avait pas l'air dans son assiette, mais j'aurais besoin d'un coup de main. Tu as une minute ?

— Bien sûr. Je n'étais pas son premier choix, mais il me demandait de l'aide. C'était forcément un progrès pour gagner le respect de l'équipe et travailler ensemble, non ? Je l'ai suivi jusqu'à son bureau, j'ai approché une chaise et j'ai écouté pendant qu'il m'expliquait le problème.

Finalement, ce n'était pas difficile, et nous l'avons résolu en moins d'une heure, y compris avec quelques bonnes pratiques de codage que j'ai ajoutées gratuitement.

En retournant à mon bureau, je me sentais presque aussi fier que lorsque j'avais corrigé un bug particulièrement retors dans mon propre code. Tyler était venu me demander de l'aide, et je l'avais aidé. Cooper aurait été fier de moi. Il dirait que j'avais gagné le respect de l'équipe. Ma poitrine s'est gonflée de fierté sous mon t-shirt de ZZ Top.

Jusqu'à ce que je le voie.

Son téléphone. Le téléphone d'Alicia, glissé à moitié sous son clavier.

Une notification est apparue sur son écran de verrouillage. Était-ce quelque chose qu'elle devait voir ?

J'ai inspiré. Expiré.

C'était peut-être un SMS indésirable, ou un message d'une campagne politique.

Ou peut-être que c'était important, comme l'appel qu'elle avait reçu juste avant de partir, celui qui avait rendu son visage pâle et ses yeux bleus agrandis par la peur.

Et elle ne le recevrait que demain.

Être séparé de mon téléphone me rendait nerveux. Elle ressentirait probablement la même chose, ce sentiment écœurant et ce vide quand elle réaliserait qu'elle l'avait oublié. Cette sensation de membre fantôme quand on le cherche sans le trouver.

Je l'ai ramassé, il était froid après son heure d'abandon.

Ce n'était qu'un téléphone. Les gens avaient survécu des milliers d'années sans téléphone.

Mais j'allais m'assurer qu'Alicia n'ait pas à le faire.

18

JACKSON

LE BUNGALOW du quartier de Cherrywood, non loin du centre-ville, était peint d'un jaune soleil joyeux, avec une porte violette. Un drapeau arc-en-ciel était fixé à un mât ancré à l'un des solides piliers du porche.

J'ai plissé les yeux pour lire l'adresse sur mon téléphone, puis j'ai vérifié le numéro à côté de la porte violette.

Ce n'était pas la maison que j'aurais imaginée pour Alicia. Elle était l'incarnation de la rigueur et du sérieux, une présidente de syndic de copropriété intransigeante, sortie avec sa règle pour faire respecter la hauteur de la pelouse. Pas le genre à avoir des fleurs roses fantaisistes qui débordaient de pots en terre cuite fissurés à côté des marches du porche.

Mais c'était l'adresse que j'avais.

J'ai sauté de la cabine de mon pick-up et mes Converse ont claqué sur le bitume. J'ai remonté la courte allée entre deux arbres à l'aspect tortueux, couverts de grappes de délicates fleurs couleur lavande. Deux petites marches, et je me suis retrouvé sur le porche ombragé, le doigt en suspens au-dessus de la sonnette. Des odeurs de poulet rôti et d'ail s'échappaient de la fenêtre ouverte à côté de la porte, ainsi que des voix de femmes. En plissant les yeux au maximum, j'ai appuyé sur le bouton.

Des bruits de pas légers et rapides se sont approchés de la porte, qui s'est ouverte. Un gamin maigrichon avec un plâtre vert au bras m'a souri à travers la moustiquaire en métal. Le bleu sous son œil était assorti à la porte violette. Il ne devait pas avoir plus de huit ans, avec des cheveux couleur paille qui bouclaient sur ses oreilles. Ses yeux étaient marron, pas du bleu océan de ceux d'Alicia, mais sa bouche avait la même forme que la sienne — je le savais bien, étant donné que j'en étais secrètement obsédé.

— Salut, a-t-il dit.

Je n'avais pas entendu la femme s'approcher. Elle était pieds nus et portait une robe à fleurs qui lui tombait presque aux chevilles. Des mèches blanches striaient ses cheveux sombres. Les rides autour de ses yeux se sont creusées quand elle m'a dévisagé. — Je peux vous aider ? Ses voyelles étaient douces, teintées de cette musique blues que j'entendais parfois dans les bars de la Sixième Rue.

Peut-être que quelqu'un s'était trompé en saisissant l'adresse d'Alicia dans le système de paie de Synergy ? J'ai regardé la maison de droite. Brique rouge, sans caractère. Pelouse tondue ras comme un green de golf. C'était peut-être la sienne. J'ai vérifié la maison de gauche. Une machine à laver rouillée trônait sur son porche à la peinture écaillée. Probablement pas celle-là non plus.

— Monsieur ? a demandé la femme.

— Euh, bonjour. Est-ce qu'Alicia Weber vit ici ? J'ai basculé mon poids sur ma jambe d'appui, prêt à pivoter pour descendre les marches et me diriger vers la maison de droite.

— Ouais, elle habite ici, a dit le gamin. Vous êtes qui ?

Oups. J'ai rééquilibré mon poids. — Je suis Jackson Jones. On travaille...

— On vous connaît. Le gamin m'a regardé en plissant les yeux.

Il me connaissait ? Ça faisait un moment que je n'avais pas fait la couverture des magazines économiques. Et ces gens n'avaient pas l'air d'être du genre à lire *Car and Driver*.

— Il veut dire qu'on sait que vous travaillez ensemble. Les lèvres de la femme se sont pincées, et toute la douceur a disparu de son visage.

Oh, merde. J'imaginais bien les histoires qu'Alicia avait pu raconter sur moi à la maison. Était-ce sa… tante ? Une petite amie beaucoup plus âgée ? Le gamin devait être à Alicia, car lui et la femme plus âgée n'avaient aucun trait en commun.

— Je, euh. Elle a oublié son téléphone. Au travail. Je le lui ai apporté. J'ai tendu l'appareil, ma peau frémissant alors que mes espoirs de voir Alicia s'envolaient en fumée.

— Qu'est-ce que vous faites tous les deux… Alicia, également pieds nus, était apparue derrière la femme. Ses cheveux tombaient en vagues lâches et irrégulières sur ses épaules, et elle avait troqué son chemisier de soie et sa jupe moulante contre un t-shirt orange brûlé des Texas Longhorns et un short de survêtement noir élimé. J'avais déjà vu ses genoux quand elle était assise à notre bureau, sa jupe remontant au-dessus. Mais je n'avais jamais vu autant de ses cuisses pâles.

— Jackson ? Sa voix m'a frappé comme une décharge électrique, et j'ai arraché mon regard de ses jambes pour le poser sur sa bouche entrouverte. *Merde ! Les yeux ! Regarde ses yeux !*

Son propre regard est tombé sur ma main toujours tendue. — Tu m'as apporté mon téléphone ?

— Ouais, je… tu l'as laissé au bureau.

Elle a contourné la femme, puis a doucement poussé le gamin sur le côté pour pouvoir ouvrir la moustiquaire. Se tenant une marche au-dessus de moi, pieds nus — mes yeux brûlaient d'envie de jeter un œil à ses ongles de pied vernis d'un noir brillant —, elle m'a regardé droit dans les yeux. Ses doigts ont effleuré ma paume quand elle l'a pris. — Merci.

J'ai frissonné malgré la chaleur moite du soir.

— Tu ne vas pas l'inviter à entrer ? a dit la femme. Il est venu jusqu'ici.

— Ce… ce n'était pas loin, ai-je dit.

— Comment as-tu même… a dit Alicia en même temps.

— Ta maman ne t'a pas élevée comme ça. La voix de la femme avait maintenant le piquant d'un piment fort. — Jackson, voudriez-vous rester dîner ?

J'en avais l'eau à la bouche à cause des odeurs délicieuses qui m'entouraient. Et est-ce que c'était de la cannelle ? J'ai reniflé, plein d'espoir.

— Il ne peut vraiment pas… a commencé Alicia.

— Est-ce que ça sent la tarte ? ai-je demandé.

— Aux pommes, a dit la femme.

J'ai regardé Alicia dans les yeux. — J'adorerais rester dîner.

Son menton pointu s'est avancé, mais elle n'a rien dit, se contentant de tenir la moustiquaire pour moi jusqu'à ce que je pose ma paume dessus et entre dans la maison.

Le soleil couchant filtrait par la porte encore ouverte derrière moi, éclairant les couleurs vives de l'intérieur. Tandis qu'elles me faisaient traverser le petit hall — en réalité quelques carreaux posés sur la moquette du salon — et contourner le salon pour entrer dans la cuisine, j'ai entrevu des murs peints en jaune, orange et turquoise, un canapé en velours rouge, et des livres empilés en double sur des étagères courbées, entassés sur des tables, et formant même des tours dans les coins.

Une petite clochette a tinté lorsqu'un chat roux a sauté du dossier du canapé rouge et nous a suivis dans la cuisine, où le double plus âgé d'Alicia découpait la peau croustillante d'un poulet rôti.

J'avais l'impression d'être coincé dans l'épisode « Miroir » de *Star Trek*. Car seule la Alicia-miroir porterait un *putain de short de jogging* qui couvrait à peine son cul. Et aurait un enfant. L'Alicia que je connaissais prétendait que sa vie n'existait pas en dehors des bureaux de Synergy Analytics.

Ou était-ce moi qui prétendais que sa vie n'existait pas en dehors du bureau ? J'avais fait une putain de tonne de suppositions. Ça, c'était certain.

Pendant que j'essayais de reprendre mes esprits, nous nous étions tous entassés dans la minuscule cuisine. Sérieusement, la cuisine de mon appartement, celle que je n'utilisais jamais sauf pour stocker quelques packs de six de bière locale, était plus grande que celle-ci.

— Jackson. Les yeux d'Alicia se sont plissés comme si elle souffrait physiquement. — Je te présente ma mère, Diane. Sa femme, Esmy. Et Noah. Tout le monde, voici Jackson Jones, dont je vous ai déjà parlé. Elle a parlé très lentement et clairement en ajoutant : — Il est *le propriétaire de l'entreprise* où je travaille.

Mon pouvoir supposé ne semblait pas peser bien lourd chez les Weber. Diane a posé son couteau à découper sur le côté, mais a gardé les doigts en chapiteau dessus, prête à l'empoigner pour poignarder. Esmy m'a tendu la main et, quand je l'ai saisie automatiquement, elle m'a broyé la main. Noah me fixait, les yeux plissés, tout comme Alicia.

Le chat a reniflé le bout de ma Converse, s'est hérissé comme un ballon de basket poilu et a feulé, montrant ses dents acérées et aplatissant ses oreilles. Personne ne l'a réprimandé. C'était peut-être le porte-parole de la famille.

Il fallait que quelqu'un brise la glace. J'ai dit : — Je ne me souviens pas de la dernière fois que j'ai mangé un repas fait maison. Je crois que c'était à Pâques, quand la mère de mon ami Cooper a cuisiné pour nous. J'ai ravalé la salive qui m'était montée à la bouche à l'odeur savoureuse qui emplissait la cuisine. — Merci de m'avoir invité.

Esmy, au moins, a esquissé un sourire compatissant. — Nous sommes ravis de vous recevoir.

Alicia ne semblait pas partager ce sentiment. Une poigne de fer a encerclé le haut de mon bras. — Le dîner est prêt. Je vais te montrer où te laver les mains, a-t-elle dit.

Elle m'a fait traverser le salon d'un pas décidé et m'a entraîné dans un couloir sombre, passant devant la porte ouverte d'une chambre, qu'elle a refermée avant que je puisse y jeter un œil, pour me faire entrer dans une salle de bain étroite décorée dans des tons vifs de bleu-vert avec des poissons-clowns orange sur le rideau de douche.

Alicia m'a suivi dans la salle de bain, a fermé la porte et a fait couler l'eau. Elle s'est penchée près de moi et a dit d'une voix si basse que j'ai dû me pencher pour l'entendre : — Écoute-moi bien. Je sépare ma vie privée et ma vie professionnelle. Très peu de gens avec qui j'ai travaillé sont venus chez moi. On ne parlera rien de tout ça au bureau demain. Ni jamais. Tu as compris ?

— Je suppose ? Enfin, je ne parle pas de ma famille au travail, mais c'est parce que tout le monde sait tout sur eux. Ils sont partout dans les pages économiques. Et Coop...

Non, je ne pouvais pas lui parler de la famille de Cooper. Pas de son père violent, en tout cas. Ils ne se parlaient plus depuis l'université, et Cooper faisait principalement comme s'il était mort.

— Ta famille n'a pas l'air... si terrible ? Tu n'as pas... honte d'eux ? Mon regard est tombé sur le gobelet bleu sur le comptoir qui contenait deux brosses à dents, une rouge et l'autre en forme de Superman.

— Non, bien sûr que non.

— Alors pourquoi...

— Écoute. Je suis une femme dans la technologie. Là où on travaille, les gens ont certaines idées préconçues sur les femmes qui ont une famille. Si on dit qu'on ne peut pas travailler tard, c'est qu'on est plus dévouées à notre famille qu'à l'entreprise. Pareil si on doit prendre une longue pause déjeuner pour emmener un enfant chez le pédiatre ou travailler de la maison quand il est malade et ne peut pas aller à l'école. Les hommes — et les femmes sans enfants — obtiennent des promotions parce qu'ils sont dévoués à leur carrière. Les femmes avec une famille, non.

— Ce n'est pas...

Elle a secoué la tête. — Ne dis même pas ça. Tu penses peut-être que ton entreprise ne le fait pas, mais si. Ça commence dès qu'une femme demande un congé maternité, et ça la suit tout au long de sa carrière. Savais-tu que les femmes avec enfants gagnent quinze pour cent de moins que les femmes sans enfants ?

Et ne me lance même pas sur l'écart de salaire entre les femmes et les hommes. Ou entre les personnes de couleur et les hommes blancs.

J'ai secoué la tête. À la seconde où elle avait dit « congé maternité », mon cerveau avait calé, tournant en boucle sur ce concept. Pendant que j'avais eu son dossier RH ouvert pour prendre son adresse, bien sûr que j'y avais jeté un œil. N'importe qui l'aurait fait. Pas de mari ou de partenaire domestique répertorié. En supposant que Noah avait huit ans, elle en avait vingt-deux quand elle l'avait eu. Pratiquement une enfant elle-même. Fonder une famille ne semblait pas être le genre de chose qu'une jeune de vingt-deux ans, fraîchement sortie de l'université, ferait. Sauf si...

— Tu es divorcée ? Veuve ?

Alicia a cligné des yeux et a reculé d'un pas. — Quoi ? C'est *ça* que tu as retenu de ce que je t'ai dit ?

— Non, non, je t'ai suivie. Pas question de parler de ta famille au travail. J'ai compris. Mais je ne comprends pas d'où vient Noah.

Elle a levé les yeux au ciel. — Tu veux dire, où est le donneur de sperme ?

Waouh, il faisait chaud dans cette salle de bain. J'ai tourné le robinet sur l'eau froide.

— On ne sait pas. Ma sœur ne nous a jamais dit qui était le père de Noah. Et je pense qu'on s'en est très bien sorties pour l'élever dans un foyer de femmes qui travaillent. Alors ne commence pas avec tes idées d'homme des cavernes.

Je suis resté bouche bée. Noah était son neveu. Où était sa sœur maintenant ? Mais je ne pouvais pas demander ça. Pas encore. Alors j'ai sorti le classique Jackson Jones. — Un homme des cavernes ? Moi ?

— C'est ce que j'ai dit. Lave-toi les mains. On est partis depuis trop longtemps.

En silence, j'ai appuyé sur la pompe à savon. C'était donc ça qu'elle pensait de moi ? Après un mois à travailler ensemble, après que je lui ai dit il y a seulement trois jours à quel point elle était incroyable ? J'ai frotté mes mains sous l'eau. — Je ne pense pas que tu me connaisses aussi bien que tu le crois.

Elle a appuyé sur la pompe à savon, et quand je me suis écarté pour sécher mes mains sur la serviette bleue, elle s'est lavé les siennes. — Peut-être pas. J'ai juste eu beaucoup d'expériences avec des mecs comme toi.

— Des mecs comme moi.

— Les cracs de la tech. Toujours le mec le plus intelligent de la pièce, qui pense que tout le monde a eu les mêmes opportunités que lui, les mêmes priorités, et que c'est une faiblesse chez quelqu'un d'autre s'il n'est pas arrivé aussi loin.

— Waouh. Je lui ai tendu la serviette, essayant de garder une voix légère malgré le nœud dans mon estomac. — Tu n'as pas une très haute opinion de moi, n'est-ce pas ?

— Je me protège, moi et ma famille. Son sourire était amer. — Je me suis fait avoir une ou deux fois. Plus jamais.

J'ai pensé à partir. À redescendre le couloir et à sortir par la porte d'entrée. Si elle pensait vraiment que j'étais comme tous ces autres connards qui l'avaient ignorée, j'aurais dû le faire. Mais la lueur dans ses yeux bleus, la façon dont le coin de sa bouche s'est relevé, tout laissait entendre qu'elle espérait que je ne sois pas comme ça. Et c'était suffisant pour me retenir là, dans cette salle de bain *Le Monde de Nemo*, dans la maison qu'elle partageait avec ses deux mères et un neveu dont j'ignorais l'existence, déterminé à percer le mystère d'Alicia Diane Weber.

Elle a ouvert la porte, et nous sommes retournés dans la cuisine, où sa famille était assise autour de la table ronde au bord de la cuisine.

— On pensait que tu t'étais perdu, a dit Diane. Elle a posé un pilon de poulet dans l'assiette de Noah.

— J'avais les mains super sales à cause de tout ce code au boulot, j'ai dit. Elles sont toutes propres maintenant. Je les ai levées, paumes vers l'extérieur, pour l'inspection.

Noah a pouffé de rire.

Alicia s'est assise sur la chaise vide à côté de Noah, et je me suis installé entre elle et Esmy. La table était prévue pour quatre, et on était à l'étroit. Mon genou gauche reposait contre le droit d'Alicia. Esmy m'a passé un saladier de purée qui sentait divinement bon l'ail. J'en ai pris une portion modérée et j'ai passé le saladier à Alicia.

— Parlez-nous de vous, Jackson, a dit Esmy.

— Mes amis m'appellent Jay. Je lui ai adressé mon sourire le plus charmeur.

Diane a dit :

— Alicia vous appelle Jackson.

— C'est vrai. Mais j'y travaille. Mon sourire a vacillé quand Diane m'a décoché un regard assassin digne de Cooper.

Esmy est de nouveau intervenue.

— Alicia nous dit que vous avez fondé l'entreprise pour laquelle elle travaille maintenant.

— Mon meilleur ami, Cooper, et moi l'avons créée quand on était encore à l'université. J'étais passionné de voitures, et je voulais utiliser les ordinateurs pour trouver comment les rendre plus rapides.

— Comme notre Honda ? a demandé Noah.

— Eh bien, oui. Certains des plus grands constructeurs automobiles sont nos clients. On a commencé avec le vieux tacot du père de Cooper, une Ford Escort de 1995 vert émeraude métallisé. On l'a utilisée pour un projet dans mon cours de génie mécanique. Elle était couverte de rouille et bouffait de l'huile, mais on l'a transformée en une machine puissante, efficace et intelligemment adaptative. On n'a rien pu faire pour la rouille, par contre. Je me suis adossé à ma chaise, me souvenant de la façon dont Cooper et moi nous étions liés grâce à ce projet. Mais ce qui m'intéressait le plus, c'étaient les voitures de course. Tu connais la Formule 1 ?

— Bah ouais, évidemment, a dit Noah.

Esmy a demandé :

— C'est comme le NASCAR ?

Noah a levé les yeux au ciel.

— Non, grand-mère Esmy. C'est totalement différent. Avec très peu d'aide de ma part, il a expliqué les différences à sa grand-mère, qui a au moins fait semblant d'être intéressée.

Je commençais à bien aimer ce gamin.

— Tu es déjà allé à la course ici à Austin ?

— Nan. Il a baissé les yeux vers son assiette. Mais je l'ai regardée en ligne.

— C'est le mois prochain. J'ai des billets, et je pourrais…

Le genou d'Alicia a heurté ma cuisse sous la table.

— Aïe ! Je me suis frotté la jambe. Ses genoux étaient pointus.

— Noah est trop occupé avec l'école et le foot pour passer tout un week-end sur un circuit, a-t-elle dit.

— Le foot ! Tu joues ?

— Ouais, on a des matchs tous les mardis et jeudis.

Mardi et jeudi. J'ai lancé un regard triomphant à Alicia. Elle a pincé les lèvres pour cacher un sourire et a secoué la tête.

— C'est comme ça que tu t'es fait cet œil au beurre noir ? J'ai enfourné la dernière bouchée de purée. Absolument délicieuse. J'espérais qu'il y en aurait une deuxième tournée. Peut-être une troisième.

— Non, juste le bras cassé. Il a levé son plâtre. Je me suis pris un coup de poing dans l'œil à l'école aujourd'hui.

— Et l'autre gamin, il est dans quel état ?

— Jackson ! Alicia a posé sa fourchette.

— Je l'ai eu à la bouche. Je lui ai fendu la lèvre, mais c'est à peu près tout. Il a levé la main gauche, qui portait un pansement sur une articulation.

— Les coups de poing au visage sont difficiles à bien porter. La prochaine fois…

— Jackson ! Elle m'a encore eu au même endroit avec son genou. La prochaine fois, sers-toi de tes mots, c'est ce que Jackson allait dire.

J'ai grimacé et me suis frotté la jambe.

— Exactement. C'était à quel sujet, la bagarre ? Tu lui as piqué sa copine ?

Cette fois, Alicia a posé sa main sur ma cuisse. Pas de manière sexuelle — bien que mon corps ait réagi comme si c'était le cas — mais pour me prévenir d'y aller doucement.

Noah a poussé quelques doliques à œil noir sous sa purée.

— Il a vu ma copie avec un D dessus. Il m'a traité d'idiot.

— Ce qui n'est pas très gentil, a dit Alicia, mais ça ne vaut pas la peine de frapper quelqu'un.

Je me suis adossé à ma chaise et j'ai posé ma fourchette sur mon assiette vide.

— Tu as l'air d'un gamin intelligent. Pourquoi tu as eu un D ?

Alicia a tourné la tête si vite que ses cheveux ont giflé mon épaule. Ses cheveux. Ils sentaient l'orange, comme son thé. Mais il n'y avait rien de chaleureux dans le regard furieux qu'elle m'a lancé.

Noah a haussé les épaules.

Qu'est-ce que je lui avais demandé ? Ah, oui. Les notes.

— Je n'étais pas très bon à l'école non plus, jusqu'à ce que mon médecin découvre que j'avais un TDAH. Je sais ce que c'est que d'avoir des difficultés. Et d'être frustré. Et d'abandonner. J'ai frotté une tache sur le verre saphir de ma montre. Mais après avoir obtenu l'aide dont j'avais besoin, je m'en suis bien sorti.

Une ride s'est creusée sur le front d'Alicia, entre ses sourcils. Elle me fixait comme elle examinait un code qui ne fonctionnait pas.

— Tu t'en es mieux que bien sorti. Tu es allé à Stanford.

— Ma famille est riche. Ils ont payé beaucoup de cours particuliers et de préparation aux examens.

— Ne te dévalorise pas. Son ton était sec en surface, mais doux en dessous. Tu es un type intelligent. Et tu as dû travailler dur.

J'ai baissé la tête. Peu de gens disaient ça. Quand on grandit avec tous les privilèges, beaucoup de gens supposent que le chemin vers la réussite est facile. Bien sûr, ça avait été plus facile pour moi que pour Alicia ou quiconque dont les parents n'étaient pas des donateurs importants pour l'université, mais que quelqu'un voie mes efforts, voie que tout ne m'avait pas été servi sur un plateau, ça signifiait quelque chose. Venant d'Alicia, ça voulait tout dire.

— Ça te dérange si je finis la purée ? j'ai demandé en désignant du menton la dernière cuillerée dans le saladier.

— Allez-y, je vous en prie. Esmy m'a tendu le saladier.

Lorsque mon estomac a été bien rempli par le dîner et une très grosse part de tarte aux pommes recouverte de glace Blue Bell, Alicia m'a raccompagné dehors. Son menton était de nouveau tendu, probablement pour me rappeler de ne pas mentionner ça au travail demain.

Mais quand elle a ouvert la bouche, elle a dit : « *C'est* ça, ta voiture ? »

Au bout de l'allée, le Ford F-150 noir m'attendait.

— C'est une location. Mais, ouais, je me suis dit, tant qu'à être au Texas...

— Louer un pick-up ? Elle a ri. Pour transporter ton matériel de réparation de clôtures ? Tu as laissé ta bétaillère garée devant ton appartement ?

J'ai fourré mes mains dans mes poches, reconnaissant de la faible lumière du porche qui cachait ma rougeur.

— C'est amusant à conduire, bien au-dessus des autres voitures. Étonnamment puissant. Et si jamais tu as besoin de transporter quelque chose, je suis ton homme.

Elle a plissé le nez.

— C'est pour ça que tu as les bottes ?

Je n'allais pas lui dire que je les portais seulement pour irriter Cooper. J'espérais avoir marqué des points avec elle ce soir et je ne voulais pas en perdre pour de la mesquinerie.

— Ouais, je suppose. Je pensais que plus de gens en porteraient au travail. Et qu'elles seraient plus confortables.

Elle a reniflé.

— Elles sont confortables une fois qu'on les a faites à son pied. Les bottes, c'est un engagement, Jackson. Son sourire s'est effacé comme si elle venait d'entendre ce qu'elle avait dit. Elle s'est mordu la lèvre.

— Je suis capable de m'engager. J'ai juste besoin d'une raison. Putain, qu'est-ce que j'étais en train de dire ? Je ne m'étais jamais engagé dans quoi que ce soit, sauf à prétendre que je me fichais de ce que les gens pensaient de moi.

Elle s'est dirigée vers le pick-up.

— Je suppose que tu es engagé envers ton entreprise depuis un moment.

C'était vrai.

— Depuis plus de dix ans.

— Et Cooper ?

— Meilleurs amis depuis notre premier jour à l'université. J'ai réfléchi. La plupart du temps.

— La plupart du temps ? Elle avait atteint le côté noir brillant du pick-up, et maintenant elle se tournait, un coin de sa bouche se soulevant.

— C'est compliqué.

— Connaissant Cooper, je peux imaginer.

Je ne l'ai pas contredite. Ni l'un ni l'autre n'étions faciles à vivre. Mais peu importe à quel point j'avais merdé, Cooper ne m'avait jamais laissé tomber, et je n'allais pas renoncer à un ami comme ça.

La lumière du porche brillait d'un éclat doré sur ses cheveux qui ondulaient sur ses épaules. La moitié de son visage était dans l'ombre. Son rouge à lèvres avait disparu depuis longtemps, et ses paupières tombaient de fatigue. Elle avait l'air douce et fragile, bien que je la sache aussi solide que le pick-up derrière elle.

— Peut-être que je vais réessayer les bottes, j'ai dit, comme si c'était pertinent.

— Tu devrais. Mais…

— Mais ?

— Il ne reste plus beaucoup de temps avant que le projet ne se termine et que tu retournes à San Francisco.

J'ai frotté ma basket sur le trottoir.

— Je ne suis pas sûr de rentrer après la fin du projet. Cooper n'a pas dit que je pouvais.

— Tu es son partenaire. Tu le laisses te dire quand partir et quand tu peux revenir ?

Plutôt, oui.

— C'est lui qui est intelligent. Moi, je ne suis que le programmeur.

— Tu n'es pas *que* quoi que ce soit. Elle s'est glissée dans mon espace et m'a pointé du doigt sur la poitrine. C'est toi l'intelligent aussi. Je n'ai jamais rencontré de programmeur plus brillant. Et tu es bon avec l'équipe. Tyler t'admire. Tu pourrais être tellement plus si tu sortais de l'ombre de Cooper et devenais le leader que je sais que tu peux être.

J'ai levé les yeux de mes baskets pour voir si elle était sérieuse. Sa mâchoire était serrée, et ses yeux plissés. Elle croyait en moi.

J'ai comblé l'espace entre nous, réduisant notre distance professionnelle à néant. Elle a incliné son visage vers le haut, et j'ai penché le mien vers le bas. La cannelle de la tarte se mélangeait dans notre souffle commun.

Allais-je vraiment l'embrasser ? Allait-elle me laisser faire ? Ses cils ont frémi et se sont abaissés sur ses joues. J'étais assez proche pour toucher sa peau lisse, pour enfouir mes doigts dans ses cheveux détachés. J'ai abaissé mon visage pour planer à quelques centimètres de ses lèvres roses et pulpeuses. Ce n'était pas comme le flirt par SMS, ni même comme notre appel téléphonique chargé de sous-entendus. Il n'y aurait pas de retour en arrière possible après ça. J'ai inhalé le riche parfum d'orange douce dans ses cheveux.

Non. Fermant les yeux avec force, j'ai reculé d'un pas.

— Alicia, je… j'ai merdé.

Elle a rouvert les yeux et a pris conscience de l'espace vide entre nous. Elle a croisé les bras.

— Quoi ?

— Juste avant de venir à Austin. C'est pour ça que j'ai dit que je ne pouvais pas sortir avec toi le premier jour. Pourquoi je ne peux pas t'embrasser maintenant.

Un léger froncement s'est formé entre ses sourcils.

J'ai tendu la main pour le lisser et me suis arrêté, fourrant ma main dans la poche de mon jean.

— Il y a eu des photos de moi au Grand Prix de Monaco dans les tabloïds. Weston m'a convoqué dans son bureau et m'a engueulé en me disant que je représentais Synergy, même le week-end, et j'étais furieux. Cooper était occupé et ne voulait pas m'entendre me plaindre. Alors je suis allé au bar le plus proche et je me suis bourré la gueule. J'ai passé une main dans ma barbe. Il y avait… il y avait cette femme de l'autre côté du bar. Elle, ah, elle m'a dragué, et puis on, ah, on est allés dans la ruelle derrière. Tu vois ?

Bien sûr qu'elle ne voyait pas. Elle n'avait jamais rien fait d'aussi irresponsable de sa vie. Pourtant, elle a murmuré :

— Mh-mh.

Maintenant, le pire.

— Le lendemain, je suis allé au bureau et je l'ai vue là-bas. C'était une de nos stagiaires universitaires. Callie. Je te jure qu'elle avait vingt et un ans. J'ai flippé. J'ai couru directement au bureau de Coop et je lui ai tout raconté. Et il… il a arrangé ça. Il s'est assuré qu'elle allait bien. Elle a reconnu que c'était consenti. Cooper a organisé des excuses officielles avec les RH. Et puis il m'a envoyé ici pour que je n'aie pas à la voir. Ou pour que je ne puisse pas.

Elle a dégluti.

— Tu voulais la revoir ?

— Non ! Je veux dire, je suis sûr que c'est une personne formidable. Mais ça ne signifiait rien. Je ne savais absolument pas qu'elle travaillait dans mon entreprise ou que je la reverrais un jour.

— C'est ce que tu ressens pour moi ? Elle a baissé les yeux vers sa tong.

— Non. Jamais. J'ai placé un doigt sous son menton et l'ai relevé jusqu'à ce qu'elle croise mon regard. Et c'est pour ça que je ne peux pas t'embrasser.

Son sourire était un peu triste.

— On tient tous les deux trop à nos entreprises pour laisser un baiser devenir quoi que ce soit de plus.

J'ai enfoncé mon autre main dans ma poche pour m'empêcher de la passer dans ses cheveux, de toucher sa peau douce.

— Je t'aime bien, Alicia. Tu penses qu'on pourrait laisser tomber la rivalité de bureau et être… amis ?

— Amis ? Une expression indéchiffrable a traversé son visage. Je suppose qu'on pourrait essayer.

C'était tiède au mieux, mais je prenais. Je ne pouvais pas prétendre détester cette femme au caractère de titane que j'avais mis un mois à découvrir. Je voulais tendre la main et la serrer dans mes bras — les amis faisaient ça — mais vu la rigidité de ses épaules, j'ai tendu la main à la place.

Elle l'a serrée.

— Merci d'avoir apporté mon téléphone. Puis elle s'est retournée et a remonté l'allée d'un pas vif, ses tongs claquant sur le béton.

Quand elle a refermé la porte violette, j'ai contourné l'avant du pick-up et grimpé à l'intérieur. J'ai appuyé ma tête contre l'appui-tête. Après quatre mois à Austin, je m'étais fait ma première amie.

Et pourtant, je voulais tellement *plus*.

19

ALICIA

J'AI DÛ SOURIRE, car Tiannah m'a donné un coup de coude dans les côtes. — C'est quoi, ça ?

— Rien. J'ai laissé tomber mon téléphone dans le porte-gobelet de ma chaise en nylon.

— Ça n'a pas l'air de rien. On dirait plutôt que quelque chose te fait rougir.

— Oh, tu sais. Juste un texto de quelqu'un du travail. Merde, je n'aurais pas dû parler du travail. Pourquoi n'avais-je pas pu prétendre que j'avais rencontré quelqu'un à l'épicerie ou dans la file d'attente à la préfecture ? J'ai regardé les enfants qui faisaient des exercices avant le match, en espérant qu'elle laisse tomber.

— De Jackson Jones ?

Merde. Ses sourcils sont montés si haut qu'ils ont presque disparu dans ses cheveux.

Esmy s'est penchée pour me contourner. — Il est venu dîner hier soir.

Tavon a grimpé sur les genoux de Tiannah et a mis son pouce dans sa bouche. Elle a passé un bras autour de lui et a posé son menton sur son autre main. — Jackson Jones, le multimillionnaire, est venu manger du pain de viande à la Casa Weber ?

— Il a rapporté son téléphone à Alicia, a dit Esmy. Il est vraiment multimillionnaire ?

D'une seule main, Tiannah a tapé une recherche sur son téléphone. Elle a retourné l'appareil. Sur la photo, Jackson portait une combinaison rouge couverte d'écussons de compagnies pétrolières et d'un constructeur automobile, et ses cheveux étaient décoiffés et en sueur, comme s'il venait d'enlever un casque. En dessous, il y avait un chiffre si grand que j'ai dû compter les virgules.

Au moins, elle n'avait pas trouvé la photo de lui torse nu. J'avais envisagé de la chercher hier soir, mais les amis ne faisaient pas des choses aussi glauques.

Ma mère a sifflé. — On pourrait penser qu'un type avec un compte en banque pareil aurait quelqu'un pour rapporter les téléphones aux gens.

— Maman. Je me suis penchée en arrière dans ma chaise et je me suis éventée. Toutes ces virgules m'avaient donné le tournis. — C'est juste un type normal. Du moins, c'est l'impression qu'il donnait au travail. Ses Converse avaient un trou sur le côté.

— Alicia. Ce n'est pas un type normal. Tiannah a de nouveau agité le téléphone sous mon nez. — Il a payé plus d'impôts l'an dernier que ce que tu gagneras en, genre, dix ans. Et ça, c'est *avec* notre système fiscal injuste et régressif qui favorise les riches. Jackson Jones, c'est le fameux un pour cent. Il fait même partie du dixième du un pour cent. Pense à tout ce qu'il pourrait se permettre de donner à des œuvres de charité sans même le sentir passer.

Je me suis affalée dans ma chaise, en gardant mes doigts bien loin de mon téléphone. Jusqu'à une minute auparavant, le fait qu'il possède l'entreprise était abstrait. Une sorte de pouvoir vague qu'il aurait pu exercer sur moi et les autres gars de l'équipe, sur tout le monde dans le bâtiment, mais que, jusqu'à présent, il n'avait pas exercé. Il s'était comporté comme un codeur cowboy lambda. Et l'argent ? Que faisait-on avec tout cet argent ? Était-il dans une caisse de crédit locale, comme le mien, à rapporter un intérêt minuscule chaque mois ? Ou investi en bourse et en obligations comme mon plan d'épargne retraite ? Le gardait-il sous son matelas ? Ça ferait un sacré matelas bien épais.

— Tu lui as posé la question ?

— À propos de l'argent ? Non, bien sûr que non. On est collègues. Et on commence à être amis. Le mot semblait encore étrange dans ma bouche.

Elle a mis ses mains sur les oreilles de Tavon. — Oh, putain, non, pas du tout. Ce que tu es, c'est complètement à côté de la plaque si tu penses que toi et ce x-fois-multimillionnaire êtes des égaux. C'est un jeu dangereux auquel tu joues avec tes textos aguicheurs et tes dîners faits maison.

Elle a ramassé le ballon de foot sous sa chaise et l'a tendu à Tyesha. — Isha, emmène ton frère sur ce terrain vide et entraîne-toi à dribbler. Tyesha a pris la main de Tavon et l'a emmené plus loin avec le ballon.

Tiannah s'est penchée par-dessus l'accoudoir de sa chaise et a dit à voix basse : — Les hommes comme ça ne se soucient pas de la manière dont ils blessent les gens normaux comme nous. Il veut utiliser ces textos — elle a hoché la tête vers mon téléphone — pour se mettre dans ta culotte. Et une fois qu'il sera prêt à passer à autre chose, il le fera sans un regard pour toi ou ta carrière.

— Mais Jackson n'a pas l'air d'être ce genre de type. Il est attentionné. Prévenant. Même gentil parfois. J'ai jeté un coup d'œil à Esmy, mais elle avait discrètement commencé à parler à Maman quand Tiannah s'est mise à chuchoter.

J'avais repensé à l'histoire qu'il m'avait racontée à propos de la stagiaire plus longtemps que je n'aurais dû la nuit dernière. Finalement, j'en avais conclu qu'il avait fait une erreur, et qu'ensuite, lui et Cooper avaient fait de leur mieux pour arranger les choses.

C'était une erreur d'embrasser Jackson comme j'avais eu envie de le faire hier soir. Ça compliquerait les choses au travail. Si l'équipe l'apprenait, ça ficheait en l'air toute la dynamique. Peut-être le projet aussi. Sans parler de ma toute nouvelle entreprise. Cooper péterait un câble si on faisait vraiment ce qu'il pensait qu'on avait fait. Adieu ma recommandation. Et si les gens du milieu de la tech apprenaient que la PDG de Weber Technology Consulting offrait un petit extra pendant ses missions ? Mes joues se sont mises à chauffer, et ce n'était pas à cause du chaud soleil de l'après-midi.

— Bien sûr. Il a probablement parlé à Noah aussi. Trouvé un moyen de créer un lien avec lui. Tiannah a pincé les lèvres.

Les voitures. Comment avait-il su que Noah aimait les voitures ? J'ai hoché la tête. — Ils se sont bien entendus. Mais je ne l'ai pas laissé lui proposer d'emmener Noah au Circuit des Amériques.

— Oh, ma belle. Elle a secoué la tête. — Il t'a bien cernée. Le chemin vers ta culotte passe directement par Noah.

— Beurk, Tee. C'est super dégueu.

— Ça n'en est pas moins vrai.

Bon sang, elle avait raison. Au moins, je n'avais pas cédé et je ne l'avais pas laissé se lier d'amitié avec Noah. Jackson allait partir. Sa vie à Austin était temporaire. Ce serait déjà assez grave si je le laissais entrer dans mon propre cœur. Le pire serait que lui et Noah se rapprochent et qu'ensuite Jackson quitte la ville. J'ai regardé le terrain et j'ai trouvé les petits genoux noueux de Noah couverts de chaussettes. Il dribblait le ballon en passant devant Orlando, qui défendait le but.

Mon téléphone a vibré. Même si mes yeux me démangeaient de voir le dernier message de Jackson, je l'ai ignoré.

Tiannah lui a lancé un regard noir. — Sans parler du tort que tu ferais aux autres femmes de ce bureau. Si quelque chose se passe entre vous et que ça se sait, ça donnera une excuse à la direction pour ne pas embaucher de femmes, que ce soit comme consultantes ou comme employées. Et puis il y a les femmes qui y travaillent déjà et qui penseraient qu'il faut laisser un mec se mettre dans ta culotte pour réussir.

— Oh mon Dieu. J'ai enfoui mon visage dans mes mains. — Je suis la pire. Je ne savais que trop bien ce que même un soupçon de favoritisme pouvait faire. Il avait suffi que ce vieux dégoûtant de Dr Fletcher s'attarde à mon bureau, touche ma main d'un air trop familier et fasse l'éloge de mon travail trop de fois pour que le reste de la classe chuchote sur mon compte, pour qu'ils m'excluent de leurs groupes de révision. Pour me cataloguer comme quelqu'une qui avait couché pour avoir une meilleure note.

— Non, ma chérie, tu n'es pas la pire. Tiannah a posé sa main sur mon épaule. — Tu es une femme forte, géniale dans ton travail et une maman-ourse qui protège Noah. N'oublie jamais que tu es observée à la loupe… par Noah, par tes clients et par tous les autres dans cette entreprise. J'aimerais que ce ne soit pas comme ça, mais c'est la réalité.

Elle savait de quoi elle parlait. En tant que l'une des rares programmeuses noires de la région, Tiannah faisait face à encore plus de défis. Elle avait travaillé pendant deux grossesses et était revenue au bureau après les deux, en partie, m'avait-elle dit, parce qu'elle voulait prouver à tout le monde — y compris à elle-même — que les femmes noires pouvaient être à la fois des programmeuses d'enfer et des mères. À la troisième grossesse, elle était épuisée. Même le fait de faire ses preuves ne valait plus le coup une fois qu'elle avait trois petits à la maison.

— Je sais. Je serai forte comme toi.

— Non, ma chérie. Tu n'as pas besoin d'être quelqu'un d'autre. Sois toi-même. Tu es forte. Je sais que tu feras ce qui est juste.

J'ai souri à ma meilleure amie et je lui ai serré la main.

Le sifflet a retenti, et nous avons reporté notre attention sur le terrain. Noah jouait avant-centre du côté opposé du terrain. Il fixait intensément le ballon.

Concentration. Je devais rester concentrée sur le ballon, comme Noah. Et le ballon n'était pas un multimillionnaire sous-taxé qui jouait avec des voitures de sport hors de prix pour s'amuser. C'était mon travail, mon entreprise et mon avenir. L'avenir de ma famille.

20

ALICIA

VENDREDI, avec la démo en personne de Cooper qui nous attendait de l'autre côté du week-end, je suis allée directement à mon poste de travail après la réunion debout. Entre mon départ prématuré de lundi et la gestion des trois jours de suspension scolaire obligatoire de Noah pour s'être battu, j'avais pris du retard. Je ne m'autoriserais pas à me resservir du thé, ni à aller aux toilettes. Je ne bougerais pas de ma chaise tant que je n'aurais pas validé mon code. Pendant la réunion, j'avais imposé la même règle à tous ceux qui n'avaient pas encore terminé. Sauf pour l'interdiction de pause-pipi. J'étais une cheffe exigeante, mais pas un monstre. Notre démo allait être impeccable. Cette fois, Cooper n'aurait aucune raison de nous passer un savon.

Jackson a posé la paume de sa main sur le bureau à côté de moi et s'est penché pour regarder mon écran. La manche courte de son t-shirt de Queen se tendait autour de ses biceps, et j'ai suivi du regard la veine qui serpentait le long de son avant-bras jusqu'à son poignet. Quel effet cela ferait-il d'avoir ce bras musclé enroulé autour de moi ? J'ai frissonné.

— Toujours sur ton code ? a-t-il demandé. Jackson avait déjà déplacé toutes ses tâches dans la colonne « *Terminé* ».

— Oui.

— Laisse-moi t'aider. On ira plus vite si on travaille ensemble. On va retenter la programmation en binôme.

Tyler et Amit étaient penchés l'un vers l'autre, en train de relire leur code. Pour eux, ça avait très bien fonctionné. Et Jackson était rapide. Si je vérifiais son code au fur et à mesure qu'il avançait à toute vitesse, nous aurions terminé avant la fin de la journée.

— D'accord. Je veux bien essayer. Dans cinq minutes. Je suis descendue d'un pas rapide et j'ai trouvé la caverne de l'informatique. Quand je suis revenue à notre bureau, j'ai tendu à Jackson une boîte contenant un clavier flambant neuf qui se proclamait ultra-silencieux. — Je te laisserai même prendre les commandes.

Souriant, il a branché le clavier, et j'ai roulé ma chaise plus près de lui. Il a ouvert le programme, et nous avons commencé à travailler. Il parvenait toujours à faire claquer les touches moins qu'ultra-silencieuses, mais le bruit ne martelait plus mon cerveau comme le premier jour. Ou peut-être que c'était son odeur de cuir et de pinède qui m'enveloppait et me faisait oublier tout ce qui m'agaçait autrefois.

— Alicia ?

— Mmm ? J'ai brusquement reporté mon attention sur le visage de Jackson, tourné vers moi par-dessus son épaule.

— Je te demandais si tu étais d'accord avec ce que j'ai fait là. C'est un peu inhabituel, mais je pense que ça nous donnera plus efficacement les résultats dont on a besoin.

— Oh, euh… J'ai parcouru le code et j'ai vu la partie dont il parlait. — Ça me semble bien. Ajoute peut-être un commentaire au cas où quelqu'un aurait des questions plus tard.

Il s'est retourné vers l'écran, et j'ai reculé ma chaise de quelques centimètres. Amis. C'était tout ce à quoi nous pouvions nous engager l'un et l'autre. Il fallait que mes désirs inavoués se fassent à cette idée.

Quelques heures plus tard, l'estomac de Jackson a grondé.

J'ai jeté un œil à l'horloge murale. Il était presque treize heures. — Pourquoi tu ne prendrais pas une pause déjeuner ? Je vais continuer à travailler. J'avais apporté mon déjeuner, sachant que je ne pouvais pas perdre une minute aujourd'hui.

— Pas de déjeuner. Il a fait craquer ses doigts au-dessus du clavier. — C'est ta règle. Son estomac a gargouillé de nouveau.

— Très bien. Tu veux la moitié de mon sandwich ? J'ai sorti le sac isotherme de mon tiroir. — C'est le pimento cheese maison d'Esmy.

— Du pimento cheese ?

— Si je te dis ce qu'il y a dedans, tu vas trouver ça dégoûtant. Mais c'est épicé et délicieux. Tu veux goûter ? J'ai posé la moitié du sandwich sur une serviette en papier et je lui ai tendu le reste, toujours emballé dans du film plastique.

— D'accord.

Quand il a pris le sandwich que je lui tendais, ce n'était que l'hypoglycémie qui provoquait des picotements sur ma peau. J'ai mordu dans mon sandwich, et il a fait de même. Nous nous sentirions tous les deux mieux dans une minute.

Il a dégluti. — C'est vraiment bon. Sûr que tu ne veux pas me dire ce qu'il y a dedans ?

— Aucune chance. Hé, attention à cet espace blanc en trop.

À seize heures, de la musique a commencé à se faire entendre en bas. Un vendredi par mois, Synergy organisait son propre happy hour pour les employés avec bière, en-cas et musique. Au fur et à mesure que les membres de notre équipe terminaient leur code et obtenaient le feu vert du système de test automatisé, ils descendaient, ne laissant plus que Jackson et moi pour finaliser notre travail. Après une autre demi-heure, il a appuyé sur le bouton pour envoyer le code au processus de test.

Jackson s'est adossé à sa chaise et a massé son épaule à la jonction de son cou. Il a jeté un coup d'œil au tableau et à la pile de travail qui diminuait. — Encore deux sprints après ça. Je pense qu'on pourrait même avoir le temps de faire un peu de refactoring.

J'ai gloussé. — Ne nous emballons pas. Quatre semaines, ce n'est pas beaucoup. Tout peut arriver.

— Allez. Avoue que tu as envie de faire chanter ce code.

J'ai fait rouler mes poignets. — D'accord, oui, c'est vrai. Je veux qu'il tourne si vite qu'il en donne le tournis à Cooper.

— Si on finit les nouvelles fonctionnalités au prochain sprint, on pourra passer le dernier à le suralimenter.

Quelle impression ça ferait d'épater Cooper Fallon, la superstar de la tech, avec notre démo ? Sacrément bon. — D'accord. Si on finit toutes les fonctionnalités en avance, on le fera.

Il a souri à la barre de progression sur l'écran.

La routine de test s'est terminée avec un rapport vierge. Jackson a validé le code dans le dépôt, et j'ai utilisé mon propre ordinateur pour vérifier que le code de tous les autres était bien là où il devait être.

Il s'est levé. — Viens.

— Quoi ? Mais je me suis levée aussi, en étirant mon dos.

— On a besoin de bouger. Il a longé le couloir ouvert et a tourné à gauche vers la porte vitrée coulissante qui menait à la petite terrasse de Synergy au deuxième étage, surplombant la rivière. Comme tout le monde était au happy hour en bas, la terrasse était vide, tout comme les bureaux à l'intérieur qui y faisaient face. Il s'est avancé jusqu'à la balustrade et a appuyé ses coudes dessus, contemplant les arbres et l'eau scintillante au-delà.

J'ai enlevé ma veste, je l'ai posée sur la balustrade et j'ai imité sa posture.

— Alors, qu'est-ce que tu fais après ?

J'ai penché la tête vers lui. — Tu veux dire ce soir ? Je rentre à la maison. Soirée cinéma avec Noah.

Le coin de sa bouche s'est relevé en un petit sourire, et j'ai eu envie de le tracer du bout du doigt. — Non, je voulais dire après ce projet. Tu as déjà trouvé ton prochain contrat ?

— Oh. Oui, un hôpital local a besoin d'aide avec son système de dossiers. Un ancien collègue m'a recommandée. Ça devrait m'occuper jusqu'à la fin de l'année. Ça n'aura pas le prestige du projet Synergy, mais ce sera un salaire. Je pourrai utiliser la recommandation de Cooper pour le contrat suivant et commencer à gravir les échelons des grandes entreprises. Peut-être que je pourrais même décrocher une mission hors de la ville l'été prochain. Je pourrais enfin voyager comme j'en ai toujours rêvé.

— Sympa. Il s'est penché par-dessus la balustrade et a balayé du regard l'espace vert en contrebas.

— Et toi, qu'est-ce que tu fais après le projet ? ai-je demandé.

— On aura quelques détails à régler. Laisser l'équipe de test s'en occuper. Ensuite, je ne sais pas. Tout dépend de Cooper.

— Tu penses vraiment qu'il ne te laisserait pas retourner au siège si tu le voulais ?

— Ça dépend. Il a haussé les épaules. — S'il est toujours en colère contre moi, non.

— Pourquoi tu le laisses te traiter comme ça ? J'ai repensé à mon premier jour chez Synergy, quand Cooper n'avait pas dit à Jackson que j'arrivais pour travailler sur son projet. — Vous êtes partenaires. Des égaux.

Il s'est figé. — Il est meilleur que moi pour les affaires. Et puis, c'est toujours lui qui doit réparer les pots cassés quand je fais une connerie.

— Tu ne fais pas de… Mais je me suis souvenue de l'histoire de la stagiaire. Il avait dit que Cooper avait réglé la situation pour lui. Pourtant, ça n'avait pas l'air si grave. Elle avait terminé son stage et obtenu une recommandation. — Je suis sûre que Cooper a fait des erreurs lui aussi.

— Pas comme les miennes. Il m'a regardée, ses yeux bruns remplis de quelque chose qui m'a serré le cœur. — L'introduction en bourse. La nuit avant notre rencontre avec les banquiers, Cooper et moi sommes sortis. On s'est mis une cuite. D'habitude, c'est lui qui a le vin mauvais, et moi, je suis joyeux. Mais pour une raison quelconque — le stress de tout ça, je ne sais pas — je me suis disputé avec un flic dehors. J'ai fini en prison. Cooper était déjà rentré à l'hôtel et s'était écroulé, et il n'a eu mon message que le lendemain. Il m'a sorti de là, mais je me suis pointé à notre réunion avec les fringues de la veille, en puant la prison. Il a plissé le nez à ce souvenir. — Les banquiers ont dit qu'on devait nommer quelqu'un d'autre comme CEO. Quelqu'un qu'ils choisiraient. Son visage s'est crispé quand il a dit : — Weston.

J'ai scruté son visage. Aurait-il fait un bon CEO ? Nous avions eu un début difficile sur le projet, mais au cours des dernières semaines, il avait fait preuve d'un vrai leadership. Il avait du potentiel. Dommage qu'il ait mis tant d'efforts à essayer de prouver qu'il se fichait d'une entreprise qu'il aimait de toute évidence. J'ai posé une main sur son bras. — Tu n'as rien foiré ici. Tu as été super avec les gars. Un meneur. Tu pourrais être tellement plus. J'avais envie de dire *si tu arrêtais de laisser Cooper te rabaisser*, mais il n'apprécierait peut-être pas que je lui dise ce que je pensais vraiment de son meilleur ami. J'aurais arraché les yeux de quiconque aurait osé dire un mot contre Tiannah.

— Tu as fait de moi un meilleur programmeur. Un meilleur leader. Il s'est tourné vers moi, ses yeux bruns sincères, exigeants. — On travaille bien ensemble. Admets-le.

— C'est vrai.

Il a penché la tête. — Je pensais que tu allais me contredire.

— Non. Je ne mens pas. J'ai essayé quand Melissa — ma sœur — était malade. J'ai essayé de lui dire qu'elle irait bien, qu'elle guérirait, et qu'on referait tout ce qu'on faisait avant. C'est ce que j'espérais, en tout cas. J'ai regardé la rivière qui coulait paresseusement vers le Golfe. — Elle m'a dit que je racontais des conneries, et qu'elle n'avait pas assez de temps à perdre à m'écouter.

— Aïe.

— Ouais. Melissa ne supportait pas les mensonges — que ce soit ceux qu'on dit aux autres ou ceux qu'on se raconte à soi-même. C'est pour ça que j'ai eu Noah. Elle n'a jamais pardonné à notre mère d'être restée si longtemps avec notre père. D'avoir attendu qu'il nous quitte. J'ai dégluti avec difficulté. D'où sortait tout ça ? Je ne parlais jamais de Melissa. Certainement pas à des collègues de travail.

— Je pense qu'elle serait fière de toi maintenant. Pour t'être émancipée. Pour avoir monté ta propre entreprise. Tu ne crois pas ? Il a posé une main sur la mienne, qui reposait toujours sur son bras.

— C'est en partie pour ça que je l'ai fait. Pour elle. Et pour Noah. Pour lui montrer que nous, les Weber, on peut faire tout ce qu'on décide de faire.

Il a serré ma main. — Alicia, je…

— Hé ! Le cri venait d'en bas, et j'ai vivement retiré ma main. Tyler se tenait sur la pelouse, un gobelet rouge à la main. — La fête est en bas, vous deux !

J'ai posé une main sur mon cœur qui battait la chamade. M'avait-il vue toucher Jackson d'une manière pas si profession-nelle que ça ?

— On arrive, a crié Jackson en réponse. — On avait juste besoin de prendre l'air.

Tyler a levé son gobelet en guise de toast puis a contourné le coin du bâtiment en direction de la musique.

— Je devrais rentrer. J'ai repris ma veste et l'ai secouée, priant pour que mes joues se rafraîchissent.

— Une bière. Tu peux bien boire une bière avec moi. Avec l'équipe.

Une bière me semblait une bonne idée, un vendredi après avoir écrit tout ce code. Après les confidences que nous venions d'échanger. — Une bière avec l'équipe. Je lui ai lancé un sourire taquin. — Tu pourras être là aussi.

— Tu fais de moi le nerd le plus heureux d'Austin. Il m'a offert son bras. — Allons-y ?

Même si j'avais très envie de prendre son bras, je ne pouvais pas. Aucun de nous deux ne pouvait se permettre de commettre l'erreur d'être perçus comme autre chose que des collègues amicaux.

— Allez, viens. Je l'ai contourné et j'ai fait coulisser la porte vitrée. — Allons rejoindre le reste des nerds.

21

JACKSON

J'AI SOULEVÉ mes jambes sur le siège à côté de moi à la table haute et j'ai croisé mes chevilles, posant pratiquement mes bottes sur les genoux de Cooper.

Il les a regardées comme si c'était une paire de bottes de travail couvertes de merde, mais a ensuite levé son verre de bourbon hors de prix.

— Au redressement du projet. Je suis impressionné, Jay.

J'ai fait tourner mon verre, regardant la tequila extra añejo dorée clapoter contre les parois.

— C'est entièrement grâce à Alicia. Elle est incroyable.

Il a haussé ses sourcils épais.

— Quand je l'ai rencontrée cet après-midi, elle m'a dit que c'était entièrement grâce à toi.

— J'imagine qu'on travaille bien ensemble. Et qu'on est tous les deux modestes.

Il a reniflé.

— Tu n'as jamais été du genre modeste. La première fois que tu as eu un A à un devoir dans notre cours de littérature en première année, tu l'as « accidentellement » montré à toute la classe.

Ce salaud a eu le culot de mimer des guillemets avec ses doigts. J'avais trébuché sur le lacet défait de mes Converse, et le devoir m'avait glissé des mains. J'avais juste saisi l'occasion de le laisser tomber la note vers le haut.

— C'était aussi un travail d'équipe. Je n'aurais jamais validé ce cours sans toi. Putain, je n'aurais jamais eu mon diplôme.

— Il n'y a aucun mal à avoir besoin d'un peu d'aide. J'aimerais que tu…

Il a secoué la tête et a siroté son whisky.

J'ai plissé les yeux en le regardant.

— Tu aimerais que je quoi ?

— J'aimerais que tu n'essaies pas toujours de faire cavalier seul, de jouer les cowboys.

Il a fait un signe de tête en direction de mes bottes.

J'ai retiré mes jambes de la chaise et j'ai accroché les talons de mes bottes autour de la traverse de mon tabouret. Quand je travaillais seul, je n'exposais mes emmerdes à personne. Ni n'entraînais les autres dans ma chute. Mais Alicia ne s'était pas moquée de moi, pas une seule fois. Même pas quand je sautais d'une partie du code à une autre, ou la semaine dernière, le jour où je n'arrivais à me concentrer sur rien et qu'elle m'avait surpris cinq fois différentes le regard dans le vide. Elle m'avait gentiment rappelé sur quoi nous travaillions et avait repris le fil. En fait, toute l'équipe semblait coder plus vite et mieux. Nous avions fait plus de choses ensemble ces deux dernières semaines que séparément au cours des quatre précédentes.

Il n'y avait que deux autres personnes en qui j'avais confiance pour ne pas se moquer de moi. L'une était ma sœur, Sam.

— Toi et moi, on a toujours bien travaillé ensemble.

— C'est vrai.

Ses yeux bleus me fixaient, un peu rougis sur les bords à cause du bourbon.

— On forme une super équipe. C'est pour ça qu'on a appelé la boîte Synergy. Tu te souviens ?

Oui, je m'en souvenais. Vaguement. On buvait de l'alcool de moins bonne qualité à l'époque, la veille de notre présentation aux investisseurs. Un flash de mémoire : Cooper bafouillant « Ssssynergie. C'essst ça. » Je l'avais peut-être embrassé après ça. Ou peut-être que c'était seulement cette fois-là à la fac. On était plus jeunes à l'époque, et les gueules de bois n'étaient pas aussi douloureuses.

— À toi et Alicia Weber, a-t-il dit. Un partenariat qui va sauver l'entreprise.

Cette fois, j'ai levé mon verre, moi aussi, et je l'ai vidé. J'avais pataugé si longtemps avant qu'Alicia ne nous rejoigne. Peu importe ce qu'elle ou Cooper disaient, c'était elle qui faisait la différence. C'était elle qui avait redressé le projet, pas moi. Mais pour une fois, ça ne me dérangeait pas d'avoir eu besoin d'aide. J'ai fait signe au serveur pour une autre tournée.

— Je pense qu'après avoir terminé ce projet, tu devrais revenir au siège. On a quelques initiatives qui pourraient bénéficier de ton expertise. Tu pourrais peut-être travailler sur les deux en tant que conseiller. Commencer à te comporter comme un vice-président du développement plutôt que comme un programmeur senior.

Je l'ai regardé, interloqué.

— Sérieusement ?

— Tu peux finir ce projet à distance. Tu seras à la maison à temps pour le dîner de Thanksgiving avec ta famille.

La serveuse a posé nos verres sur la table, et j'ai bu la moitié du mien d'une traite. Le verre toujours à la main, j'ai pointé Cooper du doigt.

— Toi aussi, tu viens à Thanksgiving.

Le haut de ses joues est devenu rose.

— Bien sûr. Avec plaisir.

Évidemment. Ma mère l'adorait. Contrairement à son propre fils, il était parfait.

J'ai chassé cette pensée de mon esprit. J'étais libéré de mon exil. Je rentrais à la maison. De retour au siège de Synergy et à mon bureau au dernier étage où personne ne me donnait d'ordres. Bon, à part mon assistante, Marlee.

Mais il n'y aurait pas d'Alicia pour secouer subtilement la tête quand je piochais trop de post-its dans le backlog. Pour examiner mon code avec ses yeux bleus perçants. Pour m'encourager à donner le meilleur de moi-même. Pour croire en moi.

Pas étonnant que je ne sois pas emballé.

———

LA MAISON ÉTAIT PLONGÉE dans le noir quand je me suis garé devant. Merde. J'ai vérifié ma montre. Après vingt-trois heures. J'ai coupé le moteur du pick-up et je suis resté assis dans le silence et l'obscurité pendant une minute.

Peut-être qu'elle ne dormait pas encore. J'ai tapé : *Tu es réveillée ?*

Une minute plus tard, elle a répondu par texto : *Non.*

Bon. J'ai hésité, un doigt au-dessus du bouton de contact. Mais mon téléphone a vibré avec un autre texto.

ALICIA

Besoin de parler ?

Tu peux me rejoindre sur ton porche ?

Le rideau a bougé à une fenêtre de l'étage et, quelques secondes plus tard, la lumière du porche s'est allumée. Je me suis précipité hors du pick-up, j'ai sprinté le long de l'allée et j'ai gravi les marches du perron.

Alicia se tenait derrière la moustiquaire, les bras croisés sur son débardeur. Elle portait un short de pyjama encore plus court que le short de survêtement coupé qu'elle portait la dernière fois.

— Qu'est-ce que tu fais ici ?

— J'avais besoin de parler. Et on est amis, non ? Les amis, ça se parle.

Elle a hésité un instant avant de pousser la moustiquaire et de sortir. Elle s'est dirigée vers la balancelle d'un côté du porche, et je l'ai suivie. Elle a grincé quand je me suis assis à l'autre bout du banc.

Alicia a ramené ses genoux sous son menton et les a entourés de ses bras.

— Tu as froid ?

— Non, je...

Ses bras étaient couverts de chair de poule. J'ai soulevé mon pull par-dessus ma tête et je le lui ai tendu. Elle l'a dévisagé une seconde, puis, à contrecœur, l'a pris et l'a enfilé. Elle a enfoui son nez dans le col.

— Désolé, il doit sentir le bar.

— Non. C'est parfait. Merci. De quoi avais-tu besoin de parler ?

J'ai tiré sur mon t-shirt qui était remonté quand j'avais enlevé mon pull.

— Cooper a dit que je pourrais rentrer à la maison à la fin du projet.

Je ne pouvais pas voir sa bouche, cachée par le pull. Sa voix était étouffée quand elle a dit :

— C'est une bonne nouvelle.

— Vraiment ? C'est ce que je voulais depuis longtemps. Mais quand il l'a dit, je me suis senti... Je ne sais pas ce que j'ai ressenti.

— Justifié ? Soulagé ?

— Déçu.

Elle a tiré sur le col du pull pour que je puisse revoir son visage.

— Pourquoi déçu ?

— Je crois qu'ici va me manquer. L'équipe va me manquer. Tu vas me manquer.

Ses lèvres se sont retroussées en un sourire, mais ses yeux semblaient tristes.

— L'équipe sera toujours là. Tu pourrais peut-être collaborer avec eux à distance. Ou demander à certains d'être mutés au siège.

— Mais… mais pas toi.

Elle partirait pour sa prochaine mission de consultante à l'hôpital.

— J'allais te quitter de toute façon. Pour moi, ce n'est qu'une mission.

Une piqûre vive, comme une coupure de papier, a traversé ma poitrine.

— Envisagerais-tu un jour de rendre cette mission… permanente ?

Ce serait comment de travailler à ses côtés tous les jours ? De recevoir ses encouragements même quand personne d'autre ne croyait en mes capacités ? Le paradis.

— J'ai déjà donné, et j'en garde les cicatrices émotionnelles.

Ses yeux brillaient à la lumière du porche.

— Mais Synergy n'est pas comme ça. Nous valorisons nos employées. Merde, nos employés trans et non binaires aussi. Nous avons des groupes de ressources pour les employés…

Elle a tendu la main et l'a posée sur mon bras. Une décharge a traversé ma poitrine, faisant battre mon cœur plus vite.

— Je suis sûre que travailler chez Synergy est génial. Mais avoir ma propre entreprise me donne de l'indépendance. De la flexibilité. Le pouvoir de dire non.

Ma poitrine s'est resserrée.

— Le pouvoir de tourner les talons.

— Non, ce n'est pas…

Elle s'est mordu la lèvre.

— Je suppose que ça en fait partie.

— Pourquoi est-ce important, Alicia ?

C'était injuste de ma part, surtout après qu'elle m'a dit qu'elle ne mentait pas. Mais je ne pouvais pas garder cette question pour moi. Quelqu'un l'avait blessée, et je voulais savoir qui.

Elle a longuement hésité avant de parler, si longtemps que je n'étais pas sûr qu'elle me le dirait.

— Mon père est parti quand on a eu le diagnostic de Melissa. Je ne sais pas si c'est parce qu'il ne pouvait pas gérer le stress ou s'il avait déjà un pied dehors et que c'était la goutte d'eau de trop. À part les papiers du divorce, on n'a plus jamais eu de ses nouvelles. Puis, j'ai vu ce qui est arrivé avec le père de Noah. Melissa a dit qu'il était déjà parti quand elle a découvert qu'elle était enceinte. Et puis, le cancer est revenu, plus grave que jamais, et elle… elle est partie, elle aussi.

Elle a rentré ses mains dans les manches trop longues de mon pull.

— Je suppose qu'après ça, j'ai voulu être celle qui part. Qui met fin aux choses. Tiannah — c'est ma meilleure amie — dit que j'invente des raisons ridicules pour mettre fin à mes relations.

— Vraiment ?

Je n'arrivais pas à l'imaginer. Alicia, si solide et stable, dire à quelqu'un de dégager parce qu'il mâchait la bouche ouverte ?

— Donne-moi un exemple.

Elle a souri, et j'étais content d'avoir détendu l'atmosphère.

— D'accord, voilà le pire : le dernier mec avec qui je suis sortie était parfait. Il s'entendait super bien avec Noah, il avait même un gosse de son âge. Beau cul.

— Mais ?

j'ai insisté sur le mot.

Elle a eu un petit sourire narquois devant mon mauvais jeu de mots.

— Mais, quand on a finalement couché ensemble, c'était… pas terrible.

Une vague de chaleur est montée de mes entrailles, et j'ai serré les poings.

— Il ne t'a pas fait de mal, j'espère ?

— Non, non. C'était juste… bof.

Elle a haussé les épaules.

— Je ne pouvais pas m'imaginer avoir envie de le faire avec lui pour le reste de ma vie.

Mes mains se sont détendues.

— Je ne suis pas sexologue, mais peut-être que tu aurais dû lui en parler ?

— Peut-être que j'aurais dû. Mais c'était plus facile de rompre. Moins douloureux que si je m'étais laissée trop m'impliquer, et qu'ensuite il m'avait quittée. Je sais que ça a l'air horrible. Mais…

elle a de nouveau haussé les épaules.

— prouve-moi que j'ai tort.

— Est-ce une invitation ?

Qu'est-ce que j'étais en train de dire ? J'étais M. Coup-d'un-soir. Alicia mettait fin aux choses avant qu'elles n'aillent trop loin ; moi, je ne les laissais jamais commencer.

— Tu sais qu'on ne peut pas. Ce serait un désastre professionnel. Pour nous deux.

— Ce n'est qu'une mission pour toi, tu te souviens. On serait libres de sortir ensemble une fois le projet terminé.

— Tu viens de me dire que tu retournais à San Francisco.

— J'ai dit que Cooper a dit que je pouvais y retourner. Je pourrais rester. Si j'avais une raison.

Ma poitrine s'est allégée dès que les mots ont quitté ma bouche. Je pourrais rester. Ici. Avec Alicia. Je pourrais m'asseoir sur cette balancelle avec elle. Lui tenir la main. L'embrasser comme j'en avais eu envie l'autre soir.

— Je serais une raison de rester.

Son ton était plat, incrédule. Merde, je croyais à peine ce que je disais moi-même.

J'ai tendu la main et j'ai pris la sienne, repoussant la manche de mon pull jusqu'à ce que nos paumes se touchent.

— Tu es la seule raison dont j'aurais besoin.

Ses yeux bleus, tellement plus chaleureux que ceux de Cooper, se sont adoucis.

— Parlons-en quand le projet sera terminé. Si on a toujours envie d'essayer à ce moment-là. Voyons comment ça se passe pendant quelques semaines.

Un tour de chauffe, comme on faisait sur le circuit. Pour s'assurer que la voiture était apte à la course. Sauf que dans ce cas, la voiture, c'était moi.

— D'accord.

J'ai levé sa main et j'ai embrassé sa phalange. Puis je me suis levé.

— Bonne nuit, Alicia.

— Bonne nuit, Jackson. Attends, ton pull.

J'étais déjà en bas des marches du porche et je marchais vers mon pick-up.

— Garde-le.

Comme preuve que je n'allais nulle part.

22

JACKSON

J'AI CALÉ mon téléphone sur le comptoir de la cuisine, l'appuyant contre la citrouille-lanterne géante en plastique, et j'ai laissé les sacs de merdes de décoration tomber par terre.

— Tu ne peux vraiment pas venir un jour plus tôt ? ai-je demandé, en ajoutant une pointe d'espoir dans ma voix, comme si je voulais qu'il vienne.

Ce n'était pas le cas.

— Non, j'ai une soirée caritative ce soir. Sur l'écran, Cooper se balançait d'avant en arrière, de la sueur perlant au bout de ses cheveux sombres alors qu'il pédalait sur son vélo d'appartement. Tu fais toujours ta fête *le soir* d'Halloween, pas la veille.

J'ai presque eu de la peine. *Presque.* Cooper et moi n'avions pas manqué un seul Halloween ensemble depuis notre première année d'université. Des soirées avec tonneaux que nous organisions dans notre chambre universitaire aux fêtes démesurées dans des entrepôts, en passant par ce week-end mémorable à Amsterdam — du moins, la partie dont je n'ai pas eu de trou noir —, Halloween, c'était mon truc à moi. Pas d'obligations familiales à la Jones, seulement l'anonymat et l'absence de responsabilité qui accompagnaient les costumes et beaucoup d'alcool. Oui, je l'admets : ces fiestas monumentales nourrissaient l'image de playboy que j'avais mis tant d'efforts à cultiver. Les fêtes, les courses, les femmes, tout cela formait une carapace dure que j'avais bâtie autour du gamin peu sûr de lui qui n'arrivait pas à se concentrer, du fondateur d'entreprise qui décevait régulièrement les gens.

Même Cooper ne voyait pas clair dans mon jeu.

— La dernière fois qu'Halloween est tombé un soir de semaine, j'ai dû envoyer Marlee à ta recherche le lendemain matin. Tu te souviens ? m'a-t-il demandé avec affection. Où est-ce qu'elle t'a débusqué ?

— Sur une chaise longue au bord de la piscine de Weston. Pour une raison quelconque, j'avais pensé que c'était une bonne idée de débarquer chez le PDG tôt le premier novembre, mais je m'étais évanoui sur sa terrasse avant d'avoir pu accomplir la farce que j'étais venu lui faire.

— Marlee est une perle.

Comme si je ne le savais pas. L'une des nombreuses raisons pour lesquelles j'avais refusé de la mettre au chômage technique. J'ai sorti un paquet de guirlandes d'araignées d'un des sacs. J'allais l'accrocher au-dessus de la porte de la terrasse pour que les gens puissent la frôler en allant chercher une bière.

— Certaines des personnes que j'invite ont des enfants. Elles ne viendraient pas à une fête pour adultes le soir d'Halloween. Alors je l'ai faite un jour plus tôt. J'avais presque dansé, là, dans le bureau, quand Alicia m'avait dit qu'elle viendrait.

Le pédalage de Cooper a ralenti. — En fait, c'est plutôt prévenant de ta part.

J'ai haussé les épaules. — Je suppose que je mûris ou un truc du genre. J'ai sorti un paquet de moules à glaçons en forme de globe oculaire. J'adore ça !

— Tu mûris, a grommelé Cooper. Il a accéléré. Peut-être que je peux venir plus tôt demain. On pourrait faire une balade à moto. Ou une randonnée.

Si tout se passait bien ce soir, j'espérais qu'Alicia m'inviterait chez elle pour Halloween. Ensemble, elle et moi, nous pourrions accompagner Noah dans le quartier pour la chasse aux bonbons. Je n'avais pas fait ça depuis que mes sœurs étaient petites. J'avais imaginé qu'on se comporterait comme des amis. Pas des collègues.

Maintenant que j'avais décidé de rester à Austin, il me restait des semaines, voire plus, à passer avec Alicia. Peut-être qu'elle me laisserait venir à l'un des matchs de foot de Noah.

— Bien sûr. Faisons ça. Je passerais la journée suivante avec mon meilleur ami, qui ne serait en ville que pour une nuit ou deux.

Cooper a de nouveau ralenti et m'a adressé un grand sourire. — Je serai là pour midi. Et, Jay, je suis fier de toi.

Je lui ai souri en retour, mais pas aussi largement. — J'ai hâte.

———

ALICIA

J'AVAIS EU un pincement au ventre en voyant l'adresse de Jackson dans l'invitation par e-mail. Il y avait beaucoup de résidences dans cette rue. Ça ne pouvait pas être la même. Je ne pouvais pas être aussi malchanceuse.

Mais je l'étais. Le pincement s'est transformé en un véritable pressentiment funeste alors que je me garais devant l'immeuble de Jackson. J'ai jeté un œil vers l'autre côté de la résidence, au-delà de la piscine, du terrain de sport et du club-house. Je ne pouvais même pas voir l'immeuble qui abritait l'appartement où j'avais couché avec Rick cette seule fois. J'ai délibérément ralenti ma respiration. C'était un risque que je pouvais éviter. Si je restais à l'intérieur de l'appartement de Jackson, surtout si je partais tôt, les chances de voir Rick étaient minuscules.

Je suis sortie de ma Honda, j'ai lissé mon costume et ébouriffé mes cheveux. Prenant une profonde inspiration, j'ai balayé l'immeuble du regard jusqu'à ce que je repère son numéro d'appartement — bien que le son d'AC/DC qui hurlait de sa porte ait vendu la mèche — et je suis entrée.

L'appartement était sombre, à l'exception de lumières colorées dirigées vers le plafond, dont l'éclairage indirect donnait à tout le monde une lueur sinistre. Des guirlandes étaient suspendues partout : étalées sur les murs, pendant de la péninsule qui séparait la cuisine du salon, flottant à travers la baie vitrée ouverte menant à la terrasse. Il ne semblait pas y avoir de thème, à part des objets qu'on pouvait trouver dans une boutique éphémère d'Halloween : il y avait des squelettes, des araignées, des chauves-souris, et même quelques clowns *très* flippants. Des citrouilles-lanternes en plastique trônaient sur chaque surface plane, des bougies à piles vacillant à l'intérieur.

Jackson s'est précipité vers moi, vêtu d'un jean et d'un polo rose non rentré avec le col relevé pour montrer une chaîne en or autour de son cou. Une casquette de baseball à l'envers couvrait ses cheveux sombres, et des lunettes de soleil brillaient sur le dessus. Et, bien sûr, il portait ses bottes désormais omniprésentes. Son expression était la même que celle de Noah l'année dernière alors que nous quittions le porche le soir d'Halloween, sur le point de partir à la chasse aux bonbons : une joie enfantine. Jackson a tendu les bras comme pour me prendre dans ses bras, mais face à mon expression d'avertissement, ses mains sont retombées le long de son corps. Bien sûr, les amis se serrent dans les bras. Mais pas les collègues, et j'avais déjà repéré Kevin dans un coin, un gobelet en plastique orange à la main.

— Je suis content que tu sois là. Il m'a regardée de haut en bas. Eleven de *Stranger Things,* c'est ça ?

— Ouais. J'avais trouvé la chemise à imprimé géométrique dans une friperie et je l'avais associée à un jean taille haute et des bretelles. Et toi, tu es… aussi sur un thème des années 80 ?

Sa mine s'est un peu déconfite. — Je suis un *bro*-grammeur. Tu saisis ? Il a fait des moulinets avec les mains.

— Oh. Carrément. J'ai plissé le nez pour ne pas pouffer de rire. C'*était* un peu malin.

— Je peux te servir à boire ?

— Euh, d'accord. Une bière ?

Il m'a conduite dehors, à travers les araignées pendantes, jusqu'à une glacière. Il a énuméré les bières, j'ai choisi une IPA locale, et il l'a sortie de la glace pour moi et l'a décapsulée.

Il a sorti une bouteille d'eau de l'autre glacière et s'est appuyé contre le poteau qui soutenait le balcon du dessus. Il a penché la tête, en m'observant.

— Quoi ? J'ai vérifié mon costume. Tous les boutons étaient encore attachés, tout était en ordre.

— Je t'ai vue au bureau. Et chez toi. Mais c'est la première fois que je te vois ici, chez moi. Un coin de sa bouche s'est relevé.

Il n'avait pas mentionné Linda's Taquería. — Et ?

L'autre coin s'est relevé. — Ça me plaît. On pourrait essayer d'aller à d'autres endroits ensemble.

— Jackson, je…

— Écoute-moi. On est amis. Je pourrais venir à un des matchs de foot de Noah. Voir un peu de cette magie du mardi-jeudi.

— Non, Jackson, je… Je veux laisser Noah en dehors de ça. Je comprends que tu vas retourner à San Francisco… j'ai levé une main… un jour ou l'autre. Mais lui, non.

Son sourire s'est affaissé. — D'accord, alors, tu devras me montrer quelques-uns des monuments d'Austin. Comme le Capitole. Et Fort Alamo.

J'ai failli recracher ma bière. — Fort Alamo est à San Antonio.

Il a plissé le nez. — Ah bon ?

— À quatre-vingt-dix minutes de route avec peu de trafic. Et tu seras déçu. Les gens qui ne sont pas Texans ou passionnés d'histoire le sont toujours.

— J'aime conduire. Et si j'étais avec toi, je ne pourrais pas être déçu.

Il était à environ un mètre quatre-vingts, bien plus loin que lorsque nous travaillions coude à coude au bureau. Pourtant, une chaleur a commencé dans mon ventre et est descendue plus bas, picotant à l'entrejambe de mon jean taille haute. J'ai serré les muscles de mon intimité. *Rien de tout ça.*

— Je ne devrais pas te retenir loin de tes invités.

Il m'a lancé un regard comme s'il pouvait voir clair en moi. — Rentrons. Je vais te présenter à quelques personnes.

— Qui est là, d'ailleurs ? À part Kevin, j'ai reconnu quelques autres visages de Synergy. Pas encore de Cooper Fallon, merci aux esprits d'Halloween. Mais il y avait beaucoup de gens que je ne reconnaissais pas. Comment Jackson avait-il autant d'amis à Austin ?

— Des gens du travail. Des gens que j'ai rencontrés par ici. Viens.

Il m'a présentée à ses voisins du dessus, au type qui gérait la résidence, et à quelques personnes qui travaillaient sur le circuit de Formule 1 au sud de la ville. Nous parlions encore à ses voisins, qui n'avaient pas réalisé qu'ils vivaient au-dessus d'un programmeur de renommée mondiale jusqu'à ce que je le leur dise, quand un bras lourd s'est posé sur mes épaules.

— Salut, les gars. L'haleine de Tyler dans mon oreille sentait l'alcool. Ça va ?

— Salut, mec. Jackson, qui soutenait maintenant Tyler lui aussi, lui a tapoté l'épaule. Tu t'amuses ?

— Oh, que oui. Je jouais à Fuzzy Duck avec tes voisins là-bas. Il a fait un geste vers un groupe de jeunes hommes, tous habillés comme Tom Cruise dans *Risky Business*, avec des chemises blanches, des caleçons et des lunettes de soleil. L'un était à moitié allongé sur le canapé, un autre chancelait debout, et deux autres étaient assis par terre, parlant avec ferveur.

— Tu as invité les étudiants ? a demandé June, la voisine de Jackson.

— Non. Je pense qu'ils sont naturellement branchés sur la fréquence de la musique de fête. Impossible de les empêcher d'entrer, même si je le voulais.

— Ils sont géééniaux, a dit Tyler.

— Contrairement à toi, ils sont capables de rentrer chez eux à pied. Allons te chercher de l'eau, a dit Jackson.

— Je m'en occupe. Je me suis dégagée de sous le bras de Tyler. Il a chancelé mais est resté debout, s'appuyant sur Jackson. Sur la terrasse, j'ai plongé ma main dans la glace à moitié fondue et j'ai sorti deux bouteilles d'eau. J'aurais aimé y plonger la tête pour dissiper le brouillard que je sentais autour de Jackson Jones. Comme je ne pouvais pas le faire, j'allais boire de l'eau puis rentrer chez moi, où je serais à l'abri des picotements que j'avais commencé à ressentir chaque fois qu'il était près de moi.

Mais quand je suis repassée sous la guirlande d'araignées pour rentrer dans l'appartement, j'ai vu quelque chose qui m'a fait regretter de ne pas avoir choisi une bière ou quelque chose de plus fort.

— Alicia ! Jackson se tenait entre le canapé et la porte-fenêtre. Il a pris une des bouteilles d'eau et l'a tendue à Tyler, qui était maintenant affalé sur le canapé à côté du Tom Cruise numéro un. Il a saisi ma main glacée et m'a tirée à ses côtés. Laisse-moi te présenter mon partenaire d'entraînement.

— Rick, voici Alicia. On travaille ensemble.

J'ai fixé la dernière paire d'yeux que j'aurais voulu voir ce soir. — On se connaît, ai-je dit, la voix tendue.

— On se voit de temps en temps, a dit Rick en même temps.

Je l'ai dévisagé. — De temps en temps ? On a rompu il y a quatre mois.

Il a haussé les épaules. — Je me suis dit que tu ne voulais pas de relation pendant la saison, et qu'on reprendrait là où on s'était arrêtés après.

La main de Jackson s'est crispée dans la mienne. — Alicia est la femme dont tu m'as parlé à la salle de sport ? Ses joues étaient roses, et il ne me regardait pas.

Merde, qu'est-ce que Rick lui avait raconté ?

— Tu n'as pas dit que tu voyais quelqu'un. Le regard de Rick s'est planté là où nos mains étaient encore jointes.

— On n'est pas… ai-je commencé.

Jackson a lâché ma main. — Alicia et moi, on travaille ensemble.

Un frisson s'est installé dans ma poitrine.

— Rick. Toi et moi, on ne se remettra pas ensemble. Ma voix crépitait de givre. Ni quand la saison sera terminée. Ni jamais.

Ses yeux verts ont lancé des éclairs. — De toute façon, t'étais un mauvais coup, Reine des Neiges.

Une fraction de seconde plus tard, Jackson était nez à nez avec lui. — Dehors.

— Mais je…

— Dehors. Jackson a utilisé son corps plus imposant pour diriger Rick vers la porte, ignorant les gens qu'ils bousculaient au passage.

Je suis restée là où ils m'avaient laissée, les pieds collés au sol comme si j'étais exactement ce qu'il m'avait appelée, une reine des neiges, une statue. J'avais essayé d'être ouverte avec lui. Je l'avais laissé entrer dans nos vies. Il avait rencontré maman et Esmy. Nous avions même emmené les garçons à quelques-uns de nos rendez-vous.

Mais l'avais-je vraiment laissé s'approcher ? Avais-je gardé une partie de moi en retrait, sans lui donner sa chance ? Est-ce que je garderais toujours une partie de moi sur la réserve, comme Maman l'avait fait avec Papa ?

Était-ce moi qui étais nulle au lit, et non lui ?

J'ai arraché le bouchon de la bouteille d'eau et l'ai bue d'une traite, le liquide froid me brûlant la gorge. Le temps que Jackson me rejoigne, j'avais vidé la bouteille. Je la lui ai fourrée dans la main. — Je m'en vais. Merci de m'avoir invitée. Ma voix était plate, comme mon cœur.

— Ne pars pas. Il a posé une main sur mon bras, sous mon épaule, sans me retenir, mais en me réconfortant d'une légère pression. — Je suis désolé pour Rick. Je ne savais pas que c'était lui dont tu m'avais parlé.

— Ouais. Enfin. J'ai fixé ses bottes. — Je n'aurais pas dû venir.

— Alicia. Son corps massif me protégeait de Tyler et de l'étudiant avachis sur le canapé, ainsi que du reste de la fête. Sa voix était basse, pressante. — Je suis content que tu sois venue. Je veux que tu sois là. S'il te plaît, ne laisse pas ce connard de Rick te gâcher la soirée. Tu es une femme forte, l'une des plus fortes que j'aie jamais rencontrées. Je suis honoré que tu m'aies permis d'être ton ami. Laisser les gens s'approcher de toi est ton choix. Pas le mien, ni le sien. Il a fait un signe de tête vers la porte par laquelle il avait expulsé Rick.

Ma gorge s'est nouée, et les mots se sont accumulés derrière comme l'eau derrière un barrage. Même si nous étions entourés de gens, d'une musique de hair-band assourdissante, des éclairages macabres, nous n'étions que tous les deux sous l'auvent de Synergy, ses doigts doux épongeant le sang à la naissance de mes cheveux. J'ai tendu la main et j'ai enlacé ses doigts aux miens un instant. J'espérais qu'il pouvait voir la gratitude qui brillait dans mes yeux.

— Aïe. Il a grimacé.

Relâchant ma prise, j'ai soulevé nos mains jointes. Ses phalanges étaient rouges, et l'une d'elles avait une éraflure qui commençait à perler de sang.

Je l'ai dévisagé, les yeux écarquillés.

Il a haussé les épaules. — Ce n'est pas facile de bien placer un coup de poing au visage.

Un gémissement de Tyler a déchiré l'instant. J'ai lâché la main de Jackson et j'ai jeté un coup d'œil derrière lui. — Tyler, ça va ?

— Ça tourne, a-t-il marmonné.

Posant une main sur le torse de Jackson, j'ai dit : — On devrait peut-être l'amener à ta salle de bain.

Un coin de la bouche de Jackson s'est relevé dans un quasi-sourire, et il a haussé une épaule. — J'imagine que je préférerais ne pas avoir à nettoyer du vomi ce soir.

Il a dit quelque chose aux étudiants, qui se sont péniblement relevés, soutenant celui qui s'était effondré, et se sont traînés vers la porte. L'appartement avait commencé à se vider, et la musique semblait plus forte maintenant qu'il y avait moins de corps pour l'absorber.

Il s'est accroupi à côté de Tyler, a passé un de ses bras sur son épaule et l'a soulevé. Je me suis précipitée pour soutenir l'autre bras de Tyler, et nous avons titubé dans le couloir. Jackson a dépassé la porte ouverte de la salle de bain et a ouvert celle au fond du couloir.

J'ai su que c'était sa chambre à cause des Converse grises et de la sacoche entassées sur le sol. Jackson nous a dirigés vers une porte ouverte sur la gauche, qui menait à une salle de bain spacieuse, presque aussi grande que ma chambre chez moi. Quand nous avons atteint les toilettes, j'ai retiré le bras de Tyler de mes épaules. — Tu te charges de lui à partir de maintenant ?

Jackson a hoché la tête. — Tu m'attends dans la chambre ?

— D'accord.

Je n'ai eu que quelques secondes pour jeter un œil à son lit avec sa couette blanche quelconque jetée dessus et à la pile de linge qui débordait du placard avant que Jackson ne me rejoigne, fermant la porte de la salle de bain. — Il dit que ça va.

Aucun son ne venait de la salle de bain.

— Tu ne le laisseras pas rentrer en voiture, hein ?

— Non, il peut cuver son vin dans la chambre d'amis.

— Bien. Alors je pense que le mieux c'est que je…

— Reste. On va… parler. Faisant deux pas, il a comblé l'espace entre nous. Ses lèvres se sont retroussées en un sourire diabolique. J'ai imaginé les milliers de choses qu'il pourrait me faire avec ces lèvres. Aucune d'entre elles n'impliquait de parler.

— Peut-être juste pour quelques minutes.

Il a pris ma main comme si nous faisions ça tous les jours et m'a conduite au salon.

June, sa voisine du dessus, a fait un signe de la main depuis la porte d'entrée. — Tout le monde va au bar d'en face pour un karaoké. Tu viens ?

— Peut-être plus tard, a-t-il dit.

Quand elle a refermé la porte, nous laissant seuls dans l'appartement, il a baissé la musique. — Tiens. D'habitude, mes fêtes durent plus longtemps que ça.

Des gobelets orange et des bouteilles jonchaient toutes les surfaces planes. Un vêtement traînait sur le sol de la cuisine à côté d'une flaque poisseuse de punch rouge. Un paquet de chips dans un coin de la moquette avait explosé, et des miettes recouvraient une zone d'un bon mètre carré.

— Laisse-moi t'aider à nettoyer.

— Je m'en occuperai demain matin. Ce soir, je préférerais me détendre. Avec toi.

— Me détendre ? J'ai brossé les miettes du coussin du canapé avant de m'y laisser tomber. — Je ne suis pas sûre de connaître ce mot.

Il a eu un petit rire. — Tiens. Donne-moi ta main.

— Ma… main ? Allait-il l'embrasser à nouveau, comme le héros d'un vieux film en noir et blanc ?

— Je suis un expert en massage des mains. Ça soulage le stress et ça aide à contrebalancer tout ce temps qu'on passe à taper sur un clavier. Il a tendu la main, paume vers le haut. — Puis-je ?

— Mais… ta main. Il avait mis un autre de ces pansements Flash McQueen sur sa phalange éraflée.

— Ça ne fait plus mal. Pas quand je suis avec toi.

J'ai reniflé en entendant sa réplique, puis j'ai posé ma paume contre la sienne. Quel mal y avait-il à un petit massage des mains ? — D'accord.

Il a retourné ma main et a fermement appuyé son autre pouce au centre de ma paume, en faisant de petits cercles. Lentement, il a augmenté la pression jusqu'à ce que ma main soit chaude et détendue.

Je me suis adossée aux coussins du canapé. — Tu fais ça avec toutes tes collègues ?

Il a levé les yeux de ma main. — Nan. Juste avec ma sœur, Sam. Elle est codeuse aussi. Elle a mal aux poignets. Il a retourné ma main et a fait des cercles sur le dos de celle-ci.

C'était donc de là que venait sa patience. Pourquoi il m'avait coachée au lieu de me réprimander pour mes compétences médiocres. J'ai commencé à poser une question sur sa sœur, mais il a parlé le premier.

— Et mon père. Quand il était avec nous.

— Il est parti ? Nous avions plus en commun que je ne l'avais pensé.

— Non. Il a légèrement augmenté la pression en descendant vers mon poignet. — Il est mort.

Bravo Alicia, tu as mis les pieds dans le plat. — Je suis vraiment désolée. J'aurais souhaité l'avoir cherché sur internet, comme j'en avais si souvent été tentée.

Il a haussé les épaules. — Ça fait un moment. L'été après ma première année d'université. Crise cardiaque. Bref…

— Non, Jackson. Je suis vraiment désolée. Peu importe depuis combien de temps, ou quel âge tu avais, ça fait mal. Je comprends.

Il a levé les yeux, et nos regards se sont accrochés. La mort de Melissa avait été lente et douloureuse, mais au moins nous avions pu nous dire au revoir. Jackson n'avait peut-être pas eu cette chance. — Je sais que tu comprends. Merci.

Il a exercé de longues et lentes caresses entre les tendons et a pressé la peau entre chaque doigt. — Avant qu'il ne lance son entreprise, avant de devenir PDG, papa était programmeur, lui aussi.

— Comme toi.

— Comme moi. Et il avait mal aux mains. Il se les frottait. Alors j'ai regardé quelques vidéos et j'ai appris à le faire pour lui. Et on… parlait.

Il avait raison, c'était bon pour le stress. J'avais l'impression qu'il m'avait enlevé ma colonne vertébrale et que j'étais un plaid étalé sur son canapé. — Parler. Comme toi et moi en ce moment.

— Oui, entre sa start-up et mes trois frères et sœurs, c'était généralement le seul moment en tête-à-tête que nous avions. Il a pris ma main en sandwich entre les siennes, laissant la chaleur de son corps l'imprégner. — Ça fait du bien de refaire un massage. Et de se souvenir.

Une expérience partagée. C'était ça, ce fil fantôme qui me reliait à lui. Ce devait être la raison pour laquelle je me sentais vivante près de lui et vide quand nous étions séparés. Je me suis redressée des coussins du canapé et me suis élancée par-delà nos mains jointes pour l'embrasser sur la joue. Sa barbe n'était pas piquante comme je l'avais anticipé, mais douce et chaude. Il est resté très immobile, mes lèvres contre sa joue. — Merci, ai-je murmuré.

J'aurais dû me rassoir sur les coussins, mais je ne l'ai pas fait. J'avais trouvé la source de son parfum enivrant, et il me retenait là, s'enroulant autour de moi comme un troisième bras. J'étais si proche de lui, le tissu rêche de ma chemise frôlant son polo, que je pouvais presque sentir son pouls affolé dans ma propre poitrine. Il vibrait à son cou.

— Alicia, je ne peux pas…

— Je sais. Il avait dit les mêmes mots le jour de notre rencontre. Quand il a su que je travaillais chez Synergy, et qu'une relation était interdite. Je connaissais toutes les raisons pour lesquelles mes lèvres n'auraient pas dû être à quelques centi-mètres des siennes, ma main coincée entre les siennes, mon propre pouls battant entre mes jambes.

— Non. Je veux dire, je ne peux pas m'arrêter. Ses lèvres ont touché les miennes.

C'était doux, hésitant, au début, me laissant le temps et l'es-pace de me retirer. Mais c'était la dernière chose que je voulais. Levant une main vers sa nuque, je l'ai attiré plus près et j'ai senti une main correspondante dans mon dos, me serrant plus fort contre son torse haletant. Mon cœur s'est emballé, martelant entre nous.

Enfin. J'embrassais Jackson Jones. Et c'était le paradis.

J'ai léché le coin de sa bouche, et il s'est ouvert, me laissant m'aventurer à l'intérieur. Il avait le goût de bonbons au maïs et de péché. Les poils plus courts autour de sa bouche piquaient mes lèvres tandis que ma langue glissait légèrement sur la sienne, comme une danse. Pendant ce temps, mon pouls était devenu un rythme acharné à travers tout mon corps, me poussant à aller plus vite, plus profondément, à le chevaucher et à apaiser la douleur à l'intérieur de mon jean mom.

Quand je me suis reculée pour reprendre mon souffle, il a traîné ses lèvres sur ma joue et le long de mon cou, laissant une traînée de chaleur ardente. J'ai renversé la tête en arrière, lui dégageant la voie pour qu'il descende jusqu'au creux de mes clavicules. Des picotements partaient de partout où il me touchait pour descendre jusqu'à mon ventre. Ma chemise bon marché en mélange de polyester allait fondre sur moi.

— Alicia, a-t-il murmuré entre deux baisers, je veux plus. Il a remonté sa main le long de mes côtes jusqu'à mon sein et l'a couvert, frottant de doux cercles sur mon téton à travers ma chemise.

Mon Dieu, je voulais lui donner plus. Je voulais lui dire exactement quoi faire pour faire chanter mon corps. De mes deux mains, j'ai guidé son visage vers le mien et je l'ai embrassé, imposant un rythme avec ma langue contre la sienne. Une promesse de ce que nous serions ensemble, l'union de nos corps, le va-et-vient parfait qui aboutirait à un orgasme explosif. J'ai emmêlé mes doigts dans les cheveux de sa nuque et j'ai fait glisser mon autre main le long du tissu texturé de son polo.

—Jay ?

Nous avons tourné la tête en même temps, nos poitrines se soulevant l'une contre l'autre, et nos joues collées par une pellicule de sueur.

Tyler était appuyé contre le mur dans le couloir, les paupières tombantes. — Ça te dérange si je m'écrase sur ton canapé ?

Avec un dernier regard plein de regret pour moi, Jackson a dit : — Bien sûr, mon pote. Il s'est levé et a traversé la pièce jusqu'à Tyler, l'a saisi par le haut du bras, et l'a ramené dans le couloir et dans la deuxième chambre. J'ai suivi et je me suis arrêtée sur le seuil. Tyler s'est laissé tomber en arrière sur le lit et a jeté son bras sur ses yeux. — Bonne nuit, maman. Bonne nuit, papa.

Jackson lui a ébouriffé les cheveux, et je suis entrée dans la pièce pour lui retirer ses baskets et les poser sur le sol à côté du lit. J'ai ouvert la voie pour retourner dans le couloir, et Jackson a fermé la porte derrière nous.

Jackson a jeté un coup d'œil à la porte de sa chambre. Il a dû avoir la même pensée que moi, de reprendre là où nous nous étions arrêtés. Mais nous savions tous les deux que c'était une très mauvaise idée. Tyler nous avait surpris. Heureusement qu'il était trop saoul pour s'en souvenir le matin.

— Jackson, je… Mon Dieu, j'en avais tellement envie. Mon corps vibrait pour lui. Deux semaines. Nous n'avions que deux semaines avant que le projet soit terminé. — Je vais y aller maintenant.

— D'accord. Avec le murmure de sa barbe, il m'a embrassée sur la joue. — À lundi.

— À lundi, ai-je dit. — Merci pour… pour tout. J'ai passé un bon moment.

Il m'a offert à nouveau ce sourire en coin, celui qui m'enflammait. — Moi aussi.

Avant de fondre sur place sur sa moquette, j'ai forcé mes pieds à descendre le couloir, à sortir par la porte d'entrée et à plonger dans la nuit. L'air frais picotait mes joues, un écho de l'éraflure de sa barbe.

Nous avions convenu d'être amis. J'ai touché ma peau, encore chaude de nos baisers. Mais après avoir terminé le projet, y avait-il une chance que nous puissions être plus ?

23

JACKSON

J'AI LEVÉ les yeux vers les escaliers menant au premier étage, le bas de mon corps déjà endolori après la courte marche jusqu'au bureau. Pourquoi n'avais-je rien dit pendant notre sortie d'hier, pourquoi n'avais-je pas demandé à Cooper de s'arrêter cinq minutes pour régler mon vélo ?

Parce qu'il était Cooper, et que j'étais moi, et que c'était comme ça qu'on fonctionnait. Et maintenant, j'en payais le prix avec une douleur fulgurante dans les jambes et… d'autres zones.

Mais je n'avais pas besoin de faire le brave aujourd'hui. J'ai fait un pas traînant vers l'ascenseur.

— Jay ! C'était comment, la sortie à vélo ? a bondi Tyler à côté de moi.

— Excellente. Merci pour le tuyau.

J'avais dû le mettre à la porte de mon appartement tard dimanche matin à cause de ma sortie à vélo prévue avec Cooper. Quand je lui avais parlé de nos projets, Tyler m'avait recommandé le magasin de location de vélos près de la Barton Creek Greenbelt.

Il a penché la tête vers les escaliers. — Tu montes ?

J'ai jeté un œil à l'ascenseur et j'ai soupiré. — Ouais.

Ma démarche atrocement lente n'a pas échappé à Tyler, et le temps que nous arrivions à la cuisine, il m'avait tiré toute l'histoire.

Pendant que j'allais chercher du café et de l'ibuprofène, il s'est dirigé vers le frigo. — Tu veux une poche de glace pendant que j'y suis, le vieux ?

Je lui ai fait un doigt d'honneur.

Il a eu le culot de rire. — Je me disais juste que tu voudrais récupérer plus vite pour être au top de ta forme avec… bonjour, Alicia. Il a replongé la tête dans le réfrigérateur comme s'il n'avait pas déjà une canette de Mountain Dew à la main.

— Bonjour, Tyler. Elle a froncé les sourcils en le regardant. — Désolée, je ne voulais pas vous déranger.

Mon pouls cognait dans mes oreilles, et pas dans le bon sens du terme. Pas comme quand je l'avais embrassée l'autre soir. — Tu n'as rien interrompu, ai-je dit. J'ai foudroyé Tyler du regard, le défiant de me traiter à nouveau de « vieux ».

Tyler a refermé le réfrigérateur et est venu se planter à côté de moi près du comptoir du café. J'ai réprimé un grognement. Il ne buvait pas cette saleté. Pourquoi est-ce qu'il se mettait entre Alicia et moi ?

— Tu as quelque chose sur le visage, ai-je grommelé.

Rougeaud, il s'est frotté la main sur le menton. — Je l'ai enlevé ?

J'ai plissé les yeux. — Non.

Alicia a soupiré. — Tyler, il te chambre pour ta barbe.

— *Ça*, c'est une barbe ? On aurait dit que le gamin avait des bouloches collées au visage.

Il est devenu encore plus rouge. — Je la laisse pousser.

Alicia a articulé, *Modèle à suivre*, derrière son dos.

Merde. — Hum, ça te va bien. Je me suis gratté ma propre barbe.

— Merci, mec. Tyler a traversé la pièce jusqu'à l'îlot central et s'est attardé dans la cuisine comme un chaperon à l'ancienne, prenant une serviette et choisissant son fruit dans la corbeille avec une lenteur exaspérante.

Alicia s'est avancée vers la machine à café et s'est tenue à côté de moi pour préparer son thé du matin. J'ai humé l'odeur de plantes de ses cheveux qui se balançaient près de son oreille.

— Tu as les cheveux lâchés aujourd'hui, ai-je murmuré. Lui avais-je dit que j'adorais quand elle les avait lâchés ? L'avait-elle fait pour moi ?

Elle a grimacé et a écarté le rideau de ses cheveux de son cou, où une éruption rouge s'épanouissait. *Brûlure de barbe*, a-t-elle articulé en silence.

— Oh, putain, ai-je dit assez fort pour que Tyler lève les yeux de la corbeille de fruits. — Désolé, ai-je marmonné.

Elle m'a lancé un sourire rapide. — Ça en valait la peine, a-t-elle chuchoté.

Ma poitrine s'est gonflée. Notre revue de code aurait pu planter et brûler plus tard dans la matinée que j'aurais quand même été le mec le plus heureux d'Austin. Mais nous avions un public, alors, pour cacher mon sourire, j'ai baissé les yeux sur l'ibuprofène encore dans ma main, l'enrobage orange commençant à fondre sur ma peau. J'ai enfourné les pilules dans ma bouche et les ai avalées avec du café.

— Tu n'as pas la gueule de bois, j'espère ?, a demandé Alicia à voix basse, en continuant de tremper son sachet de thé.

— Non, juste une petite douleur suite à une sortie à vélo hier. Je me suis essuyé la main sur mon jean.

— Est-ce que ça va ? Tu as besoin de glace, ou d'une bouillotte ?

Oui, s'il te plaît. Fais-moi m'allonger sur un canapé dans une pièce sombre, et guéris-moi d'un baiser.

Tyler a reniflé et a marmonné quelque chose à propos de « vieilles carcasses ».

— Non, ça va. Pour le prouver, j'ai traversé la cuisine en boitillant et j'ai donné une pichenette sur l'arrière de la tête de Tyler.

— Aïe !, a-t-il crié, en feignant d'être blessé.

— Jay, que se passe-t-il ? Cooper se tenait, grand et droit, dans l'embrasure de la porte de la cuisine.

Putain de parfait, il fallait que Cooper me surprenne à agir comme un gamin de douze ans. — Rien. Juste en train de créer des liens avec mon coéquipier. J'ai agrippé Tyler par les épaules et lui ai frotté les jointures dans les cheveux.

— Essayons de créer des liens sans contact physique. Le sourire de Cooper était crispé.

Tyler et moi nous sommes figés. Lentement, je l'ai relâché. Il a fait un pas en arrière et s'est passé les doigts dans les cheveux.

— Ça va, Tyler ?, a demandé Cooper.

— Ça va, a-t-il marmonné.

— Bien.

Tyler s'est éclipsé de la cuisine. Alicia a commencé à le suivre, mais Cooper l'a arrêtée en disant : — Bonjour, Alicia.

— Bonjour, Cooper. Vous avez fait bon vol ?

— Oui, merci.

Leur petite discussion me faisait transpirer. Cooper verrait-il la brûlure de barbe sur le cou d'Alicia et saurait-il d'une manière ou d'une autre que la barbe en question avait été la mienne ? Sentirait-il la tension sexuelle qui crépitait entre nous deux ? J'avais besoin d'air. Et que nous trois ne soyons plus jamais dans la même pièce.

Quand j'ai calmé ma respiration et que je me suis reconnecté à leur conversation, Cooper disait : — Jay et moi avons fait une sortie à vélo hier à Barton-quelque chose.

— Barton Creek. Vous avez fait du vélo dans la zone verte ?

— Oui, bien que ce monsieur ait un peu forcé. Cooper a gloussé et m'a adressé un sourire affectueux. — Tu te sens mieux aujourd'hui ?

— Beaucoup mieux. Mon visage me paraissait trop tendu.

Alicia a regardé alternativement l'un et l'autre. — Bon, je vais aller voir le reste de l'équipe, pour m'assurer que nous sommes prêts pour la démo.

— Avant que vous ne partiez, Alicia...

Merde. Merde, merde, merde. D'une manière ou d'une autre, il l'avait découvert. Qui aurait pu nous voir nous embrasser et le rapporter à Cooper ? Frénétiquement, j'ai repassé la soirée dans ma tête.

— ... je pensais que nous pourrions faire livrer le déjeuner après la revue. Et j'ai une surprise pour vous.

— Pour moi ? Elle a posé une main sur sa poitrine. Peut-être que son cœur essayait aussi de s'échapper à grands coups.

— Pour vous. Allez-y, ou je serai tenté de gâcher la surprise.

Avec un dernier regard inquiet dans ma direction, elle est sortie précipitamment, serrant son thé contre elle.

— Une surprise ? J'espère que c'est une bonne surprise. Genre, ne pas se faire démasquer pour m'avoir embrassé.

— Ça va lui plaire. À toi aussi.

— Donne-moi un indice.

— Désolé, Jay. Mes lèvres sont scellées.

Pourquoi fallait-il qu'il mentionne les lèvres ? Maintenant, j'allais passer mon temps à fixer la bouche d'Alicia pendant qu'elle présenterait la démo.

Il a comblé la distance entre nous et m'a donné un coup de coude tout en se versant une tasse de café noir. — Vraiment, ça va ?

Non. — Absolument.

———

ALICIA

JE M'ATTENDAIS à voir la sélection habituelle de sandwichs et un saladier géant disposés sur la crédence près de la porte de la salle de conférence. Ce à quoi je ne m'attendais pas, c'était de voir...

— Jamila ! ai-je couiné en me précipitant pour la serrer dans mes bras.

— Salut, ma belle, comment vas-tu ?

J'avais une envie folle de lui déballer tous mes problèmes et ma confusion, mais quelques-uns des gars étaient déjà dans la pièce, et d'ailleurs, que penserait ma mentore du pétrin dans lequel je m'étais fourrée dès ma toute première mission, une mission pour laquelle elle m'avait recommandée ?

— Bien, ai-je dit, d'une voix trop aiguë.

Elle a haussé un sourcil délicatement sculpté. — Viens t'asseoir avec moi. M'attrapant la main, elle m'a entraînée vers le fond de la pièce, loin de la nourriture.

— Cooper m'a dit que tu étais une rock star. Elle a croisé une longue jambe sur l'autre, sa jupe couleur champagne remontant jusqu'à son genou.

— L'équipe a été géniale. On s'est vraiment bien trouvés. Mes joues se sont empourprées en me rappelant comment Jackson et moi nous étions trouvés à sa fête.

La voix de Jamila est devenue basse et pressante. — Alicia, tu dois assumer ton succès. Personne d'autre ne le fera. Dis : « Je suis une rock star ».

— Je suis une rock star, ai-je répété comme un perroquet.

— C'est une rock star. La main de Jackson s'est posée à moitié sur le dos de la chaise et à moitié entre mes omoplates. Il m'a souri.

Jamila s'est levée et a serré Jackson dans ses bras. — Ça fait un bail, Jay. Joins-toi à nous, on va se raconter nos vies.

— Je vais d'abord me servir à manger, a-t-il dit. — Alicia, tu veux ça ? Je t'ai pris un de ces wraps poulet-César que tu aimes bien.

Il m'avait préparé une assiette. Mon sandwich préféré à côté d'un tas de salade verte avec une vinaigrette balsamique, et il avait même omis l'écœurante salade de pâtes. Sur le côté trônait un cookie double-chocolat. Mes yeux m'ont piqué, et j'ai cligné des paupières, rapidement.

— Merci. C'est parfait.

Il m'a lancé un grand sourire et est retourné tranquillement vers la file d'attente.

Jamila a de nouveau haussé un sourcil. — Il t'a préparé une assiette.

Comme moi, Jamila avait grandi à Austin. Elle connaissait nos coutumes. Jackson, non, et ça ne voulait rien dire. Quoique... peut-être que si. Jackson faisait tant d'efforts pour le cacher, mais je l'avais vu révéler à quel point il se souciait des autres. Comme ce smoothie vert qu'il avait pris pour Cooper le lendemain du lancement. Intoxication alimentaire mise à part, il avait payé le dîner aux gars quand ils avaient travaillé tard. Il avait parlé de voitures avec Noah. Et maintenant, il m'avait apporté mon déjeuner alors que j'étais parfaitement capable de me le servir moi-même.

— Il...

Elle a hoché la tête. — Tu as bien dressé ton équipe. Je pense que tu t'en sors très bien.

— Très bien ? Cooper s'était glissé silencieusement à l'autre côté de Jamila. — Elle se débrouille à merveille. Notre revue de code ce matin était impeccable. Il a posé son assiette.

— Oh, vous m'avez apporté une assiette. Comme c'est gentil, a dit Jamila. — Revenez vous joindre à nous quand vous aurez votre déjeuner.

Un micro-froncement de sourcils a traversé son visage, mais il s'est détourné et a rejoint Jackson à la table de buffet. Jamila a fixé l'assiette qu'il avait apportée, pleine à ras bord de salade et dépourvue de cookie. — Les garçons du Nord. Elle a secoué la tête mais a pris la fourchette et a piqué une bouchée de salade.

— Vous les connaissez depuis longtemps, n'est-ce pas ?, ai-je dit.

— Depuis toujours. Depuis notre première année à Stanford. On était ensemble dans certains cours. J'ai rencontré Jay en premier, et il m'a présenté Cooper, qui était son colocataire. Je suppose que je suis restée plus proche de Cooper au fil des ans. Lui et moi venons d'un milieu similaire. On se comprend. Jay est un peu... différent. Il ne laisse pas beaucoup de gens s'approcher. Seulement Cooper, en fait.

Une lueur chaude s'est installée en moi, juste à côté du wrap poulet-César. Il m'avait parlé de son TDAH. De son père. J'étais devenue l'une de ses rares amies.

La chaise à côté de moi a été tirée, puis Jackson s'y est assis. Je n'ai même pas eu besoin de regarder pour savoir que c'était lui. Je pouvais le deviner à son odeur et à la façon dont il occupait l'espace derrière moi. Merde, j'étais en train de développer un radar à Jackson Jones.

Cooper s'est assis de l'autre côté de Jamila. — Jamila, tu n'as pas essayé de soutirer des secrets professionnels de Synergy à Alicia, j'espère ? Il a ri de sa propre blague.

— Non, Coop, je vérifiais juste que tu prenais bien soin de ma protégée.

— Alors, quel est le verdict ?

Elle a souri à Jackson. — Je pense que oui.

Mon cœur est passé directement d'un trot nerveux à un galop effréné. Le connaissait-elle si bien qu'elle pouvait deviner qu'il se passait quelque chose entre Jackson et moi ? Que je l'avais embrassé l'autre soir ?

Le genou de Jackson s'est pressé contre le mien sous la table. — Respire, a-t-il chuchoté.

J'ai hoché la tête. Inspirant une bouffée d'air tremblante, je l'ai retenue une seconde puis l'ai relâchée.

— Alors, Jay, tu as organisé une de tes légendaires énormes fêtes d'Halloween cette année ?, a demandé Jamila.

— Bien sûr. Mais c'était plutôt tranquille. Musique, décorations et bière.

Cooper a dit : — Jay m'a dit qu'il avait invité des gens du bureau. Vous y êtes allée, Alicia ?

— Je… oui. Merde, avait-il entendu quelque chose ?

— Alors vous pouvez nous dire si c'était légendaire ou tranquille.

Une partie de ma tension s'est dissipée avec mon souffle. — Je ne suis pas très fêtarde, donc je ne suis pas bonne juge.

— Je pense que Jay considérerait une fête comme tranquille si tout le monde gardait ses vêtements, a dit Jamila avec un sourire en coin.

— Définitivement tranquille, alors. Ma voix a tremblé. J'avais gardé mes vêtements, de justesse.

— C'est dommage, a dit Jamila. — Mais je suis désolée de l'avoir manquée. J'espère que tu seras de retour à San Francisco l'année prochaine pour que je puisse y aller.

— Tu n'auras pas à attendre trop longtemps pour que Jay soit de retour dans la Baie, a dit Cooper. — Il revient au siège quand le projet sera bouclé dans quelques semaines.

J'ai jeté un regard à Jackson. Il m'avait dit qu'il resterait plus longtemps en ville. Alors, mentait-il à moi ou à son meilleur ami ?

Jackson a fendu l'air d'un geste de la main. — Coop, on…

— Dans ce cas, a dit Jamila, nous devons nous assurer que tu aies la totale expérience d'Austin. Tu as déjà joué au Bingo-Crotte-de-Poule ?

Jackson a plissé le nez. — Je ne peux pas dire que j'ai déjà fait ça.

— Et toi, Coop ?

Il a secoué la tête. — On ne parle pas de vraies…

— Ce soir. Alicia, tu viens aussi.

— Ce soir ? La routine du soir, dîner et devoirs, m'a traversé l'esprit.

Jamila a lu dans mes pensées. — Diane et Esmy peuvent s'en occuper, a-t-elle murmuré.

Mais c'est le sourire plein d'espoir de Jackson qui m'a convaincue. — D'accord.

— De la crotte de poule. Cooper a secoué la tête. — Les trucs dans lesquels vous m'embarquez, tous les deux.

24

JACKSON

— DIX-NEUF ! a hurlé Cooper en levant les bras au ciel.

Sur l'écran de télévision suspendu, le poulet a picoré le numéro, puis a erré jusqu'au coin de la cage.

— Merde. Ses mains se sont abattues sur sa tête.

J'ai donné un coup de coude à Alicia. — Je n'arrive pas à croire qu'il soit aussi compétitif pour un jeu où il faut deviner où un poulet va chier. Tu te rends compte...

Elle m'a fait signe de me taire et a marmonné : — Allez, mon chou.

Un frisson m'a parcouru. Elle ne m'avait jamais donné de surnom affectueux. Il valait sans doute mieux que ça reste comme ça jusqu'à la fin du projet. Je me suis tourné et j'ai vu que ses yeux étaient rivés sur l'écran. — Fais-le sur le numéro cinq, a-t-elle murmuré.

J'ai essayé de croiser le regard de Jamila de l'autre côté de la table haute, mais son attention était elle aussi captivée par l'écran. Elle serrait son jeton en bois, sur lequel était peint le numéro vingt-deux.

J'ai reculé ma chaise, la faisant grincer sur les pavés de la terrasse. — Quelqu'un veut que je lui resserve à boire ?

Ils m'ont tous les trois fait signe de me taire, alors j'ai pris ma bouteille vide et je me suis dirigé vers le bar. Mais quelque chose a attiré mon attention avant que je n'y arrive. Je me suis approché pour voir de plus près.

À l'écart de la cage du bingo et de la foule, il y avait quelques cages à volailles, et la plus étrange créature que j'aie jamais vue picorait dans un bol de graines à l'intérieur de l'une d'elles. Fauve comme un lion, on aurait dit qu'elle avait de la fourrure au lieu de plumes, mais elle possédait un bec acéré d'un noir bleuté. Ses pattes étaient dissimulées par des houppes duveteuses, et une autre touffe sur le dessus de sa tête lui masquait les yeux.

Je me suis penché pour l'examiner. — C'est un poulet ou un lama miniature ?

Une adolescente à la voix traînante, aussi épaisse que de la mélasse, a dit : — C'est Leo. C'est une poule Soie.

— Alors, c'est quoi ?

Elle a ri. — C'est un coq. Un poulet.

Je me suis redressé. — Il est à vous ?

Elle a balancé une couette rousse par-dessus l'épaule de sa chemise western à carreaux. — Depuis qu'il est sorti de l'œuf. Je fais de l'élevage.

— Vous en élevez ? À votre âge, je n'étais même pas responsable d'un poisson rouge. Je ne le suis toujours pas.

— Ouais, ceux-là ne sont pas trop difficiles. Ils sont amicaux. Calmes. Il rentre tout seul dans sa cage quand il est temps de venir ici.

J'ai hoché la tête en direction de la cage de bingo. — Est-ce qu'il... ?

— Non. Le propriétaire du bar me demande d'amener mes oiseaux pour les montrer aux enfants. Vous savez, au cas où ils s'ennuieraient. Certains parents peuvent se prendre au jeu, vous voyez ?

— Oh, je vois. Les clients du bar ont poussé des cris. Le poulet avait dû faire sa petite affaire. — Ravi de vous rencontrer... ?

— Bonnie. Elle m'a adressé un sourire timide.

— Jay. Bonne chance avec les poulets. Je me suis dirigé vers le bar.

Quatre bières en main, je suis retourné à la table. Jamila en a pris une et a commencé à murmurer à l'oreille d'Alicia. J'en ai tendu une à Cooper, qui a marmonné : — Un peu jeune, même pour toi.

— De quoi tu parles ? J'ai posé une bière devant Alicia et j'ai bu une gorgée de la mienne.

— Cette fille là-bas ne peut pas avoir plus de dix-sept ans.

J'ai jeté un coup d'œil à Bonnie, qui avait soulevé un bambin pour qu'il regarde dans la cage de Leo. — On parlait de poulets. C'est Leo, et c'est une poule Soie. C'est quoi ton problème, Coop ?

Les femmes ont interrompu leur conversation pour nous regarder, et Cooper a ravalé ce qu'il s'apprêtait à dire.

Jamila a posé une main sur son bras. — Dis, Alicia, peut-être que toi et Jay devriez aller voir la musique à l'intérieur.

— Bonne idée. Alicia est passée en me frôlant, et après avoir lancé un dernier regard noir à Cooper, je l'ai suivie à travers les portes, dans l'obscurité du bar. Elle m'a mené au bord de la petite piste de danse, où quelques couples tourbillonnaient au son de la chanson entraînante qui sortait des haut-parleurs.

— Hé, ça va ? Elle m'a attrapé l'avant-bras et a parlé directement dans mon oreille, son souffle me chatouillant la joue.

— Pas vraiment. Il m'a vraiment accusé de draguer cette... cette gamine.

Elle s'est mordu la lèvre. — Vous n'êtes pas ce à quoi je m'attendais. Il est toujours aussi... hargneux ?

— Moi et Coop ? Jamila disait qu'on était les meilleurs amis du monde avec une certaine animosité. — Je l'aime comme un frère. Et on se bat comme des frères. Je lui confie mon entreprise ; je lui confierais ma vie aussi.

— N'empêche, tu mérites d'être traité avec respect. Tu le sais, n'est-ce pas ?

J'ai haussé les épaules. Je comprenais pourquoi il avait fait ce commentaire. J'avais vraiment merdé avec Callie. Il n'allait pas me le laisser oublier de sitôt.

Sa voix est devenue féroce. — Jackson Jones, tu as de la valeur. Et ne laisse pas Cooper te faire croire le contraire.

J'ai détourné mon regard des danseurs pour le plonger dans ses yeux, bleus comme les sources chaudes près de Santa Barbara. Elle croyait en moi comme personne ne l'avait jamais fait, pas même moi. J'ai eu envie de l'embrasser, là, dans ce bar bondé, où Jamila ou Cooper pouvaient entrer d'une minute à l'autre.

Mais je ne l'ai pas fait. À la place, j'ai attrapé sa main. — Apprends-moi à danser ?

— Tu veux apprendre le two-step ? Elle a penché la tête.

— Je veux te toucher, et c'est la seule façon de le faire avec lui dans les parages. J'ai indiqué d'un mouvement de tête la terrasse du bingo.

Ses joues ont rougi, mais elle a levé nos mains jointes et a posé l'autre sur mon épaule. Elle n'a pas eu besoin de me dire de mettre ma main sur sa taille. J'avais observé les autres couples.

— Je recule, tu avances. Fais glisser tes pieds. Commence par le gauche. Un-et-deux-temps. Un-et-deux-temps.

En une minute, nous nous déplacions sur la piste, intégrant le cercle des autres danseurs. Les semelles de mes bottes glissaient sur le parquet, et Alicia se hissait sur la pointe des pieds pour que ses talons ne nous fassent pas trébucher.

— Arrête de regarder tes pieds. Ils font ce qu'il faut.

— Mais je ne veux pas te marcher sur... J'ai compris que c'était une erreur dès que j'ai levé les yeux. Ses yeux, flamboyants dans l'obscurité du bar, m'ont aspiré jusqu'à ce que je ne puisse plus rien voir d'autre. Même la musique country s'est estompée. Alicia croyait en moi. Elle croyait que je savais danser. Que je pouvais tenir tête à Cooper. Que je pouvais diriger l'équipe et même l'entreprise. Que j'étais digne de tenir un trésor comme elle dans mes bras.

— Alicia, je... J'ai baissé la tête jusqu'à ce que nos lèvres ne soient plus qu'à quelques centimètres l'une de l'autre, jusqu'à ce que je puisse sentir sa poitrine se soulever contre la mienne, que je puisse imaginer ce qui pourrait arriver si nous étions seuls comme nous l'avions presque été dans mon appartement samedi soir.

— Salut, vous deux. La voix de Jamila a percé le brouillard de mes pensées. — Je crois qu'on devrait y aller. Cooper a encore perdu, et il est de mauvais poil.

J'ai relevé brusquement la tête et je me suis écarté d'Alicia. Ses joues avaient viré au rouge. Elle a démêlé ses doigts des miens. — Oui, il est temps d'y aller.

Jamila ne manquait rien. Elle a remarqué les joues rouges d'Alicia, mes doigts qui cherchaient encore les siens. Mais elle n'a pas dit un mot tandis que nous traversions le bar, pas même lorsque nous avons rejoint Cooper, silencieux et maussade, dans sa voiture de location.

Sur le chemin du retour, assez proche sur la banquette arrière étroite pour sentir le doux parfum d'orange et de coton séché au soleil d'Alicia, je me suis demandé ce qui se serait passé si Jamila ne nous avait pas interrompus. Nous dansions sur la fine ligne qui sépare l'amitié de quelque chose que je désirais plus que tout, quelque chose que je ne pouvais pas avoir.

Ou le pouvais-je ? Elle respirait aussi fort que moi, son regard brûlant était le reflet du mien. Nous étions meilleurs ensemble pour coder. Pourrions-nous faire équipe en dehors du travail, aussi ? Et pas pour une nuit, mais pour une suite infinie de nuits ? Plus que quelques semaines d'essai. Pour toujours ?

Était-ce cela que je voulais ?

Mon cœur qui battait la chamade a répondu pour moi : *oui oui oui.*

25

JACKSON

JUSQU'À PRÉSENT CET APRÈS-MIDI-LÀ, le mercredi suivant notre excellente revue de code et ces moments magiques sur la piste de danse du honky-tonk, Alicia m'avait accidentellement donné un coup de pied sous notre bureau — deux fois —, avait renversé son thé, et avait rembarré Tyler pour une question certes stupide. J'ai été presque soulagé quand elle s'est levée à trois heures dix.

— Je m'en vais. Sa voix était dure, et ses mains se sont serrées en poings.

— Qu'est-ce qui se passe ?, lui ai-je demandé, assez bas pour que les autres ne nous entendent pas.

— J'ai dit à tout le monde ce matin que je devais partir plus tôt aujourd'hui. Elle a glissé son ordinateur portable dans sa sacoche.

— Je me souviens. Ce que je veux dire, c'est : qu'est-ce qui t'arrive ?

Elle a tiré son tiroir si fort que son sac à main en a heurté le fond. — Ça ne te regarde pas, Jackson.

— Tu es… nerveuse ou quelque chose comme ça. Je veux t'aider.

— Ce n'est pas quelque chose pour lequel tu peux m'aider. Ce n'est pas un bout de code ou une fête.

J'ai souri malgré la douleur aiguë qui me transperçait la poitrine. — Je peux aider pour d'autres choses.

Ses narines se sont dilatées. — Pas pour ça. Elle a pivoté sur elle-même, manquant de me faucher avec la sacoche de son ordinateur, et s'est dirigée d'un pas lourd vers les escaliers.

J'ai attrapé mes clés et mon portefeuille et j'ai couru pour la rattraper. — Tu es contrariée.

Sans ralentir, elle a répondu : — Pas contrariée. Appréhensive, peut-être.

— Pourquoi ? Où est-ce que tu vas, au Mordor ?

Sa mâchoire était crispée, dure comme de la pierre. Jetant un regard derrière nous pour s'assurer que nous étions hors de portée de l'équipe, elle a dit : — Encore une réunion pour Noah. Son institutrice a une longue liste de… de préoccupations.

— Des préoccupations ? D'après ce que j'avais vu la seule fois où je l'avais rencontré, Noah était un super gamin. Sauf pour la bagarre, peut-être. — Il s'est encore battu ?

Nous sommes arrivés en haut des escaliers, et elle a ralenti pour les descendre prudemment sur ses talons. — Non. Ce sont des choses comme rater ses contrôles et perturber la classe. Regarder dans le vide quand il devrait travailler. Elle m'a demandé s'il se droguait. Il a dix ans ! Elle a dû passer son badge deux fois sur le lecteur pour qu'il devienne vert.

J'avais connu un ou deux gamins qui avaient fumé de l'herbe derrière notre école privée d'élite en CM2. Bon, d'accord, j'étais l'un de ces gamins. Et Mère avait eu de nombreuses réunions avec mes professeurs pour discuter de préoccupations similaires. Mais je ne pensais pas que ces informations seraient utiles à Alicia à ce moment-là.

Je lui ai tenu la porte d'entrée, et elle est sortie à grands pas dans la lumière du soleil. Après avoir vérifié qu'il n'y avait pas de circulation, elle a traversé la rue en courant. Je l'ai suivie. De l'autre côté, elle s'est retournée.

— Qu'est-ce que tu fais ?

— Je viens avec toi. Je trouve que tu es trop contrariée pour conduire.

— Pas du tout ! Elle a appuyé par erreur sur la flèche de descente de l'ascenseur avant d'appuyer sur la flèche de montée.

— Je trouve que si. Je suis entré dans l'ascenseur avec elle, et nous sommes montés au troisième niveau. Elle s'est dirigée d'un pas rapide vers la Honda Civic grise la plus banale du monde et a tâtonné avec le porte-clés.

— Laisse-moi faire. S'il te plaît ? J'ai tendu la main pour prendre les clés.

— Comment tu vas rentrer ?

— Je prendrai un VTC. Je te promets que je ne te dérangerai pas.

Elle a levé les yeux au ciel. — Tu ne me déranges pas. Sauf que tu me mets en retard avec cette discussion.

Je lui ai fait un clin d'œil, un truc que j'expérimentais au Texas en même temps que le pick-up et les santiags. — Je te promets que tu ne seras pas en retard.

Elle a secoué la tête mais a laissé tomber la clé dans ma paume. J'ai reculé le siège conducteur au maximum et j'ai réglé les rétroviseurs pendant qu'elle s'installait sur le siège passager. Une fois qu'elle a bouclé sa ceinture de sécurité, j'ai quitté la place de parking et suis sorti prudemment du garage. Je n'ai pas accéléré pour rattraper le temps perdu avant d'être sur les artères principales.

— Donc, si je comprends bien, ce n'est pas la première fois que son institutrice t'appelle ?

— Nous avons eu une réunion prévue avec son équipe pédagogique le mois dernier. Elle avait quelques préoccupations à ce moment-là. Et puis, bien sûr, la bagarre, mais c'était avec le directeur. Je... je ne sais pas quoi faire. J'aimerais que les enfants soient livrés avec un mode d'emploi. Ou un service client. Tu vois ? Ça fait beaucoup.

— Ta mère et Esmy ne te soutiennent pas ? Elles avaient l'air super l'autre soir.

— Non, si, elles me soutiennent. Elle s'est mordu la lèvre et s'est tournée pour regarder par la fenêtre. Mais Melissa m'a désignée comme tutrice, et Maman a toujours été un peu susceptible à ce sujet. Du coup, je gère la plupart des choses de tutrice seule. Et en nous élevant, Melissa et moi, Maman n'a pas vraiment eu à faire face à des problèmes comme ceux de Noah.

J'ai ricané. — Je n'en doute pas. Alicia devait être l'élève parfaite, la fille parfaite. Comme mon frère, Andrew, et ma plus jeune sœur, Natalie. Rien à voir avec Sam ou moi. — D'après ce que j'ai vu ce soir-là chez toi, tu te débrouilles très bien avec lui. Il a l'air heureux et bien dans sa peau.

— Oui, n'est-ce pas ? Je n'arrive pas à comprendre ce qui se passe à l'école.

— Tu en as parlé à son pédiatre ?

— Son pédiatre ? Non. Tout va bien lors de ses visites de contrôle. Et, franchement, les gens du centre de soins d'urgence le connaissent mieux. On a passé beaucoup de temps là-bas avec toutes les blessures de foot et les bosses et bleus qu'il se faisait sur le terrain de jeu.

— Il est sujet aux accidents ?

— Tous les garçons ne le sont-ils pas ?

J'ai jeté un coup d'œil dans sa direction. — Pas tous les garçons.

— Oh. Elle s'est mordu la lèvre, et tout ce que je voulais, c'était la serrer dans mes bras, la réconforter.

— Donc tu ne l'as jamais fait tester pour un trouble de l'apprentissage ou un problème neurologique ?

— Non. Elle m'a regardé, un froncement de sourcils plissant son front. — Je devrais ?

— Je t'ai dit que j'avais eu beaucoup de mal à l'école. En bas du classement, j'ai compris qu'il y avait deux types d'enfants avec moi : ceux qui se fichaient de l'école parce qu'ils avaient de plus gros problèmes, ce qui ne semble pas être le cas de Noah, et ceux qui avaient des troubles de l'apprentissage ou des différences neurologiques non diagnostiqués. C'était mon cas avant qu'on me diagnostique un TDAH. Tu devrais peut-être en parler à son médecin.

— Mais si je… s'ils découvrent qu'il est différent, ils le retireront de la classe pour l'envoyer en éducation spécialisée.

— Oui, je n'ai pas aimé être mis à l'écart pour recevoir de l'aide. Mais cette aide a fait la différence entre l'échec et la réussite pour moi. Je n'aurais jamais pu entrer à Stanford sans les méthodes de travail, sans l'aide à l'organisation que j'ai reçue de mon professeur de soutien. D'ailleurs, une fois qu'ils auront identifié Noah comme quelqu'un ayant un « handicap » —, j'ai fait des guillemets avec mes doigts, car je préférais voir ça comme une différence plutôt qu'un trouble — il bénéficiera d'aménagements spéciaux à l'école. Du temps supplémentaire pour les examens nationaux. Des choses qui l'aideront à réussir.

— Et si… et s'ils lui prescrivent des médicaments ? J'ai entendu dire que ça change la personnalité des enfants. Je ne veux pas que ça freine sa croissance non plus. Il est déjà plutôt petit.

— Les médicaments ne conviennent pas à tout le monde. C'est à toi et au médecin de Noah de décider ce qui est le mieux pour lui. Mais je ne pense pas que j'aurais pu lancer Synergy sans la concentration que ça m'a apportée.

— Tu en prends encore ? Ses yeux se sont écarquillés. — Désolée, c'est une information médicale privée. Oublie que j'ai demandé.

— Ça ne me dérange pas. Je n'en prends pas tous les jours. Seulement quand je remarque que je suis plus distrait ou impulsif que d'habitude. J'ai souri. — OK, je devrais probablement en prendre tout le temps. Je suis assez impulsif. J'ai fait un geste de la main vers l'intérieur de sa voiture. Je n'avais clairement pas validé mon code avant de quitter le bureau en courant.

Elle est restée silencieuse, ne parlant que pour me guider

jusqu'à l'école de Noah. La cour de l'école avait cette atmosphère vide, sans enfants, mais le parking des professeurs était encore plein.

Elle a pris une grande inspiration et a posé la main sur la poignée de la portière. — Merci, Jackson. J'apprécie tes conseils. Et de m'avoir conduite.

— Je peux… tu veux que j'entre avec toi ?

— Entrer avec moi ? Non. Elle a plissé le nez avec cette expression que je trouvais adorable.

— Pour un soutien moral.

— Non, je… Bon. Si tu veux.

Nous sommes sortis, j'ai verrouillé la voiture et je lui ai tendu la clé. Elle m'a conduit à l'intérieur, où nous nous sommes enregistrés. Les odeurs de désinfectant, de livres et de baskets d'enfants puantes m'ont immédiatement rappelé mes propres années d'école. Je m'attendais presque à voir Baron Sinclair et sa bande de brutes débouler au coin du couloir, menaçant de me casser le nez. Mais le silence, seulement brisé par une paire de voix adultes et calmes plus loin dans le couloir, m'a indiqué qu'aucun enfant n'était dans le bâtiment.

Nous avons longé le couloir décoré des restes de citrouilles en papier de bricolage jusqu'à une porte sur laquelle était écrit *Mme O'Reilly, Français CM2*. Alicia a toqué et a ouvert la porte.

— Mlle Weber. Entrez. Mme O'Reilly aurait pu être l'une de mes anciennes enseignantes. Ses cheveux étaient d'un rouge rosé, mais les rides autour de sa bouche tombante trahissaient son âge. Elle était assise derrière son bureau et a désigné une paire de chaises taille enfant devant elle. Alicia s'est perchée délicatement sur l'une d'elles. La mienne a grincé quand je me suis assis, et mes genoux sont montés presque jusqu'à ma poitrine.

Mme O'Reilly m'a regardé par-dessus ses demi-lunes. — Et vous êtes ?

— Un ami de la famille, ai-je menti.

— C'est très…

— Mme O'Reilly, je sais que nous n'avons que vingt minutes,

l'a interrompue Alicia, faisant froncer les sourcils à l'enseignante. J'aimerais entendre vos préoccupations au sujet de Noah.

— Noah ne s'en sort pas bien dans ma classe. Bien que ses notes se soient améliorées —, elle a lancé un regard appuyé à Alicia par-dessus ses lunettes —, légèrement, il a été perturbateur. Il parle sans y être autorisé, tapote avec son crayon, discute avec les autres enfants. Sans parler de la bagarre dans la cour le mois dernier.

— Je… je suis désolée, a dit Alicia, le visage pâle. Que pensez-vous que nous puissions faire pour l'aider ?

— J'ai fait tout ce à quoi j'ai pu penser, a dit Mme O'Reilly. Elle a montré un bureau au fond de la classe, entouré d'un paravent en carton. Je l'ai séparé des autres enfants. Je l'ai puni. Elle a pointé le bord du tableau blanc derrière elle où se trouvait une liste de noms d'enfants avec des smileys contents ou tristes. Le nom de Noah avait beaucoup de smileys tristes à côté. Il est resté à l'intérieur pendant la récréation toute la semaine pour finir son travail de classe.

— Rester à l'intérieur pendant la récréation ? Ma tension arté-rielle avait grimpé à chaque intervention qu'elle énumérait. Quand elle a mentionné la récréation, j'ai cru que ma tête allait exploser. C'est la pire chose pour lui.

— Votre nom ? Cette fois, elle a enlevé ses lunettes et m'a transpercé de son regard perçant.

— Jackson Jones, madame.

— Monsieur Jones, je ne sais pas pourquoi vous êtes ici, mais je parle à la tutrice de Noah.

— Ce n'est pas grave, a dit Alicia. Pourquoi la récréation est-elle si importante, Jackson ?

— S'il a un TDAH, il doit dépenser son surplus d'énergie d'une manière ou d'une autre. Rester assis à l'intérieur toute la journée ne fera qu'empirer les choses. Même s'il n'en a pas, les enfants ont besoin d'exercice. Ils ont besoin de courir. De sociali-ser. De faire une pause. Pas étonnant qu'il se comporte mal. Je me suis levé et j'ai fait les cent pas derrière la chaise. Cette salle de classe et ses souvenirs de ma propre misère à l'école primaire me rendaient nerveux.

Mme O'Reilly s'est tournée pour faire face à Alicia. — Je comprends que le père de Noah ne vit pas avec vous.

— Non. Nous, euh. Non.

— Les enfants qui grandissent dans des foyers monoparentaux sont plus susceptibles de consommer des drogues.

J'ai pivoté sur le talon de ma botte. — D'où sortez-vous cette statistique ?

Elle m'a fusillé du regard. — Tout le monde sait ça.

Alicia s'est raclé la gorge. — Il vit aussi avec ses grands-mères.

Les sourcils fins de Mme O'Reilly ont disparu dans les rides de son front. — Reçoit-il une quelconque discipline à la maison ? Ou joue-t-il aux jeux vidéo toute la nuit ?

Le visage d'Alicia est passé du pâle au rouge plus vite que ce qui était probablement sain. — Bien sûr que nous le disciplinons. Et il n'a pas le droit de regarder des vidéos ou de jouer à des jeux avant d'avoir fini ses devoirs.

— Peut-être qu'une discipline plus stricte et une vie de famille plus structurée l'aideraient. Mme O'Reilly m'a lancé un regard calculateur. Je ne suis pas sûre que M. Jones soit la meilleure personne pour l'assurer.

Alicia a aspiré une bouffée d'air. J'ai posé une main sur son épaule pour l'empêcher de dire quelque chose qu'elle regretterait.

— L'école a-t-elle un conseiller d'orientation ?, ai-je demandé.

— Oui, bien sûr, a dit l'enseignante.

— Alicia, je pense que tu devrais prendre rendez-vous avec le conseiller. Peut-être avec le directeur aussi. Discuter des moyens que l'école peut mettre en place pour l'aider. Même si j'en avais très envie, je me suis retenu de dire que Mme O'Reilly était complètement la mauvaise enseignante pour un gamin comme Noah.

Alicia a plissé les yeux en regardant Mme O'Reilly. — Je pense que c'est une excellente idée. Elle s'est levée. Merci, Mme O'Reilly. Je parlerai à Noah de certains de ces comportements. J'en parlerai à son pédiatre et au conseiller aussi. Nous allons lui trouver de l'aide.

Le sourire de l'enseignante était crispé. — Excellent. Nous voulons tous ce qu'il y a de mieux pour Noah.

— En effet. Alicia s'est levée. Passez une bonne soirée. Elle est sortie d'un pas rapide, et je me suis dépêché pour la suivre.

Lorsque nous nous sommes échappés des confins étouffants de l'école pour retrouver les odeurs plus fraîches de l'extérieur, j'ai couru pour me placer devant elle, la forçant à s'arrêter. — Ça va ?

Ses yeux brillaient de larmes. — Non.

Prudemment, comme je le ferais avec un cerf sauvage ou un chat errant, j'ai tendu la main et lui ai caressé le bras. — Tu as été super là-dedans.

— Jusqu'à ce que j'entre dans cette salle de classe aujourd'hui, je n'avais aucune idée à quel point c'était horrible. Ce n'était pas comme ça lors de la réunion de rentrée. Pas étonnant que Noah déteste l'école.

— Son institutrice de l'année dernière était comme… comme elle ? Je me suis à peine retenu d'insulter Mme O'Reilly d'un nom que j'aurais regretté.

— Non. Enfin, oui, on a eu quelques problèmes, mais rien de tel. C'était une super idée que tu as eue. De parler à son conseiller. Et au pédiatre. Je les appellerai tous les deux demain. Merci d'être venu avec moi.

Ma poitrine s'est remplie de chaleur. C'était une chose que je n'avais pas foirée.

— J'aimerais pouvoir te promettre qu'un diagnostic ou des médicaments résoudront tous ses problèmes, mais ça n'a pas été le cas pour moi. J'ai eu du mal. J'en ai encore. Mais tu fais ce qu'il faut. Tu prends des mesures. Tu l'aides.

Elle s'est approchée et a passé ses bras autour de moi, posant sa joue contre mon épaule. — Merci. J'aimerais…

— Qu'est-ce que tu aimerais ?

Elle m'a serré plus fort puis s'est reculée. — Rien.

Que souhaitait-elle ? Je lui aurais donné tout ce qu'elle voulait. Me laisserait-elle engager un tuteur pour Noah ?

Quand Alicia a commencé à marcher vers sa voiture, je me suis souvenu que j'avais besoin d'un moyen de transport pour retourner en ville. J'ai ouvert l'application et j'ai commandé une voiture tout en la suivant.

— Tu es vraiment doué pour ça. Défendre les enfants, a-t-elle dit. Ses yeux étaient secs maintenant.

— Je le suis ? Je n'ai pas pu contenir mon grand sourire.

— As-tu déjà envisagé de financer des organisations qui aident les enfants ayant des troubles d'apprentissage ? Ou d'en fonder une toi-même ?

Moi, fonder une organisation caritative ? J'ai failli rire, mais j'ai alors vu la détermination sur sa mâchoire. — Euh, non.

— Tu as des ressources considérables. Tant mentales que financières. Tu devrais les utiliser pour faire le bien.

J'ai reculé d'un pas. — Quoi ?

— Tu es un homme très riche, Jackson. Tu ne pourrais jamais espérer dépenser tout ce que tu as. Tu pourrais l'utiliser pour aider les autres.

— Mais je… *Je suis un raté*, voulais-je dire. Asocial. Pas fiable. À peine éduqué. Mais si Alicia disait que je ne l'étais pas…

— Penses-y. Elle s'est appuyée sur sa voiture. Tu pourrais faire beaucoup de bien.

Personne ne m'avait jamais dit quelque chose comme ça auparavant. Personne, pas même Cooper, n'avait cru en moi de cette façon.

Une Nissan noire est entrée sur le parking. Mon VTC.

— J'y penserai. J'ai plongé mon regard dans ses yeux bleus, si gentils. Je n'avais même pas envie de l'embrasser. OK, si. Mais la gratitude que je ressentais l'emportait sur la faible flamme de désir qui couvait dans mes veines. Elle croyait en moi.

Peut-être que je pouvais croire en moi aussi.

26

ALICIA

LE VENDREDI, à presque dix-sept heures, les toilettes pour femmes de Synergy avaient cette atmosphère vide de fin de journée. Les coquettes étaient parties, déjà en train de s'installer pour l'happy hour. Celles qui avaient une famille s'étaient éclipsées avec les autres, impatientes de retrouver leurs proches. J'aurais dû être parmi elles.

J'ai posé mon pied sur l'accoudoir du canapé pour lacer ma basket. Comment l'avais-je laissé me convaincre de faire ça ?

Je le savais très bien. J'étais en train de tomber amoureuse de Jackson Jones. Entre son génie du codage, la gentillesse qu'il essayait de cacher sous son assurance exubérante et le soutien moral qu'il m'avait apporté lors de la réunion avec Mme O'Reilly, il avait brisé toutes les défenses que j'avais érigées, et maintenant, je ne pouvais m'empêcher d'espérer qu'il resterait vraiment à Austin comme il l'avait dit, et que nous ferions passer notre amitié au niveau supérieur. Celui qui impliquait non seulement plus de conseils utiles sur Noah et plus de possibilités envisagées pour Jackson au-delà du codage, mais aussi plus de baisers. Car même si Jackson Jones était peut-être le plus grand programmeur que j'aie jamais rencontré, il embrassait encore mieux.

Mes joues se sont enflammées. J'ai sorti une casquette de base-ball de mon sac et l'ai tirée sur mes cheveux, que j'avais défaits de leur chignon pour les tresser. La visière a caché une partie de mes rougeurs. Mais il se faisait tard, et je ne pouvais pas attendre qu'elles s'estompent complètement.

J'ai poussé la porte des toilettes et je suis tombée sur un torse dur vêtu d'un t-shirt Pantera. Jackson n'avait pas eu besoin de se changer pour ça.

— Prête ? a-t-il demandé en sautillant sur la pointe des pieds.

— Ouais. Laisse-moi ranger ça à mon bureau. J'ai soulevé mon grand sac.

Il me l'a pris. — Je ne veux pas que tu te laisses distraire par ton ordinateur portable. Elles pourraient sortir plus tôt ce soir. Il a traversé le parquet jusqu'à notre espace de travail et est revenu en trottinant. — Allons-y.

Je n'ai pas pu retenir mon sourire. — Tu es aussi terrible que Noah.

Il s'est dirigé vers les escaliers, et je me suis mise à ses côtés. — Tu l'as déjà emmené les voir ?

— Pas pour ça expressément. On s'est retrouvés sur le sentier une ou deux fois quand c'est arrivé. Aller les voir exprès, c'est un peu un truc de touriste. Je me suis mordu la lèvre. Je n'avais pas voulu que ça sonne si condescendant.

— Personne ne me croira si je dis que j'étais à Austin sans avoir vu les chauves-souris. On va arriver à temps ? Et la circulation ?

— On y va à pied. On est à dix minutes d'un excellent point d'observation.

— Dix ? Il a jeté un œil à son téléphone. — Le soleil se couche dans vingt-cinq minutes.

— Maintenant, c'est toi qui commences à me ressembler. En baskets, nos pas étaient silencieux dans le hall d'entrée désert. — Si seulement tu pouvais être aussi soucieux des délais des projets.

— Je me soucie des délais des projets. Il m'a tenu la porte, et je suis sortie sous le soleil de fin d'après-midi. — Je crains qu'ils ne nous détournent de ce qui est vraiment important, c'est-à-dire la qualité du code. Mon nom est sur le site web de l'entreprise. Chaque ligne est ma réputation.

Je l'ai poussé gentiment vers le passage piéton. — Je suppose que je n'y avais jamais pensé sous cet angle. N'empêche que sans délais, on ne sortirait jamais rien. On passerait le reste de nos carrières à tout perfectionner.

Il a souri. — Tu as tout compris !

Secouant la tête, j'ai zippé ma veste.

— Tu as froid ? Il ne portait pas de veste.

— Il fait un peu frisquet, tu ne trouves pas ?

Il a attrapé ma main et a bifurqué dans la rue, se faufilant entre les voitures arrêtées par la circulation. — C'est la température la plus agréable que j'aie sentie depuis que je suis descendu de l'avion de San Francisco. C'est parfait.

Le sentier au bord du lac était facile à trouver, et nous l'avons suivi jusqu'à ce qu'il sorte de derrière les arbres pour nous offrir une vue imprenable sur l'eau et le pont de Congress Avenue. Ce n'était pas la saison touristique, et il commençait à faire trop froid pour les habitants, mais des grappes de gens se découpaient en silhouette sur le pont, sur fond de soleil couchant. Nous avons quitté le sentier en direction de l'eau jusqu'à ce que le sol commence à ramollir sous mes baskets.

— C'est de là qu'elles sortent ? a demandé Jackson en montrant le pont.

— Ouais, mais elles sont moins fiables à cette période de l'année. Elles ont déjà commencé à migrer. Ne sois pas trop déçu si elles ne sortent pas du tout, d'accord ? Même si je détesterais que ma ville natale le déçoive. *Ne nous laissez pas tomber, les chauves-souris.*

— C'en est une ? Il a pointé du doigt une forme sombre qui se détachait sur les fins nuages roses.

— C'est un faucon. Les chauves-souris sont minuscules. Ils en ont apporté à mon école une fois. Elles tenaient dans la paume d'un enfant.

— Ah. Il a fixé l'eau en direction du pont.

Je savais que nous avions quelques minutes, alors j'ai laissé mon regard errer sur le sentier. Deux cyclistes sont passés à toute vitesse, puis une femme poussant une poussette de jogging. C'était un endroit populaire pour les cyclistes et les coureurs. En fait, j'aurais été surprise que Jackson n'ait pas lui-même fait son jogging ici. Son immeuble était proche d'un point d'accès au sentier. Rick m'avait dit qu'il y courait souvent, et parfois il venait au travail à vélo en suivant le sentier.

Comme si mes pensées l'avaient fait apparaître, une silhouette dégingandée familière a émergé des arbres. J'ai eu le souffle coupé. — Rick !

Il a eu un mouvement de recul et s'est arrêté, haletant. — Alicia. Puis il s'est tendu. — Jay. Il avait une tache verdâtre sur la mâchoire, qu'il a frottée contre son épaule.

Jackson s'est détourné de l'eau et s'est placé devant moi. — Rick. Il a semblé prendre de l'ampleur jusqu'à ce que je ne puisse même plus voir mon ex. J'ai jeté un coup d'œil par-dessus le bras de Jackson.

— Belle soirée pour un jogging. Rick a utilisé son avant-bras pour essuyer la sueur de son front.

— J'imagine. La voix de Jackson était dure comme je ne l'avais jamais entendue. Son éternel sens de l'humour s'était envolé.

— Hé, Alicia, comment va…

— Tu ne devrais pas continuer ton chemin ? Faudrait pas que tes muscles se raidissent. Tu pourrais trébucher et tomber. Jackson a croisé les bras.

Rick a arraché son regard de moi pour le poser sur Jackson. — C'est ça. À plus. Il est parti en sprintant.

J'ai posé la paume de ma main sur le biceps dur comme de la pierre de Jackson. — C'était quoi, ça ?

Il s'est détendu, mais ses sourcils se sont presque rejoints. — Ça va ?

— Je vais bien. Rick n'était pas resté assez longtemps pour dire quoi que ce soit de désagréable. Maintenant que j'y pense, je ne l'avais pas vu depuis un moment, même pas à la fête de fin de saison pour l'équipe de Noah. J'avais redouté qu'il fasse une apparition surprise. Est-ce que Jackson y était pour quelque chose ?

Quand j'ai levé les yeux pour lui poser la question, j'ai vu une petite tache décrire une courbe dans le ciel. — Elles ont commencé.

Il s'est détourné du sentier et a regardé l'eau, qui scintillait d'argent et d'or rose sous le soleil couchant. Le soleil a embrassé l'horizon, envoyant sa dernière salve aux couleurs d'agrumes. Au-dessus de nous, le ciel était devenu d'un bleu pâle.

De sous le pont, des millions de petites créatures ont déferlé dans le ciel crépusculaire. Elles ont piqué en formant un S, puis se sont dispersées, avant de revenir en boucle vers le pont, s'étalant en un nuage pointillé. Un instant, elles formaient une volée d'oiseaux, tournoyant ensemble, et l'instant d'après, elles se diffusaient dans le ciel, à la recherche de leurs repas d'insectes.

Alors qu'un groupe d'entre elles voletait au-dessus de nos têtes, leurs cliquetis et pépiements ont couvert le bruit de la circulation dans les rues avoisinantes. Jackson a levé son téléphone pour immortaliser la scène. Je suis restée immobile, essayant de discerner des motifs dans leur vol.

Finalement, elles se sont dispersées, bien qu'une chauve-souris occasionnelle batte des ailes au-dessus de nos têtes à la recherche de son dîner.

— C'était incroyable. Jackson fixait toujours le ciel. Une étoile ou une planète brillait dans le bleu qui s'assombrissait.

— Ça l'était, même pour une habitante blasée comme moi.

Il a détourné son regard du ciel. — Merci de m'avoir emmené dans ma quête de touriste ringard.

J'ai souri, même s'il ne pouvait probablement pas le voir dans le noir. — C'est à ça que servent les amis.

Il s'est approché. — Ne sommes-nous pas plus que des amis ?

— Pas avant la fin du projet. J'ai croisé les bras.

Jackson a posé ses mains sur mes épaules et les a lentement frottées le long de mes biceps, réchauffant mes bras refroidis. — Plus pour longtemps.

— Encore une semaine.

— Et après ? Son pouce a frôlé le haut de ma poitrine, et même à travers ma veste et ma chemise, son contact a envoyé une décharge électrique directement entre mes jambes. Mon sexe s'est contracté. Sans y réfléchir, je me suis rapprochée pour que nos baskets s'encadrent. Nos genoux et nos hanches se sont heurtés, et j'ai appuyé ma poitrine contre la sienne, à la poursuite de cette sensation.

— Je suppose que ça dépend, ai-je murmuré.

— De quoi ? Il a penché la tête plus près jusqu'à ce que je sente son souffle chaud sur ma joue.

— De si tu restes en ville ou si tu rentres chez toi.

— Chez moi ? Mon chez-moi, c'est ici. Avec toi. Il a posé ses lèvres sur les miennes, et dans le noir, alors que le rose se fondait en violet dans le ciel parsemé d'étoiles, une flamme s'est allumée en moi. Si j'avais pu ouvrir les yeux, je me serais attendue à ce que mes doigts brillent contre sa poitrine. Les chauves-souris et les oiseaux perchés jouaient une douce musique autour de nous.

Jackson avait pris ma ville natale et l'avait magnifiée. Il avait ravivé le coucher de soleil, ajouté une note supplémentaire à la musique honky-tonk, et m'avait fait me sentir vivante au travail comme jamais auparavant.

Et il restait. Quand le projet se terminerait, dans une semaine, le lundi suivant, je garderais cet Austin nouveau, amélioré par Jackson.

— Alicia, a-t-il marmonné en déposant des baisers sur ma joue jusqu'à mon oreille, je t'entends trop réfléchir. Laisse-toi aller. Profite de l'instant. Et puis il a trouvé un endroit sur mon cou qui m'a allumée comme les enseignes au néon de Sixth Street. J'ai enroulé mes mains derrière son cou et je me suis accrochée pour ma vie tandis qu'il descendait vers le col de ma veste, puis remontait pour trouver à nouveau mes lèvres.

Nous avons bu, nous avons goûté, nous nous sommes dévorés. Quand j'ai ondulé mes hanches contre les siennes, la crête dure de son érection a frotté des promesses contre mon ventre.

Il a posé son front contre le mien, respirant fort. — Une semaine.

Merde. S'il ne s'était pas reculé, je l'aurais traîné dans les buissons. J'ai soupiré. — Une semaine.

Il s'est penché et a ramassé ma casquette, qui était tombée à un moment donné, probablement quand j'avais essayé de me frotter à lui dans un parc public. Il l'a posée à l'envers sur ma tête, puis m'a embrassée doucement sur la tempe. — Peut-être qu'après la fin du projet, tu me montreras l'Alamo ?

— N'oublie pas que c'est à San Antonio. Quatre-vingt-dix minutes aller, quatre-vingt-dix minutes retour.

— Il faudrait qu'on y passe la nuit, je crois. Un coin de sa bouche s'est relevé.

Une chambre d'hôtel. Et Jackson Jones. J'ai frissonné, même si je n'avais plus froid. — D'accord.

— Promis ? Tout comme ce soir, il serait excité comme un petit garçon.

— Promis.

— Il est encore tôt. Tu veux aller dîner ?

— Autant en profiter. Je connais un super endroit pour les tacos.

Il a souri. — Bien sûr que tu connais. Allons-y.

Posant ma main dans la sienne, je l'ai ramené sur le sentier et vers les lumières vives du centre-ville.

———

— HÉ.

Le vendredi suivant, la voix de Jackson m'a surprise. J'ai levé les yeux du code que je vérifiais. Il tenait un gobelet en plastique rouge, et l'odeur âcre du houblon m'est montée au nez.

— La fête était nulle ? ai-je demandé.

Il a souri. — Ouais. Tu n'étais pas là. Alors j'ai apporté la fête à toi. Il a posé le gobelet sur le bureau à côté de moi.

— C'est gentil, mais je… J'ai fait un geste vers l'écran. Je n'allais pas foirer ce que j'espérais être notre dernière démo pour Cooper Fallon. Je scrutais chaque ligne de code, même après qu'elle ait passé le processus de test automatisé. Il fallait bien que Cooper exécute une séquence de touches que le processus d'assurance qualité ne testait pas.

— Tu sais ce qu'on dit, à force de trop travailler, on finit par ne plus s'amuser.

— Tu veux dire que ça permet d'avoir une démo parfaite ?

Il a froncé les sourcils. — Ce n'est pas ce que j'avais en tête. Il a tendu la main et l'a maintenue à quelques centimètres de mon épaule. — Je peux ?

J'ai regardé autour de moi. L'étage était désert. Pas même un clic de clavier de l'autre côté de la rangée d'arbres en pot. — Je suppose ?

Il a pressé les muscles qui reliaient mon cou à mon épaule, puis a appuyé plus fort avec ses doigts. — Ça va comme ça ?

J'ai gémi. C'était. Le. Paradis.

— Tu dois détendre tes épaules quand tu tapes. Tu portes tout ce stress dans ton cou.

J'ai penché la tête pour lui donner un meilleur accès. — Je porte beaucoup de stress, tout court. Moins de paroles. Plus de massage de cou.

— À vos ordres, madame. Il y avait un sourire dans sa voix. Il est passé derrière ma chaise et a posé ses deux mains sur moi, massant mes épaules. Les muscles se sont détendus sous la pression et la chaleur de ses mains.

J'ai relevé la tête pour reprendre ma revue du code, mais

c'était inutile. Les lettres et les chiffres se sont mis à danser sur l'écran. Ses pouces ont erré de chaque côté de ma colonne vertébrale, entre mes omoplates. Magique.

— Je vais mettre une main devant ton épaule et utiliser la paume de ma main pour...

Mais à la seconde où il a posé sa grande main sous ma clavicule, son petit doigt coquin caressant le haut de ma poitrine, j'ai fait rouler ma chaise en arrière, heurtant sa botte, et je me suis levée.

— Aïe ! Pourquoi tu...

— Pas ici, ai-je chuchoté. J'étais trop près de lui. Si près que je sentais la chaleur de son corps. Mes nerfs picotaient encore de son contact et en réclamaient plus. Avec mes talons, j'étais au niveau de ses lèvres. Ces lèvres douces et roses que j'avais embrassées la semaine dernière sur la rive du lac Lady Bird. Tout ce que je voulais, c'était faire à nouveau leur connaissance.

Ses lèvres se sont entrouvertes. — Où, alors ?

Je me suis retournée et j'ai marché d'un pas décidé vers le couloir principal. Ne le sentant pas derrière moi, je me suis retournée. J'ai fait un geste de la main vers moi. *Viens là*, ai-je articulé sans un bruit.

Il a cligné des yeux et a trottiné pour me rattraper.

J'ai tourné à gauche dans le plus petit couloir menant aux toilettes. Quand j'ai poussé la porte des toilettes pour femmes, les lumières à détecteur de mouvement se sont allumées. J'ai tendu la main et j'ai tiré Jackson à l'intérieur derrière moi, puis j'ai verrouillé la porte.

Il a regardé autour de lui. — Hé, on n'a pas de canapé dans...

Le poussant contre la porte, je me suis hissée sur la pointe des pieds. — Moins de paroles, plus de baisers. J'ai pressé mes lèvres contre les siennes.

Après une seconde d'immobilité stupéfaite, les bras de Jackson m'ont entourée et ses lèvres se sont adoucies sous les miennes. Comme le baiser chez lui à Halloween, mais en *plus*. Le goût de la bière sur sa langue. L'odeur de cuir et de pin sur sa peau. La rugosité de sa barbe qui me frottait les joues et le nez. Et l'urgence exacerbée par le fait que nous nous embrassions au travail, où quelqu'un pouvait frapper à la porte d'une minute à l'autre. J'ai agrippé ses deux mains à son t-shirt. C'était quel groupe aujourd'-hui ? Peu importe. Tout ce qui comptait, c'était le glissement de sa langue contre la mienne, la pression de son torse solide contre mes tétons durs, les picotements qui me disaient que ma culotte ne resterait pas sèche bien longtemps.

Il a interrompu le baiser pour faire courir ses lèvres le long de mon cou et enfouir son nez dans mon col. — Putain, Alicia, je… je veux te soulever et t'emmener sur ce canapé. Son pouce a défait le bouton supérieur de mon chemisier, et il a plongé son nez plus profondément dans mon décolleté, sa barbe éraflant le haut de ma poitrine, au-dessus de mon soutien-gorge. — Je veux remonter ta jupe, arracher ce que tu portes en dessous, et te goûter. Il a passé sa langue sur ma peau, et mes genoux ont fléchi.

Oui, oui, oui. Mon cerveau était devenu un groupe de supporters pour les paroles salaces de Jackson Jones. Il n'aurait pas à me soulever. J'aurais sprinté jusqu'au canapé de mon plein gré, m'y serais affalée et l'aurais laissé tout arracher.

— Mais. Il a déposé un baiser bouche fermée dans le creux peu profond entre mes seins, puis a refermé le bouton qu'il avait dénoué. — Je ne vais pas te goûter pour la première fois dans les toilettes pour femmes.

— Tu… tu ne vas pas ? Les acclamations en moi se sont transformées en huées.

— Non, bébé.

La dernière chose dont j'avais besoin, c'était qu'il m'appelle *bébé* lors de la revue de code de lundi. — Ne…

Il a posé un doigt sur mes lèvres, puis il a embrassé le coin de ma bouche. — Tu n'es pas un coup d'un soir dans les toilettes. Je veux plus. Il a frotté son pouce sous ma lèvre inférieure. Ses propres lèvres étaient tachées du même rose que mon rouge à lèvres. — Tu mérites plus. Toute la nuit.

La pulsation entre mes jambes l'a répété. *Toute la nuit, toute la nuit, toute la nuit.*

— Promis ?

Il m'a embrassée une dernière fois, un simple effleurement de ses lèvres fermées. — Promis.

J'ai essayé de redresser ma bouche affaissée par les baisers. — Je te prendrai au mot, Jones. Après qu'on ait fini le projet.

— Après qu'on ait fini le projet. Ses mains ont caressé mes hanches, puis sont retombées le long de son corps. — Ce code est putain de parfait. Valide-le et rentre chez toi.

Il avait raison. C'était fini, et la dernière chose dont on avait besoin, c'était que quelqu'un – moi – introduise par inadvertance un nouveau bug. — On n'y touche pas du week-end, hein, cowboy ?

— Pas au code. Je peux te garantir que je toucherai autre chose. Il a bougé ses hanches, et une bosse a pressé contre mon ventre.

Quelques centimètres plus bas, et j'aurais pu me frotter contre lui. Il m'aurait probablement fallu moins d'une minute pour jouir. Peut-être pour nous faire jouir tous les deux. Mais il avait raison. Nous étions au travail. En supposant que la démo se passe bien, le projet se terminerait lundi. Et nous ne serions plus collègues. Nous serions libres de nous toucher où nous voudrions.

— Gardes-en un peu pour moi. J'ai fait un clin d'œil.

Ses yeux se sont agrandis, puis ils se sont tournés vers le canapé. — À la réflexion…

Aussi rapide qu'un serpent à sonnette, j'ai déverrouillé la porte et l'ai ouverte. — À lundi, ai-je lancé par-dessus mon épaule, en riant tandis que je retournais à notre bureau. Même Jackson Jones n'était pas assez audacieux pour traverser les bureaux avec une érection dans son jean moulant. Et j'étais sortie avant qu'il ne retourne à notre espace de travail.

27

JACKSON

C'ÉTAIT ce que j'attendais depuis que j'avais été exilé au Texas cinq mois plus tôt : le très rare et large sourire de Cooper, celui qu'il ne m'adressait que lorsque j'avais, d'une manière ou d'une autre, réussi à *ne pas* foirer quelque chose.

— C'est formidable, tout le monde. Cooper se tenait au bout de la table de conférence. Nous étions dans la même salle où tout avait commencé, où Alicia était entrée avec une entaille encore saignante sur le front et où j'avais pensé que nous n'avions pas besoin d'elle. J'avais pensé que *je* n'avais pas besoin d'elle. Je n'avais jamais eu autant tort.

Quelqu'un a allumé les lumières et éteint le projecteur.

— Je suis vraiment fier de vous tous, a dit mon meilleur ami. Vous vous êtes serré les coudes et vous avez construit quelque chose de vraiment spécial.

Ma poitrine allait exploser, ou j'allais faire quelque chose de ridicule comme pleurer de joie si je ne bougeais pas. Quand je me suis levé, tout le monde m'a regardé avec attente. S'attendaient-ils à ce que je dise quelque chose… de digne d'un leader ? D'habitude, c'était Cooper qui s'occupait de tout et qui disait ce qu'il fallait dire, pas moi. Je lui ai jeté un regard et il a hoché le menton dans un signe de tête presque imperceptible.

Je me suis éclairci la gorge.

— Hum… Je tiens à saluer la contribution de chacun des membres de l'équipe. Vous êtes des super-héros. Lentement, j'ai fait le tour de la table et j'ai mentionné une chose importante que chaque personne avait apportée au projet. C'est devenu plus facile au fur et à mesure, si bien qu'au moment où je suis arrivé à Alicia, je me sentais à l'aise et détendu. Enfin, Alicia. Elle a réussi à nous rassembler tous, à nous soutenir chacun lorsque nous pensions que nous n'y arriverions pas. Elle nous a montré ce qu'était un véritable leadership.

Elle a cligné rapidement des yeux et a reniflé. Ses lèvres tremblaient quand elle m'a souri, mais ses yeux bleus brillaient de fierté et de détermination. J'avais une envie folle de la prendre dans mes bras et de l'embrasser là, sur la table de conférence. Mais Cooper aurait eu son mot à dire là-dessus.

Il s'est levé de son siège.

— Vous verrez tous un petit extra sur vos fiches de paie lors de la prochaine période de paie, un geste pour vous témoigner notre reconnaissance. Et je sais que nous ne sommes que lundi, mais j'aimerais vous inviter tous à prendre un verre et à dîner pour fêter ça.

Les gars ont applaudi. Cooper a refait mon tour de table, en commençant par Alicia, serrant la main de chacun et leur adressant quelques mots. Lentement, la salle s'est vidée, ne laissant que Cooper et moi. Il a tendu la main, et quand je l'ai saisie, il m'a attiré à lui pour une accolade ponctuée de claques dans le dos.

— Tu l'as fait, Jay.

J'ai secoué la tête.

— Nous n'aurions pas pu y arriver sans Alicia. Et le reste de l'équipe.

Cooper a haussé les sourcils.

— L'équipe ?

Je me suis redressé.

— Tyler a beaucoup mûri. Je pense qu'il serait un atout pour notre groupe d'analyse automobile à San Francisco. Voudrais-tu lui demander s'il serait intéressé par un transfert ? Il le serait ; je l'avais déjà sondé. Mais c'était Cooper qui prenait les décisions d'embauche et de licenciement.

— Bien sûr. Il a fait une petite moue. Je suis surpris que tu t'en soucies. Normalement, tu ne t'intéresses pas aux ressources humaines.

J'ai haussé les épaules et j'ai repoussé ma chaise.

— Je suppose que je grandis encore.

— C'est super. Il a posé une main sur mon épaule. Quand tu seras de retour à San Francisco, nous parlerons de te créer un rôle qui t'aidera à poursuivre cette croissance.

Ma poitrine ne s'est pas serrée. Je n'ai pas eu la nausée. Le leadership ne ressemblait plus à un moyen infaillible de suivre mon père vers une mort prématurée, comme c'était le cas auparavant. Ni à quelque chose que j'étais sûr de foirer et de voir mon nom étalé à la une des magazines économiques comme le Jones qui avait essayé mais qui n'était pas à la hauteur.

Alicia m'avait montré que j'étais capable de diriger. Je pourrais faire des erreurs en cours de route — cette bagarre de bar avec Tyler en était une —, mais je pouvais m'en remettre. *Nous* pouvions nous en remettre si nous travaillions tous ensemble vers un objectif commun.

Putain, exactement comme Cooper me l'avait dit le jour du lancement du projet. Il avait eu raison depuis le début.

Je n'avais pas besoin d'être PDG. Ni directeur de quoi que ce soit. Ça ne me dérangerait pas de superviser le développement, d'avoir un regard stratégique sur nos produits et sur la manière dont nous pourrions prendre le meilleur de chacun pour les améliorer tous. De former de jeunes programmeurs comme Tyler pour les aider à grandir, eux aussi.

Mais je restais ici. Peut-être qu'il me laisserait construire mon nouveau rôle depuis Austin. Quand j'ai ouvert la bouche pour le lui demander, il m'adressait le regard qu'il ne me réservait que lorsque nous passions du temps ensemble, celui qui était devenu si rare au travail. Empli de bienveillance. D'amitié. Ce regard me manquait. Et je ne pouvais pas le faire disparaître en disant que je voulais rester ici, là où mon meilleur ami n'était pas. Pas aujourd'-hui, en tout cas. Je le lui dirais demain.

— Ça me plairait.

Son téléphone a vibré et, en le regardant, il a froncé les sourcils.

— Weston. Qu'est-ce qu'il me veut, bon sang ?

J'étais peut-être un leader, mais je n'allais pas laisser notre PDG gâcher la célébration de mon équipe.

— Je vous rejoins au restaurant. Ne laisse pas ce connard te mettre en retard.

Il a hoché la tête d'un air distrait et a porté le téléphone à son oreille. Je me suis éclipsé de son bureau.

De retour à notre bureau, Alicia avait empilé son badge sur son ordinateur portable fourni par Synergy. Voir ça a provoqué en moi une sensation de vide, comme si mes entrailles se ratatinaient comme une des canettes de Mountain Dew en aluminium de Tyler.

— Je suppose que c'est la fin. J'ai fourré mes mains dans mes poches.

Un coin de sa bouche s'est relevé.

— Je suppose que oui. Je n'avais pas vraiment pensé à quel point ce serait triste de quitter une entreprise après seulement quelques mois. Le risque du métier.

— Tu n'es pas obligée de partir. Tu pourrais rester.

Elle a jeté un coup d'œil aux autres programmeurs qui pliaient bagage pour la journée.

— L'équipe se sépare. Amit dit qu'il va travailler dans le groupe de modélisation de données. Ce ne serait pas pareil.

— Je reste. Tu pourrais travailler avec moi.

— Cooper semble penser que tu retournes à San Francisco. Elle a glissé son téléphone dans son sac à main.

J'ai gardé la voix basse.

— Je lui parlerai demain. Je te le promets.

La lumière est revenue dans ses yeux bleus comme le soleil sur Lady Bird Lake. Je voulais voir cette lumière tous les jours. Je voulais que ce soit la première chose que je voie le matin et la dernière que je voie le soir. Je la voulais les jours de travail et les week-ends.

Putain. C'était quoi, ça ? Ce n'était pas de l'amitié, même pas celle que j'avais avec Cooper. Et ce n'était pas du désir. Je n'avais jamais voulu rester et voir ma partenaire le matin, son maquillage sur la taie d'oreiller et ses cheveux en désordre. Et je n'avais certainement pas voulu qu'elles me voient, nu, toute prétention de pouvoir disparue, juste Jackson Jones et ses conneries.

Alicia n'était pas comme ça. Elle voyait au-delà du poste de figurant et de l'argent en banque. Elle m'avait vu humilié, et elle m'avait vu m'envoler. Elle croyait que je n'étais pas une nullité totale. Que j'avais de la valeur. Que je pouvais être plus que ce que j'étais. Et peut-être que je le pourrais, avec elle à mes côtés.

— Alors… la fête ? Les deux coins de la bouche d'Alicia se sont relevés. Et ça m'a frappé. Le projet était terminé. Alicia ne dépendait plus de Synergy pour un salaire. Nous pouvions être ensemble maintenant. Dans le sens d'être. Ensemble.

— Ouais. Après le dîner d'équipe, je l'emmènerais chez moi. Nous pourrions finir ce que nous avions commencé sur mon canapé après la fête d'Halloween, dans le parc avec les chauves-souris. Dans les toilettes pour femmes de Synergy.

Ses yeux se sont écarquillés devant ce qui devait être une expression de loup affamé sur mon visage. Et puis son sourire s'est élargi.

— Tu me raccompagnes ?

À ce moment-là, si elle m'avait demandé de la suivre jusqu'aux portes de l'enfer, j'aurais dit la même chose.

— Ouais. Puis, plus fort : Hé, les gars, je vais raccompagner Alicia à sa voiture. On vous retrouve au restaurant.

J'ai attrapé les clés de mon pick-up, mon portefeuille et l'ordinateur portable d'Alicia. Elle a jeté son sac à main sur son épaule et a vérifié son bureau et ses tiroirs une dernière fois. Quand elle a été prête, nous sommes descendus à la cave de l'informatique, où elle a rendu son matériel et son badge. Elle a eu un mot gentil et un merci pour tous ceux que nous avons rencontrés, du stagiaire en informatique à Ivan à la réception.

Je l'ai raccompagnée jusqu'à sa Honda, garée à quelques places de ma voiture de location. J'ai fait tourner ma télécommande autour de mon doigt, soudain réticent à la laisser hors de ma vue. Et si elle changeait d'avis et décidait de rentrer chez sa famille ?

— Tu veux venir avec moi ?

Elle a ouvert la portière de sa voiture.

— Non, je préfère avoir ma voiture au cas où la fête se prolongerait. Mais tu peux venir avec moi si tu veux.

J'ai bondi vers la portière passager et je me suis glissé à l'intérieur. Même dans le garage sombre, ses yeux brillaient si fort que j'ai failli mettre mes lunettes de soleil.

— Tu as été formidable sur le projet, a-t-elle dit.

— On forme une bonne équipe. J'aimerais que tu penses à…

Elle a arrêté mes mots avec un baiser, les dévorant dans une flambée de chaleur. Et je n'étais pas stupide. Je me suis laissé faire, glissant ma main sur son épaule, autour de sa nuque, la maintenant contre moi pour pouvoir plonger dans sa douceur, goûtant à nouveau sa passion et sa suavité. Je serais resté là, dans sa Honda exiguë, les genoux écrasés contre la console en plastique, l'appui-tête en tissu rêche s'accrochant à ma barbe, jusqu'à avoir des crampes dans tous les membres et ne plus pouvoir rencontrer ses lèvres.

Le hurlement d'une alarme de voiture nous a séparés en sursaut.

— On s'en va d'ici ? J'ai caressé sa main là où elle reposait sur l'intérieur de ma cuisse.

Elle s'est éclairci la gorge.

— J'ai bien besoin d'un verre.

— J'ai de la bière chez moi. À moins que tu ne préfères sortir avec l'équipe ? *Pitié, ne dis pas que tu préfères sortir avec l'équipe.*

— Parfait. J'enverrai un texto à Tyler pour lui dire que je rentre à la maison. Tu enverras un texto à Cooper pour lui dire que tu ne viens pas ?

Je me suis blotti derrière son oreille.

— Tu pourrais dire à Tyler qu'on les plante tous les deux.

Elle a roulé son épaule, et j'ai cessé d'embrasser sa peau douce. Sans lever les yeux de son texto, elle a dit :

— J'ai toujours besoin de cette recommandation de Cooper. Je préférerais qu'il n'apprenne rien sur nous avant que je l'aie mise sur mon site web.

Mon cœur pas si ratatiné que ça s'est gonflé. Elle avait dit *nous*. Peut-être qu'elle ressentait la même chose étrange que moi.

Pendant qu'elle conduisait les quelques pâtés de maisons jusqu'à mon appartement, je n'ai pas pu m'empêcher de la toucher. J'ai posé ma main sur son genou, jouant avec l'ourlet de sa jupe et regardant sa respiration s'accélérer à mesure que je la remontais. J'ai caressé la peau douce de l'intérieur de sa cuisse comme j'avais voulu le faire depuis le dîner avec sa famille. La chair de poule est apparue sur sa peau, et je l'ai lissée. Lorsque nous nous sommes arrêtés au feu juste avant l'entrée de ma résidence, elle a saisi ma main, s'est penchée et m'a embrassé avec ferveur.

— Arrête ça. Je veux qu'on arrive à ton appartement en toute sécurité. Après, je te laisserai tenir la promesse que tu as faite vendredi.

— Promesse ? ai-je chuchoté. Je m'en souvenais. Je lui avais promis toute la nuit. Je me suis tortillé sur mon siège, mon jean devenant soudainement trop serré.

Elle n'a pas répondu, mais un coin de sa bouche s'est relevé.

Je me suis assis sur mes mains, mais elle n'avait rien dit à propos de mes yeux. J'ai catalogué chaque partie d'elle que je voulais toucher, goûter : la courbe de son cou, le renflement doux de ses seins cachés derrière son chemisier boutonné — j'ai dégluti —, ces cuisses qui m'avaient taquiné quand elle portait son short de survêtement coupé. L'intérieur de ses chevilles.

Quand elle s'est garée devant mon immeuble, j'étais prêt à bondir par-dessus la console pour lui sauter dessus. Au lieu de ça, je suis sorti de la voiture et j'ai fait le tour pour lui ouvrir la portière.

Elle a fait pivoter ses longues jambes hors de la voiture et a posé ses chaussures — les escarpins rouges à bride arrière qu'elle portait quand Cooper était en ville — sur le bitume. Je lui ai tendu la main, elle a posé sa paume sur la mienne et s'est redressée.

Son visage était à quelques centimètres du mien. Cooper ne pouvait pas nous voir ici. Alors je l'ai embrassée, la tirant contre moi et lui laissant sentir mon excitation désespérée, déversant mes nouveaux sentiments — quels qu'ils soient — dans ce baiser.

Finalement, elle a poussé sur ma poitrine et a ri, le souffle court.

— On entre ?

J'ai dû battre un record de vitesse entre sa voiture et ma porte d'entrée. J'ai fait tomber la clé à la première tentative mais j'ai réussi à déverrouiller la porte à la seconde. Je l'ai ouverte, j'ai allumé la lumière et je l'ai laissée me précéder.

À la seconde où la porte s'est refermée, je l'ai plaquée contre elle, épinglant ses mains de chaque côté de sa tête. J'ai embrassé son cou, sa mâchoire, le V de son décolleté révélé par son chemisier. Sa peau avait le goût du paradis, et je voulais en dévorer chaque centimètre. J'ai glissé mon nez à l'intérieur de sa chemise pour faire courir ma langue le long du contour supérieur de son sein. J'en avais besoin de plus — plus de peau, plus de goût, plus de ces sons doux qu'elle émettait quand je suçais le tendon entre son cou et son épaule.

— Jackson, a-t-elle haleté. Arrête.

Je me suis figé et j'ai relâché ses mains. J'ai reculé d'un demi-pas pour pouvoir voir son visage.

— Arrêter ? L'avais-je blessée ? Ou avait-elle des doutes ?

— Je dois d'abord appeler à la maison. Prendre des nouvelles de Noah.

— D'accord. Elle avait des responsabilités. J'espérais que cela ne signifiait pas qu'elle avait perdu tout intérêt.

— Je te rejoins dans ta chambre dans dix minutes ?

— Putain, oui. J'ai filé à la salle de bains, où je me suis brossé les dents et j'ai pris la douche la plus rapide du monde. Puis je suis retourné dans la chambre à pas feutrés, j'ai sorti la boîte de préservatifs non ouverte du tiroir de la table de chevet et je l'ai posée sur la table. Jetant un coup d'œil au reste de la pièce, j'ai grincé des dents. Le lit n'était pas fait, et il y avait des vêtements partout. Combien de temps me restait-il ?

J'ai ramassé les vêtements et j'ai couru vers le placard. Faisant coulisser la porte, je les ai tous jetés par terre. Sur l'étagère du haut se trouvait un paquet de draps non ouvert, la parure de rechange que je n'avais jamais utilisée. Oui, j'avais lavé mes draps au cours des cinq mois où j'avais vécu dans l'appartement — je n'étais pas un monstre —, mais j'avais toujours remis les draps fraîchement lavés sur le lit. J'ai déchiré l'emballage, j'ai trouvé le drap-housse et deux taies d'oreiller, et j'ai remplacé ce qui était sur le lit. J'ai mis les draps sales en boule et je les ai jetés sur la pile de vêtements avant de refermer la porte du placard. J'ai poussé la couette du pied dans un coin de la pièce.

Avais-je épuisé les dix minutes d'Alicia ? Elle n'avait pas changé d'avis, n'est-ce pas ? J'ai enfilé un pantalon de jogging propre et je suis retourné dans le salon en passant par le couloir.

Elle était assise sur mon canapé, les yeux fixés sur son téléphone.

— Hé.

— Tout va bien ? Je me suis assis à côté d'elle et j'ai posé une main douce sur son dos.

— Oui, ça va. Je… je ne fais pas ça souvent. Je veux dire, avec un partenaire. Ses joues sont devenues rouges.

Tout le sang a quitté mon cerveau pour se ruer directement dans mon entrejambe à l'idée qu'elle se touche, qu'elle utilise un jouet sur elle-même. Merde, j'aurais dû penser à acheter un vibro-masseur. Ça aurait été une bonne façon d'y aller en douceur. Et puis, bien sûr, j'ai pensé à me glisser doucement en Alicia, et mon pantalon de jogging ne cachait rien de ce que je ressentais à ce sujet.

Je l'ai embrassée doucement sur les lèvres.

— On peut y aller aussi lentement que tu veux, bébé. On n'est même pas obligés de baiser. Je peux juste te prendre dans mes bras. Tu me laisserais faire ça ?

Elle s'est détournée.

— Tu penses que c'est ce que je veux ? Que je ne veux pas de sexe parce que je suis… je suis frigide ?

— Non, bébé. Putain, j'avais foiré la seule autre chose pour laquelle j'étais doué : baiser. Je te trouve magnifique et sexy. Et tout ce que je veux, c'est te faire du bien. J'ai touché légèrement sa mâchoire, et quand elle n'a pas reculé, j'ai pris son visage en coupe. Je l'ai embrassée à nouveau, moins doucement cette fois, en essayant de communiquer, d'une manière que je ne pouvais pas faire avec mes mots maladroits, ce que je ressentais pour elle.

Quand elle a eu le souffle coupé, je lui ai embrassé la pommette, la gorge, l'endroit que j'avais trouvé sur le côté de son cou la dernière fois. Quand elle a gémi, j'ai souri. Peut-être que je n'allais pas foirer ça.

Je l'ai soulevée sur mes genoux et je me suis penché en arrière pour la laisser prendre l'initiative, étendant mes bras le long du dossier du canapé. Elle a regardé mon torse nu un instant, puis a tendu un doigt pour attraper l'une des gouttes qui avaient coulé de mes cheveux humides sur mon cou. Elle a étalé l'humidité sur mon téton gauche, le faisant durcir. Une décharge électrique a parcouru mon corps jusqu'à mon entrejambe. Je ne pensais pas pouvoir bander plus fort. J'avais eu tort. J'ai agrippé les coussins pour m'empêcher de lui arracher son chemisier.

— Je pense que je préférerais qu'on se fasse du bien mutuelle-ment. Et elle a bougé de manière à frotter ses fesses contre ma bite.

J'ai renversé la tête en arrière pour m'empêcher de la jeter sur le canapé et de lui fourrer une main sous la jupe. J'avais décidé de suivre son exemple, et si elle voulait me taquiner, je la laisserais faire.

Elle s'est levée, et le poids de son corps m'a manqué, ainsi que le frôlement de sa hanche contre moi. Puis ses doigts se sont entrelacés avec les miens.

— Allons dans la chambre.

Je me suis levé en un éclair, la conduisant dans le couloir jusqu'à ma chambre hâtivement nettoyée. Je me suis affalé au centre du lit et j'ai attendu qu'elle fasse le prochain mouvement.

Elle s'est agenouillée sur le côté du lit. Puis elle a rampé à quatre pattes vers moi, laissant sa jupe se soulever de plus en plus haut à mesure qu'elle approchait. Finalement, elle a soulevé sa jupe assez pour chevaucher mes hanches.

— Si je fais quelque chose que tu n'aimes pas, dis-moi d'arrêter, d'accord ?

Mes yeux se sont écarquillés. Qu'est-ce qu'elle allait bien pouvoir me faire ? C'était quoi, l'étape au-dessus de « au garde-à-vous » ? Car ma bite est devenue dure comme de la pierre et a essayé de percer un trou dans mon pantalon de jogging.

— D-d'accord.

Puis elle m'a touché. Le bout de ses doigts a effleuré légèrement ma clavicule, a glissé sur mes pectoraux et s'est enroulé dans les poils de ma poitrine. Et ça m'a mis le feu. Ma peau réclamant davantage, j'ai tressailli.

Avec la pulpe de son pouce, elle a effleuré mon téton gauche. Docilement, il s'est dressé. Elle l'a pincé, pas fort, mais assez pour que je retienne mon souffle.

— Tu aimes ça ?

— Oh, oui. C'est sorti comme un soupir.

Elle a glissé ses doigts vers mon téton droit, a dessiné un cercle autour, et l'a pincé.

— Plus fort, ai-je grogné.

Elle a haussé les sourcils, mais elle l'a fait, provoquant une douleur brûlante qui a traversé mon corps de mon téton à mon entre-jambe. J'ai gémi. Mon Dieu, j'aurais tellement aimé me masturber sous la douche. J'allais jouir à la seconde où elle toucherait ma bite.

Puis elle a caressé mon téton, apaisant la douleur picotante. Ma poitrine se soulevait sous l'effort de m'agripper aux oreillers pour ne pas la toucher — ou me toucher moi-même. Je n'étais pas habitué à la gratification différée. La pulsation qui battait dans ma bite était douloureuse.

Elle a jeté un coup d'œil à la tente dans mon pantalon de jogging. Son sourire est devenu diabolique.

— Pressé de commencer ?

— S'il te plaît, est-ce que tu… est-ce que je peux te voir ?

Elle s'est mordu la lèvre mais a hoché la tête. Elle a déboutonné ses poignets puis a commencé par le bouton du haut.

— Doucement ? ai-je haleté. J'avais rêvé de ces putains de boutons, je m'étais masturbé sur mon propre fantasme d'elle les défaisant lentement et révélant ce qui se trouvait en dessous. Ce déshabillage méthodique était trop pour moi.

Ses doigts se sont figés, puis ils se sont déplacés vers l'ourlet. Elle a joué avec le dernier bouton.

— Comme ça ?

Je ne pouvais pas parler, la gorge nouée, mais j'ai hoché la tête, les yeux exorbités.

Très lentement, elle a déboutonné son chemisier, me laissant entrevoir la peau de son ventre et un éclair de dentelle blanche. J'ai contracté tous les muscles de mon corps quand elle a atteint le dernier bouton. Puis elle s'est soulevée de moi et a pivoté sur ses genoux pour me tourner le dos.

— Encore un bouton, a-t-elle dit avec un regard aguicheur par-dessus son épaule. Elle a posé ses mains à plat sur l'arrière de sa jupe et les a fait glisser jusqu'au bouton à l'arrière. Ses longs doigts l'ont défait, puis ils se sont déplacés vers la courte ferme-ture éclair en dessous. Je n'ai vu qu'un V de blanc avant qu'elle ne retienne son souffle, n'arrache sa chemise et ne la jette sur mon visage.

— Oups, a-t-elle marmonné. Je n'avais pas prévu... une seconde.

J'ai secoué la tête pour essayer de déloger son chemisier, mais tout ce que je pouvais voir était du tissu blanc. J'ai entendu un bruissement, puis elle m'a arraché sa chemise du visage. J'ai cligné des yeux. Elle était complètement nue.

J'ai admiré la vue — des seins plutôt petits, une taille de guêpe, des hanches plus larges. La peau plus pâle en forme de maillot de bain une-pièce pas du tout révélateur qui m'a fait imaginer des brises chaudes et moi, allongé à côté d'elle sur du sable d'un blanc aveuglant. Un triangle bien taillé de poils blonds foncés dissimulant son sexe. J'ai remonté mon regard jusqu'à son visage. Elle se mordait à nouveau la lèvre.

— Je peux... je peux toucher ? J'ai décrispé mes doigts des draps.

Elle a relâché sa lèvre et a souri.

— Seulement avec ta bouche.

— Putain, oui.

— J'ai gardé mes chaussures, a-t-elle dit. Ça te va ?

— Oh, mon Dieu. Les escarpins rouges à bride. Oui, s'il te plaît.

Elle s'est agenouillée sur le lit. Puis elle a enfourché ma poitrine. Trop loin. Elle s'est recroquevillée sur moi de sorte que ses seins pendaient comme des fruits mûrs au-dessus de mon visage. J'ai léché un téton rose, puis l'autre. Elle a cambré le dos, les poussant vers mon visage. Lentement, prudemment, j'ai levé les mains et j'ai pressé ses seins l'un contre l'autre, faisant tournoyer ma langue en un huit sur les pointes. Elle a gémi et s'est frottée contre ma poitrine.

J'ai pris un de ses seins dans ma bouche et j'ai sucé fort le téton. Elle a eu un hoquet mais s'est pressée contre moi. J'ai exulté intérieurement. Elle perdait le contrôle. À cause de moi. J'ai glissé mes mains le long de ses côtes jusqu'à l'endroit où ses hanches s'évasaient, puis j'ai passé légèrement la pointe de mes pouces sur ses fesses. Elle a frissonné.

Audacieusement, j'ai glissé une main autour de la courbe de sa fesse jusqu'à la vallée entre ses jambes. Avant même d'atteindre son centre, mes doigts ont glissé dans sa lubricité. Je l'ai cartographiée avec mes doigts : les lèvres, sa fente accueillante, et son clitoris gonflé. Elle s'est immobilisée quand je l'ai touché.

— Je peux… — J'ai dû déglutir pour faire passer les mots dans ma gorge soudainement sèche — Je peux te goûter ? Je savais que c'était injuste, mais j'ai fait vibrer son clitoris en posant la question.

Elle s'est redressée.

— Hum, je suppose ?

— Tu supposes ? Je savais qu'il y en avait, mais je n'avais pas rencontré beaucoup de femmes qui n'aimaient pas le sexe oral. Alicia pouvait-elle en faire partie ? J'espérais que non, mais même si c'était le cas, je trouverais quelque chose qu'elle aimerait. Remonte un peu plus près. On va essayer, et tu pourras me dire d'arrêter quand tu voudras.

Elle a attrapé la tête de lit et s'est rapprochée. Pas assez. J'ai soulevé ses fesses et je me suis glissé vers le bas jusqu'à ce que ma cible soit directement au-dessus. J'ai tourné la tête vers la gauche et j'ai léché la lubricité sur l'intérieur de sa cuisse, longuement et lentement. Salé, musqué, sucré. J'ai tourné à droite et j'ai répété le mouvement. Puis, en saisissant ses hanches, j'ai fait tournoyer ma langue directement sur son centre et je suis remonté jusqu'à son clitoris, que j'ai effleuré du bout de la langue. Elle a eu le souffle coupé.

Encourageant.

— Ça va ?

— Oui. Le mot était assez net, mais sa voix était aiguë et haletante.

Je me suis mis au travail comme je m'attaquerais à un morceau de code délicat, testant au fur et à mesure que je goûtais, vérifiant ce qui fonctionnait — ce qui la faisait se tordre et gémir — et ce qui ne fonctionnait pas. Note du développeur : il y avait très peu de choses qui ne fonctionnaient pas. Bientôt, elle a haleté alors que je suçais son clitoris, mon majeur glissant dans son intimité.

J'ai lâché sa perle un instant et l'ai effleurée d'un souffle d'air frais.

— Tu peux faire autant de bruit que tu veux. Il n'y a pas de voisin de ce côté de l'appartement.

Elle a gémi alors que je faisais glisser mes dents sur sa peau sensible. Puis, alors que je pressais doucement mon index à l'intérieur d'elle, elle a émis un son incohérent. Elle a gémi mon nom, et j'ai sucé plus fort son clitoris et j'ai refermé mes dents sur la base.

Elle a poussé un gémissement plaintif — pas fort, mais c'était suffisant. Ma bite, piégée par mon pantalon de jogging, a pulsé, et ma vision est devenue noire pendant une seconde tandis que je jouissais. J'ai grogné et relâché son clitoris, lui donnant de longs et plats coups de langue pour la faire redescendre. Mon souffle rauque a caressé sa peau, et elle a frissonné.

— Alors, je suppose que ça allait ? Je n'ai pas pu cacher mon sourire suffisant quand elle a baissé les yeux sur moi.

Elle s'est laissée tomber sur le dos à côté de moi et a jeté un bras sur ses yeux.

— Y a-t-il quelque chose que tu ne sais pas bien faire ? À part être humble ?

J'ai haussé les épaules puis j'ai soulevé mon pantalon collant de ma peau.

— Le contrôle de mes impulsions ?

28

ALICIA

— DE L'EAU ?

Je flottais dans un état second, entre une béatitude totale et la tentative de revivre le meilleur orgasme de ma vie, quand la voix de Jackson m'a tirée de ma rêverie. J'ai retiré mon bras lourd de mon visage et j'ai cligné des yeux. Il était penché sur le bord du lit, me tendant une bouteille d'eau.

Me redressant sur un coude, je l'ai acceptée. J'ai bu une gorgée, puis je la lui ai rendue. Il a sifflé le reste.

Il avait enlevé son pantalon et il était nu, pour la première fois. Ou plutôt, la première fois que je le voyais nu. Il avait sûrement porté ce pantalon de jogging gris pour me taquiner. Il était carré-ment indécent, ne cachant rien tandis qu'il était assis à côté de moi sur le canapé. Et son excitation évidente m'avait donné le courage d'oublier ce que Rick avait dit de moi, d'avoir la certitude qu'avec Jackson, le sexe pourrait être quelque chose de spécial.

Wow, et comment !

Le sexe avec Rick, c'était comme la vieille Buick que Melissa m'avait refilée quand elle était partie à la fac. Ça commençait bien, mais à la fin, je me retrouvais en panne sur le bord de la route, obligée de me débrouiller seule pour arriver à destination. Jackson m'avait convaincue qu'il serait plutôt comme ma Honda, une valeur sûre qui tenait la distance. Mais, oh mon Dieu, il était la Corvette dans laquelle un des petits amis de Melissa nous avait conduites au lycée, cette fois-là. Toute en puissance, maîtrisée dans les virages et prête à rugir à la prochaine ligne droite.

Et je n'avais même pas encore eu sa bite. Je l'ai fixée du regard tandis qu'il rebouchait la bouteille vide et la posait sur la table de nuit. Elle avait l'air un peu plus molle qu'avant. Est-ce que je l'avais refroidi ?

Des frissons ont parcouru ma peau. Je m'étais montrée si vulnérable, lui montrant mon corps, et même mes endroits secrets, en chevauchant son visage. J'ai couvert mes seins d'un bras et j'ai croisé les jambes. Pourquoi n'avait-il pas de drap plat pour que je puisse me couvrir ?

— Tu as froid ? a-t-il demandé.

— Mmm-hmm.

Il s'est détourné, me laissant entrevoir les fossettes sexy juste au-dessus de ses fesses. Puis son cul en entier — oh, mon Dieu, il rivalisait sans conteste avec celui de Rick — alors qu'il se penchait pour ramasser la couette blanche par terre. Il l'a tendue vers moi, je l'ai attrapée et je me suis blottie dessous.

Le matelas s'est enfoncé à côté de moi. — Ça va ? J'ai fait quelque chose de mal ?

— Non. J'ai relevé la tête de sous la couette. — C'était bien pour toi ? Tu veux que je… Mon regard est tombé là où sa queue reposait sur sa cuisse.

— Putain, non. Enfin, j'adorerais si tu en avais envie. Mais ce n'est pas une transaction. On… on profite l'un de l'autre. Tu n'as pas idée depuis combien de temps je veux te toucher comme ça. Te goûter. Entendre les bruits que tu fais quand tu jouis. J'ai joui sans qu'aucun de nous deux ne me touche. Tu as été incroyable.

— Vraiment ? Je ne savais pas que les mecs pouvaient faire ça.

— Tu as pris ton pied, toi aussi, non ?

J'avais vu des étoiles. — Bien sûr. Je n'ai jamais joui comme ça… de toute ma vie.

Il s'est rapproché en roulant sur le côté et a posé une main sur la couette qui me recouvrait. — J'adore… — il a dégluti — à quel point tu es honnête.

Mon cœur s'est emballé. Était-il sur le point de me dire qu'il m'aimait ? Ce n'était pas le but. N'est-ce pas ? Comme il l'avait dit, nous étions deux adultes consentants, profitant du corps de l'autre.

— Tu crois qu'il y a de la place pour moi là-dessous ? Il a fait un signe de tête en direction de la couette. — Il fait un peu frisquet ici, et j'aime bien les câlins.

— Je ne te crois pas une seconde. Pourtant, l'expression pleine d'espoir sur son visage m'a fait fondre. J'ai soulevé un côté de la couette, en couvrant mon torse avec le reste. — Viens, alors.

Il s'est glissé à l'intérieur puis s'est collé derrière moi en cuillère. Un de ses bras s'est glissé sous ma tête et l'autre s'est drapé autour de ma taille. La couette s'est enroulée entre nous, formant une bosse inconfortable sous ma hanche. Je me suis tortillée et j'ai tiré dessus pour la remettre droite, et le temps que ma hanche soit à plat contre le matelas, mes fesses étaient blotties contre l'érection durcissante de Jackson, et son souffle était chaud dans mon oreille.

Sa main est remontée pour enserrer mon sein. — Un deuxième round, ça te dirait ? Il a taquiné mon téton.

Ce simple contact a envoyé une décharge électrique droit vers mon sexe. J'ai haleté, surprise par l'intensité. Chaque parcelle de mon être était partante pour sa proposition. — Tu as dit que tu voulais faire des câlins, ai-je taquiné en me tortillant de nouveau contre lui.

— Ça, c'était avant que tu ne frottes tes magnifiques parties tendres contre les miennes, qui le sont un peu moins. Pour prouver ses dires, le gland de sa bite a glissé entre mes jambes.

J'ai retenu un gémissement. — J'essayais juste de me mettre à l'aise.

— C'est plutôt confortable comme ça, tu ne trouves pas ? Il a reculé les hanches puis les a poussées vers l'avant, faisant glisser sa bite sur ma chatte.

Mon sexe s'est contracté, affamé de lui. L'heure des taquineries était terminée. — C'est bon.

Il a fait glisser ses doigts le long de mon ventre et a placé sa main en coupe entre mes jambes. — Et ça, comment c'est ? Il a fait vibrer ses doigts sur mon clitoris.

J'ai passé ma jambe du dessus par-dessus la sienne et j'ai laissé échapper un grognement.

— D'accord, a-t-il murmuré contre mon cou. — Je vais interpréter ça comme un « putain d'excellent ».

Il m'a fait grimper de plus en plus haut jusqu'à ce que je retienne ma respiration, attendant l'orgasme qui se balançait de manière alléchante hors de portée. — Jackson, ai-je murmuré, fais-moi jouir.

— De quoi as-tu besoin, ma belle ?

— Je… je ne sais pas.

— Et si… Il m'a embrassée, juste à la jonction entre mon épaule et mon cou, puis j'ai senti la morsure de ses dents sur ma peau. La petite douleur, associée à un pincement sur mon clitoris, m'a foudroyée et m'a fait basculer de l'autre côté dans un cri perçant.

Quand je suis revenue de mon orgasme constellé d'étoiles, il embrassait l'endroit qu'il avait mordu et appuyait doucement sur mon clitoris.

J'ai essayé de dire son nom, mais c'est sorti comme un marmonnement inintelligible. Ma bouche ne fonctionnait plus. Aucun de mes muscles, d'ailleurs.

— Ça va, bébé ?

Ma peau a frémi à ce mot tendre. Il pouvait m'appeler comme ça autant qu'il voulait maintenant que nous ne travaillions plus ensemble. Plus de risque qu'il fasse une gaffe devant l'équipe. J'ai hoché la tête.

Il s'est écarté une seconde, et j'ai entendu du papier se déchirer. Il s'est replacé sous la couette et s'est agenouillé entre mes genoux. Mais au lieu de foncer tête baissée, il a glissé vers le pied du lit et s'est penché de sorte que son menton soit suspendu entre mes jambes.

— Je peux te goûter à nouveau ? Je serai doux si tu es sensible.

Encore dans le creux de la vague post-orgasmique, j'ai hoché la tête.

Avant de me toucher, il a tâté sous la couette jusqu'à trouver mes chevilles. Je portais encore une chaussure. L'autre était tombée quelque part entre deux orgasmes. Il les a calées autour de son torse et s'est assuré que la pointe de mon talon rouge repose dans le pli de sa hanche. — Vas-y, éperonne-moi, a-t-il dit avec un grand sourire. — Mais fais attention à ce qui pendouille, ou tu pourrais rater un autre orgasme.

Il s'est penché et a râpé sa mâchoire rêche le long de l'intérieur de ma cuisse jusqu'à ce qu'il atteigne mon centre. M'écartant avec ses pouces, il a léché ma chatte de l'intérieur vers l'extérieur. Mes jambes ont commencé à trembler, et j'ai planté mes talons dans ses hanches.

— C'est ça, bébé, a-t-il dit contre mon sexe. — Donne-moi encore.

Mes hanches se sont soulevées, et je me suis frottée contre son visage. Qu'est-ce qui, chez cet homme, dissolvait ma résistance, transperçait les failles de mon armure ? Je me suis concentrée uniquement sur mon plaisir et sur la façon dont il l'intensifiait.

Il a glissé un ou deux doigts en moi, pulsant, et a déplacé ses lèvres sur mon clitoris. Il a commencé lentement, avec des baisers et de douces lapées. Mes jambes ont tremblé plus fort.

— Accroche-toi à moi, ma belle, a-t-il dit. — Tu peux en supporter plus ?

— Oui, oui. Les mots m'ont jailli de la bouche.

Il a fait valser sa langue sur mon clitoris, le faisant monter en régime, avant de refermer sa bouche dessus et de me gratifier d'une longue et forte succion qui m'a fait cambrer le dos.

Puis ses doigts ont disparu, remplacés par une pression sourde à mon entrée. Enlaçant mes hanches de ses mains, il a glissé en moi d'une seule poussée lente et longue. Mes répliques sismiques se sont resserrées autour de lui.

— Oh, mon Dieu, bébé, oui. C'est tellement bon. Il est resté motionless, agrippant mes hanches.

Enfin, j'ai ouvert les yeux. J'aurais souhaité ne pas l'avoir fait, car tout se lisait dans ses yeux, doux de désir. Son expression reflétait la douleur dans ma poitrine, celle qui ne ferait qu'empirer quand il finirait par retourner en Californie.

Nous nous sommes regardés en silence pendant un long moment. Il a rompu le contact le premier, baissant les yeux vers l'endroit où mes jambes étaient écartées sur le lit. L'un de nous avait jeté la couette. Il a soulevé mon pied et a retiré ma chaussure. Puis il a posé ma cheville contre son épaule. Il a soulevé mon autre jambe et l'a placée sur son autre épaule. Puis il a reculé les hanches et a poussé en moi à nouveau, m'enflammant au plus profond de mon être. Un petit couinement aigu m'a échappé.

—OK, partons là-dessus, a-t-il dit avec un sourire en coin.

Il a établi un rythme modéré qui nous a permis de savourer la friction tandis qu'il glissait en moi. Mes jambes tremblaient contre ses épaules jusqu'à ce qu'il pose doucement ses mains sur mes chevilles. Il a tourné son visage pour en embrasser une, puis l'autre, si tendrement que des larmes m'ont piqué le coin des yeux.

— Pourquoi c'était, ça ? J'ai levé mes paumes pour éponger l'humidité au coin de mes yeux.

— J'ai eu envie de faire ça tout l'après-midi. J'ai d'autres endroits que je veux embrasser. Il a donné deux coups de reins de plus sans parler.

— Tu vas me le dire ?

— Je te montrerai, a-t-il dit. — Plus tard.

Sa bouche s'est crispée, et il a accéléré son rythme. Une main a glissé entre nous, et il a caressé mon clitoris de son pouce. Associé à la pression qui s'intensifiait en moi, son contact m'a fait me contracter autour de lui. Il a sucé son pouce et l'a pressé de nouveau sur mon clitoris, en décrivant des cercles. Mes jambes ont glissé de ses épaules, et j'ai poussé contre lui, une fois, deux fois, avant de crier mon orgasme.

Il s'est immobilisé, et je ne pouvais pas dire si les pulsations en moi étaient les siennes ou les miennes. Puis, agrippant mes genoux autour de sa taille, il a roulé de sorte que mon corps soit drapé sur le sien. Mes cheveux s'étaient défaits de leur chignon et collaient à sa peau. *Je* collais à sa peau, et je voulais y rester, collée à lui, pour toujours. J'ai caressé le côté de sa poitrine, puis j'ai laissé mon bras retomber sur le matelas. Il a murmuré mon nom au sommet de ma tête.

J'ai dû somnoler, car je n'ai été que vaguement consciente de le sentir se dégager de sous moi, aller à la salle de bain et revenir.

Quand j'ai cligné des yeux quelque temps plus tard, la lumière dorée de l'après-midi avait disparu, et la pièce était sombre. — Quelle heure est-il ? ai-je marmonné.

— Pas trop tard. Sept heures et demie. Tu as faim ?

Seulement de lui. De sa chaleur enroulée autour de moi. De ses mots apaisants sur à quel point j'étais incroyable. De la douceur dans ses yeux qui reflétait ce que je ressentais.

L'amour.

Un petit cri a retenti dans mon cerveau. J'étais tombée amoureuse de Jackson Jones. D'un homme qui aveva dit qu'il resterait alors que son travail, sa société, se trouvaient à près de trois mille deux cents kilomètres de là. Peut-être qu'on pourrait jouer à être ensemble pendant un petit moment, mais il devrait finir par repartir. Sa place était là-bas, en tant que leader.

La malédiction des femmes Weber m'avait rattrapée.

Reste cool, ai-je dit à cette voix hurlante. J'allais ranger cette maudite émotion dans une boîte. Bien sûr, elle ferait du bruit quand Jackson partirait. Mais ensuite, je la laisserais tranquille, la laisserais prendre la poussière. Peut-être que les mites s'en occuperaient, comme elles l'avaient fait avec la robe de mariée de maman dans le grenier, la laissant trouée comme un gruyère au point que nous n'avions eu aucun scrupule à la jeter à la poubelle.

Le cri s'est intensifié. À qui je mentais ? Ce que je ressentais pour Jackson était nouveau, mais c'était trop grand pour être enfermé dans une boîte. C'était comme le bébé monstre géant que le super-héros avait combattu dans un des films préférés de Noah. Trop innocent, trop inconscient, pour comprendre la destruction qu'il causait. Il allait tout écraser sur son passage, me laissant en ruines.

Si je restais, je finirais par le lui avouer, c'était certain. Jackson m'avait perhaps fait perdre le contrôle de mon corps, mais je n'étais pas prête à laisser mes émotions se déchaîner comme ça.

— Il faut que j'y aille. J'ai jeté un coup d'œil au sol. Où avais-je balancé mes sous-vêtements, la gigantesque culotte blanche pas sexy du tout avec « Culotte de Grande Fille » imprimé sur les fesses, celle que Tiannah m'avait offerte pour rire à mon dernier anniversaire, celle que j'avais oublié que je portais jusqu'à ce que j'aie tenté ce strip-tease pour lui ?

— Tu ne peux pas rester ? Même pas pour dîner ? Il y a un excellent resto thaï à emporter près d'ici. Ils sont super rapides.

Je me suis éloignée en glissant et je me suis assise. — Je ne peux pas. C'est un soir d'école, et j'aimerais voir Noah avant qu'il aille se coucher.

Il m'a attrapé la main. — Tu veux prendre une douche ?

J'ai imaginé son visage entre mes jambes alors que je pressais ma joue contre le carrelage lisse. — Tentant, mais il faut vraiment que je rentre.

— Sans arrière-pensées. Promis. Juste pour se laver. Tu peux même prendre ta douche seule si tu veux.

Mes lèvres se sont étirées en un sourire. Qui aurait cru que Jackson Jones, programmeur rockstar et playboy international, me supplierait de prendre une douche avec lui après m'avoir donné je ne sais combien d'orgasmes ? Moi, la déesse du sexe ancienne-ment connue sous le nom de la Reine des Glaces ? — D'accord, ai-je dit. — Allons-y.

Sa douche était largement assez grande pour two, et ça aurait été facile de remettre ça. Mais les seuls contacts que nous avons eus ont été de nous savonner le dos. Quand Jackson a demandé s'il pouvait me faire un shampoing, je l'ai laissé faire. L'eau chaude martelait ma poitrine et mon ventre, et j'ai fermé les yeux pendant que ses grands doigts massaient toute la tension hors de mon cuir chevelu. Je l'avais laissé entrer, à la fois émotionnellement et physiquement, et il ne s'en était pas servi contre moi. Au lieu de ça, il m'avait fait me sentir en sécurité, choyée. Aimée. Après tant d'années à prendre soin de moi-même — et de Noah — je voulais que ça dure pour toujours.

Combien de temps pourrions-nous faire ça ? Quelques semaines jusqu'à ce que Thanksgiving nous sépare ? Ou plus longtemps ? Est-ce qu'on sortirait le samedi soir, se baladant sur Sixth Street, main dans la main, goûtant à la musique devant chaque bar ? Pourrais-je passer des dimanches paresseux chez lui, portant ses t-shirts et m'attardant autour d'un café dans sa cuisine ?

L'eau battait le sommet de ma tête et le bas de mon dos, le grand corps de Jackson réchauffant mon devant. Trop tôt, il avait rincé la mousse de mes cheveux et était passé derrière moi pour couper l'eau.

Après nous être séchés, j'ai plaqué mes cheveux en un chignon. Jackson a insisté pour boutonner ma blouse — ce qui était totalement inutile — mais il a aussi gentiment fermé la fermeture éclair et le bouton de ma jupe dans le dos. Il a trouvé une chemise propre et un short quelque part dans sa chambre, puis m'a fait asseoir sur le bord du lit pendant qu'il enfilait mes escarpins rouges comme si j'étais Cendrillon.

Il m'a tirée sur mes pieds. — Quand est-ce que je peux te revoir ?

Le mieux, c'est que je n'avais pas besoin d'inventer une fausse raison pour rompre avec Jackson. Nous en avions déjà une toute faite. — Tu t'en vas.

Ses yeux sont devenus aussi acérés qu'un scalpel, découpant mes défenses. Merde. Il connaissait les excuses et pourquoi je les inventais. — Je t'ai dit que je restais.

— Pour combien de temps ?

Sa bouche s'est resserrée une seconde. — Le long terme n'a jamais été mon truc. Je suis plutôt du genre coup d'un soir. Je n'ai jamais été avec quelqu'un — je ne me suis jamais autorisé à être avec quelqu'un — qui me challenge comme tu le fais, qui est belle et intelligente, en plus. Quelqu'un que je respecte.

— Tu ne veux pas dire que je ne suis pas comme les autres filles, j'espère ? J'ai croisé les bras.

— Non. Une rougeur s'est étendue sur son front. — Je veux dire, bien sûr que tu es exceptionnelle. Mais je… je ne pensais pas pouvoir être avec quelqu'un qui…

— Te remettrait à ta place quand tu dis des conneries ?

Il a reniflé. — Exactement. Ce que j'essaie de dire, c'est que c'est une première pour moi. Je vais probablement tout foirer. Mais je… je veux essayer. J'avais déjà prévu de parler à Cooper demain pour continuer à travailler depuis Austin. Je veux donner une chance à ça. Nous donner une chance.

— Vous n'allez rien dire à Cooper, n'est-ce pas ? À propos de… nous ? Y avait-il vraiment un *nous* ?

Il a frissonné. — Pas encore. On va d'abord lui faire écrire cette recommandation pour toi.

J'ai décroisé les bras et j'ai joint mes mains aux siennes. — Merci. Ça ne ferait pas de mal de le voir encore quelques fois avant qu'il ne parte. Dans tous les cas, je serais fichue. Et je préférais la version avec orgasmes à celle sans.

— Mon prochain contrat ne commence que la semaine prochaine, donc je suis libre le reste de la semaine.

— Cooper reste jusqu'à demain. Mais je pourrais sécher après-demain.

— Je ne suis plus sur le projet depuis un jour et tu sèches déjà les cours ?

— Je suis un raté. Il a haussé les épaules. — Tout le monde s'y attend.

Mon estomac s'est noué. J'avais envie de le secouer. — Écoute-moi, Jackson Jones. Tu n'es pas un raté. Tu es une star. Cooper t'a fait des éloges, et j'ai l'impression qu'il ne le fait pas souvent. Tu as construit ce logiciel et tu l'as fait chanter.

Son visage s'est adouci. — Je sais. Mais ça sonne mieux quand c'est toi qui le dis.

Je l'ai embrassé avec fougue sur les lèvres. — Et tu mérites un jour de congé de temps en temps.

Ses bras m'ont enlacée. — Toi aussi. Tu as besoin de passer du temps avec ton petit ami, qui se trouve être aussi le meilleur amant que tu aies jamais eu.

Un frisson m'a parcourue. — Ne nous emballons pas. Tu ne m'as même pas encore invitée à sortir.

— Après-demain. Je t'inviterai à sortir mercredi.

— D'accord. Envoie-moi un message. Je me suis penchée pour lui faire un bisou sur les lèvres, mais il a capturé ma bouche dans un baiser dévorant qui a fait flancher mes genoux et m'a coupé le souffle. Il m'a fait oublier pourquoi nous avions attendu si longtemps pour coucher ensemble.

Cooper. Penser à son visage critique a fait couler de la glace dans mes veines.

— Quoi ? Pourquoi as-tu dit « Cooper » ? a murmuré Jackson dans mon cou.

— Oups. Je l'ai contourné et je suis sortie de la chambre. Il m'a suivie, ses pieds nus amortis par la moquette.

— Hé, a-t-il dit quand nous sommes arrivés dans le salon. — Peut-être que toi, moi et Noah pourrions faire quelque chose ensemble. On pourrait aller à un match de basket. Ou faire de la randonnée. Même dans un de ces endroits insupportables avec des animatroniques et des pizzas en carton.

Ce serait déjà assez dur pour moi quand Jackson partirait. Je ne pouvais pas affronter une autre des expressions nostalgiques de Noah, comme celle qu'il avait chaque fois que nous voyions Rick. — Je… je ne veux pas embrouiller Noah. Donc je préférerais ne pas l'impliquer.

Le visage de Jackson s'est décomposé. Puis il m'a fait un demi-sourire qui n'a pas illuminé ses yeux. — Comme tu voudras, ma belle.

J'ai eu envie de revenir sur mes paroles et de le voir sourire à nouveau. Mais je ne pouvais pas. Je ne pouvais pas le laisser blesser Noah. J'ai pris sa main et je l'ai serrée. Enfin, l'autre coin de sa bouche s'est relevé.

— Tu m'envoies un message demain ? ai-je dit.

— Je t'enverrai un message ce soir.

Me hissant sur la pointe des pieds, je l'ai embrassé, un long baiser langoureux, un baiser qui disait que nous avions tout le temps du monde. Pour l'instant, nous allions tous les deux faire semblant qu'il resterait assez longtemps pour nous donner une chance. Peut-être que si nous faisions semblant assez fort, ça deviendrait vrai.

— Je te répondrai. Bonne nuit, Jackson.

Je suis sortie dans la fraîcheur de la nuit de novembre, mes joues rayonnantes à l'idée de sécher les cours avec Jackson après-demain. Ça ne durerait pas éternellement, mais il m'avait appelée sa petite amie, et l'idée de l'embrasser à nouveau faisait flancher mes genoux.

Combien de temps pourrait-il rester ici à Austin ? Je ne le savais pas, et je ne pensais pas qu'il le sache non plus. Mais pour une fois dans ma vie, je n'allais pas m'inquiéter de ce qui se passerait dans un an ou même dans un mois. J'allais profiter de cette nouvelle chose avec Jackson Jones aussi longtemps que je le pourrais.

Puis je me briserais.

29

JACKSON

APRÈS LE DÉPART D'ALICIA, j'ai eu un creux à l'estomac. En fouillant dans mon tiroir rempli de menus de restaurants à emporter, j'ai sorti celui du restaurant thaïlandais avec lequel j'avais essayé de la tenter, mais je l'ai reposé dans le tiroir à côté des fourchettes en plastique, des baguettes et des sachets de ketchup. Même un plat thaï n'aurait pas pu combler le vide en moi.

Dans la chambre, j'ai reniflé les deux oreillers. L'un avait une légère odeur d'orange douce, alors je l'ai emporté avec moi dans le salon. Je me suis étiré sur le canapé, les pieds dépassant de l'accoudoir, j'ai calé l'oreiller sous ma joue et j'ai attrapé la télécommande. De quoi avais-je envie ? De sport ? D'une comédie ? De quelque chose de sexy et de romantique ?

J'ai laissé la télécommande glisser de ma main. Rien ne pouvait rivaliser avec le souvenir de mon après-midi avec Alicia. J'ai passé une main sur mon t-shirt de Led Zeppelin. Un de mes tétons me lançait encore à cause de son pincement. Je me suis demandé si je lui avais laissé une marque dans le cou. Si elle aurait un peu mal ce soir. Si elle chercherait des traces de moi sur sa peau en la reniflant.

Mercredi. Je la verrais mercredi. On pourrait peut-être faire une promenade le long de la rivière. Ou elle pourrait me faire visiter le Capitole. Je serais le touriste ridicule, achetant le bibelot le plus grotesque que je pourrais trouver dans la boutique de souvenirs, et elle serait ma guide sexy.

Ou peut-être qu'on louerait une chambre d'hôtel avec vue sur la rivière pour l'après-midi et qu'on ferait l'amour contre les fenêtres.

Faire l'amour ? Non, baiser, je voulais dire. La sauter. La retourner. M'agenouiller à son autel. Lui faire une descente.

Putain. J'ai serré l'oreiller. Qui est-ce que j'essayais de berner ? Pas moi-même.

Ce truc avec Alicia, c'était différent. Bien sûr, j'étais attiré par elle depuis ce premier jour, où j'avais écarté ses cheveux et tamponné sa blessure avec mon t-shirt. Et puis je lui en avais voulu. Enfin, pas à elle exactement, mais à tout ce que sa présence disait de moi. Jusqu'à ce que le ressentiment laisse place au respect. À l'admiration. Et à quelque chose de plus doux qui m'illuminait chaque fois que je la regardais.

Putain. Étais-je en train de tomber amoureux ?

Je n'avais jamais été amoureux auparavant. Je n'étais jamais sorti avec quelqu'un avec qui je pouvais avoir une telle connexion. C'était plus sûr de fréquenter des femmes dont je me fichais. Si je ne m'attachais pas, ça ne ferait pas de mal quand elles se moqueraient de moi et me quitteraient.

Mais après tout ce que nous avions traversé ensemble, je ne pensais pas qu'Alicia me ferait ça. J'avais vu cette expression sur son visage sous la douche, après que je lui avais lavé les cheveux. Elle m'avait regardé comme si elle tenait à moi, elle aussi. Comme si je frappais à sa porte assez longtemps, elle finirait peut-être par me laisser entrer. Si j'étais persévérant et digne de confiance, elle pourrait même me laisser entrer dans sa vie. Sauf pour la partie avec Noah.

Elle ne me faisait pas assez confiance pour ça. C'était peut-être juste, vu que je continuais à merder. Et avec un gamin, il n'y avait pas de place pour l'erreur. Le pauvre gosse avait déjà assez de merdes dans sa vie, vu qu'il n'avait pas de parents et probablement un TDAH.

Mais je n'avais pas merdé avec cette conférence. Je l'avais aidée à s'en sortir. Et peut-être qu'une fois qu'elle aurait sorti Noah de cette salle de classe horrible et qu'elle l'aurait fait soigner, il réussirait mieux à l'école.

Pourrait-elle me faire confiance à ce moment-là ?

Je me suis laissé imaginer la scène : faire du vélo sur la ceinture verte. Ou les emmener avec moi à San Francisco et faire les touristes comme Alicia l'avait fait avec moi et les chauves-souris. Regarder les otaries avec Noah. Je ne les emmènerais pas à Alcatraz ; c'était glauque. On s'assiérait dans le Golden Gate Park pour écouter de la musique, ou on se promènerait le long de la plage, ou on visiterait la California Academy of Sciences. On serait une famille.

Étais-je prêt à fonder une famille ? Ces picotements dans mes doigts, c'était de l'excitation ou de la terreur ?

Au dîner avec la famille d'Alicia, elle avait été si forte, si sûre d'elle. Comme elle l'était toujours au travail. Au travail, nous étions devenus des partenaires. Pourrions-nous l'être aussi avec sa famille ?

Je me suis laissé retomber sur le canapé et je me suis abandonné à mes fantasmes. Je les présenterais à ma mère. Elle serait sous le charme de la maturité et de la détermination d'Alicia. Passerions-nous les vacances avec sa famille ou la mienne ? Peut-être que Noël dans les Alpes serait la meilleure solution. Ou dans les Caraïbes. J'ai imaginé Alicia en bikini. Marchant main dans la main sur la plage sous le clair de lune scintillant sur l'eau, écoutant le grondement des vagues, l'eau chaude nous léchant les orteils. Je me suis perdu dans ce fantasme.

C'est pourquoi j'étais blotti sous ma couette, dans un cocon parfumé à l'odeur d'Alicia, quand trois coups secs ont fait trembler ma porte.

En grommelant, j'ai repoussé la couette. Une seule personne

frappait comme ça. Je suis allé à la porte à pas feutrés et j'ai regardé par le judas. Sans surprise, Cooper était là, toujours dans ses vêtements de travail, lançant des regards noirs à la porte. Putain, qu'est-ce que j'avais encore fait ?

J'ai ouvert la porte.

— Salut, Coop.

Il est entré et m'a scanné de mon t-shirt à mon caleçon et mes pieds nus.

— Elle est là ?

— Qui ?

J'ai refermé la porte. Il avait son visage de « je-vais-te-gueuler-dessus ».

— Notre ancienne consultante, Alicia Weber.

Merde. Elle avait besoin de sa recommandation. Je ne mentais jamais à Cooper, mais pour cette fois, je pouvais un peu déformer la vérité.

— Pourquoi serait-elle ici ?

Je suis retourné au canapé et j'ai balancé la couette et l'oreiller derrière. Il ne pourrait pas sentir son odeur, n'est-ce pas ?

Il s'est assis dans le fauteuil faisant face à la cuisine.

— Sérieusement ? Tu vas mentir à ce sujet à ton meilleur ami ? Au moins, quand tu as couché avec cette stagiaire, tu as tout avoué.

Comment putain avait-il découvert ? Alicia ne l'aurait pas appelé. Et nous étions les deux seules personnes à savoir ce que nous avions fait quelques heures plus tôt. Je me suis affalé sur le canapé.

— De quoi tu parles ?

— Quand tu n'étais pas au dîner…

Merde. Alicia m'avait demandé d'envoyer un texto à Cooper pour lui dire que je ne viendrais pas.

— …Tyler m'a dit que vous aviez une liaison depuis des semaines.

— *Tyler* a dit ça ?

Je n'aurais jamais cru qu'il nous balancerait. Bien sûr, j'avais pensé que tout le monde était inconscient de la proximité qui s'était installée entre Alicia et moi.

— Il a dit qu'il pensait que c'était de notoriété publique.

— Qu'est-ce qui était de notoriété publique ?

Mais Cooper n'allait plus gober mon petit jeu de l'innocent. Son visage était rouge à la lumière de la lampe.

— Que tu baisais la consultante que j'ai engagée. Franchement, je la pensais trop professionnelle, trop mûre, pour tomber sous ton… — il a fait un geste vers mon caleçon — …charme. Jamila a dit qu'elle était irréprochable. Le summum de l'intégrité. J'imagine qu'Alicia l'a bien eue, et elle a cru qu'elle pouvait me berner aussi. Mais comme on dit ici au Texas, je ne suis pas né de la dernière pluie.

— On dit ça ici ? Je n'ai jamais entendu ça.

Il fallait que je l'arrête avant qu'il ne s'emballe vraiment.

— Je vais m'assurer qu'elle ne travaillera plus jamais pour une entreprise respectable. Elle ne se fraiera pas un chemin à coups de queue parmi les leaders de la tech d'Austin si j'ai mon mot à dire.

— Attends une minute…

Je me suis levé. J'aurais vraiment aimé porter un pantalon. Et mes bottes pour botter des culs.

— Tu t'étais si bien comporté. Trois mois ici sans un seul incident. Et puis elle débarque, et tu rechutes.

Il a plissé les yeux en me regardant.

— Elle n'est même pas ton genre.

— Écoute-moi, Cooper. Je n'ai pas couché avec Alicia pendant que nous travaillions ensemble sur le projet.

— Tyler semble penser que si.

Une douleur fulgurante m'a transpercé.

— On se connaît depuis quatorze putains d'années. Et tu crois un programmeur junior plutôt que moi, ton meilleur ami ?

— Oui, on se connaît depuis quatorze ans, et je ne t'ai jamais vu faire preuve de la moindre retenue quand ta bite était en jeu. Tu as baisé toutes les femmes hétérosexuelles de notre résidence en première année.

— J'avais dix-huit putains d'ans. Tu ne penses pas que j'ai changé depuis ? Cet après-midi, tu as dit que j'avais mûri.

— C'était avant que je sache que toi et Alicia étiez ici en train de baiser au lieu de nous rejoindre à la fête de l'équipe.

— Elle et moi n'étions que des collègues au bureau. Alicia est une professionnelle accomplie.

— Apparemment, elle n'a pas semblé penser que cette intégrité professionnelle s'étendait aux événements en dehors du bureau. Tyler a dit que vous étiez ensemble à ta fête d'Halloween.

Mon sang s'est glacé. M'avait-il vu l'embrasser ? Nous avions été imprudents devant lui, pensant qu'il était trop bourré pour s'en souvenir. Non, *j'avais* été imprudent. Et maintenant, je devais en payer le prix.

— Tyler était saoul ce soir-là. Il a fini par dormir dans ma chambre d'amis. Mais il a mal interprété ce qu'il a vu. Oui, j'ai dragué Alicia, mais elle n'a pas répondu à mes avances. Je l'ai embrassée à la fête. Elle a été trop gentille pour me gifler, mais elle m'a dit qu'elle n'était pas intéressée. Elle est partie.

— Mais vous avez quitté le bureau ensemble ce soir.

J'ai serré les dents. Je détestais mentir à mon ami, mais la réputation d'Alicia, sa putain de carrière, était en jeu.

— Je lui ai demandé de me déposer. J'ai essayé de l'embrasser à nouveau dans sa voiture. Elle s'est garée et m'a foutu dehors. J'ai marché jusqu'ici. J'imagine qu'aucun de nous n'avait envie de faire la fête après ça. Elle a dû rentrer chez elle.

Cooper s'est frotté les tempes.

— Putain de merde, Jackson. Maintenant, je dois protéger l'entreprise contre une plainte pour harcèlement sexuel. En plus de…

— Je… je ne pense pas qu'elle portera plainte. Elle veut probablement juste sa recommandation.

Je me suis laissé tomber sur la table basse en face de mon ami. Il s'est frotté le visage.

— Ce n'est même pas mon plus gros problème aujourd'hui.

— Qu'est-ce que tu veux dire ?

J'ai retenu mon souffle. S'il avait un problème plus gros que moi, peut-être qu'il rentrerait plus tôt à San Francisco et me laisserait tranquille.

— Weston. Il a une situation « tout le monde sur le pont » au siège. On a un actionnaire activiste qui remet en question notre relation avec cette boîte offshore.

Je me suis raidi.

— Celle que Weston a engagée parce qu'ils étaient moins chers que notre équipe à Singapour ?

— C'est bien celle-là. On dirait qu'ils ne payaient pas un salaire décent, et maintenant on doit limiter les dégâts.

— Et verser des putains de dédommagements.

Il a baissé les mains et m'a transpercé de son regard d'acier.

— C'est pourquoi tu viens avec moi.

— Je… quoi ?

Je ne pouvais pas y aller. Alicia et moi avions un rendez-vous mercredi.

— « Tout le monde sur le pont » inclut notre nouveau vice-président du développement, dont les relations avec les développeurs offshore relèvent de la compétence.

— Quoi ?

Les rouages de mon cerveau patinaient.

— C'est ton putain de problème aussi. Tu viens avec moi pour le régler.

— Je… je ne peux pas.

— Et pourquoi ça ? Nous sommes partenaires. La synergie, c'est la moitié de ta société.

Parce que je t'ai menti, et que je baise notre ancienne consultante. Non. *Parce que je suis tombé amoureux de notre ancienne consultante.* Vrai, mais ça ne passerait pas non plus.

Merde. Alicia voulait que je sois un leader. Être un leader, ça craignait.

— Très bien. On part ce soir ?

Il s'est levé.

— Demain matin. On passera au bureau pour parler rapidement à Tyler et mettre les choses au clair avec lui, et ensuite on rentrera avec le jet. Fais tes valises ce soir. L'équipe terminera ici. Pas besoin que tu reviennes.

— Mais…

— Quand on rentrera, si j'entends la moindre rumeur de harcèlement sexuel, je t'envoie dans ce monastère dans les montagnes près de Big Sur. Tu pourras envoyer ton code à dos d'âne.

Un âne ? C'est moi qui étais sur le point de me comporter comme un con.

30

ALICIA

J'AI FIXÉ le SMS de Jackson plus longtemps que je n'aurais dû, seule avec ma tasse de thé dans la cuisine de ma mère le lendemain matin, analysant les mots et essayant de trouver leur sens caché. Le pourquoi.

Mais le pourquoi n'avait pas d'importance. Pas vraiment.

Tout ce qui comptait, c'est qu'il était parti.

Il avait dit toutes ces choses parfaites la veille. Sur le fait qu'il était imparfait. Qu'il n'avait jamais eu de relation avant mais qu'il était prêt à essayer.

Et puis il était parti avant même que l'irritation de sa barbe sur mes cuisses ne se soit estompée.

J'ai frissonné et je me suis levée, resserrant mon peignoir autour de moi. J'ai mis mon thé froid dans le micro-ondes et j'ai attendu qu'il chauffe.

Maman me dirait que je lui avais donné ce qu'il voulait, et qu'il n'avait donc aucune raison de rester.

Tiannah le formulerait de manière plus directe. Elle me dirait que ma chatte et moi étions tombées droit dans son piège.

Melissa me dirait qu'elle était fière de moi de m'être lancée, même si ça n'avait pas marché.

J'ai essuyé une larme sur ma joue. Jackson Jones ne méritait pas mes larmes.

— Cariño. Je n'avais pas entendu Esmy entrer dans la cuisine. — Quelque chose ne va pas ?

— Non. J'ai reniflé. — Ça doit être les allergies.

— En novembre ? Elle a fait claquer sa langue plusieurs fois et a posé le dos de sa paume contre mon front. — Ça n'a rien à voir avec ton rencard d'hier soir, n'est-ce pas ?

— Rencard ? J'ai ouvert le placard et j'ai attrapé la bouteille de miel.

— Je ne suis plus sur le marché des rencards depuis un moment, mais à mon époque, quand je rentrais à la maison avec les cheveux mouillés et les vêtements froissés, ça voulait dire que j'avais eu mon compte. Elle a appuyé sur le bouton du micro-ondes. — Et ce thé ne va pas chauffer si tu ne l'allumes pas.

J'ai fait la grimace. — Toi et Maman, vous me dites toujours que je devrais sortir davantage.

— Et tu devrais. Mais tu ne rayonnes pas aujourd'hui comme tu le faisais hier soir.

Hier soir, j'avais pratiquement flotté pour rentrer dans la maison. Ce matin, depuis que j'avais lu le SMS de Jackson, j'avais du plomb dans les veines.

— Je vais bien. Et ça irait. Les gens avaient des coups d'un soir tout le temps. Et c'était tout ce que la nuit précédente avait été. Il fallait juste que je convainque mon cœur en miettes.

Et, apparemment, Esmy. Elle m'a regardée en plissant les yeux. — Tu es sûre ?

— Certaine. Le micro-ondes a sonné, et j'ai sorti mon thé. — Je vais faire le tri dans quelques placards. On se voit plus tard.

Le travail m'a fait du bien. J'ai mis Rihanna à fond dans mes écouteurs pendant que je passais en revue le placard et les tiroirs de Noah et que je mettais en sac tout ce qui semblait trop petit. J'ai nettoyé ses crampons de foot au jet d'eau dans le jardin et je les ai posés sur la terrasse arrière pour qu'ils sèchent. Je me suis ensuite attaquée à ma propre chambre. Le pull de Jackson, celui qu'il m'avait dit que je pouvais garder le soir où nous nous étions assis ensemble sur la balancelle du porche, est allé dans le sac de dons avec les pyjamas Bob l'éponge trop petits de Noah.

Ce soir-là, pour montrer à Esmy que j'allais bien, j'ai cuisiné du poulet King Ranch, le plat préféré de Noah, dans la cuisine que j'avais récurée.

Pourtant, elle pinçait les lèvres chaque fois qu'elle me regardait de l'autre côté de la table.

Mercredi n'a pas été une si bonne journée. Après que Noah est monté dans le bus scolaire, j'ai regardé mon téléphone une fois par heure, espérant voir un SMS ou un appel manqué de Jackson. Quelque chose en réponse au message que je lui avais envoyé.

Tu reviens ?

Rien.

Malgré tout, j'ai réussi à m'habiller avant que Noah ne rentre de l'école, et j'ai même préparé des spaghettis pour le dîner.

Jeudi, après être rentrée de l'arrêt de bus, j'ai attrapé Tigger et je me suis blottie contre lui sur mon lit. Qu'avais-je fait de mal ? Avais-je été mauvaise au lit ? J'avais été bizarre pendant un moment, me cachant sous sa couette. Et puis j'avais dit toutes ces choses qui ne me faisaient pas du tout ressembler à la Wonder Woman que j'avais tant essayé de projeter. Peut-être qu'il avait décidé que je n'en valais pas la peine.

Je ne le valais probablement pas.

Tigger m'a pétri le cuir chevelu, passant ses griffes dans mes cheveux et me rappelant le massage-shampoing de Jackson sous sa douche. Il avait été si tendre, si attentionné. Est-ce qu'il jouait la comédie ? Faisait-il semblant ?

Cette phrase qu'il avait utilisée, sur le fait de ne jamais s'autoriser à être avec quelqu'un qu'il respectait, jusqu'à moi, avait détruit mes défenses. Mais ce n'était rien de plus qu'une phrase. L'avait-il utilisée sur cette stagiaire ? Peut-être qu'il l'utilisait avec toutes celles avec qui il voulait coucher.

Je n'avais rien de spécial. Pas pour Jackson Jones. Si c'était le cas, il aurait tenu sa promesse.

Doucement, j'ai soulevé Tigger de mon oreiller et je l'ai enroulé autour de ma tête. J'ai poussé un cri — étouffé par les plumes — puis un autre, et encore un autre jusqu'à ce que je sois aphone. Peut-être qu'une larme s'est échappée. Ou peut-être deux. Mon oreiller les a absorbées, et personne n'en a rien su.

Je me suis cachée sous mon couvre-lit jusque tard dans l'après-midi. Finalement, je me suis traînée sous la douche et j'avais une apparence à peu près normale au moment où Noah est rentré.

J'ai trouvé des bâtonnets de poisson et des pommes de terre rissolées dans le congélateur pour le dîner. Esmy s'est mordu la lèvre mais n'a rien dit.

Enfin, vendredi, j'ai regardé les cernes sous mes yeux après ma deuxième nuit blanche et j'ai décidé que j'avais besoin d'aide.

Tiannah m'a ouvert la porte, Tavon sur la hanche. — On dirait que t'as besoin d'une margarita.

— Il est dix heures et demie du matin.

— Un mimosa, alors. Allez, on sort.

Pendant que Tiannah attachait Tavon dans son siège auto, je ramassais des Cheerios sur le sol de son monospace.

Elle a jeté un œil par-dessus mon épaule. — T'inquiète pas pour ça. Orlando et les enfants lavent ma voiture tous les samedis. Il s'en occupera.

Tiannah avait Orlando, qui l'aimait assez pour passer l'aspirateur sur des Cheerios dans sa voiture. Avec son massage du cuir chevelu lundi, Jackson m'avait fait croire qu'il tenait à moi. Pourtant, il ne pouvait même pas prendre la peine de répondre à mon SMS.

Une larme a atterri sur le siège en cuir. Une autre l'a suivie. Puis un sanglot si violent que j'ai dû m'appuyer sur la portière de la voiture pour ne pas m'effondrer là, sur le siège collant.

— Oh, non, ma belle, qu'est-ce qui se passe ? Tiannah m'a frotté le dos.

— C'est juste… juste… Jackson.

La porte latérale a coulissé, et quelques secondes plus tard, Tiannah m'a doucement détournée du monospace. — Viens. Rentrons.

Nous nous sommes assises sur son canapé pendant que Tavon tapait sur un clavier musical pour enfant.

— Raconte-moi, a-t-elle dit.

J'ai essuyé les larmes de mon visage avec le mouchoir froissé qu'elle a sorti de la poche de son jean. — Alors, lundi, après le bilan de fin de projet avec Cooper Fallon, on était censés retrouver l'équipe dans un restaurant pour dîner. Mais à la place, Jackson et moi sommes retournés chez lui.

Ses sourcils se sont haussés. — Et ?

— On a, euh… J'ai jeté un coup d'œil à Tavon. —… on a couché ensemble.

— Ma pauvre… Elle a secoué la tête. — Alors, c'était comment ?

— Bien. Je crois. Et puis je me suis sentie… bizarre.

— Bizarre ? Tu veux dire physiquement ?

— Non. Trop à nu, tu vois ?

— Vulnérable. D'accord.

— Et puis il m'a réconfortée. Je me suis sentie en sécurité. Protégée. J'ai cru que ça s-signifiait quelque chose.

Elle est allée dans la salle de bains et m'a tendu une boîte de mouchoirs. — Et ensuite ?

— On s'est dit qu'on ferait quelque chose mercredi. Mais il m'a envoyé un SMS mardi pour dire qu'il était parti. Et quand je lui ai demandé s'il revenait, il n'a pas répondu. Il m'a gh-ghostée. J'ai eu un hoquet.

Elle m'a frotté le dos en dessinant un cercle. — Peut-être qu'il lui est arrivé quelque chose. À la façon dont les mots sont sortis entre ses dents serrées, on aurait dit que s'il ne lui était rien arrivé, elle s'assurerait personnellement du contraire.

— Le bon côté quand on sort avec quelqu'un de célèbre, c'est qu'on sait à peu près s'il lui est arrivé quelque chose. J'ai, euh... J'ai fermé les yeux et soupiré. —... j'ai créé une alerte Google pour lui. Rien. Vas-y, tu peux me dire que tu me l'avais bien dit.

— Pourquoi je te ferais ça ? Les cercles n'ont pas cessé.

— Parce que tu m'as dit de ne pas m'impliquer. Que rien de bon n'en sortirait pour moi. Que je serais blessée. Tu avais raison.

— Je ne vais pas remuer le couteau dans la plaie. L'amour fait déjà assez mal comme ça.

— L'amour ? J'ai tamponné mes yeux. — Je ne suis pas amoureuse. Bien sûr, je l'avais cru pendant une seconde. Mais je pouvais l'effacer, prétendre que ce n'était jamais arrivé.

— Ma belle, tu es trop intelligente, trop ambitieuse, pour avoir risqué ta carrière pour autre chose que de l'amour. Je sais que tu ne t'es pas jetée au lit avec ton collègue...

— Ancien collègue.

— Et le meilleur ami de la personne qui est censée t'écrire une lettre de recommandation. Tu n'aurais pas fait ça pour du désir. L'amour te fait faire des bêtises. Si ça n'avait pas si mal tourné, je dirais que je suis fière de toi d'avoir laissé quelqu'un entrer.

Ce n'était qu'une fissure, mais il s'y était engouffré avec ses larges épaules et m'avait laissée béante et en sang. Les larmes ont recommencé à couler.

Tavon s'est relevé, s'est approché en titubant et m'a serré les genoux. J'ai passé ma main dans ses boucles douces.

— Je ne referai plus cette erreur.

— Oh, ma chérie. Je sais que ça fait mal maintenant. Mais est-ce que ça n'a pas fait du bien pendant un instant ? De tenir à quelqu'un et de se sentir aimée en retour ?

J'ai soulevé Tavon sur mes genoux et je l'ai serré dans mes bras. — J'imagine.

— Un jour, tu trouveras le bon, celui qui sera assez mature émotionnellement pour parler de ses sentiments. Qui ne partira pas quand les choses deviendront difficiles.

— Ce genre de mecs existe ? J'en doute fort.

Elle a pincé les lèvres. — Tu as eu quelques mauvais exemples.

— Ça, là ? J'ai montré mes yeux bouffis et mon nez irrité par les mouchoirs. — Voilà ce qui arrive quand je me laisse tomber amoureuse d'un mec. Tu te moques toujours de moi parce que je largue les mecs pour des raisons futiles. Mais c'est mieux que ça.

— Laisse tout sortir, ma belle.

— Peut-être que je devrais commencer à sortir avec des femmes, comme Maman.

— Peut-être que tu devrais. Mais ne te fais pas d'idées. Je ne vais pas commencer à tromper Orlando avec ton petit cul blanc et maigrichon.

J'ai gloussé, puis Tavon a rigolé, et je me suis mise à rire si fort que je ne pouvais plus m'arrêter.

— J'ai du jus d'orange et de la V-O-D-K-A. Ça te dit un screwdriver ?

Je ne pouvais pas m'arrêter de rire, mais je lui ai fait un pouce en l'air.

Après que Tiannah est allée dans la cuisine, Tavon m'a fait un câlin collant. Finalement, mon rire hystérique s'est calmé. J'ai inhalé son odeur de shampoing pour bébé. Qu'avais-je fait ? Pourquoi Jackson avait-il eu l'air si pris par ses sentiments, lui aussi, et puis… plus rien ?

J'ai pris Tavon et je l'ai emmené dans la cuisine, où je l'ai attaché dans sa chaise haute. Tiannah a posé une tasse à bec devant lui et a éparpillé des Cheerios sur le plateau. Elle m'a tendu un verre.

— À ma meilleure amie, experte en matière de cœur. J'ai trinqué avec elle.

— Tu vas te remettre de ce salaud. Une fois que tu auras

commencé ton prochain projet, tu seras tellement occupée que tu ne te laisseras pas submerger par tes émotions.

Mon téléphone a sonné dans mon sac à main. Je n'ai pas bondi dessus comme je l'avais fait ces trois derniers jours chaque fois qu'il sonnait.

— Tu ne réponds pas ? a demandé Tiannah. Et si c'est…

— Ce n'est pas lui. Ce n'était pas sa sonnerie. — C'est probablement Jamila.

— Tu lui as dit ? Elle appelle sûrement pour te dire qu'elle a presque fini de lui botter le C-U-L.

— Non ! Et surtout, ne lui dis rien non plus. Je ne veux pas qu'elle sache à quel point… à quel point j'ai été idiote. Elle appelle pour un boulot. Elle a laissé des messages.

— Un boulot ici à Austin ?

— Non. C'est à son bureau de San Francisco. Une longue mission qui commence en début d'année.

— Tu devrais le faire. Pour te changer les idées.

Être à San Francisco, où vivait Jackson, ne me changerait les idées en rien. — Je ne peux pas laisser Noah. Ni toi.

— C'est temporaire. On peut s'occuper de Noah pour toi.

— Tee. J'ai tendu la main par-dessus la table et j'ai posé la mienne sur la sienne. — Je n'irai pas. J'ai vidé mon verre.

— Il t'en faut un autre. Elle a pris mon verre.

— Plus de V-O-D-K-A cette fois, s'il te plaît ?

— Pas de problème. Elle a préparé le verre, cette fois avec juste une goutte de jus d'orange. — Et si toi et Noah veniez demain ? Orlando fera griller des steaks, et on laissera les enfants courir dans le jardin.

Quand elle m'a tendu le verre, j'ai bu une gorgée, la boisson forte me brûlant la gorge. — Ça me semble une bonne idée. Ça m'empêcherait de passer devant son appartement — encore une fois — à la recherche de son pick-up.

Elle m'a serré la main. — Tu vas t'en sortir.

J'ai secoué la tête. — Je ne crois pas. Je n'étais pas sûre que la blessure se refermerait un jour. Que j'arrêterais un jour de souffrir. — Je suppose que le bon côté, c'est que j'ai appris quelque chose : je suis nulle en relations. J'avais raison depuis le début de les éviter.

— Ma belle, ce n'est pas…

— Je serai ce que Rick m'a appelée, une reine des glaces. Je l'ai imaginé. Bien que ce ne soit pas très différent du personnage que j'avais adopté à mes débuts chez Synergy.

— Il t'a appelée comme ça ? Tiannah s'est hérissée.

— À la… à la fête. Mais je ne voulais pas penser à la façon dont Jackson m'avait défendue et avait frappé son ancien partenaire d'entraînement. — Qui a besoin d'un partenaire quand il y a une telle variété de jouets à piles ? Peut-être que je vais en commander un nouveau. Quelqu'un devait bien en fabriquer un qui suçait mon clitoris comme Jackson l'avait fait.

— P-putain de Rick. Je ne l'ai jamais aimé, de toute façon.

— Tu m'avais dit que je devrais lui donner une autre chance.

— Je ne savais pas qu'il t'avait appelée comme ça. Je vais lui dire ses quatre vérités la prochaine fois que je le verrai.

— J'apporterai le pop-corn.

— Le bon mec finira par arriver. Ce n'est pas Rick, et ce n'est pas Jackson Jones. Mais il est quelque part.

— Ça n'a pas d'importance. J'en ai fini avec les hommes. Je ne donnerais à personne d'autre la chance de me blesser.

Elle a pris mon verre. — Je vais t'en faire un autre. On va se prendre une bonne cuite avant le déjeuner. Elle a tordu ses lèvres. — Je suis fière de toi, tu sais. D'être vulnérable. D'avoir laissé quelqu'un s'approcher assez pour te faire du mal.

— Tu es fière que j'aie été assez stupide pour être blessée ? Tu en as bu combien, de ceux-là ? J'ai montré d'un signe de tête les verres vides dans sa main.

— Ma puce, être vulnérable ne te rend pas faible. Agir comme une femme qui a des sentiments ne te rend pas faible. La faiblesse, c'est de se cacher pour éviter la douleur. Ne jamais prendre de risques pour obtenir ce que tu veux. Tu as pris un risque. Ça n'a pas marché cette fois. Mais la prochaine fois, ça pourrait. Et je ne veux pas que tu passes à côté de ça.

Sacrée sagesse maternelle.

31

ALICIA

J'AI ATTRAPÉ une coupe de champagne sur le plateau d'un serveur pour me donner du courage en entrant dans le hall des bureaux de Synergy Austin, ce premier décembre. L'obscurité hivernale derrière les grandes fenêtres reflétait la noirceur de mon cœur.

J'ai balayé la pièce du regard. Normalement, je n'aurais pas assisté à la soirée de lancement d'un client. En tant que prestataire, j'étais censée faire mon travail discrètement, sans rien attendre d'autre qu'un chèque de paie. Mais après avoir refusé toutes ses invitations à déjeuner au cours des deux dernières semaines, Tyler m'avait suppliée de venir, disant qu'il devait me dire quelque chose en personne. Alors, j'étais là.

Pour être honnête : moi aussi, je voulais tourner la page. Je pourrais enfin affronter Jackson Jones et lui dire ce que je pensais de son manque d'intelligence émotionnelle.

Il n'était pas dans le hall, et Tyler non plus. Tout en sirotant mon champagne, je suis montée à l'étage.

J'ai trouvé Amit et Kevin près des portes du balcon. Après quelques minutes de banalités sur leurs nouveaux projets et le contrat à l'hôpital sur lequel je travaillais, je me suis excusée pour poursuivre ma traque.

Cooper Fallon se tenait près de notre ancien espace de travail. Ils l'avaient reconfiguré, abandonnant son ancienne forme en U, et maintenant les bureaux étaient tous regroupés. Quelqu'un d'autre y était assis maintenant.

Je devais remercier Cooper pour le très beau témoignage qu'il m'avait envoyé environ une semaine après mon dernier jour chez Synergy. C'était tout à fait lui : froid, distant et professionnel. Mais le jour même où je l'avais ajouté à mon site web, j'avais reçu trois appels de clients potentiels.

J'ai croisé son regard, et une lueur de surprise, suivie d'une méfiance soupçonneuse, a envahi son visage. C'était quoi, ce bordel ?

Il me fallait une autre coupe de champagne avant de pouvoir affronter une conversation avec lui. Je me suis dirigée vers la cuisine, où j'ai trouvé un verre plein, mais pas de Jackson. Où était-il ? De quel droit se tenait-il à l'écart, se cachant de moi ? Il aurait au moins dû avoir les couilles de se montrer pour que je puisse enfin tourner la page.

J'ai arpenté le couloir devant les bureaux, jetant un coup d'œil à l'intérieur de chacun. Je n'aurais pas été surprise que Jackson ait trouvé une nouvelle collègue à séduire et qu'il soit en train de l'embrasser dans l'un d'eux, le salaud.

Non pas que ça m'intéresse. Ce que faisait Jackson Jones ne me regardait plus.

Depuis ma crise chez Tiannah, j'étais redevenue mon moi d'avant Jackson, tirée à quatre épingles et professionnelle. Mais j'avais appris une chose ou deux en travaillant chez Synergy, et j'avais mis en œuvre quelques changements de style. J'acceptais les invitations aux happy hours. J'étais même allée à une collecte de fonds pour l'hôpital pour lequel je travaillais. L'une des administratrices que j'avais rencontrées avait un enfant avec un TDAH, et nous avions partagé nos histoires. Nous allions déjeuner la semaine suivante.

J'étais chaleureuse. Amicale. Et toujours professionnelle.

Dommage que je n'aie pas trouvé cet équilibre chez Synergy. Si je l'avais fait, peut-être que je n'aurais pas eu le cœur brisé. Je ne serais pas en train d'errer dans les couloirs comme une sorte de Miss Havisham en tailleur, à la recherche d'un amour perdu. C'était *lui* qui m'avait fait ça. C'était *lui* qui m'avait réduite à cette version de moi-même, bouillonnante de rage, agrippée à ma coupe de champagne, avec une vision en tunnel. J'aurais dû m'amuser à cette soirée chic, me féliciter secrètement pour ma contribution au projet, discuter avec d'autres clients potentiels. Jackson devait être ici quelque part, les mains dans les poches de son jean, se balançant sur la pointe de ses bottes ridicules, se délectant des louanges et de l'adulation.

J'ai jeté un coup d'œil vers les escaliers et j'ai aperçu des cheveux châtain clair en désordre. Tyler. J'ai marché dans sa direction. Il allait me dire où était Jackson, et ensuite, j'allais enfin pouvoir tourner cette foutue page.

JACKSON

— PUTAIN, ai-je marmonné quand l'erreur a de nouveau clignoté sur mon écran. D'une manière ou d'une autre, j'avais réussi à oublier tout ce que je savais sur le codage. Ça, ou, comme les chiens de Pavlov, j'avais été conditionné à coder quand je sentais le thé Earl Grey, et sans ça, j'étais perdu.

Peut-être que je pouvais demander à Marlee de me préparer une tasse à poser sur mon bureau, et que ça réinitialiserait mon cerveau pour que je puisse à nouveau coder.

Comme si elle avait lu dans mes pensées, elle a frappé doucement à la porte. D'habitude, elle ne marchait jamais sur des œufs avec moi. Quand j'étais Jackson le bad-boy, elle me poussait et me tirait jusqu'à ce que je fasse ce qu'il fallait. La plupart du temps. Mais même Marlee ne savait pas comment gérer Jackson le programmeur modèle, qui se pointait à son bureau du sixième étage à 8 heures du matin pour coder, faisait profil bas, et rentrait directement dans son appartement solitaire quand le personnel de nettoyage arrivait tard le soir.

Et qui ne réussissait à produire que du code merdique.

Ça n'avait pas tant d'importance. Cooper m'avait assigné quelques programmeurs pour « nettoyer derrière moi ». Leur code, bien que lourd et sans inspiration, fonctionnait au moins, sans erreur. Ce n'était rien comparé au programme élégant que j'avais produit avec Alicia.

Je n'écrirais plus jamais de code comme ça.

Alicia. Qu'est-ce qu'elle faisait en ce moment ? Sûrement en train de tout déchirer sur son projet à l'hôpital. Et de me détester.

— Jackson ? Marlee a passé la tête par la porte.

— Ouais ? J'ai scruté mon écran. Le message d'erreur n'avait pas bougé.

— Je t'ai apporté un sandwich. Et un cookie. Elle a brandi un sac de boulangerie blanc.

— J'ai pas faim.

Elle l'a posé sur mon bureau. — Il faut que tu manges.

— J'ai dit que je n'ai pas faim, ai-je grogné. Je n'avais plus faim depuis cette dernière nuit avec Alicia. L'Adderall que je prenais pour m'aider à me concentrer sur le travail n'aidait probablement pas.

— Et une promenade ? On peut aller au parc, et tu pourras méditer.

J'avais essayé ça aussi, mais je n'arrivais pas à chasser les pensées d'Alicia de mon esprit. — Non.

— La salle de sport, alors. L'exercice te fait toujours te sentir mieux.

— Putain, mais c'est quoi ton problème, Marlee ? Pourquoi tu essaies de me distraire ?

Elle a fait l'erreur de jeter un coup d'œil à mon écran, l'écran vide avec l'application de l'heure et de la date dans le coin. 16 heures le premier décembre.

Le premier décembre. À plus de 3 000 kilomètres de là, les bureaux d'Austin organisaient la soirée de lancement. Pour le produit que notre équipe avait créé. Et ils le faisaient sans moi.

J'aurais dû être là. Sauf que je ne le méritais pas.

Était-elle là-bas ? Est-ce qu'elle me cherchait ?

La nuit précédant ce mercredi matin où j'étais censé la retrouver, après quatre heures de silence furieux dans le jet de l'entreprise, après huit autres heures de branle-bas de combat pour résoudre le problème de Weston, Cooper m'avait déposé chez moi. Il avait froncé les sourcils en me regardant, comme s'il était inquiet. Je suppose qu'il s'attendait à ce que je pique une crise, que je discute. Que je boude. Que je m'enfuie.

J'avais eu envie de m'arracher la peau pendant que j'étais coincé dans cette salle de conférence avec Weston et notre équipe de relations publiques alors que j'aurais dû être à Austin en train de préparer mon rendez-vous avec Alicia. Mais j'étais resté. C'était la bonne chose à faire pour mon entreprise. Pour Cooper, pour Marlee, pour tout le monde au siège et pour toute l'équipe à Austin. C'était même la meilleure chose à faire pour Alicia. Si j'avais pu lui dire ce que je faisais, elle aurait peut-être été fière. Mais je ne pouvais pas. Pas un mot du fiasco de la délocalisation ne devait filtrer dans les médias. Weston nous avait M.O.T.U.S. et bouche cousue.

Alors que le témoignage d'Alicia était en jeu, je n'osais pas la contacter. Son texto était resté sur mon téléphone, me torturant. C'était ce que je méritais après avoir failli ruiner son entreprise.

Alors elle pensait que j'étais un connard. Je l'aurais déçue tôt ou tard de toute façon. Et au fond d'elle, elle le savait aussi. Elle avait su qu'elle ne pouvait pas me faire confiance avec Noah. Dommage qu'elle n'ait pas été aussi prudente avec elle-même.

Qui étais-je pour penser que je pouvais être un homme et assumer un rôle de parent pour Noah ? Je n'arrivais même pas à gérer ma propre merde.

Le lendemain, j'avais bloqué son numéro puis l'avais supprimé de mon téléphone pour éviter la tentation de la rappeler. Et puis j'étais descendu à la benne à ordures et j'y avais jeté ce morceau de technologie inutile. Il avait atterri avec un fracas gratifiant contre le fond en métal. Putain, pourquoi aurais-je eu besoin d'un téléphone ? J'allais être un drone, faisant la navette entre le bureau et mon appartement. Pas de tentations. Pas de vie sociale, pas d'amis. Pas d'illusions que je pouvais être plus.

Pourtant, je ne pouvais pas m'empêcher de me torturer.

Sur mon ordinateur, j'ai ouvert une fenêtre de navigateur et j'ai accédé à un réseau social.

— Jackson, ne fais pas ça, a dit Marlee, en crispant les doigts comme si elle voulait m'arrêter. S'il te plaît.

— Il t'a demandé de m'en tenir éloigné ? J'ai cherché le hashtag #SynergyLaunch. Des photos des bureaux familiers d'Austin ont inondé l'écran. Des gens buvant du champagne. Kevin et Amit près du buffet. J'ai presque souri. Ces gars me manquaient. À l'étage, un groupe d'employés posant, radieux.

— Il a dit que ça ne ferait que t'énerver.

J'ai lâché un rire amer. — M'énerver ? Comment diable pourrais-je être plus énervé que je ne l'étais déjà ?

J'ai fait défiler une photo de Cooper debout près de notre ancien espace de travail avec un type en costume. Cooper avec des employés souriants. Les mêmes employés, sans Cooper, bien que je l'aie repéré en arrière-plan, regardant d'un air renfrogné…

J'ai zoomé. Une main, serrant une coupe de champagne. La majeure partie d'elle était hors champ, et son visage était masqué par un coude tendu.

Mais je reconnaîtrais cette main n'importe où. Longue et pâle. J'avais regardé ces doigts fins voler silencieusement sur son clavier pendant des semaines.

J'ai parcouru d'autres photos. La revoilà, à l'arrière-plan d'une photo de l'équipe informatique. Elle avait la main sur le bras de quelqu'un. Celui de Tyler. Son visage était flou, mais ses cheveux en désordre étaient les mêmes qu'à la fête chez moi. Quelques photos plus tard, je les ai repérés derrière la vitre d'une salle de conférence. Ils étaient flous à l'arrière-plan d'une autre photo, mais je connaissais la courbe de sa hanche. La hanche qu'elle m'avait révélée quand elle avait laissé tomber sa jupe. La hanche que j'avais caressée, avec révérence, pendant que je m'étais enduit de son essence. La hanche que j'avais bercée après qu'elle m'eut montré ce qui se cachait derrière son armure, après qu'elle se fut effondrée.

Au premier plan, Cooper souriait. Comme s'il avait trimé pendant des mois sous la chaleur estivale d'Austin pour construire ce putain de logiciel. Comme s'il n'était pas arrivé à la fin pour réduire en miettes le premier bonheur que j'avais trouvé depuis longtemps. Comme s'il ne m'avait pas forcé à agir comme tous les autres hommes de sa vie et à décevoir la meilleure femme que j'aie jamais connue. Comme s'il n'en avait rien à foutre. Quel partenaire il avait été.

— Jackson ? J'avais presque oublié que Marlee était toujours là. Que s'est-il passé à Austin ? Et pourquoi y a-t-il un bloc de glace enveloppé dans une chaussette dans le congélateur des employés ?

— Il ne t'a pas dit comment j'ai tout foutu en l'air ? Encore une fois ?

Une ride s'est formée entre ses sourcils délicats. — Ce n'est pas foutu en l'air. Regarde comme tout le monde est heureux. Les clients font la queue pour acheter la nouvelle version.

J'ai cliqué sur la photo d'Alicia avec Tyler. J'ai zoomé jusqu'à ce qu'elle soit si pixélisée que je ne pouvais plus distinguer ses traits. Mais je me souvenais. Je me souvenais de la pente de son nez. De la courbe parfaite de ses sourcils blonds à peine visibles. De ses yeux si bleus et si profonds que j'aurais pu m'y noyer. Du sourire confiant et plein d'espoir qu'elle m'avait offert quand j'avais promis de lui envoyer un texto.

— Elle. J'ai pointé mon doigt vers l'écran. C'est grâce à elle que le projet a réussi. Que tout le monde est si heureux. Que j'ai été heureux pendant un moment. J'ai essayé de déglutir, mais ma gorge s'est nouée.

Marlee a traîné l'une de mes chaises visiteur de mon côté du bureau et s'est laissée tomber dedans. — Raconte-moi.

Et je l'ai fait. J'ai tout déballé. Les bons moments et les mauvais. Et puis le pire, le moment où je l'ai laissée tomber exactement comme elle s'y attendait.

Quand j'ai fini, Marlee m'a regardé en plissant les yeux. — Et pourquoi es-tu comme ça ?

— Comme quoi ?

Sa lèvre s'est retroussée. — Ici, à agir comme un robot, et pas à une course au Brésil ou sur un voilier en Méditerranée ou entouré de femmes dans un jacuzzi dans un chalet de ski. Tu sais, à faire ce que tu fais toujours quand tu fous quelque chose en l'air.

J'ai cligné des yeux. — J'y… j'y ai pensé. Mais je suppose que je ne suis plus ce type.

Ses yeux se sont agrandis. — C'est elle qui a fait ça. Elle t'a changé. Comme dans le roman que je suis en train de lire !

Elle est sortie de mon bureau en courant et est revenue avec un livre de poche abîmé. Sur la couverture, il y avait un type torse nu en kilt. Elle l'a agité devant moi. — Elle te complète. Et ça fait de toi un homme meilleur. Elle a soupiré et a fermé les yeux un instant.

— Et alors, putain, ai-je grondé. Est-ce que le mec dans ce livre a aussi frappé sa dulcinée pile là où ça faisait déjà mal ? Je ne peux pas faire contrôle-Z là-dessus et l'annuler.

Marlee s'est redressée. — Non, tu ne peux pas. Mais tu peux arranger les choses. Tu dois ramper. Et ensuite, *ensuite*, vous vivrez heureux pour toujours. Ses lèvres se sont retroussées en un sourire, et ses yeux se sont adoucis.

— Non ! Le mot est sorti de moi comme une Formule 1 sur la grille de départ. Combien de temps ça pourrait marcher ? Deux semaines ? Un mois ? Et puis je foirerais tout comme je foire tout le reste. Je ne peux pas lui faire ça.

— Pourquoi pas, Jackson ? a-t-elle demandé. Elle voulait essayer.

— Parce que je tiens trop à elle. Parce que je l'aime. Je me suis détourné de l'écran et j'ai regardé par ma fenêtre le bâtiment moche de l'autre côté de la rue.

— Elle t'aime aussi.

— Tu n'en sais rien.

— Si, j'en sais quelque chose. C'est une femme intelligente. Elle n'aurait pas compromis sa recommandation pour toi si elle ne t'aimait pas.

— Elle s'en remettra. Moi, jamais, par contre. Mon propre cœur était brisé en mille morceaux, comme mon putain de téléphone.

— Jackson Jones. Quand elle s'est levée, les pieds de la chaise ont crissé sur le parquet. — Je supporte beaucoup de tes conneries, mais ça, je ne le supporterai pas. Il est temps que tu arrêtes de te cacher derrière cette façade de je-m'en-foutiste. Je sais que montrer que tu tiens à quelque chose est difficile. Ça t'expose au ridicule. Et au chagrin. Mais si tu tiens à Alicia, tu dois te montrer à la hauteur. Crois en toi. Crois qu'ensemble, vous pouvez être plus forts.

À Austin, Alicia et moi avions formé une équipe. Nous avions accompli plus de choses ensemble que nous n'aurions jamais pu le faire séparément. Mais ça n'avait duré que deux mois. Pourrions-nous tenir plus longtemps, pour… j'ai dégluti… pour toujours ? Car c'est ce qu'Alicia méritait. Ce dont elle avait besoin.

— Elle a un enfant, tu sais. Il a dix ans. Je ne connais rien aux enfants.

— Tu as pratiquement élevé Sam depuis qu'elle était à peine plus âgée que ça. Elle est devenue une femme formidable. Je pense que tu es assez intelligent pour t'en sortir.

Sam non plus n'avait jamais correspondu aux attentes de Mère, pas comme Andrew et Natalie. J'avais donc passé beaucoup de temps avec elle. Je lui avais appris à coder. Peut-être que je pourrais faire la même chose pour Noah. Ce serait un début.

— Tu penses vraiment que je pourrais être un… un père ?

Marlee a souri. — Je parie qu'Alicia gère déjà la partie parentale. Vise plutôt le rôle de grand frère modèle. Au moins pour commencer.

Une petite graine a germé dans mon esprit. *Grand frère modèle.*
— Marlee, j'ai besoin de ton aide.

Elle a sorti son téléphone. — Tu veux le jet, ou tu veux prendre un vol commercial pour Austin ?

— Non. J'ai posé ma main sur la sienne, immobilisant ses doigts sur son téléphone. — J'ai besoin d'un rendez-vous avec mon conseiller financier. Genre, maintenant. Et il me faut une liste de fondations caritatives qui aident les enfants. De préférence des enfants neurodivergents. Et si elles utilisent des ordinateurs ou du codage pour le faire, c'est encore mieux.

La bouche de Marlee a de nouveau formé une ligne plate et exaspérée. — Jackson, elle n'a pas besoin que tu lui prouves que tu es digne d'elle en donnant des tonnes d'argent. Elle n'a besoin que de toi.

— J'ai besoin de prouver que je suis à la hauteur. À mes propres yeux. Avant de pouvoir lui demander de me reprendre.

Elle a secoué la tête. — Toujours la manière forte avec toi.

J'ai esquissé un demi-sourire. — Tu ne voudrais pas qu'il en soit autrement.

Enfin, j'ai gagné son sourire. — Non, patron, c'est vrai. Elle s'est reassise sur sa chaise. Ses doigts volaient sur l'écran de son téléphone.

— Merci, Marlee. Pour tout. Je l'aurais prise dans mes bras, mais je ne voulais pas interrompre ses recherches.

— Tu pourras me remercier en suppliant Alicia jusqu'à ce qu'elle te reprenne, puis en l'amenant ici à San Francisco. Je veux rencontrer cette femme qui t'a changé.

— Tu vas l'adorer. Moi, je l'aime. J'avais une tonne de travail à faire avant de pouvoir atteindre l'objectif que Marlee venait de me résumer. Mais comme Alicia m'avait appris à le faire, j'allais décomposer tout ça en tâches et les abattre une par une. Cependant, je ne pensais pas qu'elle serait impressionnée par un tableau de tâches pour reconquérir Alicia. Je garderais ça pour moi et me concentrerais sur le grand geste dont Marlee parlait toujours dans ses romans d'amour.

Marlee a levé les yeux, le regard pétillant. — Il nous faut un nom de code pour ce projet.

— Tu ne trouves pas que c'est un peu…

Elle a tapoté son doigt contre ses lèvres. — Dans la plupart des films, le héros doit chanter la sérénade à l'héroïne pour la reconquérir. Tu ne chantes pas, donc tu pourrais toujours faire une scène à la *Un monde pour nous* avec un radiocassette. On pourrait appeler ça…

— Pas de chanson. Pas de radiocassette. Et on appellera ça le Projet Cowboy Up.

Elle a souri. — Ça me va, patron. Votre conseiller financier vous rejoindra ici dans une heure.

— Il faut que je passe chez moi d'abord. Pour mes bottes.

— Vos…

— Mes bottes. Je m'étais engagé pour ces putains de bottes. Ce n'était pas la même chose que ce que j'allais faire avec Alicia, mais elles me rappelleraient ce qu'elle m'avait appris et la façon dont j'allais vivre le reste de ma vie.

— Compris, patron. Le Projet Cowboy Up va être mémorable.

Je me fichais des livres. Ou des films. Seule Alicia comptait, et ma capacité à la reconquérir.

ALICIA

— TU AS *QUOI* ?

Tyler s'est tassé et a fourré ses mains dans ses poches. Il a jeté un coup d'œil à la porte fermée de la petite salle de conférence où je l'avais entraîné, comme s'il envisageait de s'évader. — Cooper demandait où vous étiez tous les deux, et j'ai dit que vous préfériez probablement fêter ça seuls. C'était une remarque en l'air. Je ne savais pas que c'était un secret. Je pensais qu'il savait. Je pensais que tout le monde savait.

— Ce n'était pas un secret, ai-je dit entre mes dents serrées, parce qu'il n'y avait rien à dire. Jackson et moi n'étions pas en couple.

— Mais je… mais vous vous êtes embrassés. À la fête chez Jay.

La chaleur m'est montée aux joues. — D'accord, on a fait ça. Je n'avais pas réalisé que tu nous avais vus. Ni que tu t'en souviendrais. Mais ça ne voulait pas dire qu'on était ensemble. J'ai repensé à ce lundi soir dans l'appartement de Jackson, quand j'avais espéré que nous pourrions commencer quelque chose de vrai, ne serait-ce que pour un temps. Mais il n'avait même pas voulu de ça.

— Mon Dieu, je suis désolé. Vraiment. Tu sais où il est ? Je meurs d'envie de m'excuser.

— Il n'est pas là ?

Le front de Tyler s'est plissé. — Pas depuis le lendemain de la fin du projet. Il est venu s'excuser auprès de l'équipe pour avoir créé un environnement de travail hostile. Et maintenant, il ne répond pas quand j'appelle, et il ne répond pas aux SMS. Tu penses qu'il me déteste ? Parce que… Il a baissé la tête. — J'ai eu une promotion. Et une mutation à San Francisco. Je vais travailler dans son service. Et ça craindrait qu'il me déteste.

— Non, Tyler. Il pense que tu es un type génial. Et félicitations pour ton nouveau poste. J'ai tendu la main pour la poser sur son épaule, mais je me suis figée. Les stores de la pièce étaient ouverts, et je ne voulais pas que quelqu'un me voie — la femme écarlate du bureau, apparemment — le toucher. Un environnement de travail hostile ? Peut-être que certains de nos regards s'étaient attardés un peu trop longtemps. Peut-être que nos baisers — en dehors du travail et dans des endroits où nous pensions que personne ne pouvait nous voir — menaçaient Tyler et le reste de l'équipe. Nous n'avions pas été aussi discrets que je le pensais. Si seulement ils savaient le reste. Jackson et moi avions à peine attendu que mes identifiants d'accès à l'entreprise soient supprimés du système avant de nous jeter au lit ensemble. Mon visage me brûlait.

Et pourtant, Cooper m'avait donné la recommandation dont j'avais besoin, malgré un comportement qu'il considérait clairement comme non professionnel. Pourquoi ? Il fallait que je le trouve. Je le remercierais pour ses précieux mots. Et je m'excuserais si nécessaire.

— Tu l'as vu ce soir ? J'ai regardé par la petite fenêtre de la salle.

— Qui ?

— Cooper.

— Ouais. Il est dans le coin. J'allais lui poser des questions sur Jay.

— Ça te dérange si je lui parle d'abord ?

— Vas-y. Je suis vraiment désolé d'avoir dit quoi que ce soit.

— Ne t'inquiète pas. Tout ira bien. J'ai ouvert la porte et me suis dirigée vers les escaliers. Est-ce que tout irait bien ? Ou est-ce que Cooper dirait à quiconque appellerait pour une référence que j'avais eu une relation inappropriée avec un collègue ? Je suppose que je le saurais si je me présentais à mon prochain contrat et qu'ils portaient tous des ceintures de chasteté.

J'ai repéré ses cheveux blonds foncés, qui dépassaient des autres, en bas. Gardant mon regard fixé sur lui, je suis descendue et je me suis dirigée vers l'endroit où il se tenait, parlant à un groupe de personnes. Des cadres, à en juger par la qualité de leurs vêtements. J'ai tripoté ma propre jupe, m'assurant qu'elle couvrait mes genoux. J'aurais aimé porter un pantalon.

Le regard de Cooper a croisé le mien. Il a grimacé. Pas bon signe.

J'ai tourné autour du cercle jusqu'à ce que, finalement, il s'excuse et se place en face de moi.

— Madame Weber. Comment vont les affaires ? Il m'a serré la main, ses doigts glacés.

— Très bien, merci. Je suis sur un projet avec un hôpital local en ce moment. Merci encore pour votre aimable recommandation.

Je l'ai publiée sur mon site web, et elle m'a aidée à attirer des clients.

— J'en suis ravi. Pourrions-nous parler une minute ? Il a incliné la tête vers la petite salle de conférence à côté du poste de sécurité.

J'ai hoché la tête et je l'ai suivi.

Quand la porte s'est refermée, il a dit : — J'aurais dû vous contacter plus tôt, mais nous avons eu une sorte d'urgence au siège. Je voudrais m'excuser pour le comportement de Jackson. Nous ne tolérons pas le harcèlement sexuel, et il fait l'objet de mesures disciplinaires.

J'ai cligné des yeux. — Le harcèlement sexuel ?

— Il a dit que vous aviez résisté à ses avances à plusieurs reprises, y compris le jour de la fin du projet. J'apprécie votre discrétion et j'espère que la recommandation que je vous ai donnée apaisera les sentiments désagréables qu'il a pu engendrer.

Mais. Qu'est-ce. Que. C'était que ce bordel ? Qu'est-ce que Jackson avait fait ?

— Il vous a dit que je l'avais repoussé. Que ce que Tyler a dit avoir vu n'était pas consenti.

Il a tendu les mains, paumes vers le haut. — Jackson est toujours honnête avec moi.

J'ai à peine réprimé un ricanement. Tout le personnage de Jackson était un mensonge. Je supposais que Cooper savait que Jackson utilisait de nombreuses couches de fanfaronnade nonchalante et imprudente pour cacher son moi tendre, sensible et bienveillant. Mais maintenant, je savais quelque chose que Cooper ignorait.

Si j'étais une personne différente, je profiterais de la peur dans les yeux de Cooper qui me disait qu'il accepterait un arrangement à l'amiable pour une somme qui nous mettrait, ma famille et moi, à l'abri pour de nombreuses années. Des frais de scolarité dans une école privée pour Noah. Un joli pécule pour l'université et la retraite.

Mais ce n'était pas moi.

— Monsieur Fallon, Jackson n'a pas été tout à fait honnête avec vous sur la nature de notre relation. C'était consenti. Jackson n'a rien fait de mal.

— Êtes-vous en train de me dire que vous, une consultante, avez eu une liaison avec votre client ? Sa mâchoire s'était changée en pierre.

Oh, merde.

J'aurais aimé pouvoir rafraîchir mes joues brûlantes avec mes mains froides. — Pas exactement. Notre relation était presque entièrement platonique pendant le projet. Sauf les baisers. Je me suis mordu la lèvre.

— Malheureusement, elle n'avait pas l'apparence d'une relation platonique. D'autres membres de l'équipe l'ont remarqué.

— Je sais, mais...

— Vous ne le réalisez peut-être pas, ses yeux étaient comme des éclats de glace, mais ce n'est pas le premier... écart de conduite au bureau de Jackson. Et ce ne sera probablement pas le dernier.

Waouh. Mes yeux se sont exorbités, et je n'aurais pas été surprise s'ils étaient sortis de leurs orbites pour rouler sur la moquette industrielle. Je suppose qu'il fallait avoir des couilles d'acier et de l'eau glacée dans les veines pour faire passer une entreprise de sa chambre d'étudiant à un mastodonte multinational.

— Jackson est retourné au siège. Je vous conseillerais d'oublier tout ce qui s'est passé ici à Austin. Puisque vous avez avoué avoir répondu à ses... avances, je ne pense pas que Synergy vous doive quoi que ce soit de plus. À l'avenir, Madame Weber, réfléchissez bien avant de vous impliquer avec le personnel de vos clients. Tout le monde ne sera pas aussi compréhensif que moi.

Il a tourné sur le talon de ses mocassins italiens. Il avait une main sur la poignée de la porte quand j'ai dit, d'une voix aussi douce que le thé d'Esmy : — Je ne pense pas avoir grande utilité de votre compréhension, Monsieur Fallon.

Il s'est figé et s'est retourné. Ses yeux écarquillés me disaient que peu de gens lui parlaient comme je venais de le faire.

— Jackson Jones est un excellent programmeur et un atout sous-utilisé pour cette entreprise. Un jour, il réalisera exactement ce qu'il vaut et à quel point vous ne méritez ni son partenariat, ni son amitié. J'ai mis les mains sur mes hanches et l'ai fusillé du regard, prétendant mesurer plus d'un mètre quatre-vingts et pouvoir le regarder de haut.

Il m'a dévisagée pendant dix battements de mon cœur affolé. Puis il a ouvert la porte brusquement et est sorti en trombe, me laissant haletante dans son sillage.

— Va te faire foutre, Cooper Fallon, ai-je marmonné. Ça m'a fait un peu de bien. J'avais fait tout ce que je pouvais : j'avais défendu l'homme qui m'avait défendue. Qui avait menti pour me protéger.

Mais je ne lui avais pas demandé de faire ça. Je lui avais demandé de rester. Et il ne l'avait pas fait.

En grinçant des dents, j'ai regardé fixement le téléphone sur la table de conférence. Je voulais l'appeler. Lui hurler dessus. Mais il ne répondrait pas. Il n'avait répondu à aucun de mes appels. Peut-être qu'il était déprimé. Ou en colère.

Mes mains tremblaient. Eh bien, qu'il aille se faire foutre. J'étais en colère, moi aussi. Surtout contre Cooper et son arrogance de connard. Mais aussi contre Jackson. Qui était-il pour décider de ce qui était le mieux pour moi, pour porter le chapeau pour quelque chose que j'avais accepté de tout cœur ? Et ensuite pour s'enfuir sans un mot, comme un salaud qui me ghostait ?

Exactement comme mon père. Comme le père de Noah. Choisir la facilité quand la vie devenait difficile.

Devinez quoi ? Ma vie n'avait rien de facile. Et il n'y avait pas de place dedans pour quelqu'un qui ne prenait pas la peine de rester.

32

JACKSON

— ÇA A L'AIR BIEN. Cooper a posé la tablette sur mon bureau et s'est adossé dans le fauteuil visiteur.

— Tu penses que ça va marcher ? je lui ai demandé en m'accoudant au bureau.

— Tu me demandes si je pense que c'est un projet viable pour une fondation, ou…

— Oui. Je ne voulais pas entendre son *ou*. — Est-ce que ça atteindra mes objectifs d'aider les enfants neurodivergents ?

— Je pense, oui. C'est beaucoup d'argent. Il va te falloir quelqu'un pour prendre les choses en main et gérer tout ça.

— J'ai plus d'argent que je ne pourrai jamais en dépenser. Mais qui est-ce que je peux trouver pour gérer ça ?

Il a haussé les épaules. — Tu pourrais engager un cabinet de recrutement. Ils te trouveraient quelqu'un de qualifié.

— J'ai besoin de quelqu'un en qui je peux avoir confiance. Tu penses que… Ma bouche s'est asséchée avant que je puisse prononcer son nom.

— C'est une programmeuse, pas la directrice générale d'une organisation à but non lucratif.

— C'est une excellente manageuse. Elle peut faire tout ce qu'elle veut.

Ses sourcils se sont froncés. — Tu fais ça pour aider les enfants ou pour récupérer Alicia ? Ses lèvres se sont tordues quand il a prononcé son nom. Il était d'accord pour la fondation, mais beaucoup moins pour Alicia, même s'il m'avait dit qu'elle lui avait avoué la vérité lors de la soirée de lancement. Ce qui était bizarre, parce que mes deux personnalités de type A préférées auraient dû s'entendre à merveille.

— Je fais ça pour aider les enfants. Même si ça pouvait impressionner Alicia, ce serait bien aussi.

— Alors trouve-toi un directeur qualifié.

J'ai soupiré et j'ai regardé par la fenêtre la pluie qui tombait à verse et masquait l'immeuble d'en face. Il ne pleuvait presque jamais quand j'étais à Austin. J'aurais aimé y être à cet instant, respirer le même air pur et sec qu'elle.

Bientôt.

— Je suis fier de toi, Jay.

J'ai tourné la tête si vite que mon cou a craqué. — Quoi ?

— Tu m'as entendu. Non seulement le projet à Austin, mais aussi cette fondation. Tu as vraiment mûri.

— Merci. J'aurais aimé avoir des papiers à brasser ou un disque dur à démonter, mais Marlee avait nettoyé mon bureau pendant que j'étais à Austin. Il n'y avait rien pour me cacher de l'intensité de son regard perçant.

— Et tu mérites… l'amour. Le sien, si c'est ce que tu veux. Il a chassé une peluche invisible de son pantalon de costume.

— Vraiment ? On ne parlait jamais de ces conneries.

Il avait l'air fatigué. Il avait des rides sous les yeux et des cernes que je n'avais jamais remarqués auparavant. Je venais d'ouvrir la bouche pour l'interroger à ce sujet quand la voix de la personne que je détestais le plus a retenti dans le bureau.

— Oh, je suis désolé, je pensais que c'était une réunion de cadres de l'entreprise, pas un épisode de *Gossip Girl*. Notre PDG,

Harris Weston, est entré nonchalamment dans mon bureau. La porte n'était pas fermée, avant ?

Merde, qu'est-ce qu'il avait entendu ? Suffisamment, si j'interprétais correctement la lueur de connaissance dans ses yeux de fouine. Mes sentiments pour Alicia étaient privés. Mes meilleurs amis, Cooper et Marlee, étaient au courant, mais ce n'était pas à Weston de les collectionner dans sa horde de secrets, ni à ses mains manucurées de les tripoter pour les utiliser à son avantage.

Je me suis levé si vite que ma chaise a tourné sur elle-même et a percuté le buffet. — Que voulez-vous, Weston ?

Il a jeté un coup d'œil à sa montre-bracelet Patek Philippe. — Je pensais que nous avions un rendez-vous, Jones.

Merde, c'était vrai. Pourquoi Marlee ne m'avait-elle pas prévenu que c'était l'heure ? Weston l'avait probablement éloignée pour la distraire, et sans téléphone, je ne pouvais pas recevoir ses textos d'alerte.

Cooper s'est levé. — Je vais vous laisser, alors. À moins que vous n'ayez besoin de moi aussi ? Il fallait que je lui reconnaisse ça. Cooper ne partageait pas mon aversion pour Weston, et il essayait généralement de jouer les tampons entre nous.

— Non, merci, Fallon. Je viens prendre des nouvelles de Jones, maintenant qu'il est revenu de... Il a toussé, et j'ai été incapable de dire s'il avait dit *Austin* ou *exil*.

Avec un dernier signe de tête rassurant, Cooper est sorti et a refermé la porte.

Weston a ignoré mon fauteuil visiteur et, avec sa douceur reptilienne habituelle, s'est glissé dans l'un des fauteuils bergères de mon coin salon. Il a montré de la main la chaise longue voisine. Ce connard me disait où m'asseoir dans mon propre bureau.

Je me suis dirigé d'un pas lourd vers le fauteuil bergère en face du sien, de l'autre côté de la table basse, et je m'y suis assis. J'ai croisé les bras. — De quoi avez-vous besoin, Weston ? Marlee a déjà soumis mon rapport de projet.

— Merci pour ça. Il a lissé sa barbe, qui était devenue principalement grise avec quelques fils bruns, dans un ratio inverse à celui de ses cheveux. — Mais je suis venu vous parler de quelque chose de plus… personnel.

Une vague de chaleur est montée de ma poitrine à mon cou. Est-ce que Cooper lui avait parlé d'Alicia ? S'il essayait de l'utiliser contre moi — Alicia, la meilleure personne que j'aie jamais rencontrée —

— Je crois comprendre que vous êtes sur le point d'engloutir une part importante de votre fortune dans une fondation. Quelle noble initiative.

J'ai cligné des yeux, complètement sonné. C'était un compliment ? — Merci ?

Il a hoché la tête, tel un roi accordant une faveur. — Comme vous le savez, je soutiens de nombreuses causes nobles. Une fois que votre fondation sera prête à recevoir des dons, je serai heureux de vous faire un chèque. Est-ce que dix millions seraient acceptables ?

Je n'ai pas pu m'en empêcher ; mes yeux sont sortis de leurs orbites. Même Cooper, même ma mère, n'avaient pas offert autant. Je me sentais comme George Bailey dans *La vie est belle*, assis dans la chaise basse pendant que M. Potter m'offrait vingt mille dollars par an. J'aurais aimé pouvoir faire comme George et refuser. Je ne voulais pas des mains visqueuses de Weston dans ma fondation, mais cet argent aiderait beaucoup d'enfants.

J'ai dégluti. — Oui, merci.

— Je suis heureux d'aider. Il a écarté les mains dans un geste large et généreux. Puis il s'est penché en avant. — Je crois aussi comprendre que vous avez rencontré quelqu'un. Quelqu'un qui demande un peu plus… — il a gloussé — … de cour.

Je me suis raidi. Comment diable savait-il ça ?

— En tant que personne ayant un peu d'expérience dans ce domaine — il a de nouveau gloussé, une tentative d'autodérision, puisque tout le monde savait qu'il avait quelques ex-femmes couvertes de diamants — je peux vous dire que les épouses et les petites amies ne sont pas données. Comme l'une de vos belles voitures, elles nécessitent de l'entretien pour continuer à ronronner.

Alicia était-elle comme ça ? Voulait-elle des diamants et des manoirs ? Des pur-sang de course, comme l'une des ex-femmes de Weston en possédait ? Elle venait du Texas aussi, je m'en suis souvenu.

— Entre la création de votre fondation et les cadeaux offerts à cette jeune femme méritante, vous pourriez vous sentir un peu à court d'argent.

J'ai pincé les lèvres. Il avait raison ; j'avais prévu de donner la plupart de mes liquidités pour donner un bon départ à la fondation. Je n'avais même pas pensé à acheter à Alicia des bijoux, une grande maison ou même une voiture de luxe. J'avais supposé, une fois que j'aurais prouvé ma valeur, qu'elle voudrait juste… moi. Était-ce naïf ?

— Je peux vous aider. Weston s'est adossé dans son fauteuil. — Vous possédez un nombre important d'actions Synergy. Je serais heureux de vous en débarrasser au prix du marché. Pour les mettre en sécurité.

Merde. Comme Potter, il m'avait enroulé comme un cobra et avait essayé de m'hypnotiser. Il ne s'agissait pas de m'aider, ni d'aider la fondation. C'était une OPA sur mes actions.

À nous deux, Cooper et moi, nous détenions cinquante et un pour cent des actions, assez pour garder le contrôle de notre entreprise. Nous nous étions promis de les conserver quoi qu'il arrive. Personne ne pouvait nous enlever ce que nous avions construit ensemble.

J'ai bondi sur mes pieds. — Je ne suis pas intéressé à céder ma participation dans Synergy.

Weston s'est levé et a haussé les épaules. — J'essaie d'aider. Quoi qu'il en soit, mon offre de don tient toujours.

Il s'est dirigé nonchalamment vers la porte et s'est arrêté, la main sur la poignée. — Faites-moi savoir si vous changez d'avis. Après… tout ça, vous pourriez avoir besoin d'un cadeau pour arranger les choses avec votre amante.

Le connard a refermé la porte, me laissant vidé. Comment savait-il à quel point j'avais merdé avec Alicia ?

Mais il ne connaissait pas Alicia. Si elle ne voulait pas de moi pour ce que j'étais, aucune quantité de diamants, de chevaux ou de frais de scolarité dans une école privée pour Noah ne la convaincrait. Je devais me dépouiller de tout ça et lui prouver quelque chose d'infiniment plus difficile : que j'étais le genre d'homme sur lequel elle pouvait compter. Un homme en qui elle pouvait avoir confiance sur le long terme. Pour elle et pour Noah.

Et après avoir tout fichu en l'air si lamentablement, je n'avais aucune idée de comment m'y prendre.

Mais j'allais essayer.

33

JACKSON

JE N'AVAIS ABSOLUMENT aucune expérience en matière de supplications.

Toutes les autres relations que j'avais eues — et j'utilise le terme *relation* au sens large, ici — je les avais foirées d'une manière ou d'une autre, soit intentionnellement, comme en filant au milieu de la nuit sans laisser un mot, soit involontairement, comme la fois où j'avais appelé une femme Caroline au lieu de Catherine. Pendant qu'elle avait ma bite dans la bouche. Aïe.

Mais à chaque fois, j'avais haussé les épaules et j'étais passé à autre chose. Je ne m'étais jamais assez soucié de qui que ce soit pour vouloir arranger les choses.

OK, je n'en suis pas fier, mais ça, c'était l'Ancien Jackson.

Le Nouveau Jackson ne voulait pas foirer ça.

Et ça signifiait que je devais apprendre à ramper, et vite.

Marlee, serrant sa pile de romans d'amour, avait essayé de me coacher tous les jours au cours de la semaine passée. Elle m'avait parlé de reconnaître mes torts, de me montrer vulnérable et d'exprimer mes sentiments. Elle avait mentionné une entrée spectaculaire, des cadeaux, la faire tomber à la renverse — et j'ai eu l'étrange impression qu'elle le pensait au sens propre.

Cooper n'avait aucun conseil à me donner. Il avait fixé le vide par la fenêtre de la voiture en route pour l'aéroport, puis dans le jet pendant tout le trajet jusqu'au Texas. Ça ne me dérangeait pas. On ne parlait jamais de sentiments.

Son silence m'avait donné le temps d'éplucher quelques dizaines d'e-mails. Monter une fondation, c'était une putain de galère. Qui aurait cru qu'on ne pouvait pas faire ça en trois semaines ? Une fois que j'aurais trouvé quelqu'un pour diriger la fondation, on pourrait organiser des camps. D'ici là, on allait verser les fonds à des organisations qui aidaient les enfants atteints de TDAH, de dyslexie, d'autisme, du syndrome de la Tourette et de TOC. J'étais sûr que je découvrirais aussi d'autres causes liées à la neurodivergence.

On s'est séparés à l'aéroport. Cooper s'est dirigé vers la fête de Noël du bureau, et je suis allé directement à Cherrywood.

Les nuages pendaient bas au-dessus de la maison jaune des Weber cet après-midi-là. Ils n'étaient pas verts comme le jour où j'avais rencontré Alicia devant les bureaux de Synergy, mais leur base était sombre et lourde. Il serait tout à fait approprié qu'Austin décide de déchaîner sur moi un nouvel enfer météorologique.

Ma mission était trop importante pour être découragée par la grêle, des tornades ou une pluie de chauves-souris. J'ai redressé les épaules et j'ai remonté l'allée des Weber en serrant un bouquet de fleurs du supermarché. Accordez-moi un peu de crédit ; elles venaient de l'épicerie bio de luxe que j'avais croisée en quittant l'aéroport.

J'ai frappé à la porte violette.

La lumière du porche s'est allumée, puis la porte s'est ouverte. La mère d'Alicia, Diane, s'est penchée sur le seuil, vêtue d'un jean et d'un pull à rayures. Elle m'a dévisagé à travers la mousti-quaire. — Qu'est-ce que *vous* faites ici ?

Tant pis pour l'hospitalité du Sud. Non pas que je la méritais. — Bonsoir, Madame Weber. Est-ce qu'Alicia est là ?

Elle a croisé les bras. — Non, elle est au travail.

Un silence s'est étiré entre nous. — Savez-vous quand elle rentrera ?

— Je ne crois pas que ça vous regarde, Monsieur Jones. Elle a dit que les choses ne s'étaient pas très bien terminées entre vous deux.

Terminées ? J'ai dégluti. Mais bien sûr, personne ne pensait que j'allais revenir. — Non, et c'est ma faute. Je suis là pour m'excuser. Ça vous dérange si j'entre ?

— Je ne crois pas, non, Monsieur Jones. Je pense que vous avez assez fait de mal à ma fille. Vous pouvez attendre dans votre voiture. Ou, mieux encore, je lui dirai que vous êtes passé, et elle vous appellera si elle veut vous parler.

Elle a refermé la porte, me laissant seul face à la peinture violette. Merde, j'aurais dû apporter du vin ou des chocolats pour me frayer un chemin dans la maison des Weber.

— J'imagine que je vais attendre, ai-je marmonné. Je me suis laissé tomber sur la marche supérieure du porche et j'ai regardé la rue comme si elle allait arriver d'un moment à l'autre. J'ai posé les fleurs à côté de moi et j'ai fourré mes mains dans mes poches. Une goutte de pluie s'est écrasée sur le bout de ma botte.

Les arbres étaient nus à présent, leurs branches tordues s'enroulant vers le ciel qui s'assombrissait. La fraîcheur s'infiltrait à travers mon jean depuis les planches de bois du porche, me faisant frissonner. Quelques gouttes supplémentaires ont crépité, et j'ai rentré davantage mes bottes sous l'avancée du porche. La souffrance devait faire partie des excuses, non ? C'était mon amie-ennemie depuis que j'avais quitté Austin il y a plus d'un mois.

La porte d'entrée a de nouveau gémi, et cette fois la moustiquaire s'est ouverte vers l'extérieur. Des bruits de pas lents se sont approchés.

— Tu veux un café ?

J'ai senti l'odeur au moment même où il parlait, et l'arôme du breuvage m'a fait me redresser. — Oui, s'il te plaît.

Noah m'a tendu une tasse. Il en tenait une autre dans l'autre main, du chocolat chaud d'après l'odeur. Il s'est assis à côté de moi.

J'ai souri. Un membre de la famille Weber ne me détestait pas. — Il fait assez froid ici, mon pote. Et humide. Ça va aller pour toi ?

Il a reniflé. — Et toi, ça va aller ? J'ai l'impression que je peux rentrer à l'intérieur quand je veux, alors que tu es coincé ici sous la pluie comme un pauvre type, à attendre qu'Alicia vienne te botter le cul.

Oh. Alors ça allait se passer comme ça.

J'ai baissé les yeux vers ma tasse de café et l'ai reniflée. Est-ce que la mort-aux-rats avait une odeur ? Je l'ai posée à côté de moi. — Comment ça se passe à l'école ?

Il a haussé les épaules. — Ça va. Je suis dans la classe de Mme Fraser maintenant. Et je prends des médicaments pour m'aider à me concentrer en classe.

— Ça fonctionne ?

— Peut-être. J'ai eu un A à mon contrôle de maths la semaine dernière.

— C'est super. Et les autres enfants te laissent tranquille ? Plus d'yeux au beurre noir ?

— Non. La conseillère d'orientation a fait une leçon sur le respect des autres. Et Alicia m'a fait m'entraîner à me servir de mes mots. Il a siroté son chocolat. — On dirait que tu aurais dû te servir de tes mots, toi aussi.

— Je suppose qu'elle t'a dit ce que j'ai fait.

— Elle n'a pas eu besoin. D'abord, tu es venu ici, en disant que tu m'emmènerais sur le circuit. Que tu m'aiderais avec mes devoirs. Que tu m'apprendrais à donner un coup de poing. Et puis, tu as disparu. Alicia a dit que tu étais retourné en Californie. Et elle a pris un certain air quand je lui ai posé des questions sur toi. Il a plissé le nez et pincé les lèvres comme s'il avait sucé un citron. — Comme ça.

— J'imagine que vu comme ça... Non. Peu importe comment on le voit, je suis un connard.

— Ouais. Alors. Qu'est-ce que tu fais ici ?

— Je suis venu pour ramper.

— C'est quoi, ça ?

— Je vais m'excuser pour ce que j'ai fait. Lui dire que je l'aime. Et lui demander de me reprendre. Tu penses que ça va marcher ?

Il m'a jaugé du regard. La chemise à col. Les fleurs. Les bottes tape-à-l'œil mais bien usées. — Je sais pas. Tu ne ressembles pas aux autres mecs avec qui elle est sortie.

J'ai baissé la tête. — Elle est sortie avec beaucoup de mecs, hein ? Une femme fantastique comme Alicia devait avoir une file de gars qui attendaient pour sortir avec elle.

— Pas beaucoup. Quelques-uns. Le père de mon ami Palmer, Rick. Il porte une cravate pour aller au travail. Il l'a emmenée dîner et tout. Il nous a emmenés tous les quatre manger des hamburgers et des glaces une fois. Tu l'as déjà emmenée quelque part, toi ?

— Pas... pas vraiment. Elle m'avait emmené voir les chauves-souris ce soir-là. Puis j'avais gâché l'occasion de l'inviter à sortir et de lui montrer que je tenais à elle.

Il a plissé un œil en me regardant. — Alors je ne pense pas que tes chances soient très bonnes.

— J'ai apporté des fleurs. Je les ai brandies. Un des gros chrysanthèmes tombait.

Il a retroussé la lèvre. — Elle a dit qu'elle aimait les fleurs ?

— Je... je n'ai pas demandé. Marlee adorait les fleurs. Elle poussait des petits cris chaque fois que j'en envoyais pour la Journée des Assistantes de Direction. Et elle portait tout le temps des imprimés floraux. Mais je n'avais jamais vu Alicia porter un seul imprimé. Seulement des couleurs unies. Aucune d'entre elles n'évoquant particulièrement les fleurs. Merde.

— Tu sais ce qu'elle aime ?

— Quoi ? J'irais le chercher en courant. J'avais le temps.

— Les mecs qui ne sont pas des connards.

— Oh. Je me suis avachi. Il avait raison. Putain, qu'est-ce que je foutais là, à me geler le cul sur son porche ?

Il a aspiré la dernière goutte de son chocolat chaud. — Je rentre me réchauffer. Si je ne te revois pas, salut.

Je lui ai adressé un demi-sourire. — Salut, Noah. Mais je reste jusqu'à ce qu'elle arrive.

Il a haussé les épaules. — Comme tu veux.

La moustiquaire a claqué derrière lui. Une lumière a brillé au-dessus de moi — des lumières de Noël. La guirlande multicolore à l'ancienne courait en ligne droite le long des avant-toits du porche. L'œuvre d'Alicia, j'ai supposé. Des lumières se sont allumées dans les deux arbres les plus proches de la maison. Celles-ci étaient roses, bleues et violettes, et leur disposition désordonnée suggérait l'effort d'un autre membre de la famille.

Une voiture s'est garée sous l'abri de l'autre côté de la rue. Un homme en est sorti et m'a lorgné avant de se retourner et de rentrer dans la maison. Une minute plus tard, un téléphone a sonné à l'intérieur de la maison d'Alicia, mais je n'ai pas pu entendre la personne qui a répondu. La pluie s'était transformée en une averse torrentielle qui éclaboussait mes bottes et le bas de mon jean. Je me suis blotti un peu plus sous l'avancée du porche.

Un miaulement est venu de derrière moi, et un gros chat tigré roux portant un collier bleu s'est faufilé à travers la chatière de la porte. Était-ce le même chat qui m'avait feulé dessus le soir où j'avais dîné ici ? Quel était son nom ?

Il a marché sur la pointe des pieds autour de moi, a reniflé le bouquet fané, et s'est assis lourdement sur le porche, à une longueur de bras. Il a de nouveau miaulé. J'ai tendu le bras et je l'ai laissé renifler ma main avant de le caresser entre les oreilles. Il a fermé les yeux, et j'ai jeté un coup d'œil à la médaille sur son collier. Tigger. Oui, c'était le chat d'Alicia.

— Tu ne me détestes pas, toi, hein, mon grand ? Tu sais que je suis là pour essayer de me faire pardonner, pas vrai ?

Il a miaulé et a frotté le côté de sa tête contre ma main.

— Ouais, on est potes. Tu te porteras garant pour moi. Tu leur diras que je ne suis pas un connard fini. Et ensuite, on sera les meilleurs amis du monde. Je t'apporterai des friandises au thon.

Il a cessé de se frotter à ma main. Ses paupières se sont ouvertes brusquement, mon seul avertissement avant qu'il ne me mordille l'index.

— Aïe ! J'ai retiré ma main d'un coup sec. — Pas fan de thon, hein ?

Il s'est retourné, m'a balancé sa queue au nez, et a bondi à travers la chatière avec un claquement sec.

Deux gouttes de sang ont perlé sur mon articulation. — Public difficile. J'ai mis mon articulation dans ma bouche.

Quelques pick-ups et une camionnette de livraison sont passés en grondant. J'ai vérifié ma montre. Il était plus de cinq heures. Peut-être qu'Alicia rentrerait bientôt. Je devrais préparer ce que je voulais dire.

Je me suis appuyé en arrière sur mes coudes et j'ai fixé le plafond. Il était peint d'un bleu œuf de merle réconfortant. Peut-être qu'un jour j'aurais un porche avec un plafond bleu. Alicia et moi pourrions nous asseoir sur la balancelle—

La moustiquaire a de nouveau claqué. Noah est sorti d'un pas lourd, mais au lieu de s'asseoir à côté de moi, il s'est appuyé contre le poteau. — Toujours là, hein ?

— Ouais.

— Je t'ai apporté un sweat. C'est celui d'Alicia, mais il est assez grand. Il m'a tendu un sweat à capuche gris avec un symbole de longhorn orange au-dessus de la poche kangourou.

— Merci. Je le lui ai pris et je l'ai enfilé avec difficulté. Il était peut-être grand pour Alicia, mais il m'allait juste. Instantanément plus au chaud, j'ai inspiré l'odeur propre et familière d'Alicia.

Il a bondi à nouveau à travers la porte, et je me suis installé pour attendre.

Près d'une heure plus tard, la Honda d'Alicia a dévalé la rue. Je n'ai pas su tout de suite que c'était celle d'Alicia — elle conduisait la voiture la plus banale du monde — mais je l'ai espéré. Et quand elle s'est engagée dans l'allée, j'ai su que mon instinct ne m'avait pas trompé.

Je me suis levé, grimaçant sous les douleurs qui fusaient dans mes muscles. Mon cul picotait alors que le sang y refluait. La portière de la voiture s'est ouverte, et un parapluie noir en est sorti. La portière s'est refermée, et le parapluie a progressé d'un pas vif le long de l'allée et a monté les marches du porche. Puis il s'est incliné en arrière, et quand elle m'a vu, son visage a blêmi.

Alicia portait un pantalon noir et des bottes — des bottes de ville, pas des bottes western comme les miennes. Son imperméable était ouvert, révélant un chemisier bleu clair maculé de quelques gouttes de pluie. Ses cheveux étaient ramenés en arrière dans le chignon qu'elle portait toujours au travail. Son maquillage dissimulait mal les cernes violets sous ses yeux, et son rouge à lèvres s'était effacé, laissant ses lèvres pâles. J'ai eu envie de faire disparaître le tremblement de ses lèvres d'un baiser, de l'envelopper dans mes bras, manteau mouillé et tout, et de la réchauffer. De la déshabiller lentement et de la mettre sous la douche. De la border dans son lit où elle pourrait dormir pour se remettre de la semaine. De la serrer contre moi jusqu'à ce que les ombres s'effacent de ses yeux.

Mais je l'avais blessée. Si j'étais la raison pour laquelle elle était épuisée et malheureuse, je n'avais pas le droit de faire tout ça. Pas encore. Peut-être jamais.

J'ai fait un pas vers elle, mes mains ballantes, inutiles, le long de mon corps. — Salut, Alicia.

Ses lèvres se sont resserrées. — Pourquoi es-tu là, Jackson ?

J'ai essayé de lui adresser un sourire charmeur. Pas trop. Amical, mais pas trop vendeur de tapis. Mais mon visage était glacial, et je n'ai réussi qu'à produire une grimace. — Pour m'excuser. J'ai quitté Austin sans te dire au revoir. Je n'ai pas répondu à tes messages ni appelé pour m'expliquer. Pour tout ça, je suis désolé.

— Pourquoi as-tu fait ça ? Pourquoi es-tu parti ? Elle a appuyé le parapluie contre l'un des poteaux du porche et a croisé les bras.

— En partie parce que — eh bien, je ne peux pas t'en parler ou Cooper m'arrachera les couilles. Mais surtout parce que je n'étais pas prêt. Je n'étais pas assez bien pour toi, et je ne voulais pas ruiner ton entreprise ou — ou ta vie. J'ai fait un geste derrière moi vers la porte violette. — Mais, tu vois, j'ai pris des mesures pour changer. J'ai créé—

Elle m'a arrêté, au milieu de mon geste pour attraper les statuts de la fondation dans ma poche.

— Je ne voulais pas que tu changes. Je te voulais tel que tu étais, ici à Austin. L'homme dont je — dont je suis tombée amoureuse.

Mon cœur s'est emballé comme une voiture de course sur la ligne de départ. — Mais je devais changer. Pour moi. Je devais me sentir digne moi-même avant de pouvoir essayer de te convaincre que je méritais une autre chance. J'ai mis tout l'espoir, tout l'amour que j'avais dans le regard que j'ai ancré dans le sien. *Donne-moi une autre chance.*

Ses lèvres se sont amincies. — C'est trop tard.

— Trop tard ? Marlee ne m'avait pas dit que des supplications pouvaient arriver trop tard. Elle avait dit que l'héroïne pardonnait toujours au héros.

— Je ne peux pas faire ça. Elle a détourné le regard, une larme non versée brillant d'un éclat vert sous les lumières de Noël.

— Tu ne peux pas envisager un avenir éternel avec moi ? Parce que c'est ce que je veux. Putain, j'aurais dû lui acheter une bague. Même Marlee avait dit que c'était trop, trop vite. Mais je voulais lui offrir la fin heureuse, et est-ce que ça ne rimait pas toujours avec un mariage ?

— Pour toujours ? Elle a eu un rire amer, et quand la larme a roulé sur sa joue, elle l'a essuyée comme si elle était en colère contre elle aussi. — On sait tous les deux que je n'étais qu'une de tes aventures. Seule la chasse t'intéressait. Eh bien, tu m'as eue. Et, comme une idiote, je suis tombée dans le panneau. Je suis tombée amoureuse de toi. Je pensais que j'étais amoureuse. Mais maintenant, je sais comment ça marche. Et je ne referai pas cette erreur. Elle a fait un pas vers la porte.

Mon cœur battait à tout rompre. Elle m'aimait. Ou elle m'avait aimé, un temps. J'ai touché son bras. — Alicia, je t'aime aussi. Donne-moi une autre chance. Je te prouverai que j'ai changé.

Elle m'a regardé alors, ses yeux bleus brillants d'humidité. — Je ne peux pas. Tu ferais mieux de faire ce que tu fais de mieux et de partir. Puis elle a ouvert brusquement la moustiquaire, a franchi la porte violette, et a disparu.

La pluie rugissait comme le parasite dans mon cerveau.

Elle avait dit non.

En fait… j'ai repassé ses mots dans ma tête. Elle a dit qu'elle ne pouvait pas. C'était similaire, mais pas exactement la même chose. Elle m'avait dit qu'elle m'aimait. Au passé. Et puis elle m'avait dit de partir.

Oh. Je me suis de nouveau affalé sur la marche supérieure où l'averse trempait mes genoux et le bout de mes bottes.

Elle ne me faisait pas confiance pour ne pas repartir. Comme son père. Comme le père de Noah. J'avais fait un brelan avec ces trous du cul.

La fondation ne signifiait rien pour elle. Pas plus que ma venue pour la voir. La seule chose qui prouverait que j'étais différent, c'était de rester.

Alors putain, j'allais rester.

34

JACKSON

IL S'AVÈRE que la frontière est mince entre montrer sa persévérance à la femme qu'on aime et être un harceleur. Et non seulement le fait de me montrer insistant ne m'aurait pas fait marquer de points auprès d'Alicia, mais finir avec une ordonnance restrictive ou en prison n'aurait rien prouvé du tout.

Alors je leur ai apporté le petit déjeuner. Et puis je suis parti. Tous les jours.

Le premier jour, un samedi une semaine avant Noël, Noah m'a ouvert la porte. Le chat, Tigger, se tenait à ses pieds. Tous deux m'ont scruté à travers la moustiquaire.

— Je croyais qu'elle t'avait dit de t'en aller.

J'ai grimacé.

— Elle te l'a dit ?

— Non. On écoutait tous dans la salle à manger. Alicia est allée directement dans sa chambre après et elle n'est pas ressortie. Il m'a regardé en plissant les yeux. Alors pourquoi t'es revenu ?

J'ai souri au gamin, même si j'avais envie de m'effondrer. Elle avait passé la nuit loin de sa famille ? Je me suis détesté de l'avoir blessée à nouveau.

— Le petit déjeuner. Je lui ai tendu le porte-gobelets — deux cafés, un chocolat chaud et un Earl Grey pour Alicia — et le sac de viennoiseries. J'ai jeté un coup d'œil derrière lui, mais je ne voyais personne d'autre que le chat. Je reviendrai demain. Dis-moi si vous avez des demandes particulières.

Puis j'ai fait ce qui était le plus difficile : j'ai tourné les talons et j'ai redescendu les marches de leur porche. Je suis monté dans ma voiture de location — une banale berline bleue cette fois-ci — et j'ai conduit jusqu'au bureau vide, où j'ai passé la moitié de la journée à programmer et l'autre moitié à répondre aux e-mails concernant la fondation.

Le lundi, je suis arrivé encore plus tôt pour pouvoir déposer le petit déjeuner avant qu'Alicia ne parte au travail. Cette fois, c'est Diane qui a ouvert la porte, enroulant une robe de chambre sur son pyjama.

Pas de bonjour, ni de merci pour les bagels.

— Elle ne veut pas vous voir.

— Je comprends. Je lui ai tendu le porte-gobelets. Comment prenez-vous votre café ?

Elle a plissé les yeux de la même manière que son petit-fils.

— Ça n'a pas d'importance. Vous ne reviendrez pas. Elle m'a claqué la porte au nez.

Mais le lendemain, alors que je lui tendais un plateau odorant de cafés mexicains relevés à la cannelle et de chocolat chaud, plus le thé d'Alicia, elle a dit :

— Noir. Mais Esmy le prend avec du… du lait et du sucre. Écrémé. Puis elle a refermé la porte.

J'ai souri jusqu'aux oreilles.

Vendredi — la veille de Noël — Esmy m'a ouvert la porte.

— Tu es venu ! Elle a pris le plateau de boissons et le sac de kolaches, ainsi qu'une boîte de friandises pour chat au goût de foie, et les a posés sur une table à l'intérieur. Puis elle est carrément sortie sur le porche pour me serrer dans ses bras. Merci pour la crème. Je ne me suis pas sentie aussi choyée depuis des mois. Mais tu ne passes pas les fêtes avec ta famille ?

J'ai laissé mes bras l'entourer. Son étreinte était à la fois forte et douce. Et jusqu'à ce qu'elle me touche, je n'avais pas réalisé à quel point j'étais en manque de contact physique. Tyler — un adepte des câlins, mais toujours sur ma liste noire — avait accepté le transfert à San Francisco. Cooper était rentré chez sa mère pour passer les fêtes, et le bureau avait été un désert toute la semaine.

— Non. Je préfère être ici. Là où elle est. Comment va-t-elle ?

Esmy s'est reculée.

— Elle va bien. Elle mange mieux. Mais c'est peut-être à cause des plats de fête. Tu veux venir demain ? On fait toujours des tamales pour Noël.

Mon cœur a bondi et j'en ai eu l'eau à la bouche.

— Est-ce qu'elle veut que je sois là ? Elle t'a demandé de m'inviter ?

— Eh bien… Elle a regardé sa pantoufle.

— Je n'entrerai que si elle le veut, lui ai-je dit doucement. Et s'il te plaît, ne lui demande pas de m'inviter. J'attendrai aussi longtemps qu'il le faudra.

Esmy a pincé les lèvres.

— Je parie sur toi, mi querido.

— Attends, quoi ? Vous pariez sur moi ?

Souriante, elle a refermé la porte.

J'ai passé Noël seul dans ma résidence hôtelière. Il y avait un petit sapin pathétique dans le hall. Quelques familles bruyantes séjournaient à l'autre bout de l'étage, et des bruits de pas d'enfants martelaient le sol devant ma porte dans une course vers la machine à glaçons.

Pendant l'appel vidéo que j'ai fait cet après-midi-là, j'ai dû supporter la colère de ma mère parce que je n'étais pas à la maison et le regard accusateur de Sam. J'étais un con de l'avoir abandonnée là-bas avec nos frères et sœurs parfaits. Mais je resterais à Austin aussi longtemps qu'Alicia en aurait besoin. Je lui avais promis l'éternité, et peut-être que c'est le temps que ça prendrait.

Mais tout n'était pas si mal. Après l'appel, j'ai mordu dans l'un des tamales du sac en papier qu'Esmy m'avait donné ce matin-là. Je nous ai imaginés tous les quatre assis autour de leur sapin — l'auraient-ils mis dans le salon devant les fenêtres ou en plein milieu de la pièce ? — en train d'ouvrir des cadeaux au son de la musique de Noël.

J'aurais aimé pouvoir accepter l'offre d'Esmy et être là-bas. Je n'avais pas vu Alicia depuis plus d'une semaine, et je me demandais si elle était plus reposée, si sa peau avait retrouvé son éclat. Je ne voulais pas que sa famille me dise qu'elle allait bien ; je voulais désespérément le voir de mes propres yeux.

Mais il ne s'agissait pas de moi ou de mon désespoir. Il s'agissait de ce dont Alicia avait besoin. Si elle décidait qu'elle ne voulait pas de moi, si elle me disait de m'en aller à nouveau, je détesterais ça, mais je le ferais. Au moins, elle saurait qu'elle valait la peine qu'on reste pour elle. Elle ne me pardonnerait peut-être jamais, mais peut-être que je restaurerais sa foi en les hommes, et qu'elle ne repousserait pas le bon — celui qui ne foirerait pas tout comme je l'avais fait — quand il se présenterait.

J'étais en train de chiffonner le sac quand mon téléphone a sonné. Je me suis jeté dessus. Puis j'ai soupiré. Ce n'était pas elle.

— Salut, Coop, quoi de neuf ?

— Ne sois pas si ravi de me parler. Joyeux Noël.

— Joyeux Noël. Comment va ta mère ?

— Bien. Elle a préparé assez de nourriture pour toi aussi. J'imagine que j'ai oublié de lui dire que tu ne venais pas.

— Désolé, mec. Je l'appellerai ce soir.

Il a eu un grognement évasif.

— Alors, quand est-ce que tu rentres ?

Mon estomac s'est noué.

— Je ne sais pas.

— J'aurais vraiment besoin d'aide ici. Je fais une présentation au conseil d'administration début janvier, et j'aimerais que tu sois là.

— Vraiment ? Il ne m'avait pas demandé ça depuis quelques années. Je détestais me présenter devant le conseil, mais le fait que

Cooper me fasse assez confiance pour me le demander pourrait en valoir la peine. Sauf que… Je ne peux pas. Je reste ici pour un moment.

— Combien de temps ? Tu pourrais faire une pause dans ta partie de jambes en l'air pour faire un peu de vrai travail.

Je me suis laissé imaginer la scène une minute, ce qui aurait pu se passer si Alicia m'avait pardonné. On aurait pu coucher ensemble tous les soirs. Sans les fêtes, on aurait pu passer un week-end paresseux au lit. Je serais blotti contre elle en ce moment même, respirant son parfum, laissant ses cheveux me chatouiller le nez. J'ai frotté ma main sur ma poitrine.

— Si seulement.

— Tu… quoi ?

— J'attends toujours qu'elle me pardonne. Qu'elle me fasse confiance. Ça va prendre du temps.

— Et tu restes le cul posé à Austin à attendre qu'elle change d'avis ? C'est la chose la plus ridicule que j'aie jamais entendue.

— As-tu déjà été amoureux, Coop ?

Il est resté silencieux un moment.

— Ouais.

Tiens. Je me suis demandé qui ça avait pu être. Une fille au lycée avant que je ne le rencontre ? Ou une relation que je n'avais même pas remarquée alors que j'étais égoïstement concentré sur mes propres problèmes ?

— Alors tu comprends pourquoi j'attendrai aussi longtemps qu'il le faudra.

— Tu peux attendre ici, à San Francisco.

— Non. J'ai besoin de rester ici, de lui prouver qu'elle vaut la peine que je reste. Désolé, Coop. Je ferai tout ce que je peux pour t'aider d'ici. On peut s'appeler en visio demain.

— Tu sais que tu te conduis comme un idiot.

— Qui a dit : « Nous sommes tous fous en amour » ?

— Jane Austen. *Orgueil et Préjugés*. Littérature de première année. Même si tu n'as regardé que le film.

— C'est vrai. C'est vrai. Peut-être que je devrais le revoir, pour avoir quelques tuyaux. Peut-être que Weston avait raison, et que j'ai besoin d'un manoir chic. Ça a marché pour M. Darcy. Mon appartement à San Francisco n'allait séduire personne, surtout que j'y avais passé un mois à perdre la tête pour Alicia sans me soucier du désordre. Appelle-moi demain. On travaillera sur ta présentation.

— Très bien. Ce mot portait le poids d'autres mots, mais je ne voulais pas les entendre.

— N'oublie pas, Coop, fais ton don à ma fondation avant la fin de l'année. Marlee peut te dire comment faire.

— Va te faire foutre. Mais il n'y avait aucune animosité, seulement de l'affection dans le ton de sa voix.

— Tu sais que je vais te harceler jusqu'à ce que tu le fasses.

— J'ai hâte. Bonne nuit, Jay.

— Bonne nuit.

Au milieu de la semaine suivante, entre Noël et le Nouvel An, je me suis garé derrière une Lexus noire sportive qui tournait au ralenti. Un homme était assis à l'intérieur, la tête penchée comme s'il regardait son téléphone. Était-ce un vrai harceleur ?

Laissant le petit déjeuner des Weber dans la voiture, je me suis approché lentement de la vitre côté conducteur.

Rick, mon ancien partenaire d'entraînement, était assis sur le siège conducteur, en train d'envoyer un texto. Il n'était pas là pour embêter Alicia, n'est-ce pas ? Ou — mon cœur a raté un battement — à son invitation ?

J'ai tapoté sur la vitre.

La tête de Rick s'est relevée d'un coup, et quand il a vu que c'était moi, sa main est allée à sa mâchoire rasée de près. Il a baissé sa vitre à moitié.

— Jay.

— Rick. Qu'est-ce que tu fais ici ?

— Je viens chercher mon gamin. Il a dormi ici. J'imagine que je sais ce que tu fais, toi. Sa lèvre s'est retroussée.

— Ah ouais ? Et c'est quoi ? J'ai mis mes mains sur mes hanches.

— Ce n'est un secret pour personne que t'as tout foiré. Tu rampes ici tous les jours comme un minable, en essayant de la reconquérir. Pathétique, a-t-il ricané.

Le sang a martelé ma tempe.

— Je n'ai pas à me justifier auprès de toi.

— Non, en effet. Mais quand tu te traîneras jusqu'en Californie, la queue entre les jambes, devine qui sera encore là ? Il n'a pas attendu que je desserre la mâchoire. C'est ça. Moi.

Un gamin, plus costaud que Noah et avec les yeux verts de Rick, a descendu les marches du porche en sautillant et a couru vers le côté passager de la voiture de Rick. Il a jeté son sac à dos sur la banquette arrière et a glissé derrière.

— Alicia a dit merci pour les fleurs.

Elle n'aimait pas les fleurs. Et pourtant, elle les avait acceptées de la part de Rick. Merde. Peut-être qu'il avait raison. Peut-être qu'il pouvait tenir plus longtemps que moi. Peut-être que prouver qu'il était bon avec les enfants lui ferait marquer des points que je ne pourrais jamais espérer gagner.

Rick m'a gratifié d'un sourire narquois.

— On se voit, Jay. Peut-être. Il n'a pas attendu que je recule avant d'avancer.

J'ai récupéré le café et les muffins de ma voiture. En serrant les dents, je les ai portés jusqu'au perron et je me suis préparé à affronter n'importe quel Weber hostile qui ouvrirait la porte. Peut-être que je me ridiculisais. Peut-être que j'échouerais à la fin. Mais pour l'instant, je continuerais à essayer en espérant qu'Alicia se souviendrait à quel point nous étions bien ensemble, qu'elle m'avait aimé un jour, et qu'elle me donnerait une autre chance.

Le don de Cooper a atterri sur le compte de la fondation la veille du Nouvel An. Avec le don de Weston et plusieurs autres, nous avions un excellent départ, et j'ai doublé le total avec mon propre don. J'étais peut-être le pire petit ami d'un jour de l'histoire, mais je faisais ce que j'avais dit que je ferais pour les enfants.

J'ai trinqué à la nouvelle année avec une IPA locale et je suis allé me coucher.

Le jour de l'An, j'ai arpenté l'allée d'Alicia avec un sac de donuts et une nouvelle détermination. J'allais passer la journée à faire des recherches sur des études neurologiques et présélectionner quelques scientifiques à qui je demanderais de rejoindre le conseil d'administration de ma fondation. Puis peut-être que je…

Je me suis figé sur la première marche. Alicia se tenait derrière la moustiquaire, portant un autre sweat à capuche de l'UT et un pantalon d'intérieur qui avait l'air doux. Ses cheveux tombaient sur ses épaules et son visage était sans maquillage. Deux taches de couleur fleurissaient haut sur ses joues. Elle était magnifique.

— Entre. Elle s'est frotté les bras. Il fait froid dehors.

— Froid ?

Elle a poussé la moustiquaire et j'ai bondi sur les marches pour me retrouver dans le vestibule avec elle. Elle avait l'air plus délicate que dans mes souvenirs, engloutie par son sweat trop grand. Ou peut-être que mon cerveau avait confondu son physique avec son esprit fort.

Debout là, l'odeur d'orange amère de son thé remplissant mes narines, je suis revenu dans la cuisine commune de Synergy le lundi après l'avoir embrassée pour la première fois, désespéré d'en vouloir plus. J'ai serré le porte-gobelets et le sac en papier pour ne pas la toucher.

— Bonne année. Ses pieds étaient nus, et elle devait lever les yeux pour me regarder. Pas comme au bureau, quand ses talons la hissaient presque à ma hauteur. Je voulais tout laisser tomber et la prendre dans mes bras, embrasser ces lèvres roses, enfouir mes doigts dans ses cheveux soyeux. Le porte-gobelets en carton tremblait.

— Tu peux poser ça dans la cuisine. Elle a indiqué les boissons du menton, puis s'est retournée pour fermer la porte violette.

Quelque chose a frôlé mes chevilles. J'ai baissé les yeux, et le chat s'est enroulé autour de ma jambe en me regardant. Il a miaulé. Heureusement que je portais un jean. Quand il m'attaquerait, il ne ferait que déchiqueter le denim. Je me suis préparé. Mais ensuite, ce petit con a ronronné.

— Bon garçon, ai-je chuchoté.

Il s'est déroulé de ma jambe et s'est dirigé vers la cuisine.

Je l'ai suivi à travers le salon et au-delà du sapin. Des boîtes de décorations gisaient sur le tapis autour de lui, et un côté du sapin était dépouillé.

J'ai posé les donuts et les boissons sur la table ronde de la cuisine et je me suis retourné. Alicia se tenait sur le seuil entre la cuisine et le salon, les lumières du sapin brillant derrière elle en un halo. Était-ce réel, ou étais-je encore en train de dormir ? J'ai enfoncé mes ongles dans mes paumes, mais tout était engourdi.

Si c'était un rêve, je ne voulais pas me réveiller.

———

ALICIA

IL COMMENÇAIT à me faire peur. Je ne crois pas l'avoir jamais vu aussi silencieux, même pas quand il programmait.

— Tu n'as pas dit un mot. Est-ce que ça va ?

— Je... Sa voix est sortie rauque, et il s'est éclairci la gorge. Je ne m'attendais pas à te voir. J'ai peut-être eu un accident en venant, et tout ça n'est qu'une invention due à mon traumatisme crânien. J'avais peur que si je disais quoi que ce soit, je me réveillerais.

— Vu ta façon de conduire, ce ne serait pas étonnant. J'ai souri, mais pas lui. Il se contentait de me fixer comme s'il essayait de me dévorer des yeux. Mes joues ont brûlé. J'ai envoyé tout le monde prendre le petit déjeuner et aller au cinéma. Je me suis dit qu'il était temps pour nous de parler. J'ai franchi le seuil de la cuisine et j'ai tiré ma chaise.

Il a posé une tasse devant moi et s'est assis sur la chaise de Noah, fourrant ses mains entre ses genoux. Son visage était devenu un peu gris.

— Parler ?

J'ai soulevé le couvercle et j'ai reniflé. Earl Grey. Il ne s'était pas trompé une seule fois.

— Je n'arrive pas à croire que tu aies remarqué que c'était mon thé préféré. Le premier jour, j'ai pensé que c'était une coïncidence. Mais tu l'as apporté tous les jours.

— Tu en buvais tous les matins au bureau. Sauf ce jour où je t'ai énervée en finissant notre module tout seul. Tu as bu quelque chose de sucré ce jour-là. Mais de l'Earl Grey tous les autres jours. Je n'oublierai jamais… Il a dégluti et a fermé la bouche.

— C'était gentil de ta part de nous apporter le petit déjeuner. Les viennoiseries t'ont fait marquer des points auprès de Noah. Il n'a pas souvent droit à des sucreries le matin. Il était devenu si agité que je lui avais fait boire un grand verre d'eau puis courir autour du pâté de maisons.

— Oh. Il a grimacé. J'ai encore tout foiré ?

— Non, ce sont les fêtes. Quelques friandises supplémentaires ne font pas de mal. Mais pourquoi as-tu fait ça ? Culpabilité ?

— Je… je voulais te voir. Savoir que tu allais bien. Je t'ai laissée tomber. Et j'en suis désolé. J'aimerais pouvoir revenir en arrière et… mais je ne peux pas. C'était la seule façon que j'ai trouvée pour te montrer que tu mérites quelqu'un qui reste. J'ai été un crétin sans cervelle de partir et de te laisser penser le contraire. Mais je ne te quitterai plus. Enfin, sauf si tu me dis de partir. Je ne suis pas un harceleur.

Chaque tasse de thé, chaque kolache ou bagel, était une pierre retirée de la forteresse autour de mon cœur. Après une semaine, je n'arrivais plus à rassembler assez de colère contre lui pour faire la moue devant l'assortiment de petits déjeuners qu'Esmy disposait sur un plateau. Et après deux semaines à se présenter, à supporter le silence réprobateur de maman et les provocations de Noah, il s'était frayé un chemin jusqu'à mon cœur. Il ne me restait plus qu'à l'inviter à entrer.

— Si je te disais de partir et de ne plus jamais croiser mon chemin, le ferais-tu ? J'ai retenu mon souffle.

— Bien sûr que je le ferais. Je tiens à toi, et je ne veux plus jamais te faire de mal. C'est ce que tu veux ? Que je parte ? Ses yeux bruns s'étaient arrondis, me suppliant de dire non.

— Je t'ai demandé de partir. Ce premier soir où je suis rentrée à la maison et que je t'ai trouvé à m'attendre sur mon porche. Sous la pluie. J'avais cru à une hallucination. J'avais tellement pensé à lui que j'aurais pu le faire apparaître là.

— Je ne pensais pas… j'espérais que tu ne le pensais pas vraiment. Mais si tu me demandes de partir maintenant, je le ferai. Je te le promets.

— Tu partiras. Tu retourneras en Californie, et je ne te reverrai plus jamais. Il l'avait fait une fois, et ça m'avait brisée. Le simple fait de prononcer ces mots me tordait le cœur dans la poitrine.

— Est-ce que c'est ce que tu veux ?

J'ai songé à mentir. Ce serait plus facile. Cela confirmerait ce que je pensais depuis des années. Et j'adorais avoir raison.

Mais la voix de Melissa a murmuré dans mon esprit. *Demande ce que tu veux. Et prends-le.*

— Non. Je veux que tu restes. Je veux te faire à nouveau confiance. Peux-tu gagner ma confiance ?

Ses joues ont rougi au-dessus de sa barbe.

— J'ai fait une erreur. Je pensais que j'étais mauvais pour toi. Que tu ne devrais pas vouloir de moi. Et puis je me suis souvenu à quel point tu es intelligente. Que tu sais ce que tu veux, et que je ne devrais pas décider pour toi. J'ai été un con. Et j'en suis désolé. Je ne suis pas assez bien pour toi. Je le sais. Mais je veux essayer. Il a tendu la main sur la table mais s'est arrêté avant de me toucher, la paume tournée vers le haut. Tu m'as montré comment être un homme meilleur. Et je veux continuer à y travailler. Parce que je t'aime.

Un frisson a commencé à mon cuir chevelu et a déferlé à travers mon corps. J'ai posé ma main sur la sienne, et il l'a serrée.

— Tu étais déjà un homme bon, Jackson Jones. Tu avais juste besoin de le voir. J'ai repensé à ce qu'il avait dit avant, sur le porche sous la pluie. Qu'est-ce que tu allais me dire l'autre jour ? Quelque chose que tu as mis en place ?

Une nouvelle étincelle a allumé ses yeux sombres.

— Ouais, j'ai créé une fondation pour les enfants neurodivergents. Comme Noah. Comme ma sœur et moi. Je veux essayer de mettre en place des stages de programmation. Mais d'abord, j'ai besoin de quelqu'un pour la gérer. Genre, les affaires courantes. Je ne suppose pas que ça t'intéresse ?

— Je ne connais rien aux associations à but non lucratif ni à la direction d'une fondation. En plus, je fais ce que j'ai toujours rêvé de faire, diriger ma propre entreprise.

— Je sais. Et tu es géniale dans ce domaine. J'aimerais… Il a baissé les yeux vers nos mains jointes.

— Qu'est-ce que tu aimerais ?

— J'aimerais qu'on puisse travailler à nouveau ensemble. On était meilleurs ensemble. Tu m'as appris à diriger.

J'ai serré sa main.

— Tu es un bon leader tout seul. Tu as seulement besoin d'y croire. Et c'est moi qui ai eu un cours magistral de programmation.

Il a entrelacé ses doigts avec les miens.

— Je ne veux pas parler de travail. Ni de la fondation. Je veux seulement parler de toi et moi. Je t'aime. Me laisseras-tu t'aimer ?

Mon cœur battait comme s'il voulait bondir de ma poitrine pour se loger dans la sienne. Il savait ce qu'il voulait. Le reste de moi hésitait. L'accepter signifiait ouvrir chaque partie de ma vie, y compris Noah. Pouvais-je lui faire confiance ? J'ai siroté mon thé, l'odeur familière flottant sur mon visage.

J'ai scruté Jackson Jones, de son expression anxieuse et pleine d'espoir à ses bottes cirées. Il foirerait probablement encore. Moi aussi. Mais nous trouverions un moyen de nous en sortir. Ensemble.

— D'accord. Essayons.

Son visage s'est illuminé d'espoir.

— Tu es sérieuse ? Je ne suis pas en train de rêver tout ça, allongé sur le sol de ta cuisine avec Tigger en train de dévorer mes entrailles ?

J'ai reniflé.

— Ne sois pas si mélodramatique. Vous allez très bien vous entendre, tous les deux. Maintenant, viens. Je me suis levée et je l'ai conduit jusqu'au canapé. Nous nous sommes assis, côte à côte, et son bras s'est enroulé autour de ma taille. Tigger a sauté sur le canapé et s'est blotti de l'autre côté, en ronronnant. J'ai posé ma tête sur l'épaule de Jackson et j'ai laissé mon regard s'adoucir jusqu'à ce que les lumières du sapin de Noël deviennent floues.

— Je peux faire mon travail depuis Austin, a-t-il dit enfin. Cooper et moi trouverons un arrangement pour que je dirige des projets ici et que je m'occupe de la gestion qu'il veut que je fasse pour le siège.

— Non ! Je me suis redressée. Ils ont besoin de toi au siège.

Il m'a ramenée contre sa poitrine et a inspiré.

— Mais j'ai besoin d'être avec toi. J'ai besoin de prouver que je peux rester.

J'ai frotté sa poitrine par-dessus son pull. J'y avais pensé la semaine dernière, quand il était devenu clair qu'il n'irait nulle part. J'étais prête à essayer la longue distance pendant un certain temps. Et quand le moment serait venu, j'envisagerais de déménager à San Francisco. C'est là qu'était sa place en tant que dirigeant de Synergy. Et bien que j'aie été plus ou moins heureuse d'être coincée à Austin toute ma vie, j'avais toujours voulu voir le monde. San Francisco serait un premier pas.

— On peut être ensemble sans être… ensemble. Au moins pour un temps. Tant que tu es avec moi. Ici. Son cœur battait fort et régulièrement sous ma main.

— Toujours. Il m'a embrassée sur la tempe. Tournant mon visage vers lui, j'ai capturé ses lèvres. L'étincelle était toujours là, s'enflammant entre nous. Mais elle n'était pas aussi désespérée qu'auparavant, quand nous savions que notre temps était compté. C'était la chaleur d'un feu de joie rugissant, capable de brûler pendant des heures, pas l'éclat d'un bout de papier s'enflammant pour ne devenir que cendres.

Il a en coupe l'arrière de ma tête, et je me suis tournée vers lui.

Pour la première fois depuis des semaines, j'ai touché sa peau, caressant son cou et la douceur de sa barbe. Il était à moi, à toucher, à serrer, à embrasser, comme il l'avait dit : « Toujours ». J'ai pris mon temps pour me familiariser à nouveau avec la douceur de ses lèvres, le piquant de sa barbe, son goût. Le soulèvement de sa poitrine contre la mienne.

Il a gémi et a glissé une main sous moi, me déplaçant pour que je sois à califourchon sur lui. J'ai frotté mes hanches sur les siennes, et il a fait descendre ses lèvres le long de mon cou, murmurant mon nom. La chair de poule a éclaté sur ma peau. Ma culotte était trempée, et mon pantalon d'intérieur allait bientôt suivre, surtout s'il continuait à pétrir mes fesses comme ça.

— Jackson. Je me suis reculée. On ne va pas faire ça ici, sur le canapé, où ma famille pourrait arriver à tout moment.

Il a déplacé la main qui n'était pas sur mes fesses vers ma taille et l'a glissée sous mon sweat.

— Je croyais que tu avais dit qu'ils étaient au cinéma.

— Arrête. Je lui ai lancé mon regard le plus sévère. Ce que je veux te faire prendra plus de temps que nous n'en avons. Des heures.

Sa pomme d'Adam a fait un va-et-vient.

— Des heures ?

— Des heures. Chez toi. Ce soir.

— Toute la nuit ? Ses doigts ont taquiné la courbe inférieure de mon sein.

— Demain aussi. C'est le week-end.

— Tout le week-end au lit ? J'aime bien l'idée. Le ton grave de sa voix a touché quelque chose en moi, et mon sexe s'est contracté.

Je suis descendue de ses genoux et j'ai tiré mon sweat vers le bas.

— Mais maintenant, nous avons du travail. Tu t'occupes du haut du sapin, et moi du bas.

Il a froncé les sourcils.

— Mais je…

— Jackson Jones. Veux-tu, oui ou non, passer toute la nuit et toute la journée de demain au lit avec moi ?

Son visage s'est affaissé un instant. Rapidement, il a dit :

— Je veux ça.

— Alors tu feras ce que je dis. Commence par l'étoile.

— Oui, madame. Il a bondi du canapé, et j'ai regardé son cul moulé jusqu'au sapin.

— Mmm-hmm, ai-je ronronné en ramassant la boîte vide.

Il a facilement atteint l'étoile en étain perforé et l'a retirée du sommet. Il l'a posée dans la boîte que je tenais, puis il m'a embrassée.

— Meilleurs ensemble, hein ?

— Toujours.

ÉPILOGUE

ALICIA

Trois mois plus tard

PORTANT le badge visiteur que Jackson m'avait laissé à la réception, je suis entrée dans la cour derrière les bureaux de Synergy à San Francisco. La musique et les voix rebondissaient sur les pavés en brique et les murs des bâtiments environnants, me faisant grimacer. La journée de travail et de voyage avait été longue, et un mal de tête rôdait derrière mes yeux, prêt à se déchaîner. Peut-être que je pourrais trouver Jackson et le convaincre de s'éclipser dans un endroit calme pour que je puisse lui annoncer ma nouvelle. Mon estomac s'est serré d'anticipation.

J'ai balayé la fête du regard. C'était la première fois que je venais au siège de Synergy. Les quelques fois où j'avais rendu visite à Jackson, il était venu me chercher à l'aéroport et m'avait emmenée directement chez lui. Mais il avait oublié la fête trimestrielle de Synergy quand j'avais organisé ce voyage. Même si j'étais fatiguée, j'étais curieuse de l'observer au siège.

Des gens étaient assis aux tables dispersées dans la cour, à l'ombre des pergolas. D'autres se tenaient en petits groupes, ondulant au rythme de la musique qui sortait des haut-parleurs.

À l'intérieur, j'étais passée devant une longue table remplie de snacks ; ici, une autre table plus petite servait de bar. Une file d'employés s'étirait à travers la cour, gobelets vides à la main. Derrière le bar se trouvait la raison de cette file d'attente. Au lieu de barmans professionnels, Jackson et Marlee remplissaient les gobelets de bière. Leurs fronts brillaient de sueur malgré la fraîcheur d'avril à San Francisco. Que faisaient le fondateur de l'entreprise et son adjointe de direction là, alors qu'ils auraient dû se mêler aux employés ?

J'ai contourné la file et me suis approchée de la table. Marlee m'a vue la première. Elle a lâché le bec verseur. — Alicia ! a-t-elle crié. Elle m'a tendu les bras pour me serrer contre elle. Nous nous étions rencontrées la dernière fois que j'avais rendu visite à Jackson, et nous avions profité de notre précieux week-end pour une virée shopping entre filles. Je l'aimais beaucoup. De plus, elle était importante pour Jackson. Je nous imaginais bien devenir amies, surtout compte tenu de ma nouvelle.

Je me suis glissée dans ses bras et l'ai embrassée sur la joue. Une goutte de sueur a perlé de sa tempe à son menton. — Que se passe-t-il ?

Elle a froncé les sourcils. — Les barmans ne sont pas venus. Le traiteur envoie des remplaçants, mais il y a des gens qui ont soif ici. Elle a fait un geste vers la file d'attente.

— Tu veux que je vous aide ? Je n'avais jamais tiré de bière d'un fût – à la fac, j'étais plutôt du genre bibliothèque – mais ça n'avait pas l'air trop difficile.

— Absolument pas. Elle a actionné la pompe, puis a saisi le bec et attrapé le gobelet suivant. Elle a donné un coup de coude à Jackson. — Fais une pause, Jackson. Alicia est là.

Il a levé les yeux, et le gobelet qu'il remplissait a débordé, éclaboussant son jean. — Alicia ! Il a tendu le gobelet à la personne qui attendait, lui éclaboussant la main, et après de rapides excuses, il a lâché son bec et m'a enveloppée dans ses bras.

Il sentait la bière et la sueur, mais en dessous, il y avait l'odeur de cuir et de savon de mon Jackson. Je l'ai inspiré, puis j'ai levé mon visage pour recevoir son baiser.

Sa barbe était fraîchement taillée et elle égratignait mes joues, contrastant avec la douce pression de ses lèvres et de sa langue. Il avait un goût de houblon et d'écorce d'orange, à cause de la bière. J'ai passé mes doigts dans ses cheveux, le tirant plus près de moi. Ses mains se sont pressées dans le bas de mon dos, me plaquant contre les plans durs de son ventre. Quelque chose d'autre, de dur, a frôlé mon bas-ventre.

Une de ses mains a glissé sur ma jupe soyeuse. Pendant notre virée shopping, Marlee m'avait convaincue d'acheter cette jupe courte et ample, si différente de mes habituelles jupes droites et professionnelles. Son joyeux motif floral était bien plus adapté à Austin, où le printemps était déjà là, qu'à l'hivernal San Francisco.

Il a déposé un baiser près de mon oreille. — J'aime cette jupe. Je pense qu'il y a de la place pour mes deux mains.

— Je t'avais dit que c'était une super jupe, a dit Marlee.

J'ai haleté et reculé. — Tu ne peux pas me peloter devant tes employés. J'ai incliné la tête vers Marlee, qui nous souriait.

— Ça ne dérange pas Marlee, a-t-il dit. Elle a essayé de m'aider à me faire pardonner.

— Ça a marché, non ? Mais elle ne nous regardait plus. Elle contemplait le visage de Cooper Fallon.

Sa mâchoire s'est crispée quand il a vu la main de Jackson sur mes fesses.

— Salut, Cooper, a dit Marlee. Sa voix était devenue aiguë et haletante, et ses lèvres roses s'étaient entrouvertes. Était-elle en train de *flirter* avec ce type ? Ses cils battants et son doux sourire ne faisaient pas le poids face à ce glaçon d'un mètre quatre-vingt-dix qu'était Cooper Fallon, PDG et vrai dur à cuire.

— Jay, je… a-t-il commencé.

Au même moment, Marlee a dit : — Tu veux une bière ?

Sans regarder, elle a donné un coup enthousiaste sur la pompe. Mais elle a dû la frapper sous le mauvais angle. Elle s'est détachée, et un jet de mousse a jailli du fût en plein visage de Marlee.

— Satané Robert Boyle ! a-t-elle hurlé, en reculant d'un bond et en protégeant ses yeux de la pulvérisation.

Jackson m'a serrée plus fort, tournant le dos au geyser pour me protéger.

Tyler Young a surgi de nulle part, a sauté par-dessus la table et a enfoncé la pompe sur le volcan de mousse. Il a lutté un instant contre la pression, ses avant-bras tendus, jusqu'à ce qu'il réussisse enfin à la remettre en place.

La poitrine haletante, il a levé les yeux vers Marlee. Pas vers Jackson, son patron, ni vers Cooper, ni même vers moi. La bière brillait sur ses mains, ses bras nus et avait foncé son T-shirt gris. — Tu vas bien ?

Les joues de Marlee étaient roses sous la mousse blanche. Elle a tiré sur le tissu trempé de son chemisier rose pour le décoller de sa peau. — Je survivrai. Cooper, tu n'as rien eu, j'espère ?

Il a essuyé une tache de mousse sur sa pommette. — Ça va. Mais je pense que… il a regardé la table, Jackson, n'importe où sauf Marlee, vous feriez mieux de trouver des vêtements secs.

Son chemisier rose pâle était devenu transparent, laissant voir son soutien-gorge en dentelle rouge.

Ses joues sont devenues écarlates. — Je… je…

 — Viens avec moi, a dit Tyler. On va te sécher. Enfin, tu pourras te sécher. À l'intérieur. Maintenant, c'était au tour de ses joues de rosir. Intéressant.

Elle a de nouveau jeté un coup d'œil à Cooper. Encore plus intéressant.

Mais une seconde plus tard, Marlee, le sergent-instructeur, était de retour. Elle a pointé du doigt les deux gars suivants dans la file. — Vous deux. Prenez le relais.

Obéissants, ils ont contourné la table et ont pris leur poste au fût.

Avec un dernier regard vers Cooper — putain de merde, elle en pinçait pour le roi des glaces ? — elle s'est dirigée d'un pas lourd vers la porte, la bière dégoulinant du bout de ses cheveux. Tyler la suivait comme un petit chien affamé.

— Tu vas bien ? a murmuré Jackson.

— Je vais bien. Et toi ? J'ai enfoui mes doigts dans ses cheveux, qui se sont avérés être humides.

— Ce n'est qu'un peu de bière. Je vais super bien maintenant que tu es là. Sa main s'est faufilée à nouveau vers l'ourlet de ma jupe.

Malgré le froid pénétrant, être près de Jackson me réchauffait de l'intérieur.

Cependant.

— Tranquille, cow-boy. Tout le monde regarde.

— Ils comprennent. Ça fait deux semaines que je n'ai pas vu ma copine. Sa main a rampé plus bas, taquinant l'arrière de ma cuisse et faisant frémir ma peau.

— Je porte peut-être quelque chose de spécial en dessous, et si ça ne te dérange pas, je préférerais ne pas tout montrer à tes employés. J'ai souri quand il s'est figé, son pouls battant la chamade contre ma joue. — On pourrait peut-être trouver un endroit plus privé ?

Il a aspiré une bouffée d'air, a lissé ma jupe, et m'a entraînée de l'autre côté de la cour. Il m'a tirée derrière un arbre dans un bac plus grand que Noah, puis s'est adossé au mur du bâtiment et m'a hissée contre lui. L'arbre nous ombrageait, plongeant le coin dans une semi-obscurité.

— Alors, où en étions-nous ? Si je me souviens bien, j'étais sur le point de découvrir quelque chose de spécial. Sa large main a parcouru mes fesses et a taquiné l'ourlet de ma jupe.

J'ai plaqué ma main sur la sienne, l'immobilisant. — D'abord, j'ai une nouvelle. Tu veux l'entendre ?

— Une bonne nouvelle ? Il a scruté mon visage. — Tu as décroché ton prochain contrat ?

— Hé, pas le droit de deviner. Une partie de mon excitation s'est évaporée. J'avais voulu lui faire la surprise.

— Plus de devinettes. Il a resserré son emprise sur moi. — Dis-moi.

Du bout de mon doigt, j'ai tracé la courbe des lèvres sur son T-shirt des Rolling Stones. — J'ai décroché mon prochain contrat. Et c'est ici à San Francisco. J'ai osé lever les yeux. Depuis un mois, il me suppliait de venir vivre ici pour que nous puissions mettre fin aux voyages et aux séparations interminables qui nous épuisaient tous les deux. Mais était-ce vraiment ce qu'il voulait ? Son expression était vide et figée.

— Jamila m'avait demandé en novembre dernier de faire un travail pour elle, mais j'avais refusé. Elle a fini par retarder le projet, et maintenant il est de nouveau disponible. C'est un… un contrat d'un an. Ma voix a flanché. Pourquoi n'avait-il pas l'air heureux ?

— Je pensais faire venir Noah à la fin de l'année scolaire. Il resterait ici pendant l'été, et si les choses se passent bien, il pourrait commencer l'école ici à la rentrée. Si… si c'est ce que nous voulons. Ma voix n'était plus qu'un murmure.

— Tu es en train de me dire que tu viens à San Francisco pour l'année prochaine ? Peut-être plus longtemps ? Sa voix a grondé à travers ma poitrine, pressée contre la sienne.

— Oui ? C'était à peine audible.

Il m'a écrasée contre sa poitrine, me soulevant du sol. — Je n'y crois pas. C'est la meilleure nouvelle de tous les temps. Il m'a reposée et m'a regardée droit dans les yeux. — C'est vrai ? La pompe à bière ne m'a pas frappé à la tête et assommé ? Tu ferais mieux de me pincer.

Je lui ai pincé le téton un peu plus fort que je n'aurais dû. — Tu m'as fait peur ! Je pensais que tu étais contrarié. Que tu ne voulais plus de moi ici, finalement.

Il a haleté de douleur. Et puis il a écrasé ses lèvres sur les miennes, les meurtrissant contre mes dents. Sa langue a envahi ma bouche, et ses doigts ont dépassé l'ourlet de ma jupe, taquinant la peau nue de mes fesses que mon string rouge révélait. J'avais porté un style différent de culotte de grande fille pour mon week-end de grandes nouvelles.

Il était d'acier contre mon ventre, et je me suis frottée contre lui, en voulant plus. Quand il a glissé une jambe entre les miennes, je me suis pressée contre la rudesse de son jean. Mon string s'est enfoncé dans ma chair gonflée, m'embrasbrasnt de plaisir. S'il continuait à m'embrasser comme ça et à caresser le bord de ma culotte, je pourrais jouir là, contre son jean. Je me suis pressée plus fort contre lui, à la poursuite de la sensation.

— Jay. Tu es là derrière ?

La voix de Cooper n'était manifestement pas amusée. Pourtant, il nous a donné une minute pour nous ressaisir. Jackson a redressé ma jupe puis a ajusté son jean. J'ai essuyé mon rouge à lèvres rose du coin de sa bouche, puis j'ai passé un pouce sur le contour de mes lèvres.

— Juste là, Coop. Il s'est placé devant moi, me protégeant de son partenaire.

— Désolé d'interrompre. Je suppose que vous allez bientôt partir, et je voulais vérifier les points clés du discours avec vous.

J'ai attrapé la main de Jackson. — Reste. Fais le discours. J'attendrai. Jackson avait travaillé trop dur pour s'affirmer, pour devenir un partenaire à part entière au cours des deux derniers mois, pour perdre cette occasion de se présenter devant ses employés en tant que leader.

Quand il s'est tourné pour me regarder, son regard était doux, reconnaissant et plein d'amour. — On va le faire maintenant. J'en ai juste pour une minute.

— Alicia. Le regard de Cooper a évité mon visage. J'avais dû oublier une tache de rouge à lèvres.

— Cooper. Félicitations pour les résultats de fin d'année. Ils les avaient annoncés il y a quelques jours. J'aurais aimé que mes ratios soient aussi bons. Mais j'y arriverais. Un jour.

— Merci. Il m'a jeté un regard qui n'était pas aussi glacial que d'habitude. Pas tout à fait amical, mais plus proche que lorsqu'il avait quitté en trombe cette salle de conférence à la soirée de lancement. Pourrions-nous, lui et moi, finir par devenir amis ?

— Je vais prendre une bière et trouver un endroit pour écouter votre discours, ai-je dit.

Je me suis avancée à côté de Jackson pour le dépasser, mais il m'a arrêtée, me chuchotant à l'oreille. — Tu dois être fatiguée par le vol. Monte au sixième étage. Tu peux te détendre dans mon bureau.

Enlever mes talons semblait être une idée fantastique. J'ai hoché la tête et j'ai traversé la cour pour rentrer dans le hall. Après avoir pris l'ascenseur jusqu'au dernier étage, je suis sortie dans un espace lumineux et aéré. Le parquet à larges lattes d'origine de l'ancienne usine brillait sous le reflet de la verrière au-dessus.

Quelle direction prendre ? Il y avait quatre bureaux d'angle ; le cofondateur de l'entreprise devait forcément en avoir un. J'ai traversé l'étage en direction du plus proche, slalomant entre les espaces de travail au centre.

Le bureau n'était pas éclairé et la porte était fermée. La plaque indiquait *Cooper Fallon*. Cooper était en bas, alors j'ai risqué un coup d'œil à travers la paroi vitrée. Il était identique à ce qu'il était lors de cet appel vidéo désastreux après l'incident des mauvais sushis. Le jour où Cooper nous avait accusés d'avoir une liaison, et où je lui avais dit que je n'aimais même pas Jackson. Je ne mentais jamais, mais j'avais menti ce jour-là.

Un carillon a retenti depuis le poste de travail de quelqu'un derrière moi, me rappelant que j'étais en train de fixer l'intérieur du bureau du directeur des opérations. J'ai regardé autour de moi. L'un des autres cadres ou leurs assistants pouvait encore être là. Weston, le PDG, que je n'avais jamais rencontré mais dont Jackson m'avait tout raconté, pouvait être en train de rôder à l'étage. J'ai reculé et je suis allée au bureau d'angle suivant.

J'avais eu de la chance. Sur cette porte figuraient le nom de Jackson et son nouveau titre, vice-président du développement. La porte était fermée, et le voyant du scanner à côté était rouge.

Avec hésitation, j'ai poussé la poignée, mais elle n'a pas bougé. Jackson m'avait dit d'attendre dans son bureau. Y avait-il des caméras qui enregistraient chacun de mes mouvements ? Un agent de sécurité allait-il débouler à l'étage et me raccompagner dehors ? J'ai essayé de ne pas laisser paraître de grimace d'appréhension en tendant le badge visiteur accroché à mon décolleté vers le scanner. La lumière est passée au vert et la serrure a cliqué. Avec un sourire victorieux, j'ai poussé la porte.

Contrairement au bureau ensoleillé de Cooper, celui de Jackson était dans l'ombre de deux bâtiments adjacents plus hauts. Pourtant, un peu de lumière naturelle filtrait par les deux immenses fenêtres et la façade vitrée de son bureau.

Un tapis délimitait un petit coin salon avec un canapé, une méridienne et deux fauteuils. À travers une porte entrouverte derrière, on pouvait voir une petite salle de bain. Sur le mur opposé, une étagère était remplie de pièces d'équipement informatique : une pile de disques durs et une autre de circuits imprimés, quelques ordinateurs portables démontés, un plateau en acrylique transparent rempli de vis.

Comme on pouvait s'y attendre, le bureau de Jackson contenait un assortiment similaire d'électronique, plus quelques piles de papiers ornées de post-its et de marque-pages indiquant « Signez ici ». L'énorme rectangle de bois était assez grand pour supporter une station d'accueil pour l'ordinateur portable de Jackson ainsi que trois grands écrans. Les bords des moniteurs se touchaient pour que Jackson puisse coder sans être distrait par les fenêtres ou la paroi vitrée avant. C'était une bonne installation pour lui. Marlee l'avait probablement arrangée.

— Alicia. La voix de Jackson, brisant le silence du sixième étage, m'a fait sursauter. Je me suis retournée vivement.

Il s'est approché et a entrelacé ses doigts avec les miens.

Sans un mot, il m'a entraînée dans son bureau. Il a refermé la porte derrière lui et a tourné le verrou pour la fermer. Il a actionné un interrupteur sur le mur, et des stores sont descendus dans un bruissement, nous isolant du reste de l'étage. Il a rôdé vers moi.

— Comment ça s'est passé ? Ma voix est sortie aiguë et haletante.

— Hein ?

— Le discours.

— Très bien. Mais ce n'est pas de ça que je veux parler maintenant.

— Ah oui ? Il voulait parler ? Il avait l'air de vouloir m'arracher mes vêtements et me prendre sauvagement là, sur la méridienne. Je n'ai pas pu retenir le sourire qui s'est étalé sur mon visage ni le picotement qui a commencé entre mes jambes quand j'ai surpris son regard affamé.

— Je veux parler du nombre de fois où je peux te faire jouir ici, dans mon bureau, avant de devoir te porter pour sortir.

J'ai frissonné. — Oh.

— On commence sur le bureau ?

Je me suis imaginée penchée sur le bureau pendant que Jackson me pénétrait par-derrière. Mes cuisses sont devenues moites ; le string ne faisait rien pour contenir mon excitation. Nous l'avions fait une demi-douzaine de fois de cette manière sur son comptoir de cuisine, Jackson si profondément en moi que ma vision s'était obscurcie à cause de l'intensité de mon orgasme. Pourtant, cette immense étendue de bois était différente.

J'ai levé le menton. — Ce bureau est imprégné de patriarcat. Je ne vais pas me pencher dessus comme une vierge effarouchée dans un des livres de Marlee.

— Imprégné de patriarcat ? Il a gloussé. — Ça a l'air sérieux.

— Ne ris pas. Synergy a un manque effroyable de femmes cadres.

Son sourire s'est effacé. — C'est une chose sur laquelle Cooper et moi travaillons pour y remédier. Et Weston. Sa lèvre s'est retroussée en prononçant le nom du PDG. — Peut-être que lorsque ton contrat avec Jamila sera terminé, je pourrai t'attirer vers l'un de ces postes de direction.

— M'attirer vers un poste de direction ? J'ai haussé un sourcil.

— C'est qui qui n'est pas sérieuse, maintenant ? Il a fait deux pas vers moi, m'a soulevée et m'a posée sur le bord de son bureau. J'ai ri jusqu'à ce qu'il écarte mes genoux et s'agenouille devant moi. — Ça te va comme poste de direction ? Il a fait courir un doigt le long du bout de tissu qui me couvrait.

— Je prends.

Sans un mot de plus, il a tiré mon string sur le côté, m'a écartée et a posé sa bouche sur mon clitoris, l'encerclant avec sa langue dans ce mouvement en huit que j'adorais. Sa barbe a gratté mes cuisses, les réchauffant d'une manière que je sentirais des heures plus tard. Je me suis penchée en arrière sur le bureau, appuyée sur mes bras. Quand ses dents m'ont légèrement effleurée, mon dos s'est arqué.

Il a aplati sa langue sur moi puis a sucé, étirant mon clitoris. Il s'est retiré. — Encore ?

— Encore. J'avais tellement l'habitude de jouir en silence avec mon vibromasseur dans ma chambre, à côté de celle de Noah, que je n'étais pas habituée à donner les indications que Jackson désirait ardemment. J'ai resserré mes cuisses sur les côtés de sa tête. — Suce encore.

J'ai senti ses joues se soulever en un sourire avant qu'il ne fasse exactement cela. Le plaisir a rayonné depuis mon clitoris, a fait battre mon cœur plus vite et a fait marteler mon pouls dans mes oreilles. J'ai serré les poings. — Oui, Jackson, oui, ai-je chuchoté alors que je montais en spirale vers le néant et le bruit blanc. Mon corps s'est raidi, et ma bouche s'est ouverte dans un cri silencieux.

Quand j'ai flotté de nouveau dans mon corps, Jackson me souriait, ses yeux brillants et sa barbe humide de moi. Il a embrassé l'intérieur de ma cuisse, rose à cause de l'irritation de sa barbe. — On a chassé le patriarcat de ce bureau, tu penses ?

Ma voix était rauque quand j'ai dit : — Il faudra peut-être une ou deux autres sessions pour l'éradiquer complètement.

— Je suis partant pour ça. Il s'est levé pour se tenir devant moi.

— Je vois que tu es partant. J'ai posé ma main sur la boucle de sa ceinture. — Tu veux que je…

Il a mis une main sur la mienne. — Pas ici. Rentrons chez moi. Je crois qu'il y a peut-être un peu de patriarcat qui se cache dans mon lit.

— Peut-être qu'un petit Andromaque s'en occuperait. J'ai glissé du bureau et j'ai agité mes hanches, faisant balancer ma jupe.

— Je peux me mettre derrière ce plan. Il est passé derrière moi et a glissé ses paumes de mes côtes vers le bas de mon ventre et entre mes jambes.

— Je croyais qu'on rentrait à la maison ? Pourtant, je me suis pressée contre son érection.

— La maison. J'aime bien comment ça sonne.

— Moi aussi.

Il m'a pris la main, et nous sommes sortis du bureau, sachant que notre foyer n'était ni son appartement, ni même la maison de ma mère à Austin. Notre foyer, c'était n'importe où tant que nous étions ensemble. Et bientôt, nous serions à la maison tout le temps.

ÉPILOGUE BONUS
SURPRISE !

ALICIA

OUI.

C'est ce que signifiait le signe plus dans la petite fenêtre, et ce n'était pas la réponse que je voulais voir.

— Alicia ? La voix de Marlee, pleine d'inquiétude, était étouffée par la porte de la salle de bains. Tout va bien ?

— On dirait bien... J'ai tourné la poignée et ouvert la porte. Dehors, Marlee faisait les cent pas dans la chambre que je partageais avec Jackson. J'ai brandi l'appareil avec le signe plus. — Enceinte. Ma voix a vacillé.

— Félicitations ! Elle m'a serrée dans ses bras, avec le bâtonnet en plastique sur lequel je venais de faire pipi et tout le reste.

— Hmm, me suis-je contentée de répondre.

— Allez, viens. Elle m'a attrapé la main et m'a fait sortir de la salle de bains, puis nous avons traversé la chambre, longé mon bureau et la chambre de Noah pour descendre au salon. Nous nous sommes assises sur le canapé que Jackson et moi avions choisi ensemble un mois auparavant. Son principal avantage était qu'ils en avaient un en stock et qu'ils pouvaient le livrer rapidement. Tout allait vite ces derniers temps. Emménager avec mon petit ami dès mon arrivée ici. Faire venir Noah à San Francisco quelques mois plus tard. Et maintenant, ça.

Marlee m'a serré les deux mains, tout en agrippant toujours le test de grossesse. — Je sais que tu adores tout planifier. Mais parfois, les imprévus peuvent être merveilleux. Comme rencontrer Jackson sur ce projet au Texas. Et tomber amoureuse.

— Je ne sais pas. J'ai fixé le bâtonnet, les jointures de mes doigts blanchies comme si je tenais un couteau ou le Taser de Marlee. Notre vie était plutôt belle, et maintenant, tout va changer. Énormément. Je veux dire, Noah, c'est une chose. Mais un nouveau-né…

— C'est beaucoup de travail, j'imagine. Mais… ses yeux noisette se sont adoucis, ce sera un symbole vivant de votre amour l'un pour l'autre. Un magnifique…

— La seule chose dont c'est le symbole, c'est que je n'ai pas pris ma pilule aussi rigoureusement que j'aurais dû. Était-ce arrivé l'un de ces soirs où j'avais travaillé tard et que j'avais remis la prise au lendemain ? Ou peut-être après ce week-end où on a tous les trois eu une gastro et que je ne pouvais rien garder ? Merde. Pourquoi, pourquoi n'avions-nous pas pensé à utiliser des préservatifs en plus ?

Parce que je perdais la tête en présence de Jackson Jones. Il avait pris mon monde ordonné et ennuyeux pour y ajouter de la couleur et de l'excitation. Et la personne que j'étais avec lui ne pensait pas à une contraception de secours. Je ne pensais qu'au plaisir. Comme le week-end dernier, avant son départ en voyage. Nous étions à l'un de ces ennuyeux événements de la fondation de sa mère quand il m'avait entraînée pour une promenade dans le jardin de sculptures voisin, où nous avions trouvé un coin sombre et où il avait retroussé la jupe de ma robe de cocktail et… — Merde.

L'expression de Marlee s'est effondrée. — Tu ne veux pas de ce bébé ? Du bébé de Jackson ?

— Ce n'est pas ça. C'est juste beaucoup. Si tôt dans notre relation.

— Vous êtes ensemble depuis six mois. Ce n'est pas si tôt. Dans le roman que je lis, le couple est tombé amoureux après une seule nuit. Elle a pris cet air rêveur qu'elle avait toujours quand elle parlait de ses livres. Oh, mon Dieu ! Elle s'est redressée. C'est totalement l'épilogue de ton roman d'amour ! Le bébé et... et...

Nous avons toutes les deux baissé les yeux sur ma main gauche, nue. J'étais maintenant la troisième d'une belle lignée. D'abord, ma mère, enceinte à dix-sept ans, puis ma sœur, Melissa, enceinte à vingt-deux ans avec un père aux abonnés absents. Et maintenant, moi.

Aussi gentiment que possible, j'ai dit : — La vraie vie n'est pas aussi simple que dans les livres. Je suis encore en train de lancer mon entreprise ici à San Francisco. Noah vient juste d'arriver, loin de ses grands-mères. On est tous en train de s'adapter. Ajouter un bébé en ce moment, ce n'est pas l'idéal.

— Est-ce que ça l'est un jour ? Marlee a lâché mes mains moites, et j'ai posé le bâtonnet sur la table basse. Est-ce que Jackson et toi, vous avez parlé d'avoir des enfants ?

— Seulement de façon vague, dans l'idée d'un jour. Ses sentiments envers la famille étaient si compliqués, car il pensait ne pas pouvoir être à la hauteur du souvenir de son père parfait et touche-à-tout, mort jeune. Alors j'avais réprimé toutes mes pulsions de planification et refusé d'aborder le sujet. Peut-être qu'on aurait dû.

— Ça va aller. Vous avez plein d'argent, un super appart... elle a fait un geste en direction de la maison que nous avions emménagée avant l'arrivée de Noah en Californie, et plusieurs mois pour vous faire à l'idée.

La boule que j'avais dans la poitrine, apparue en même temps que ce maudit signe plus, s'est un peu dénouée. — Tu as raison. On a, quoi, huit mois pour s'y habituer ?

— C'est ça. Elle m'a pressé le genou. Puis ses yeux se sont écarquillés. Elle — ou il — sera Poissons comme moi. Et toi, Jackson et moi on s'entend super bien. Ce sera parfait.

« Parfait » n'était pas un mot que j'associais à une grossesse non planifiée, Poissons ou pas. Mais j'ai essayé de sourire à mon amie. — On va trouver une solution.

C'est ce que je faisais au travail. Je pouvais appliquer les mêmes compétences à ma vie personnelle. — Il me faut mon ordinateur portable. Ou un crayon et du papier millimétré.

— Du papier millimétré ? Elle a plissé le nez.

— Je dois faire un diagramme de Gantt. Ou au moins un tableur.

Une traînée orange a dévalé les escaliers. Ça ne pouvait vouloir dire qu'une chose, puisque Tigrou se cachait toujours dans la chambre de Noah quand Marlee venait.

— Merde ! Je... J'ai baissé les yeux sur mon bas de survêtement coupé et mon T-shirt orange délavé de l'Université du Texas. J'avais prévu de porter quelque chose de sexy pour le retour de Jackson de son voyage d'une semaine à New York. J'avais même envoyé Noah à Golden Gate Park avec Sam, la sœur de Jackson, pour la journée. Mais quand j'avais fini de vomir au-dessus des toilettes pour le troisième matin d'affilée, j'avais appelé Marlee.

— Ça va aller, a chuchoté Marlee en me serrant la main.

— Marlee ! Jackson a dérapé et s'est arrêté en chaussettes sur le parquet.

Mon cœur a eu un hoquet, comme chaque fois qu'il entrait dans une pièce. Ses cheveux sombres et ondulés dans lesquels mes doigts me démangeaient de passer, les muscles dessinés sous son T-shirt AC/DC, le jean qui tombait sur ses hanches, et ces yeux bruns profonds et dévorants qui ont parcouru mes cheveux que j'avais tirés en queue de cheval. Qui se sont attardés sur mon corps comme si je portais une nuisette en dentelle et non le T-shirt et le survêtement dans lesquels j'avais dormi. Ce regard affamé qui me disait qu'il serait déjà en train de m'embrasser si Marlee n'avait pas été assise à côté de moi.

— Salut, Jackson. Tu es rentré plus tôt. Marlee s'est levée d'un bond, a contourné la table basse et a serré son patron dans ses bras.

— Ouais, il se peut que j'aie dépassé la limitation de vitesse depuis l'aéroport.

— Toi et cette Lamborghini. Elle lui a donné une claque sur l'épaule. Il faut que tu sois plus prudent maintenant que… Elle a grimacé en voyant le bâtonnet en plastique sur la table devant moi.

Jackson a fixé le test, puis a levé les yeux vers moi. — Je… Alicia ?

— Je crois que je vais y aller, maintenant. Alicia, appelle-moi… après ?

— Oui, d'accord. Je n'arrivais pas à détacher mon regard de Jackson. Comprenait-il ce que ça voulait dire ? À quoi pensait-il ?

Avec un signe de tête encourageant qui voulait dire « tu vas gérer », Marlee était partie.

Jackson a contourné la table basse et m'a embrassé la tempe. — Ma puce, qu'est-ce qui se passe ? Tu vas bien ? Il a jeté un autre regard inquiet au test. Même de cette distance, le signe plus rose semblait briller.

Je l'ai tiré pour qu'il s'assoie à côté de moi sur le canapé. Tigrou a sauté près de lui et a tourné en rond avant de se laisser tomber sur ses genoux.

J'ai inspiré profondément. — Je… ce n'est pas comme ça que je voulais te le dire. Merde, je ne sais pas comment je voulais te le dire. Je… je ne m'attendais pas à…

— Hé. Il a posé sa grande main sur ma nuque et m'a attirée plus près. Il a déposé un baiser bouche fermée sur mes lèvres et a appuyé son front contre le mien, si près que son visage est devenu flou. Le ronronnement de Tigrou vrombissait entre nous. Est-ce que ça veut dire ce que je pense que ça veut dire ?

— Ouais, je… je crois que je suis enceinte. On va être parents.

— Quand ?

— Je ne sais pas. Je n'arrivais pas à inspirer assez d'air. Je n'ai même pas encore appelé mon médecin. Merde, je n'ai pas de médecin ici. Il faut que je…

— Chut. Il a fait glisser sa main le long de mon épaule, de mon bras, et a pris ma main. C'est bon. C'est bon de ne pas avoir toutes les réponses. On trouvera une solution ensemble.

Mon cœur qui battait la chamade a ralenti, passant de la vitesse d'une Aventador de Jackson sur l'autoroute à celle de ma Honda en retard pour une réunion. — Vraiment ?

Il s'est reculé. — On est partenaires, non ? On va faire ça ensemble. Tu n'es pas heureuse ?

Heureuse ? J'avais plutôt la nausée. — Je... j'ai besoin de plus de temps pour digérer l'information.

— Oh. Quand il s'est penché en arrière, sa chaleur réconfortante m'a manqué. Hmm.

— Jackson, qu'est-ce qui...

— J'ai besoin d'une minute. Une heure. Peut-être deux. Poussant le chat par terre, il s'est levé, puis s'est penché pour m'embrasser à nouveau, un autre baiser bouche fermée, un baiser de devoir. Je reviens. Je te le promets.

— Où...

Mais il était déjà parti dans un tintement de clés et le claquement de la porte.

Tigrou et moi nous sommes regardés, les yeux clignotants.

Il était parti depuis presque une semaine et il ne m'avait même pas embrassée correctement. Je supposais que c'était ma faute : j'aurais dû cacher le test, pas le lui balancer à la figure dès qu'il avait franchi le seuil. Mais la nouvelle était trop fraîche, et j'étais encore sous le choc.

La prochaine fois, quand il rentrerait, je serais prête. Je ressemblerais à la Alicia qu'il aimait. J'ai frotté ma main sur mon ventre. Rien ne devait changer pour l'instant. Nous avions tout notre temps.

Il n'était toujours pas rentré quand j'ai fini ma douche. Ce n'était pas grave. Il avait dit qu'il avait besoin d'une heure ou deux. J'ai enfilé une de ces nouvelles robes d'été fleuries et aguicheuses que Marlee m'avait encouragée à acheter lors d'une de nos virées shopping. Je me suis même coiffée, les lissant au sèche-cheveux et les laissant retomber sur mes épaules comme Jackson aimait. J'ai mis du mascara et une fine couche de gloss, en espérant que quand Jackson reviendrait, il l'enlèverait avec ses baisers.

En bas, dans la cuisine, j'ai préparé une salade pour notre déjeuner et j'ai mis le blanc de poulet restant du dîner de la veille, ainsi qu'un morceau de pain de campagne, à réchauffer au four. J'ai porté une carafe en verre remplie d'eau et de sachets de thé citron-gingembre sur la petite terrasse arrière, profitant d'un des rares jours ensoleillés de San Francisco pour faire infuser le thé au soleil.

Mon téléphone a vibré, un texto, et je l'ai presque laissé tomber sur les pavés en le saisissant avec des mains tremblantes.

JACKSON

Je pense à toi. Je reviens plus tard.

Mes doigts ont volé sur l'écran. *Qu'est-ce que tu fais ?* Retour arrière. *Tu es où ?* Retour arrière. *Reviens tout de suite.* Supprimer. Ma poitrine s'est serrée. Combien de temps, « plus tard » ? J'avais besoin de lui maintenant, qu'il me dise que tout allait bien se passer.

Le temps que j'abandonne l'idée qu'il reviendrait pour le déjeuner, le poulet était devenu un bout de viande sec et filandreux, et le pain s'était transformé en une masse solide à se casser une dent. J'ai tout jeté à la poubelle et grignoté un bol de salade.

Mon téléphone a vibré de nouveau.

Ça prend un peu plus de temps que je pensais.
Souviens-toi de ma promesse.

Plus tôt dans la journée, il m'avait promis qu'il reviendrait. Dans une heure ou deux, et il y en avait déjà quatre de passées. Mais ce n'était pas de ça qu'il parlait. Il parlait de la promesse qu'il m'avait faite à Austin, après m'avoir quittée sans un mot puis être revenu, la tête basse comme un chien battu. Il avait promis qu'il resterait. Et il l'avait fait.

Alors, la poitrine si oppressée que j'avais du mal à respirer, j'ai relevé mes cheveux en un chignon sur le sommet de ma tête et j'ai récuré la cuisine jusqu'à ce qu'elle brille. Puis je suis passée au salon. La femme de ménage était venue la semaine précédente, mais j'ai passé l'aspirateur sous les coussins du canapé et j'ai poli la table basse jusqu'à ce qu'elle luise et que mes yeux me piquent à cause de l'odeur de citron. Le test de grossesse a rejoint le pain et le poulet desséchés à la poubelle.

Je cherchais des chaussettes sales sous le lit de Noah, les fesses en l'air, quand une voix m'a fait sursauter.

— Alicia ?

Je me suis cogné la tête contre le dessous du lit et j'ai gémi. Quand ma vision est redevenue nette, je me suis glissée hors de là. — Salut, Noah. J'ai jeté les chaussettes dans le panier à linge sale. Déjà de retour ?

Sam, qui se tenait dans le couloir, a vérifié son téléphone. — On avait dit qu'on serait de retour à dix-sept heures.

— Il est dix-sept heures ? Déjà ? Jackson n'était pas parti depuis deux heures, mais six.

— Est-ce que ça va ? Elle est entrée dans la chambre en bousculant Noah au passage.

Je me suis essuyé le dessous de l'œil. — C'est juste... juste l'odeur de chaussettes sales. Et la poussière. Je devrais passer l'aspirateur, ici. Ou les hormones de grossesse. Merde. Je me suis essuyé l'autre œil.

Noah a attrapé le panier à linge. — Je vais, euh, lancer une machine. Il a disparu en un éclair de genoux cagneux.

Sam est restée là, mal à l'aise, mais ne m'a pas touchée. — Jackson ne devrait pas déjà être revenu ?

— Si, bordel ! J'ai attrapé un mouchoir dans la boîte sur la table de nuit et je me suis mouchée.

— Oh, euh, je suis sûre qu'il sera bientôt là. Ses doigts volaient sur son téléphone. — Pourquoi tu ne descends pas ? Je vais te faire un thé.

Un thé, ça me disait bien. Un bon Earl Grey bien chaud, avec un filet de miel.

Merde. Je ne pouvais pas prendre de caféine si j'étais enceinte. Fini, le Earl Grey.

— Pas de thé.

— Quelque chose de plus fort, alors ? Vous avez du vin, non ?

J'ai soupiré. — Juste de l'eau. J'ai coupé des citrons.

Elle m'a tendu la main, et je l'ai agrippée tandis qu'elle me relevait. Nous étions déjà dans le couloir quand j'ai entendu mon téléphone vibrer sur la table de nuit de Noah. Je suis retournée dans sa chambre en vitesse pour le prendre.

Je suis à la maison dans dix minutes.

Sam regardait aussi son téléphone. — Ça te va si j'emmène Noah dormir chez moi ?

— Dormir chez toi ? Mais Jackson…

Elle a levé les yeux vers moi, un sourire ironique sur le visage qui me rappelait celui de Jackson. — Mon frère dit que vous avez besoin de passer un peu de temps en couple. Et Noah et moi, on pourra travailler sur le jeu qu'on est en train de créer ensemble. C'est gagnant-gagnant. Viens le chercher demain quand tu seras levée, d'accord ?

— D'accord. J'ai préparé un sac de nuit pour Noah et je l'ai suivie jusqu'à la buanderie, où Noah avait déjà lancé la machine.

— Hé, mon grand. Tu veux passer la nuit chez tatie Sam ?

— Je peux ? Ce serait génial. On pourra bosser sur Engine Ninja. Et manger de la pizza à l'ananas. Il a tourné ses grands yeux vers Sam.

— Pas de problème, a-t-elle dit.

Je lui ai tendu le sac. — Un câlin ?

Il a enroulé ses bras maigres autour de ma taille. — Salut, Alicia.

— Merci, Sam.

Elle a soutenu mon regard un instant. — Sois patiente avec mon frère, d'accord ? Il ne fait pas toujours ce qu'il faut du premier coup, mais… il aime passionnément.

Sam le savait mieux que personne. Elle et Jackson étaient plus proches que n'importe quels autres membres de la fratrie Jones. — Je sais.

L'instant d'après, elle et Noah étaient partis. Alors que je rentrais la carafe de thé glacé, mon téléphone a vibré sur la table de la cuisine.

Tu peux sortir, s'il te plaît ?

Sortir ? J'ai regardé par la fenêtre du salon. Les ombres s'étaient allongées en cette soirée de juin.

Je suis allée jusqu'au garage. La porte était ouverte, et la place à côté de ma Honda, celle où la Lamborghini de Jackson était habituellement garée, était vide. Quand je me suis faufilée le long de ma voiture pour atteindre l'allée, j'ai vu la chose la plus inattendue qui soit.

Le minivan le plus grand et le plus rutilant que j'aie jamais vu était garé dans l'allée, surmonté d'un énorme nœud rouge, du genre de ceux que je n'avais vus que dans les pubs de voitures à Noël. Et agenouillé devant, il y avait Jackson, pinçant une petite chose brillante entre son pouce et son index.

— Qu'est-ce que... Les mots se sont bousculés sur ma langue, et le premier qui est sorti a été : — Qu'est-il arrivé à ta Lamborghini ?

Il a eu un petit rire. — Je ne peux pas y installer de siège auto. Alors j'ai pris ça. Il a pointé le pouce derrière lui.

— Mais tu adores cette voiture. Mon estomac s'est noué. Il avait abandonné l'Aventador ? S'il abandonnait toutes les choses qu'il aimait, n'allait-il pas m'en vouloir ?

— Pas autant que je t'aime, toi. Tu ne veux pas voir ça ? Il a agité ce qu'il tenait, et l'objet a scintillé dans la lumière du soir.

— Je... oh. Cette monstruosité de voiture — est-ce qu'elle rentrerait seulement dans notre garage ? — m'avait distraite. Il était à genoux sur le béton chauffé par le soleil. Ça devait le brûler à travers son jean. — Relève-toi.

— Alicia, j'essaie de faire quelque chose de très romantique, là. Veux-tu m'épouser ?

Mon estomac a fait un bond. — Jackson, je… non.

Toute couleur a quitté son visage. — Non ?

— Non, ce que je veux dire, c'est que je ne veux pas me marier parce que je suis enceinte. Je me suis frotté le ventre, essayant de calmer les gargouillis de nausée. — Je ne veux me marier que si notre relation est sérieuse. Si nos sentiments sont sérieux. Si c'est pour la vie.

Il s'est relevé précipitamment et a vacillé. — Tu n'es pas sérieuse à notre sujet ? Tu ne veux pas être avec moi pour la vie ?

Je lui ai saisi le bras pour le stabiliser. — Si… je crois. Mais…

— Mais ? C'est parce que je suis parti ? Je devais faire deux ou trois trucs. Il a hoché la tête en direction de la voiture. — Je suis revenu. Je reviendrai toujours. Tant que tu voudras de moi.

— Je… on devrait s'asseoir. Son visage était gris, et mon déjeuner menaçait de refaire surface.

Il s'est perché sur le pare-chocs avant du minivan, et quand j'ai voulu m'asseoir à côté de lui, il m'a tirée sur ses genoux. — Alicia, tu ne veux pas de ça ? Tu ne veux pas de moi ?

— Si. Je… je ne voulais juste pas que ce soit comme ça.

Il m'a serrée contre sa poitrine. — Ça a juste avancé un peu notre calendrier. Je réfléchissais déjà à la façon dont j'allais te demander en mariage.

Mes yeux me piquaient. — Est-ce que ça incluait la voiture la plus laide du monde ?

— Quoi ? Il m'a saisi les épaules et m'a écartée pour pouvoir voir mon visage. Il avait repris quelques couleurs. — C'est un véhicule familial dernier cri, haut de gamme. Sellerie en cuir. Hayon et portes latérales électriques. Caméra de recul, radars de stationnement, alerte de trafic transversal et surveillance des angles morts. Et tu n'imaginerais jamais à quel point il n'est pas cher !

— J'imagine que pour quelqu'un qui claque régulièrement un quart de million dans une voiture, ça doit sembler peu coûteux.

Mais on peut mettre un siège auto dans ma Honda. Et on n'aura que deux enfants, pas un minivan plein.

Le visage de Jackson a pris une expression rêveuse. — Un minivan plein d'enfants.

— Attends. Je croyais que tu n'étais pas sûr de vouloir des enfants.

Il a cligné des yeux, son regard brun de nouveau perçant. — Bien sûr, quand c'était un truc pour plus tard. Maintenant, on va en avoir un, qu'on soit prêts ou non. Et on le fera ensemble. Je suis à fond. Pour nous et notre famille.

J'ai jeté un regard au minivan. — Commençons avec un seul bébé. On verra comment ça se passe. Ensuite, on en reparlera. Tu peux conduire ta voiture de sport encore un peu.

— Mais il n'y a pas que toi qui conduiras les enfants. Moi aussi. On est ensemble là-dedans, ma chérie. Et je veux que le monde entier le sache. Il a de nouveau brandi la bague, un solitaire en diamant sur une monture princesse en or. Elle ressemblait beaucoup à la bague de fiançailles de maman, celle qui avait pris la poussière au fond de sa boîte à bijoux depuis que mon père nous avait laissés tomber.

— C'est celle que mon père a donnée à ma mère. Même si j'avais oublié à quel point elle est petite. Mes parents n'avaient pas beaucoup d'argent quand ils se sont mariés. Je l'ai emmenée chez deux ou trois bijoutiers pour ajouter des pierres, mais… il a haussé les épaules, … ils ne pouvaient pas le faire à temps. Donc, ce sera une solution temporaire en attendant de la pimper un peu.

J'ai contemplé la bague. Jackson avait largement assez d'argent pour en acheter une toute neuve, mais il avait voulu celle-ci, celle que son père avait donnée à sa mère. Il pensait que nous avions le même genre d'amour que ses parents. Le genre qui se fichait de l'argent ou des voitures.

— Je ne veux pas la pimper. Je la veux telle qu'elle est. Tout comme je te veux, toi.

Et enfin, enfin, il m'a serrée contre lui et m'a embrassée comme j'avais voulu être embrassée toute la journée, toute la semaine pendant son absence. Le genre de baiser qui signifiait qu'il me voulait, moi aussi. Qui signifiait que notre amour était suffisant pour nous aider à surmonter cet obstacle et bien d'autres à venir.

Quand nous avons fait une pause pour respirer, j'ai murmuré : — Mais. Je ne veux pas de ce minivan tout moche.

Il a reculé. — Tu n'en veux pas ? Mais il a la climatisation trizone. Des sièges escamotables.

— Rends-le. Prends une berline raisonnable. Ou un SUV, si tu y tiens. N'oublie pas que tu vas devoir garer ce truc à San Francisco. Le Jackson Jones que je vais épouser n'est pas le genre d'homme qui conduit un minivan.

— Alors tu vas le faire ? M'épouser ?

— Oui. J'ai tendu ma main gauche, et il a glissé la bague à mon doigt. Elle scintillait presque autant que l'espoir et l'amour dans ses yeux sombres.

Je l'ai embrassé, et par le contact de nos lèvres, j'ai fait ma propre promesse. Que je n'allais pas sur-planifier pour le bébé. Que nous nous y préparerions ensemble. Que je l'aimerais toujours, peu importe ce que la vie nous réserverait. Qu'ensemble avec Noah, nous serions une famille.

Il a dû sentir ce que ce baiser signifiait, car il m'a serrée plus fort.

— Tu es sûre que tu ne veux pas l'essayer ? T'asseoir à l'intérieur ? Il a enfoui son nez dans ma joue. — L'inaugurer ?

— Beurk, non. Je me suis reculée. — Ce minivan va retourner chez le concessionnaire dans un état impeccable.

Il a tressailli contre ma hanche. — Répète ça.

— Quoi ? Le minivan va retourner chez le concessionnaire ?

— Non, l'autre partie.

— État impeccable ?

Il a grogné contre mon cou. — Putain, tu m'as manqué. Sa main est remontée le long de ma cuisse, sous ma jupe.

— Jackson, j'ai sifflé. — Pas ici. Où les voisins peuvent nous voir.

Son érection, qui s'enfonçait dans ma hanche, était maintenant indubitable. Il a taquiné l'échancrure de ma culotte. Son souffle chaud a murmuré sur ma nuque. — Dis-moi à quel point c'est déplacé.

— C'est tellement, tellement déplacé. Ma voix aussi l'était, rauque de désir.

Sa main s'est glissée dans ma culotte, son pouce effleurant mon clitoris avec expertise et un doigt caressant mon entrée. — Eh bien, Mlle Weber, je crois que vous voulez être doigtée devant les voisins sur le pare-chocs de ce minivan que je vais assurément rendre au concessionnaire sans l'avoir souillé. Bien que je ne puisse pas en dire autant de ma fiancée.

Juste quelques secondes de plus. Et ensuite, je le forcerais à m'emmener à l'intérieur, dans notre lit.

Mais la caresse suivante m'a conduite, frissonnante, au bord du précipice. — Jackson, je... J'ai enfoui mon visage dans son épaule pour ne pas crier mon orgasme. Qu'est-ce qui m'avait pris ? Comment avait-il pu me faire passer de l'agacement à l'orgasme en moins d'une minute ?

Ses doigts se sont immobilisés, me maintenant avec la pression dont j'avais besoin.

— Tu n'as jamais joui aussi vite, a-t-il dit, le souffle court. — C'était le minivan ou la bague ?

— Certainement pas le minivan.

— Merde. Je fondais de grands espoirs sur ces sièges arrière inclinables.

J'étais trop euphorique pour discuter avec lui. — Allons à l'intérieur.

— Attends une minute. Il m'a tenue plus fermement, un bras autour de ma taille et l'autre main en coupe entre mes jambes. — Juste pour être sûr que je ne suis pas en train d'agoniser sur l'autoroute après avoir encastré l'Aventador dans une glissière de sécurité, tu devrais me pincer.

Je lui ai mordillé le lobe de l'oreille. — Ça suffit ?

— Oh que oui. Il a frotté son oreille contre le sommet de ma tête. — Alors, tu portes vraiment mon bébé, et tu vas m'épouser ?

J'ai tendu la main, le diamant étincelant de reflets roses dans les rayons du soleil couchant. — Oui.

— Alors, avant de t'emmener à l'intérieur et de te faire mienne — encore une fois… Il a fait vibrer son pouce contre mon clitoris, et je me suis tortillée sur ses genoux. — Demande-moi si je suis l'homme le plus heureux du monde en ce moment.

— L'es-tu ? J'ai levé le menton et j'ai embrassé les poils de sa mâchoire.

— Oui.

———

Merci beaucoup d'avoir lu *Travaille avec Moi* ! N'hésitez pas à laisser un avis sur votre site de vente préféré ou sur Goodreads.

Le prochain livre de la série, *Fais Semblant avec Moi*, est une romance « de l'amitié à l'amour », avec une fausse relation, mettant en scène l'assistante de Jackson, Marlee. Lisez la suite pour un avant-goût.

FAIS SEMBLANT AVEC MOI, SYNERGY
TOME 2
CHAPITRE 1

J'AVAIS VU un tas de femmes défiler dans le bureau de Cooper Fallon, mais celle-ci était la pire. Et elle ne comptait pas s'en aller discrètement.

Quand son cri perçant — quelque chose qui se terminait par « connard » — s'est échappé de la porte fermée de son bureau pour résonner dans tout le couloir jusqu'à mon poste de travail, j'ai pincé les lèvres pour cacher mon sourire et j'ai recherché les coordonnées de l'agence d'intérim.

Depuis que son assistante de longue date avait pris sa retraite cinq mois plus tôt, le Directeur des Opérations de Synergy Analytics avait vu défiler dix-huit assistantes intérimaires. Certaines partaient en claquant la porte, comme celle-ci s'apprêtait à le faire, d'autres s'éclipsaient en catimini, et d'autres encore ne prenaient même pas la peine de se présenter le lendemain.

Je le jure, c'était entièrement de sa faute. Au début. Après que l'intérimaire numéro cinq a rayé avec une clé la surface en merisier de son bureau en partant, il m'a demandé de choisir la suivante. Comme une faveur. Et je me suis contentée de profiter de son niveau d'exigence élevé — et de son tempérament explosif — pour m'assurer qu'aucune ne tienne le coup. Je suis devenue la Statue de la Liberté des intérimaires de San Francisco : *Donnez-*

moi vos amatrices, vos oisives, vos romancières et poétesses qui ne rêvent que de se la couler douce...

Donc, je n'étais peut-être pas la personne la plus impartiale pour recruter l'assistante de Cooper.

Parce que j'avais un plan. Qui reposait sur, eh bien, une aide peu fiable.

Alors que je rédigeais l'e-mail à l'agence — je devais rester assez vague sur la raison de son renvoi pour qu'ils nous en envoient une autre tout aussi nulle —, une voix a demandé derrière moi :

— Ils vont bien, là-dedans ?

J'ai pivoté sur ma chaise en direction de la voix familière, me cognant le genou nu contre le pied de mon bureau. J'ai plissé les yeux vers mon ami et collègue, Tyler Young, nimbé de la lumière brumeuse qui filtrait par la verrière du dernier étage de l'ancienne usine reconvertie.

Je me suis frotté le genou. Avec Cooper qui beuglait depuis son bureau d'angle, je n'avais pas entendu l'approche silencieuse des baskets de Tyler.

— J'étais sur le point de sortir le pop-corn.

Révélant ses adorables fossettes, il a contourné mon bureau pour se placer en face de moi, comme il le faisait toujours pour que je n'aie pas à regarder directement la lumière de la verrière. Quand le grondement sourd de Cooper a couvert la voix plus aiguë de l'intérimaire, Tyler a remonté ses lunettes à monture noire et a demandé :

— Vous êtes sûre ? Est-ce qu'on doit... ?

J'ai penché la tête pour écouter. L'intérimaire lui rendait la pareille, et même plus. Tous les jurons venaient d'elle.

— Non, ils font à peu près jeu égal. Au moins, elle ne pleure pas. J'avais dû piller le tiroir de mon bureau pour trouver du chocolat et des mouchoirs afin de consoler celle qu'il avait virée la semaine dernière.

Alors que les cris de l'intérimaire se transformaient en un hurlement strident, l'autre fondateur de Synergy, Jackson Jones, est sorti de son bureau et s'est approché nonchalamment du mien.

— Salut, Marlee. Qui a parié sur — il a vérifié son Omega — seize heures ? Mon patron a posé sa grande main sur mon bureau et a pioché un bonbon dans le bol en céramique.

J'ai reniflé.

— Quelqu'un de la compta. Je parie qu'elle va gagner.

— Pauvre Cooper. Il a chiffonné l'emballage de son bonbon et me l'a tendu pour que je le jette à la poubelle. — Tout le monde ne peut pas avoir la meilleure assistante de San Francisco. Il est jaloux que je vous aie trouvée en premier.

Les joues en feu, j'ai lissé ma jupe rose bouton de rose.

Cooper, le DO de l'une des entreprises technologiques les plus en vogue du monde, exigeait beaucoup de ses employés. C'était un milliardaire alpha, tout comme dans mes romans préférés.

L'étoffe d'un vrai héros de roman. J'aurais juste aimé qu'il soit le mien.

Le premier jour où je l'avais rencontré, alors que j'étais encore une employée à temps partiel cherchant à comprendre ce que faisait exactement un logiciel d'analyse et comment ce bâtiment rempli de jeunes programmeurs débraillés avait pu se hisser au classement Fortune 1000, j'étais restée bouche bée et mes genoux s'étaient dérobés. Il était plus que beau ; il ressemblait au mannequin sur la couverture du roman d'amour que je lisais. Cheveux blonds, yeux bleus, une barbe de trois jours parfaite, des vêtements impeccables — bien qu'il manquât une épée large — et grand comme un séquoia. J'avais passé mes trois premiers jours chez Synergy à le dévorer des yeux. À la fin de la deuxième semaine, c'était devenu un véritable béguin.

Non seulement il était l'un des célibataires les plus convoités de Californie du Nord, mais c'était aussi un homme prévenant, attentionné et honnête. Il connaissait le nom de tous ses employés, de l'étage de la direction jusqu'au service du courrier. Il avait créé une fondation pour aider les enfants de familles à faible revenu à participer à des camps de programmation. Et le plus important…

— Vous allez répondre ? a demandé Jackson, appuyant une hanche contre la table de laboratoire en stéatite qui me servait de bureau.

La ligne de Cooper clignotait sur mon téléphone de bureau, sonnant sans cesse, mais comme les deux personnes censées y répondre étaient en train de se hurler dessus, c'était à moi de le faire.

— Bureau de Cooper Fallon. Marlee Rice à l'appareil.

— Bonjour, a dit une voix féminine et rauque. — C'est Jamila Jallow. Cooper est-il disponible ? Il attend mon appel.

Vraiment ? Mon cœur s'est mis à battre la chamade. Pourquoi Jamila Jallow, la première de sa promotion à Stanford, la femme qui aurait pu être mannequin, celle qui figurait sur toutes les listes des quarante personnalités de moins de quarante ans, la meilleure amie de Cooper, l'appelait-elle aujourd'hui ?

— Non, je suis désolée. Il est occupé pour le moment. Puis-je vous aider ?

— Bien sûr. Pourriez-vous lui dire que mes plans ont changé et que je *peux* l'accompagner au mariage de Jackson ?

Bordel de Stephen Hawking.

— Vous pouvez ? Même si Jamila et Cooper avaient assisté à plus d'un événement professionnel ensemble, il n'amenait jamais de cavalière aux événements de Synergy. Et bien que le mariage de mon patron le week-end prochain ne soit pas une fonction officielle de l'entreprise, j'étais sûre qu'il s'y rendrait seul.

— Oui. Mais, vous savez quoi, je vais juste lui envoyer un texto. Merci, Marlee.

Mes oreilles bourdonnaient. Je m'étais bien doutée que Jamila irait au mariage de Jackson. Ils étaient amis depuis l'université. Mais que signifiait le fait qu'elle y aille avec Cooper ? Était-ce un rendez-vous entre amis ou un vrai rendez-vous galant ?

Il ne manquerait plus que ça, qu'elle me vole Cooper au moment même où j'avais enfin trouvé le courage de faire quelque chose pour ce béguin que je nourrissais depuis trois ans.

— Euh, Marlee ? a demandé Tyler en rajustant ses lunettes. — Ça va ?

J'ai cligné des yeux pour retrouver ma concentration.

— Ça va. Je me suis tournée vers Jackson. — C'était Jamila Jallow. Elle dit qu'elle vient avec Cooper. À votre mariage.

Ses sourcils se sont haussés.

— Il n'amène jamais personne à mes fêtes.

— Je sais, pas vrai ? Qu'est-ce qui se passe ?

La porte du bureau de Cooper s'est ouverte violemment, heurtant le mur, et l'intérimaire est sortie en trombe, le visage aussi rouge que son chemisier de soie. J'avais eu un peu peur quand cette femme magnifique était arrivée lundi avec ses vêtements de marque et des chaussures qui coûtaient plus que mon salaire hebdomadaire, mais elle avait été trop occupée à battre de ses faux cils devant Cooper pour répondre à ses appels. Elle a attrapé son sac à main en cuir souple sur le bureau extérieur et est passée devant nous d'un pas sec en direction des ascenseurs.

— Au revoir, Lynley, ai-je dit.

— Allez vous faire foutre. Elle a viré à droite, a ouvert la porte d'un coup sec et a disparu dans la cage d'escalier.

J'ai échangé un regard avec Jackson.

— Ouais, a-t-il dit, — Cooper me fait parfois cet effet.

Tyler n'a rien dit. Il n'avait pas passé assez de temps ici, au sixième étage, pour savoir que les humeurs de Cooper étaient comme un orage d'été : bruyantes mais vite passées.

L'homme en question est sorti de son bureau aux parois de verre, les narines dilatées, la mâchoire de marbre. Il a enfoncé ses mains dans les poches de son pantalon noir sur mesure et, le regard fixé sur le plancher en bois de récupération, s'est approché de nous. J'ai passé une main sur mon pendentif et me suis redressée sur ma chaise.

Se frottant la nuque, il a tourné ses yeux bleu cristal vers moi.

— Marlee ? Il a changé de pied. — Il semble que Lindsey…

— Lynley, l'ai-je corrigé.

Il a grimaqué, dévoilant des dents blanches et droites.

— Elle et moi avons convenu qu'elle n'était pas faite pour Synergy.

— C'est une façon de voir les choses, a dit Jackson.

Le regard de Cooper a fusillé son ami.

— Si seulement vous vouliez bien reconsidérer le fait de partager Marlee avec moi…

— Je serais ravie de… ai-je commencé.

— N'y pensez même pas, m'a interrompu Jackson. Il m'a regardée fixement. — Marlee a déjà bien assez de travail. Et autant me demander de vous prêter mon bras droit. Trouvez votre propre Marlee. Il a haussé les épaules. — Ou gardez une des intérimaires qu'elle vous trouve.

Avant de parler, Cooper a pris un instant pour détendre ses mains, qui s'étaient crispées en poings. Puis il m'a regardé.

— Pensez-vous que vous pourriez… ?

— C'est fait. J'ai cliqué pour envoyer mon e-mail à l'agence de recrutement.

— Merci. Vous savez que je vous adore, Marlee. Et voilà, ce sourire à tomber par terre qui me transformait en flaque gélatineuse à chaque fois. J'avais envie de laisser courir le bout de mes doigts sur sa mâchoire forte et barbue, puis dans ses cheveux courts et blonds. De passer mes mains sur sa chemise habillée à rayures grises pour toucher ses épaules musclées. De planter mes ongles dans son dos et de serrer son…

— Bref, Jay… Il s'est tourné vers Jackson, et c'est là que j'ai réalisé que j'avais encore été en train de déshabiller Cooper du regard. — On peut commencer notre sortie plus tôt ? J'ai un événement pour la fondation ce soir.

— Je vais me changer. Jackson m'a lancé un regard — mes yeux baladeurs ne lui avaient pas échappé — puis il a saisi l'épaule de Tyler. — Parlons demain de vos idées pour le module de consommation de carburant. Comme je regardais Cooper, j'ai vu son regard suivre la main de son ami puis se rétrécir en fixant Tyler. Cooper avait tendance à être le partenaire jaloux dans sa bromance avec Jackson.

— Bien sûr. Tyler a souri à notre patron, ressemblant trait pour trait à un labrador à qui on venait de dire qu'il était un bon chien.

Jackson avait créé le produit phare de l'entreprise — un logiciel d'analyse automobile améliorant les performances et la sécurité des voitures — dix ans plus tôt dans la chambre d'étudiant qu'il partageait avec Cooper à Stanford. Légende de la programmation, il inspirait l'admiration des développeurs, et Tyler était le président de son fan-club. Bien que Tyler soit lui-même un programmeur talentueux. Jackson n'avait pas la patience de former beaucoup de programmeurs, mais il prenait du temps pour Tyler.

Quand les deux dirigeants sont retournés dans leurs bureaux respectifs, j'ai fait signe à Tyler de s'approcher et j'ai vérifié que personne d'autre n'était à proximité.

— J'ai entendu dire que Sanjay s'en va.

— Ah oui ? Sa lèvre inférieure s'est avancée en une quasi-moue. — C'est un bon chef. Il va me manquer.

— Certes, mais… j'ai marqué une pause pour créer un effet. — Ça libère un poste de manager. Et je connais un programmeur talentueux qui est prêt pour une promotion.

— Qui, Grant ?

J'ai reniflé.

— Non, andouille. Toi.

Il a basculé en arrière sur ses talons.

— Je ne suis pas prêt. Je suis ici depuis moins d'un an.

— Peu importe depuis combien de temps tu es ici. Ce qui compte, c'est ce que tu sais en programmation et ton bon contact avec les gens. Et Tyler avait un bon contact avec les gens. Contrairement à la plupart de ses collègues, il ne me regardait pas de haut parce que j'étais une assistante.

Ses yeux se sont plissés, incertains.

— Penses-y. Les RH publieront l'offre d'emploi la semaine prochaine.

Il a émis un grognement évasif. Pêchant une menthe de ma

bonbonnière, il en a serré plus fort les extrémités. Il a ouvert la bouche, a pris une inspiration, puis l'a laissée s'échapper lentement.

— Ah, oui. Le module de consommation de carburant. Tu veux que je te programme une réunion avec lui demain ? J'ai cliqué sur le calendrier de Jackson et j'ai cherché un créneau libre. — Quatorze heures trente, ça te va ?

Un léger tambourinement a été sa seule réponse. Ses longs doigts tapaient un rythme contre le côté de son jean.

— Tyler ? l'ai-je relancé.

— Oui. Bien sûr. Il a détourné son regard de mon bureau pour croiser le mien. — Quelques-uns d'entre nous vont… je me suis dit que tu aimerais, peut-être, euh…

— Oui ? J'ai tapé l'invitation à la réunion et l'ai envoyée pendant qu'il hésitait. J'ai jeté un œil à l'horloge dans le coin de mon écran. Si Jackson partait maintenant, je pourrais juste attraper le premier train. Une bonne idée, vu les problèmes qu'on avait eus récemment. Quelques semaines plus tôt, Papa avait essayé d'aider en préparant le dîner, mais il avait fini par faire brûler une casserole sur la cuisinière et déclencher le détecteur de fumée.

— C'est la soirée pinte à trois dollars, et…

Nous avons tous les deux sursauté quand Jackson a claqué la porte de son bureau et a crié dans le couloir :

— Coop, magne-toi !

Cooper est sorti de son bureau, un sac de sport jeté sur l'épaule. Comme Jackson, il portait un T-shirt qui moulait son torse et s'arrêtait juste en dessous de la hanche d'un cuissard de vélo moulant. Mes yeux ont remonté le long de sa jambe musclée jusqu'à l'esquisse d'un renflement juste sous l'ourlet de ce T-shirt. J'ai dégluti.

— À demain. Jackson nous a fait un vague signe de la main avant de se diriger en trottinant vers les escaliers et de tenir la porte pour Cooper. — Après la sortie, on… La porte s'est refermée derrière eux, coupant les mots de Jackson.

J'ai cligné des yeux fortement, puis je me suis retournée vers Tyler.

— Pardon, tu disais ?

Il a enlevé ses lunettes et les a essuyées sur son T-shirt. Sans elles, ses yeux étaient tachetés de brun, de bleu, de vert et d'or, comme la Terre vue de l'espace.

— Je pensais aller au pub du coin après le travail. Tu veux venir ?

— Je suis désolée, je ne peux pas ce soir. Tu y vas avec qui ? Quand on traînait ensemble aux soirées trimestrielles de Synergy, les autres programmeurs gravitaient autour de Tyler comme des satellites. La plupart d'entre eux étaient sympas, mais quelques-uns n'adressaient même pas la parole à quelqu'un qui n'avait pas « développeur » dans son titre de poste. Ils me balayaient du regard comme si j'étais une sorte d'insecte rose exotique, complè-tement indigne de leur attention.

— Oh, euh. Je n'avais encore invité personne d'autre.

J'ai arrêté de ranger mes affaires. C'était tout à fait Tyler de construire la sortie autour de moi et de mes préférences. Un garçon tellement gentil. Si j'avais été une autre, j'aurais sauté sur l'occasion de passer du temps avec lui après le travail.

Mais j'avais des responsabilités. Et des plans.

— Peut-être un autre soir ?

Dès qu'il a hoché la tête, je me suis dirigée d'un pas décidé vers l'ascenseur et j'ai appuyé sur le bouton.

Les portes se sont ouvertes immédiatement, et en me retour-nant pour appuyer sur le bouton, j'ai aperçu la bouche affaissée de Tyler alors qu'il me regardait partir. Je lui ai adressé un sourire d'excuse et un petit signe de la main.

Il s'en remettrait. Il sortirait ce soir avec ses autres amis. Il était comme la plupart des gens de notre âge qui travaillaient chez Synergy — dévoué et travailleur, avec peu de responsabilités en dehors du bureau, et plein d'argent pour faire la fête une fois le travail terminé.

Même si nous étions amis depuis presque un an et meilleurs

amis depuis plus de six mois, Tyler ne savait pas que je n'étais pas comme lui. J'espérais qu'il ne pensait pas que j'inventais une fausse excuse, comme tous mes amis de l'université l'avaient fait. Ils avaient lentement disparu de ma vie après trop d'invitations refusées, trop d'annulations de dernière minute.

Mais dès l'instant où il m'avait sauvée de cette maudite tireuse à bière, Tyler avait été différent. Il avait continué à m'inviter à sortir, même si la plupart du temps, je refusais. C'était un bon ami. Un ami qui valait la peine d'être gardé.

Je l'emmènerais déjeuner le lendemain. Mais pour l'instant, il fallait que je prenne mon courage à deux mains pour mon deuxième travail.

———

Fais Semblant avec Moi est disponible en format poche chez votre détaillant préféré.

À PROPOS DE L'AUTEUR

Michelle McCraw adore lire des romances et travailler dans la technologie. Un jour, elle a décidé de combiner ses deux passions, et maintenant elle écrit des romances contemporaines torrides et geek qui pourraient bien vous faire rire. Ses livres mettent en scène des personnages qui aiment sans complexe la science, l'ingénierie et la technologie.

Auteure américaine et Texane de naissance, Michelle a pelleté de la neige pendant des tempêtes en Nouvelle-Angleterre et a opté pour une souffleuse à neige dans le Midwest. Elle vit maintenant en Géorgie, où la neige ne lui manque PAS DU TOUT. Elle aime lire, voyager, boire du bourbon et gâter son chien extraordinairement mal élevé mais adorable. Elle a été finaliste au RWA Vivian Contest, au Stiletto Contest des Contemporary Romance Writers et au Four Seasons Contest des Windy City Romance Writers.

facebook.com/MichelleMcCrawAuthor
instagram.com/MMOWriter
amazon.com/author/michellemccraw
goodreads.com/MichelleMcCraw
bookbub.com/authors/michelle-mccraw

LIVRES DE MICHELLE MCCRAW

Synergy Series

Travaille avec Moi

Fais Semblant avec Moi

Voyage avec Moi

Commande-Moi

Souviens-Toi de Moi

Tente-Moi

40 and Fabulous

Fashion and Passion

Frenemies and Lovers

Books and Hookups

Conspiracies and Chemistry

Advances and Retreats

Marriage and Trouble

Sugar and Spice